JAN BÖTTCHER

DAS ROSEN-EXPERIMENT

aufbau

ERSTER TEIL

Denn der wissenschaftliche Versuch hat niemals das unbearbeitete Material der sinnlichen Wahrnehmung zu seinem eigentlichen Gegenstand, sondern setzt an seine Stelle ein Ganzes an Bedingungen, das er selbst konstruiert und dem er seine Grenzen vorgeschrieben hat. Das Experiment geht daher streng genommen niemals auf den wirklichen Fall, wie er hier und jetzt in aller Fülle seiner besonderen Bestimmungen vorliegt, sondern auf einen idealen Fall, den wir ihm substituieren.

Ernst Cassirer (1910)

1

Zenia grüßte nickend den Brunnen, doch sie meinte das Abendlicht, das auf den Brunnen fiel. Den weichen Schatten unter Neptuns Muschelschale und wie die Wasserspeier, ja sogar die Wasserfontänen, ihr ein Stück entgegenrückten! Sie atmete tief ein, tief aus, entzog Neptun den Blick und nahm schließlich vom Hauptportal den geraden Weg über den Schlossplatz. Zügig, den Schritt noch beschleunigend, wo Passanten und Passantinnen ihren pfeilengen Korridor zu gefährden drohten. Zwei Hüpfer über die Tramschienen, endlich wurde es Frühling.

Sie ließ das kurze vertraute Klingeln in ihr Herz, als sie die Tür zum Schwedischen Café aufzog; nur ein paar weitere Schritte und man war am Tresen angelangt. Unter der Glasglocke ruhten die letzten Zimtschnecken des Tages, einige Narzissen im Glas wachten über eine Gruppe Zuckerstreuer. Im Vorbeigehen strich Zenia mit der Hand über den Tresen. Der Abstand zwischen den Deckenlampen wurde größer, auch passten die Stühle nicht mehr einheitlich zueinander, dafür drangen Stimmen aus der Tiefe des Cafés, aus der Wand, und die Wand wich, ein letzter Schritt, um zwei Meter zurück.

In der Nische bekam sie die Stimmen zu Gesicht. Vera, Karl, Lisabet, all die anderen begrüßten die Freundin lächelnd, winkend, Emiljana führte sogar eine kleine Tanzeinlage auf und nahm ihr die Mütze vom Kopf, um sie sich selbst aufzusetzen. Zenia mimte nach dem langen Studientag die Erschöpfte, sie ließ sich tief in einen Sessel fallen, seufzte.

Um sich gleich wieder aufzubäumen. Nur ein Spaß, natürlich. Man war ja nicht erschöpft, bevor das Kolloquium überhaupt angefangen hatte.

Die Kellnerin nahm erste Bestellungen auf, reihum mit den Augen, jede Einheit verarbeitete sie per Lidschluss. Dreimal Berliner Weiße, zweimal Pils, ansonsten Sodawasser. Zenia nahm einen Tee, für den Professor bestellte sie Schwarzbier und dazu den Rübeneintopf. Dienstags blieb Leonard Zadek zum Mittag mit einer Stulle in seinem Büro und las, abends war er dann hungrig, man kannte seine Marotten. Es war auch nicht außergewöhnlich, dass er auf sich warten ließ; Zadek hatte seine Sprechstunde vor das Kolloquium gelegt und vergaß oft die Zeit.

Es war Zenia nur recht. Sie brauchten schließlich eine Weile, um die jeweils letzte Unterredung oder Lektüre zu verdrängen und Platz zu schaffen im Kopf. Und dies war die einzige Vorbereitung, die der Professor von ihnen erwartete: Platz schaffen, in Bereitschaft sein. Was auf sie zukam, welchen Weg die Unterhaltung einschlagen würde, das wusste niemand.

Die Kommilitonen waren alle da, alle neun, mit ihr zehn. Konnte gar nicht anders sein. Wer fehlte, lag womöglich im Sterben, war aber mindestens ernsthaft krank. Wohlgefühl und Pflichtgefühl, dachte Zenia, waren auch durch einen geheimen Gang verbunden. Sie streckte sich, um von der Nische aus in den vorderen Teil des Cafés zu spähen, dort hing die große Uhr.

Schon zwanzig nach sieben. Plötzlich stand Emiljana vor ihr, sie war um den halben Tisch herumgekommen und flüsterte Zenia ins Ohr. Stimmt. Das war ihr entfallen. Schon vor Wochen hatten sie für den Fall einer so argen Zadek'schen Verspätung gemeinsam eine Übung vorbereitet, die Emiljana bei ihren Forschungen helfen konnte.

»Wir möchten euch bitten«, hob Emiljana an, während sie noch zu ihrem Platz zurückkehrte, »Bleistift und Papier herauszuholen. Schreibt einen Brief an eure Liebste oder euren Liebsten. Wer nicht liiert ist, schreibt an die Mutter. Bleistift heißt: Korrekturen sind erlaubt. Sonst keine weiteren Vorgaben. Die Versuchsleitung liegt bei Zenia und mir.«

Zenia musste lächeln über Emiljanas Strenge. Jetzt fielen einige flapsige Sprüche, ob dies mit Zadek abgesprochen oder ob das Matriarchat ausgebrochen sei etc., aber schnell kehrte Ruhe ein, bückten sich alle nach der Ausrüstung in ihren Taschen. Weiterführende Fragen zu einer Aufgabenstellung waren in ihrer psychologischen Fakultät ohnehin strengstens verboten. Nebenbei kamen die ersten Bestellungen.

Dass sie Bleistifte nahmen, erleichterte den Schreibprozess. Anrede und einleitende Sätze waren schnell geschrieben. Danach wuchs die Intimität; Augenpaare suchten Stellen an der Decke oder an der Wand, an denen sie ganz für sich waren. Stifte wurden hinters Ohr gesteckt, ins Haar, zwischen die Zähne. Zenia beobachtete, machte sich Notizen.

Nach etwa zehn Minuten unterbrach Emiljana:

»Danke. Das war's schon. Wir wollten nur sehen, ob sich jemand vor den anderen geniert. Keine Angst, niemand muss vorlesen. Es folgt nun die eigentliche Übung. Alle drehen dafür bitte ihr Blatt auf die leere Seite. Ich habe hier einen Würfelbecher mit fünf Würfeln.«

Sie schüttelte die Würfel im Becher, auch um die allgemeine Unruhe zu übertönen.

»Es geht reihum. Man würfelt auf einen Schlag. Ein Wurf zählt, wenn er 22 Augen oder mehr in der Summe ergibt.«

»Wem hier zuerst drei so hohe Würfe gelingen«, ergänzte Zenia, »bekommt von uns ein Getränk spendiert.«

»Aaah, wo gespielt wird, da lass dich ruhig nieder.«

Professor Zadek war aus dem Nichts aufgetaucht, lautlos, er hatte sein Jackett an den Garderobenständer gehängt und mit der anderen Hand bereits den freien Stuhl gegriffen, um nah an den Tisch heranzurücken. Er huscht, er bewegt sich wie eine Katze, dachte Zenia.

Zadek hob die Untertasse von einer Schale, die auf dem Tisch stand. »Sehr gut, Sie denken immer mit«, sagte er. »Eintopf und Schwarzbier gehen doch an mich?«

Zenia nickte, hoffentlich war die Suppe noch heiß genug.

»Wir beginnen. Bitte notiert jede Summe, die ihr erwürfelt«, sagte Emiljana, und schon wanderte der Würfelbecher.

Ärmel wurden hochgekrempelt. Hände gerieben. Mancher äffte die dramatische Mimik aus Filmen nach. Ohne Erfolg. In der ersten Runde gelang überhaupt nur Lisabet eine Wertung mit 23 Punkten. Emiljana und Zenia taten weiterhin so, als müssten sie sich wichtige Notizen machen.

Schon kamen weitere Bestellungen. Zenia sah zu, wie das Fräulein die Getränke zielsicher bei den Bestellgebern ablieferte und wieder verschwand. Zwei weitere Männer bestellten den duftenden Eintopf, es war ausdrücklich erwünscht, den Professor beim Essen zu unterstützen. Zenia hatte sich schon manchmal gefragt, ob es in Berlin noch ein zweites Kolloquium gab, bei dem Suppen gelöffelt wurden. Der Professor tupfte sich den Mund ab, würfelte 22 Punkte und riss beide Arme hoch, womit er seinen mangelnden sportlichen Ehrgeiz zu verspotten suchte, aber vor allem zwei Schweißflecke unter den Achseln zeigte. Gleich nach ihm gelangen auch Karl 22 Punkte, und das Spiel nahm sofort Fahrt auf, die Gruppe fühlte sich angestachelt. Benno setzte ein Bein auf den Stuhl, führte den Würfelbecher unter dem Hosenbein hindurch und übernahm ihn mit der anderen Hand. Dazu imitierte seine Stimme einen Trommelwirbel, damit der Ulk wie eine Zauberei wirkte. Herr Claus wollte ihm nicht nachstehen.

Auch er sprang aus dem Stuhl, schüttelte den Becher über dem Kopf, schwang die Hüfte im Takt dazu und drehte sich einmal um die eigene Achse. Jemand rief dazu *Oh lala*, jemand rief *Café Rio*, es wurde in die Hände geklatscht – der Wurf nach der Showeinlage hatte keinen Erfolg. Das Spiel war so einfach, dachte Zenia, es handelte nur vom Glück, und doch wollte jede Person zeigen, dass sie es besser konnte, dass sich die Würfel becircen ließen, und wer jetzt noch immer ein Ergebnis von nur 13 oder 14 Punkten würfelte, war ehrlich von sich enttäuscht.

Zenia und Emiljana nickten einander zu.

Die Sache lief. Auch die Länge des Versuchs schien Zenia stimmig zu sein, sie waren schon in der siebten oder achten Runde.

Die Kellnerin brachte die zwei weiteren Schalen Eintopf, und wieder konnte Zenia nicht umhin, ihren flinken Handbewegungen zu folgen. Sein blondes Haar hatte das Fräulein zum Zopf zurückgebunden, doch eine einzelne Strähne löste sich. Die Dramatik des Würfelspiels kommentierte die Kellnerin nicht, aber sie nahm mit den Augen neue Bestellungen auf. Pils, Weiße, Weißwein.

Lisabet, Karl und Professor Zadek hatten bereits zwei erfolgreiche Würfe verzeichnet, als innerhalb einer Spielrunde Herr Claus und Vera zu ihnen aufschlossen. Mit der Spannung stieg noch einmal die Lautstärke der Gruppe. Und dann war es ausgerechnet dem Professor vorbehalten, mit dem höchsten Wurf des Abends das Spiel zu gewinnen. 27 Punkte auf einen Schlag.

»Ich entschuldige mich ausdrücklich für die Verspätung«, sagte er, »aber ich musste noch üben.«

Alle lachten, erleichtert auch, dass es vorbei war.

»Welches Siegergetränk dürfen wir bringen lassen?«, fragte Zenia.

»Ein Pokal? Darauf bestehe ich nicht.«

»Wir aber. Und mit Nachdruck.«

»So? Na, Sie wissen, Frau Naujas, was Ihnen wichtig ist, würde ich niemals ausschlagen.«

»Ach, Ihre Zoten immer«, winkte Zenia ab.

Sie fand selbst, dass sie damit kleinmütig reagierte. Aber noch lief der Versuch und es galt, jede Ablenkung klein zu halten.

»Ich feiere mit einer Tasse Kaffee«, sagte Zadek schließlich, als die Kellnerin an den Tisch gekommen war. Sie nahm weitere Bestellungen auf, fast alle Gläser waren nach dem Würfelspiel geleert. Die Schalen, Tassen und Gläser stellte sie so ineinander, dass sie alles mühelos ohne Tablett zum Tresen transportieren konnte.

Das Mädchen ließ Zenia abschweifen. Erstaunlich, warum jetzt, warum heute, diese Kellnerin arbeitete doch schon länger hier. Bestimmt hat sie im Hotelfach gelernt. Aber habe ich denn etwa angenommen, dachte Zenia, im kleinen Schwedischen Café am Schlossplatz würden die Bedienungen noch ohne Ausbildung eingestellt? So etwas kann nur denken, wer hinten in der letzten Nische sitzt. Und sie tadelte sich für ihre Arroganz.

Lisabet drehte dann als Erste das Papier um, und es war gut, dass sie es unbemerkt von den anderen tat. Sie las still ihren unvollständigen Brief, las ihn ein zweites Mal, strich eine Passage und korrigierte. Zadeks Kaffee war noch nicht gebracht, da griff Karl, der von Lisabet weit entfernt am anderen Tafelende saß, seinen Bleistift, er drehte das Blatt um und schrieb ohne zu zögern am Brieftext weiter. Ihm musste ein ganz neuer Gedanke gekommen sein. Auch Vera sah sich ihren Brief an, schrieb aber nichts.

Kurz darauf löste Emiljana das kleine Experiment auf.

»Das Würfelspiel ist ohne Bedeutung gewesen. Nur darum ist es uns gegangen, ob ihr nach dem Würfelspiel zum Brief zurückkehrt.«

Emiljana klärte Zadek rasch über den ersten Teil der Übung auf, und dem Kolloquium erzählte sie davon, dass sie begonnen hätte, zu *unterbrochenen Aufgaben* zu forschen. Der Professor weitete die Augen.

Zadek hatte in seinen Vorlesungen einige Randnotizen zu Unterbrechung und Fortsetzung von Tätigkeiten gemacht, aber er hatte noch keine Versuchsmethoden angeboten. Vielleicht wirkte er deshalb in der Folge leicht zerknirscht, mindestens aber hin- und hergerissen – zwischen einer Begeisterung für die Initiative einerseits und aber der Ansicht, dass der Versuch noch unausgereift war, verfrüht kam. Zadeks Hauptkritik bestand darin, dass Zenia und Emiljana die gesamte Gruppe einbezogen hätten, denn die Motive für das Wiederaufnehmen einer Tätigkeit müssten am Einzelnen erforscht werden. »Die Ablenkung ist Ihnen gut gelungen«, sagte er, »aber wir müssen natürlich ausschließen, dass jemand den Brief nachher nur wieder aufdeckt, weil die Nachbarin es ihm gerade vorgemacht hat, nicht wahr?«

Emiljana ließ sich keine Enttäuschung anmerken. Vielmehr bestand sie darauf, dass nun Lisabet und Karl ihre Selbstbeobachtungen vortrugen. Lisabet sagte, sie sei beim Briefschreiben mitten im Satz unterbrochen worden und habe daher auch während des Würfelspiels an diesen Halbsatz gedacht. Karl hatte sich nicht eigentlich an den Brief erinnert, sondern daran, dass er seine Mutter um einen Gefallen bitten wollte. Damit standen die beiden allein. Alle anderen hatten sich vom Würfelspiel fortreißen lassen wie von einer Flussströmung.

Derweil brachte die Kellnerin Zadeks Kaffee und die weiteren Getränke. Sie stellte alles dort ab, wo es hingehörte, ließ danach den Blick schweifen, wobei Zenia nicht schnell genug wegsah. Da hob das Mädchen fröhlich das Kinn, fragend also, auffordernd, ohne zu stören, und Zenia tippte auf Veras Glas.

Das genügte, um Wasser mit Sprudel bestellt zu haben.

Keine Minute später stand das Sodawasser vor ihr.

Zenia ging ja auch manchmal ins Café Schiller zum Schachspiel, aber sie hätte nicht sagen können, ob die Kellner in den großen Kaffeehäusern auch so ... so tadellos funktionierten. Diese Kellnerin warf Fragen auf. Wenn sie nur gewusst hätte, welche Fragen.

Zadek, der den Studierenden immer unruhiger zugehört hatte, stellte seine Scheinwerfer auf. So nannten sie es, wenn er eine Sache wie ›Brief‹ von verschiedenen Seiten ausleuchtete. Er dozierte nun zum Schreibprozess eines Briefes, der kaum vergleichbar sei mit dem Akt, einen fertigen Brief noch einmal diktiert zu bekommen. Oder den bereits diktierten Brief gar abschreiben zu müssen. Beim Verfassen eines Briefes stelle das Geschriebene nur einen geringen Teil aller gedanklichen Prozesse dar, die uns ausfüllten. Zadek schob sein Papier in Richtung Tischmitte, damit man seinen begleitenden Zeichnungen folgen konnte. Zeichnen, denken, sprechen, das war alles eins. Er fragte, welche Art von Brief welchen Bereich der Psyche in Spannung versetze, und er beantwortete es sogleich selbst. Er sprach auch über fertige Briefe, den Akt des Zuklebens, wenn wir das Geschriebene nicht mehr ändern könnten. Wie dann die Spannung gleichsam abwanderte in Richtung Einwurf. Wir hätten einen Briefkasten vor Augen. Aber nur so lange, wie der Brief nicht darin verschwunden sei. Er sprach über Briefe, die wir aus Zeitgründen dem Partner übergaben, auf dass er sie einwerfe. Auch in diesem Fall würde der öffentliche Briefkasten keinerlei Valenz auf uns ausüben.

Schnell entstand der Eindruck, Zadek hätte über nichts in seinem Leben so viel nachgedacht wie über Briefe und Briefkästen. Zenia folgte ihm, und sie folgte ihm nicht. Es war unmöglich, jeden von Zadeks Gedanken zu erfassen, die sich in einer schier endlosen Kette aneinanderreihten. Sie bewunderte ihn dafür, dass er all ihre wissenschaftlichen Arbeiten leitete, aber sie hätte ihn am liebsten dafür geschimpft, dass er nicht locker ließ und jetzt ihr geliebtes Kolloquium bestimmte. Zenia kämpfte mit den beiden Emotionen, es war ihr auch in Vorlesungen schon passiert, wenn sie sich nicht mehr austauschen konnte, wenn er an der Tafel seine Diagramme malte, verbesserte, auswischte, neu ansetzte. Sie wurde darunter dann ganz apathisch, verlor alle Motivation.

Zenia ließ den Blick schweifen. Einige ihrer Freunde versuchten sich an einer stenographischen Mitschrift. Andere bekamen nur noch mehr Durst. Emiljana zeichnete an einer Tabelle.

Wie streng und klar Emiljana den Versuch angeleitet hatte. Es verband sie, dass sie gemeinsam den Ehrgeiz hatten, einen solchen Versuch durchzuführen, selbst wenn er dreifach verfrüht kam. Sie wollten dieser Gruppe angehören, und sie taten etwas dafür. Emiljana war in Aserbaidschan aufgewachsen, Zenia zum Studieren mit ihrem Mann aus Dwinsk hergekommen. Auch das galt für sie beide: Es war beinahe unmöglich geworden, die Eltern zu besuchen.

Und jetzt dachte Zenia daran, dass ihre Mutter in jungen Jahren einmal als Tresenkraft gearbeitet hatte, in einem Kasino für russische Soldaten.

Zadek hatte noch einmal die Kellnerin herbeigewunken.

Schließlich setzten alle die Stifte ab, lächelten, strafften den Rücken, sie wirkten gelöst ... auch der Professor ... irgendetwas war ihm gelungen, er betrachtete den Abend als gelungen. Auf seine Gedankenschnelle konnte er sich eben verlassen, dachte Zenia, selbst wenn er seine eigenen Pläne für das Kolloquium zurückstellte. Es passte aber zu ihm, dass er sein Glück in einer Ersatzhandlung preisgab: Zadek malte mit dem Zeigefinger waagerecht einen Kreis in die Luft, um der Kellnerin zu bedeuten, dass er alles zahlen würde. Zenia fand es peinlich, schon wegen seiner Würfelprämie, und sie war kurz davor, Einspruch zu erheben, aber warum sollte sie des Professors Laune unnötig trüben.

Es war ja sogar untersagt, sich für solcherart Einladungen bei ihm zu bedanken.

Nun hatte auch die Kellnerin erstmals Zettel und Stift zur Hand genommen. Sie sah jeder Person ins Gesicht und sagte dann, was man gegessen und getrunken hatte. Zenia sah fasziniert zu, es waren ja immer mehrere Posten. Dabei strich sich das Fräulein wieder seine Haarsträhne hinters Ohr, ohne Verlegenheit. Ein einziges Mal hob sie am Wortende dic Stimme, so als würde sie fragend raten, nicht sicher zuordnen, was sich aber als Koketterie entpuppte. Sie lag auch dieses Mal richtig.

Zenia selbst nickte ein Glas Mosel ab, ein Glas Soda, einen Kaffee, einen Kräutertee. Die Bestellungen einer unschlüssigen Person, dachte sie über sich selbst.

»Nichts für ungut, Frau Naujas, der Versuch ... ich achte es hoch, dass Sie etwas ausprobieren und auch ins Risiko gehen.«

Der Professor warf sich gerade sein Jackett über.

»Wie? Ich war in Gedanken ... pardon.«

Der Professor wiederholte den Satz.

Etwas ausprobieren, genau. Sie nickte. Aber eine gute Kopfrechnerin war die Kellnerin nicht, die Einzelsummen jeder Person notierte sie auf einem kleinen Handblock, zog dann die Zwischensummen, die sie in einem zweiten Schritt zur Gesamtsumme addierte. Sie benötigte einige Zeit, und

Zenia zog den Blick nicht von ihr ab. Elf Gäste hatte sie bedient, und dabei den ganzen Abend und noch in der Schlussrechnung keinen einzigen Posten vergessen, so als seien Gesicht und Konsum zwei jeweils passgenaue Kärtchen in einem Legespiel. Wie um Himmels willen gelang ihr diese Zuordnung?

2

Helene saß am Caféfenster, vor sich ein kleines Glas Exotik, Cranberrysaft. Den durfte sie sich gönnen. Ihre Kollegin war beim Aussteigen aus dem Bus gestürzt und hatte sich glatt den Arm gebrochen, ausgerechnet jetzt, wo Schnee und Eis passé waren. Und Helene war also seit der Frühe auf den Beinen, hatte eine Doppelschicht in den Knochen. Sie sah hinaus in den Verkehrsstrom, der immer nur mäßig ausdünnte und nie verebbte, und sie spürte ihren Blick in den Lichtern der Laternen verschwimmen, so erschöpft war sie.

Aber dieser zauberhafte Geschmack auf der Zunge. Und vor sich das Ungetüm, »Dit große Jeg'nüba«, wie ein Stammgast es auf seine schnodderige Art benannt hatte. Irgendwie ist doch das Stadtschloss, fand sie, weil man es selbst nie betrat, mit den Jahren immer unwirklicher geworden. Nicht viel mehr als eine Kulissenwand, vor der die Busse und Straßenbahnen hinüberzogen. Wie Helene hinsah und die Augen auf das Hauptportal scharfstellte, wunderte sie sich plötzlich darüber, dass zwei oder drei Menschen darin verschwanden.

Herrje. Das war ja nun ... als hätte sie es nicht mehr für möglich gehalten, dass man überhaupt hineinging.

Durch die Stimmen und das Gelächter fanden ihre Sinne zurück ins Café. Ausgerechnet die Nische hinten, mit der Eckbank. Dort saßen ja lauter Menschen, die das Schloss von innen kannten. Helene wusste nicht mehr, von wem sie es erfahren hatte, aber die Psychologen nutzten seit einiger Zeit Räume im Schloss für ihre Forschung.

Psychologie.

Das Wort war im Grunde auch bloß ein Blitzlicht, das die Schlossfassade kurz hell machte, und gleichzeitig hielt es alles Leben im Inneren des Schlosses dunkel und verborgen.

Dass die Studenten aber auch so ausdauernd waren. Immer ihre letzten Gäste am Dienstag. In der großen Gruppe waren sie lustig. Kamen sie tagsüber in Paaren oder allein, ging nicht gerade eine einladende Heiterkeit von ihnen aus, aber auch das war Helene recht, manchmal hatte es ihr sogar imponiert. Wenn sich fremde Männer näherten, um ein dämliches Aperçu loszuwerden, wussten sich die Studentinnen gut zu wehren. Sie hätten zu arbeiten. Ein ums andere Mal hörte Helene, wie sie das sagten. Stören Sie uns bitte nicht. Wir haben zu arbeiten. Dann die höhnischen und lästigen Widerworte von Verehrer eins und Verehrer zwo. Und die Studentinnen wieder nur kühl: Oh, ein schönes Bonmot. Danke dafür. Danke, wir arbeiten.

Wie oft war Helene heute bei ihnen am Tisch gewesen? Für dieses Jahr bestimmt Abendgesellschaftsrekord. Frau Lagerbäck hatte es ihr ja vorausgesagt. Sobald der erste Krokus ans Licht kommt, fangen die Menschen an zu trinken. Sagte sie jedes Jahr, die Chefin. Sie sagte allerdings auch: Sobald die ersten Linden blühen. Die Chefin hat halt immer recht.

Aber nun wollten auch die klügsten Geister endlich mal ins Bett. Helene kassierte. Allgemeines Stühlerücken, Küsschen hier, Schulterklopfen da, und rein in die teuren Strickjäckchen. Waren ja alles Bürgerliche, konnte ja gar nicht anders sein, als dass die Eltern fürs Studieren aufkamen. Trotzdem übernahm wieder der Professor die Rechnung. Der aufgedrehte Professor, der immer zu spät war und dafür der Freundlichste von allen. Er hatte schütteres Haar, aber eine merkwürdig junge Haut, war bestimmt nicht viel älter als seine Schülerinnen.

Eine blieb noch sitzen. Helene kannte das Fräulein, und sogar beim Namen. Zenia. Die kam manchmal zum Kaffee mit ihrer Freundin, die genauso dunkle Haare hatte. Jetzt schrieb sie, mit der linken Hand, energisch, fast verbissen schnell – und hob die rechte, ohne dabei den Blick von ihrem Papier zu nehmen, immer wieder zur Verabschiedung: »Bis morgen, bis morgen, schlaf gut, ja, bis morgen.«

Einen Brief an ihren Liebsten schrieb sie jedenfalls nicht. Es sah aus wie eine Strafe, jemand musste den Abend wohl protokollieren. Helene lächelte alle anderen hinaus und ließ auch den Tabakrauch ab, indem sie die Tür mit dem Holzkeil festklemmte. Beim Abtrocknen der letzten Gläser wünschte sie sich einen kühleren März im Gesicht und unter der Bluse.

»Darf ich noch ein wenig sitzen?«, fragte Zenia.

Ein wenig sitzen? Ein wenig unverschämt, dachte Helene. Sie überlegte, was sie sagen sollte, aber setzte sich bloß mit einem Glas Wasser nach draußen, aufs Fenstersims. Es war schade, dass sie draußen keine Stühle stellten, auch im Sommer nicht, aber das Trottoir war nicht mitgepachtet. Ein Mann bot ihr eine Zigarette an und sie lehnte harsch ab, weil sie wusste, er würde sich dazusetzen. Als sie wieder ins Café trat, schwenkte sie nach links aus, um von der Nische aus gesehen zu werden. Da legte die Studentin den Stift ab und winkte.

»Ich möchte Sie etwas fragen.«

»Was jibt's denn noch, Madamchen?«

Helene füllte ihr Glas auf und ein weiteres dazu, ging hinüber. Sie wusste nicht genau, warum sie nachgab, warum sie jetzt noch auf Wünsche einging, aber als sie näher kam, war ihr, als betrete sie einen Energiekreis, dem sich alles an ihr widersetzte. Das kleine Fräulein Zenia musste noch gänzlich unter dem Eindruck ihres Clubtreffens stehen, die Gesichtsmuskeln, ihre Hände, alles an ihr war angespannt, sogar die Füße hatte sie aufgestellt, die Zehenspitzen auf dem Boden, die Fersen gegen die Stuhlbeine gepresst. Wie unter Leuchtstrom, dachte Helene, und es fiel ihr schon deshalb auf, weil ihr eigener Kopf in Gedanken gerade das große Loch im Nachthemd durchstieß. Sie war nicht bloß ungeduldig, sie musste jetzt alles, was ihr überhaupt noch an Kraft zur Verfügung stand, zusammenhalten, um damit das Café auszufegen.

»Wie heißen Sie noch?«

»Helene.«

»Helene, darf ich Sie etwas fragen, und Sie beantworten es so, wie Sie es beantworten können. Es ist ganz einfach.«

»Wenn es … warum nicht, aber rasch.«

»Wie können Sie sich die Bestellungen so gut merken, ohne Notizen zu machen?«

»Ja, das kann ich.«

»Und dann bei der Schlussrechnung auch. Wie machen Sie es, ist das nicht eine große Kraftanstrengung?«

»Ich empfinde es nicht so. Ich bin daran gewöhnt.«

»Gewöhnt, verstehe.«

Ihr letzter, ihr hartnäckiger Gast schrieb wieder etwas auf, einen ganzen Satz, es dauerte, und dann hob die Studentin den Kopf:

»Und was habe ich heute Abend getrunken?«

»Noch mal? Sie? Rotwein und Kaffee.«

»Wie viele Gläser?«

»Zwei?«

»Was hat Emiljana getrunken?«

»Pfff, Emiljana ist Ihre Freundin, die ihre Haare hier oben zusammengesteckt –«

»Genau.«

»Was sie – ich meine, auch Rotwein.«

»Wie viel Kaffee haben Sie dem Professor Zadek gebracht?«

»Kaffee, Professor. Ick bin janz ab, Frau Zenia, pardon, das ist mir jetzt zu viel, und ich muss auch ausfegen.«

»Nur noch dies.«

»Einmal Kaffee.«

»Er hatte zwei Tassen. Danke. Ich will Sie gar nicht quälen.«

Helene wusste nicht, was das Ganze sollte. Und sie sah der Studentin an, dass diese keine Auskunft darüber geben würde. Nur ein schiefes Lächeln. Und öffnete jetzt ihre Tasche, verstaute ihre Unterlagen und ihren Federhalter darin.

»Etwas anderes: Können wir nicht Du sagen zueinander?«

»Sicher«, nickte Helene ohne jegliches Zögern, »ich bin Helene, nenn mich Leni, aber jetzt schmeiß ich dich raus. Ich arbeite nämlich schon seit dem Mittag.«

»Gut. Leni. Weißt du, ich habe das Ergebnis vorhergesehen.«

»Wat für'n Erjebnis denn?«

»Als der Professor Zadek vorhin unsere Rechnung bezahlt hat, hast du jeden einzelnen Posten richtig zugeordnet – und dann musst du aber unseren ganzen Abend mitsamt den Rechnungsposten zu den Akten gelegt haben, die dich nicht mehr interessieren. Und eben konntest du sie nicht mehr aufrufen, als ich dich danach fragte.«

»Die Müdigkeit.«

»Vielleicht. Sie spielt mit hinein. Aber es sind nur zehn Minuten vergangen.«

Helene zog die Schultern hoch.

»Was fast noch schöner ist: Du hast gesagt, du willst jetzt lieber ausfegen. Da hast du mir gezeigt, dass du innerlich schon mit einer neuen Aufgabe beschäftigt bist.«

»Mag sein.«

»Ja, mag sein. Ich weiß, dass du das alles normal findest. Und du fragst dich: Das soll Psychologie sein?«

»Ick frag ma jrade jar nischt mehr.«

»Na, vielleicht sprechen wir lieber ein andermal weiter, was?«

Sie standen auf, wünschten sich eine gute Nacht. Das Fräulein knöpfte das Jäckchen zu, setzte eine Ballonmütze auf, deren kleiner Schirm sie in die Nähe der Arbeiterinnen rücken sollte. Dabei hatte sie ein güldenes Halskettchen getragen, so hauchdünn, dass es nur teuer sein konnte.

Helene schloss hinter Zenia die Cafétür ab und verfolgte doch, wie die Studentin über den Schlossplatz in Richtung Linden ging. Ein schöner Gang, wenn auch keine Tänzerin, die Schultern hingen leicht nach vorne. Schon setzte sie sich aber, als sie die Schlossfreiheit erreichte, auf die Treppenstufen, kramte in ihrer Tasche. Und fing wieder an zu schreiben. Ach, die Arme, dachte Helene zuerst, dann: Welche Ausdauer sie hat.

Sie holte den großen Besen hinter dem Vorhang zwischen Gaststube und Küche hervor, und als sie ausgefegt hatte, wischte Helene den Boden, wie Frau Lagerbäck es wollte, mit lauwarmem Seifenwasser, was das Holz schützte. Sie wollte nur noch hoch auf ihr Zimmer, hatte nicht einmal genug Kraft, sich richtig zu ärgern, spürte aber doch einen nachträglichen Stich – die Worte der Studentin hatten eine kleine Verletzung in ihr ausgelöst. Sie nahm ihre Tätigkeit als Kellnerin ernst, und hier ging es um ein Unvermögen ihrerseits, einen Mangel, hier stand doch unter dem Strich: Fräulein Lassahn war es nicht gelungen, die abendliche Verzehrrechnung für den Tisch ein zweites Mal aufzumachen.

Ich weiß, dass du das alles normal findest, hatte die Studentin gesagt. Also war es nicht normal. Niemand war derart vergesslich und wusste von einem Moment auf den anderen nicht mehr, was sie getan hatte.

Die Kammer kühl. Helene legte sich im Nachthemd auf die Decke. Sie hörte die Stimme von Frau Lagerbäck, nach dem Mittagstisch. »Schlechte Nachricht, Leni, weißt du, die Karen ist gestürzt und gleich ins Krankenhaus.« »Nu ha ick jrade Kasse jemacht.« »Dann gib dir jetzt ein halbes Stündchen, und dann übernimmst du die Abendschicht, ja?«

Daran dachte sie wohl, weil genau *das* in ihrem Leben normal war. Frau Lagerbäck bestimmte, was getan wird. Und Helene Lassahn bekam zu verstehen, dass sie auch nach drei Jahren noch nicht über ihre eigene Zeit verfügte. Und sie verstand es auch immer. Aber eben nicht mit dem Herzen. Das Herz brauchte mal Pause. Sie war noch keinen einzigen Tag krank gewesen, seit sie für Frau Lagerbäck arbeitete. Weil das Leben einen immer vorwärtstrieb. Und auch weil sie so viel auf ihre Chefin hielt.

Unfall ist eben Schicksal.

Und dicke Füße sind dicke Füße. Träum dir lieber ein Gedicht, Leni, mit Reimen und allem. Träum was Dummes von den Männern. Waren heute wieder zwei oder drei hinzugekommen. Wie war das mit dem Herzen eben und der Pause? Aber wurde ja Frühling und jeden Tag sagte ihr irgendwer was janz dolle Zerreißendes, wollte sie irgendwohin einladen, schlimm war das, eine Inflation von Wimmern und Himmeln und Stammeln. Wie mit dem Geld vor ein paar Jahren, als sich alle fragten, was das Ei wert war, wenn es zwei Milliarden Mark kostete. Aber wer wollte die Männer belehren. Etwas normal finden. Gott, war sie müde. Und wie ihre Beine pochten. Nach einem solchen Tag sofort einzuschlafen, sofort einschlafen zu können, das wäre normal gewesen. Helene konnte es nicht.

3

Zenia fluchte leiser, als ihr Ehemann eben geflucht hatte, aber jetzt fluchte sie tatsächlich auch. Nie wurde sie ein Wort über ihre Arbeit los und drehte doch gerade schier durch vor Impulsen. Auf dem Weg zur Hochbahn zog es ihre Schultern in die Höhe, ballten sich beide Fäuste am Körper, so sehr hatte sie sich gewünscht, Dima teilhaben zu lassen, ihm vom gestrigen Gespräch mit Zadek zu erzählen, vom Kolloquium.

Seit sie die Kellnerin im Schwedischen Café bei der Arbeit beobachtet und darauf zur Rede gestellt hatte, dachte Zenia nach und ordnete, den lieben langen Tag rollte sie ihre neuen Fragen wie Käselaibe durch die Straßen Berlins: Wie reagiert unsere Psyche auf erledigte Bestellungen, wie auf unerledigte Wünsche? Was passiert in uns, wenn wir etwas erledigen und *zu den Akten legen*? Welche Dinge halten wir für erinnerungswürdig, und für wie lange? Wodurch verlieren wir die Lust, uns etwas zu merken?

Sie wehrte sich einfach dagegen, dass Dimas Wut sich auf sie übertrug, daher ging ihr Puls so schnell. Спокойно. Konnte er seine Probleme bei der Zeitung nicht in Ruhe mit ihr besprechen? Dimitri Alexandr Naujas, der seit achtzehn Monaten die *Britva* in den Berliner Straßen verteilte, der ihnen die Druckmaschine durchs Treppenhaus gewuchtet hatte, der jede freie Minute dafür gab, dass die Exilanten Gehör fanden – ausgerechnet er wurde von den Genossen zum Gespräch einbestellt! Auf welche Weise sollte er seine Solidarität denn noch unter Beweis stellen!

Beruhige dich, спокойно, du hast ja recht, aber du weißt doch, die Vermieterin.

Die Bahn fuhr jetzt über der Straße gen Osten, zu beiden Ufern ausgegossen: das große Weltstadtlicht. Zenia schloss die Augen gegen die Reize. Nur gut, dass ihr Mann sich gar nicht erst umgezogen hatte. Ihn mitzuschleppen, ihn auf der Geburtstagsfeier ihres Professors im Auge zu behalten, unmöglich. Wie er sich schlecht benehmen würde, dann schämen, schließlich betrinken. Sie hätte Qualen gelitten, allein der Gedanke daran schüttelte sie durch.

Endlich Schlesisches Tor. Hinaus und die Treppe hinunter. Zenia war noch nie hier gewesen, hatte weniger Trubel erhofft, mehr Randlage. Stattdessen Reklame und hundert Schilder an den Hofeingängen, alles schien doppelt und dreifach belegt mit Industrie und Kleingewerbe. Erst an der Schlesischen Straße standen die Lichter etwas weiter auseinander. Hinter einer Fabrik wurden die Häuser niedriger, auch breiter. Sie erinnerte sich daran, dass Zadek einmal von einer Försterei gesprochen hatte, die nicht weit von seiner Wohnung entfernt lag. Irgendwo musste Berlin ja enden. In halbdunkler Ferne die hohen Umrisse von Pappeln. Ein langer Kerl, ein dünner Mann, hat hunderttausend Schellen an. Der Mutter Rätselreim zur Silberpappel an der Dwina. Die Eltern hatten den Deutschen vieles abgelauscht. Und als hätte Zenia nun doch eine Grenze überschritten, sah sie plötzlich Sterne am Abendhimmel und für einen Moment war sie in Gedanken daheim in Dwinsk.

Drinnen brannten Kerzen. Der Professor kam zur Tür geeilt, ein Geschenk hatte er schon im vorhinein abgelehnt, jetzt drückte er Zenia die Hand, noch bevor sie ihre Glückwünsche loswerden konnte. Das war sehr typisch, sein Geburtstag – er wurde 35 – galt ihm nichts, die Gesellschaft alles, und tout de suite wurde jeder neue Gast in die Runde eingeführt.

Kein Wort auch darüber, dass sie allein gekommen war. Sie durfte ihn Leonard nennen, fiel ihr ein, aber heute lieber nicht. Natürlich siezten sie sich. Er stellte ihr einen Nachbarn vor, ein kleiner, kahlköpfiger Physiklehrer, der im zweiten Obergeschoss wohnte. Die beiden Männer scherzten darüber, dass sie sich regelmäßig im Treppenhaus trafen, ihre Stifte zückten und zeichneten, auf dass der eine teilhaben möge an der neuen Weltordnung des anderen. Über ihre geheimen Zusammenkünfte strahlten sie eine diebische Freude aus, der Psychologe nicht weniger als der Physiker.

Zenia sah sich um. Die Wohnung war modern eingerichtet, nüchtern, es fehlten Spitzendeckchen oder irgend Geklöppeltes, und Teppiche hingen weder an der Wand, noch lagen sie auf dem Parkettboden, nur ein sehr großformatiger – weinrote und beigefarbene Quadrate im Wechsel – im Speisezimmer unter dem Esstisch. Anders als bei vielen Bürgerlichen gab es auch keine exotische Kunst, was Zenia nicht weiter wunderte. Leonard Zadek war kein Weitgereister, und wäre er einer gewesen, so hätte er seine Reisen nicht jedermann durch Objekte belegt.

Sie lächelte an, wer auch immer ihren Weg kreuzte. Die Philosophie war da, die Angewandte Psychologie, das Schallarchiv, auch zwei Assistenten von Rauch, von denen Zenia nicht wusste, ob sie sich immer noch mit Telegrafen beschäftigten. Wenn man zurückhaltend blieb, gehörte man schon beinahe dazu, dachte sie, Männer verbeugten sich aus der Taille. Ein fescher Kerl stellte sich als »Dritter Stock links« vor. Er sei Rechtsanwalt. Aha. Sie sei Psychologin. »Ah so, Sie auch.« Zenia dachte gar nicht daran, ihm den Gefallen eines Gesprächseinstiegs zu tun. Da sagte der Mann, und er sagte es mit sehr ruhiger Stimme, dass sich seine Frau im tödlichen Stadium der Schwindsucht befinde. »Und da suchen Sie schon was Neues?« Er stand still, wusste wohl nicht, ob er gehen sollte oder widersprechen. »Na dann«, antwortete Zenia, »Champagner.« Sie hatte in Berlin rasch gelernt, die Geschmacklosen mit ihrer Geschmacklosigkeit zu konfrontieren.

Gerade kam Rauch zur Tür hinein, Frau Zadek nahm ihm den Mantel ab. Sie nannten ihn nur *den Langen*, auch auf dieser Feier überragte er alle anderen Gäste mindestens um einen halben Kopf. Weste unter dem Anzug, Uhr an der Kette, volles, weißes, im Goldenen Schnitt gescheiteltes Haar. Rauch galt als unantastbar, zu Rauch sah man notgedrungen auf, und gerade deshalb war es für die Psyche manchmal schwer, den Nackenwirbeln zu folgen. Nicht einmal der Krieg war ihm zu Leibe gerückt. Zenia hatte auch gehört, was man sich unter den Studenten erzählte: dass er die vollen vier Jahre auf der Insel Teneriffa verbracht und dort im Dienste der Preußischen Akademie die Lernprozesse von Schimpansen erforscht hatte. Auf Teneriffa hatte Rauch die Anthropoidenstation geleitet, in Berlin leitete er das Institut. *Folgerichtig* sagten manche, das sollte ein Witz sein.

Ein Toast im privaten Kreise, zum Geburtstag des Kollegen, das war für Rauch nicht mehr als eine Fingerübung, dachte Zenia. Dafür brauchte es weder Vorbereitung noch Podest. Nervöse Gemüter hätten vielleicht die Kindertrommel genutzt, die in der Spielecke lag, Rauch fand den Kerzenschein der Menora hell genug, um daneben das Glas zu erheben, er stellte die Fußspitzen in den tadellos glänzenden Schuhen leicht nach außen, räusperte sich einmal – und hatte die Gäste schon im Halbkreis um sich geschart. Eben noch in die schwierige Aufgabe versenkt, die Abendgesellschaft auf Papier zu bannen, ließ nun selbst Leonards Tochter den Kohlestift sinken, schob sich zwischen den erwachsenen Hüften vorwärts, schmiegte ihren Hinterkopf in die Handfläche der Mutter. Sie war vielleicht sechs Jahre alt, Zenia sah im Profil das hübsche Gesicht. Man lauschte.

Treptow war das Stichwort, Zadeks Wohnung befand sich am westlichen Rand von Treptow, und den Stadtteil nahm nun Rauch als Aufhänger für seine Rede. »Ich gebe zu, ich bin zum ersten Mal hier draußen«, gestand er, »und dachte fast, es wäre noch ländlicher bei Ihnen, Herr Kollege. Ich hatte von der großen Cöllnischen Heide gehört, aber sie ist ja ganz verschwunden, so dass die letzten imposanten Eichen unter Ihrem Balkon schon beinahe wirken wie ein Mahnmal der Natur.«

Zenia musste schmunzeln, auch der Jubilar stimmte nickend zu. »Aber so ist es wohl«, setzte Rauch fort, »Groß-Berlin kriegt den Hals nicht voll, bis es sich Größer-Berlin nennen darf. Nur warum das Imperium aus Stahl und Stein und Glas ausweiten bis nach Treptow? Herr Professor Zadek, war das etwa keine schöne Zeit, als hier nur noch heißes Wasser ausgeschenkt wurde und das Volk stopfte sich die Taschen selbst mit dem braunen Zauberpulver, um sonntags die Spree entlang ins Jrüne zu ziehen? *Der alte Brauch wird nicht gebrochen, hier können Familien Kaffee kochen.* Ich hänge dem nach, deshalb – nehmen Sie es mir nicht übel, ich hatte natürlich unbedingt vermutet, bei Ihnen bewirtet zu werden – habe ich mir doch als Kaffeeliebhaber meinen Stoff vorsorglich selbst mitgebracht.«

Rauch zog ein Tütchen Zuntz-Kaffee aus dem Jackett, wie man ihn am Spittelmarkt bekommt, und zeigte es, an spitzen Fingern ergriffen, in die Runde.

»An Sie gerichtet, liebe Frau Zadek« – und Frau Zadek legte gleich den Kopf schief und lächelte kokett, ein wenig unterwürfig, fand Zenia –, »den Berliner Volksmund zitiere ich heute nicht für die Pointe, sondern vor allem, weil ich Ihnen sagen will, wie viel Ihren werten Ehemann mit dem Milieu verbindet, dem der Spruch abgelauscht ist. Ihr kluger Mann ist selbst ein Arbeiter und hört nicht auf, ein Arbeiter zu sein. Er widmet seinen Kopf ausdauernd den psychischen Folgen der Handarbeit, ich erinnere an seine langen Untersuchungen zu den Arbeitsprozessen des Textilhandwerks. Ja, wir unterstützen es ausdrücklich, dass unser Psychologisches Institut über den Kollegen Zadek heute eine Verbindung unterhält mit den Textilfabriken des Landes, einmal vielleicht auch mit den Kaffeeplantagen in Übersee.«

Rauch führte die Hände zusammen, spitzte keck den Mund: »Mit ebenso großer Freude aber sehen wir, dass sich der Jubilar in den letzten Monaten stärker noch den innermenschlichen Problemen zugewandt hat. Mit einer ständig wachsenden und überaus motivierten Gruppe von Studenten erforscht er, wie unser Wille entsteht, warum sich unsere Spezies mitunter so sonderlich verhält, warum sie Kriege führt, Geburtstagsreden schwingt, warum sie den Rohling oder Raffke gibt, um im nächsten Moment wieder Sterne zu vermessen oder die Nachtigall im Hof zu vergöttern.«

So ging es noch eine ganze Zeit lang weiter. Zenia dachte noch immer an den Einstieg. Den hätten sich andere gar nicht getraut – sie war doch schließlich selbst »zum ersten Mal hier draußen«, aber Rauch tat ja gerade so, als lebte er in einer anderen Stadt, als gäbe es keine Ringbahn, die seinen Hohenzollerndamm mit dem Treptower Park verband in kürzester Zeit. Zenia meinte, es verbot sich, den Westen so hervorzukehren. Und was war das nun mit seinem Kaffeepulver, kam er darauf zurück, oder wollte Rauch die jüdischen Einwanderer nur über eine Berliner Tradition in Kenntnis setzen?

Er sprach jetzt über das Institut, über die gute Zusammenarbeit zwischen den Fachgebieten. Zenia hätte die Zeit gern genutzt, um endlich ausgiebig das Interieur der Wohnung zu betrachten oder wenigstens in fremden Gesichtern zu lesen, was man von Rauchs ausgiebiger Rede dachte. Leider konnte sie ihren Blick nicht von den Hauptdarstellern abziehen. Sie sah die beiden ja kaum einmal zusammen, und es war ihr noch gar nicht (oder nicht mehr) klar gewesen, welch ungleiches Paar ihre beiden Professoren abgaben. Der Lange und der Kleine. Der Helle und der Dunkle. Man fing ja fast zwangsläufig an, in Gegensätzen zu denken, dachte Zenia, in eben jenen starren, aristotelischen Begriffen, die Zadek für die Psychologie unbedingt auflösen wollte.

»Das Institut hat herausgefunden«, dozierte Rauch mittlerweile, »dass die Welt eine gestaltete Welt ist, für die sich Gesetze schreiben lassen. Unsere Sinnesorgane ziehen die Dinge zusammen. Wir sehen Bewegungen zwischen unverbundenen Lichtschlitzen, wir sehen Reihen und Haufen, wir hören Intervalle und Melodien, wir müssen lernen, unsere Seele, die sich für die einzelnen Töne gar nicht öffnen könnte, aus der Melodie abzuleiten.«

Was Zadek anging, er wurde ob des Referats immer unruhiger, das sah sie. Einmal griff er sich vor Beklemmung an die Krawatte oder sogar an die Gurgel. Aber schließlich trat Rauch heraus aus seiner Ganzheitswelt und hängte in alter Und-Summenhaftigkeit die Verdienste Zadeks aneinander: »Ihre Aufsätze zu x, Ihre praxisnahe Forschung zu y, Ihr Einsatz, Fleiß und Ihre Vielseitigkeit ...« Dankbar über das Lob, das schon zu lange hatte auf sich warten lassen, hörte Zenia sich innerlich die Reihe fortsetzen ... Ihr Humor, Ihre Zuwendung, ja, Fürsorge um die Studentinnen und Studenten, Ihre Denkschärfe, Schnelligkeit, auch Ihre Ungeduld, ja sogar ... aber bevor sie sich verlor, wurden vor ihr die Gläser erhoben, »herzliche Glückwünsche zur Vollendung Ihres

35. Lebensjahres«, rief der Institutsleiter Rauch, »auf Ihre Zukunft, werter Kollege, und auf die Zukunft der Psychologie!«

Hoch, riefen die geladenen Gäste. Hoch, hoch, das bezog Zenias Mentor anscheinend auf die Mundwinkel, denn die waren Zadek zu einem Lächeln gefroren und konnten keinesfalls noch weiter angehoben werden. Sein Händedruck mit Rauch geriet so statisch, dass Zenia an ihren Ehemann dachte, der zu Hause im Sessel saß und rauchte, und da spürte sie, dass sie für diesen Moment im Dreieck mit den Männern verbunden war, in einem Dreieck der Passivität. Zadek war vermutlich ratlos vor Respekt. Oder er versuchte, die Glieder der Rauch'schen Rede miteinander zu verbinden. Und wie deutsch der Institutsleiter jetzt wirkte! Deutscher konnte man doch gar nicht aussehen, diese blauen Augen, immerzu sah man in Rauchs Augen die Auszeit auf der fernen Insel. Nur dort, fern des europäischen Krieges, konnte die Autorität so tief in ihm geankert haben. Seine Augen waren selbst zwei Zimmer mit Meerblick.

Das war es. Die zwei standen nebeneinander, und doch war es unmöglich, dass der Jubilar in die Nähe des Redners geriet, dachte Zenia, oder sich auch nur aus dessen Blick zu befreien wusste. Längst hätte Zadek zu einer Antwort ansetzen müssen. Und jetzt schwitzte sie für ihn mit. Er war ja immer so genau in der Sprache, er konnte, wenn die Studenten nicht exakt formulierten, sehr unfreundlich werden, dann platzte er in den Satz und wies sie zurecht. Zenia hatte solche Szenen immer nur bezeugt, aber sie waren ihr ein Ansporn gewesen, die deutsche Sprache noch rascher und besser zu lernen. Manchmal fand sie Leonard Zadek überempfindlich. Dann wieder nahm sie ihn in Schutz und dachte, sein Geist sei zu einer Simultanität verdammt, für Zadek war es im Grunde *eine*

Tätigkeit, jemandem zuzuhören, dessen Gedanken zu verwerten und die Leerstellen zu füllen.

Das musste sehr anstrengend sein. Und es war ja auffallend, wie kolossal erschöpft er manchmal nach dem Kolloquium am Schlossplatz wirkte. Er machte dann noch einen seiner Spaziergänge, konnte nicht gleich am Stadtverkehr teilnehmen, nicht gleich zur Familie nach Hause. Und wie Leonard jetzt dastand neben seinem Institutsleiter, dem selbstsichersten Menschen der Stadt, war sich Zenia plötzlich ganz sicher, dass Zadek unter etwas litt, das in der Rede steckte und das sie überhört haben musste.

»Ich danke Ihnen sehr, Herr Professor, für Ihre Worte.«

Und weiter? Wie Zadek sich mit der flachen Hand über die linke Schläfe fuhr, als sei dort noch Haar zurückzustreichen, wie er sich die Nickelbrille zurechtrückte, die die runde Form seines Gesichts nur noch betonte, wie er seine Stirnfalten zeigte, wirkte er auf Zenia plötzlich unendlich alt. Ich danke Ihnen, war das alles? Das konnte nicht alles sein. Seine Frau wartete, alle warteten, Zenia wurde kalt unter den Schulterblättern. Sie starrte Leonards kleine Tochter an, aber gebraucht hätte sie Dima, sich an ihm festzuhalten, oder Emiljana, die für die Feier abgesagt hatte, um ihre kranke Nachbarin betreuen zu können. Und auch die Kellnerin Helene hätte jetzt geholfen, sie hatten sich in den letzten Tagen zweimal ausgetauscht, aber Helene war ja nicht eingeladen.

»Wissen Sie, Herr Professor«, sagte Leonard, »mir scheinen Ihre Worte heute und immer wieder verwandt mit den Taten jener Zauberkünstler, die die Berliner Bühnen so zahlreich bevölkern«, er schloss die Augen, nur um sie gleich darauf weit zu öffnen, »und die kurz vor dem Ende des Programms dann in den Saal schauen und darum bitten, dass ein Freiwilliger näher komme und ihre Zauberei beäuge. Und immer findet sich ein Mann, der eben noch zum großen Publikum gehörte und nun freiwillig die Bühne besteigt. Neugier, Übermut, Aufschneiderei – die Motive müsste man untersuchen. Er weiß genau, dass er die Zauberei nicht aufdecken wird, doch er mag wohl hoffen, oben auf der Bühne von der Aura des Zauberers zu profitieren.«

Zenia stand der Mund offen, vor Erleichterung, aber auch weil sie kein Wort verstand. Zauberei? So verblüffend gut war Rauchs Rede gerade nicht gewesen. Doch es fühlte sich richtig an, Zadek nicht zu verstehen. Es war, als steige er tatsächlich aus einem Zauberhut oder krieche aus einer Höhle hervor ans Licht. Und als er jetzt eine Pause machte, schien er diese Sekunden schon fast zu genießen, Zadek lächelte, er spielte die Pause aus, als machte er sich damit selbst ein kleines Geschenk.

»Und so bin ich selbst an meinem Geburtstag«, sagte er, »nichts weiter als der freiwillige Assistent eines Zauberers, wir können ruhig sagen: die Versuchsperson, die sich dem Versuchsleiter zur Seite stellt. Was soll ich jetzt hier, aus dem Parkett vertrieben ins Scheinwerferlicht, das aus den Augen meiner Gäste strahlt? Ich sehe das zersägte Opfer und weiß, dass Sie, Kollege, es mit einer lässigen Geste wieder zum ganzen Mann zusammenfügen. Ich sehe die Taube in der Rakete, ich sehe die Raupe in der Takete, ein kleiner weißer Geist hinter der Scheibe, aber sobald ich sie herausholen will, wird sie hinter mir auf der Fensterbank sitzen. Sicher können Sie auch die Uhren rückwärts laufen lassen, und sie wandeln noch die braune Flüssigkeit zurück in Kaffeepulver. Nein, geehrter Professor und Zauberer Rauch, nach Ihrer Rede fühle ich mich wie einer, der keinerlei Punkte machen kann, daher ist mein Dank schon zu lang geraten und alle weiteren Worte wären bloß Dummheiten. Nochmals Dank für die Glückwünsche. Seien Sie alle herzlich willkommen, und folgen Sie mir zu Tisch.«

Die Gäste lachten, sie applaudierten, Zenia klatschte am lautesten und längsten in die Hände. Sie dachte an das Seminar, wo sie einmal verschiedene Wege geübt hatten, Spannung zu entladen. Sie dachte an das Kolloquium, in dem er über Briefe geredet hatte, bis sie nicht mehr zuhören konnte. Und dabei überkam sie das Gefühl, ihre ganze Aufregung, ihr Mitfiebern sei nicht bloß umsonst gewesen, sondern grundfalsch, sie hatte keiner Notsituation beigewohnt, sondern, ganz im Gegenteil, einem abgekarteten Rollenspiel. Lange Rede, lange Replik. Dazwischen hatten die Professoren eine Höflichkeitspause gemacht.

Vor ihr standen zwei Menschen, die genau wussten, wer sie waren und was sie taten.

Sie erinnerte sich jetzt an den Satz von Zadek, dass es für ihn keiner ordentlichen Professur bedürfe. Es ist besser so, glauben Sie mir, Frau Naujas, man hat dann die meiste Zeit seine Ruhe. Pffff, ganz bestimmt. Die meiste Zeit! Aber niemals in der Universität, und nicht im Café, und schon gar nicht auf dem eigenen Geburtstag, wie? Und warum auch? Zadek brauchte keine Ruhe, er brauchte die Unruhe, die Anstrengung, er wollte gefordert werden, stets und überall, und was ihr gerade bewusst wurde, bereits bewusst geworden war: Nur deshalb duldete ihn Rauch in seiner Nähe.

Dieses Stück hatten sie aufgeführt. Zu diesem Stück gehörte es, dass Zadek ein preußischer Jude war. Genauso gehörte dazu ihre jüdische Angst um ihn. Und der Ehrgeiz, den sie alle teilten. Auch dieser letzte Akt: wie Rauch die völlig überzogene Ehrerbietung seines Angestellten stoisch hinnahm. Ein kurzes Nicken, ein Schritt, ein zweiter fester Händedruck, in dem alle Zufriedenheit lag, alle Spannung.

Zenia griff sich ein Glas Champagner vom Tablett und eilte hinaus auf den Balkon. Sie drängte vor bis ans Geländer, ohne jemanden anzusehen. Ließ die kalte Luft in ihre Lungen ein. Man parliert ja bloß, dachte sie. Was war sie für ein unreifes Ding! Was würde noch alles auf sie zukommen, bis sie so sprechen konnte ... sie trank gierig, genoss die Säure, aber schwindlig wurde ihr auch, sie hielt sich am Geländer fest. Ihr Mentor war jetzt fünfunddreißig, und da oben standen die Sterne über Treptow, Lichtjahre entfernt.

4

Toni ist da. Ganz sicher bildet sie sich immer noch ein, es sei nur ihr Verdienst, dass Helene hier arbeiten kann. Dagegen kann man nichts ausrichten. Mit was für einer hohen Nase ist sie hereingekommen und lässt sich bedienen und ihre Mutter sitzt daneben, zwei gebauschte Röcke übereinander. Vielleicht eine Volkstracht. Sie wollen Helene nur zu Gesicht bekommen, wollen dort *sitzen*, während sie *hüpft und springt*, denn so sind sie getöpfert und so sollen sie gebrannt sein, die Verhältnisse zwischen ihnen.

Einerseits hätte Helene große Lust, der Toni zu sagen, sie solle doch ins Café Bauer gehen oder ins Resi, wo sie hingehört, aber andererseits, sie muss schon selbst wissen, wo sie Platz nimmt, und dann muss sich das Schwedische Café, was die Qualität angeht, auch vor niemandem verstecken. Den Kaffee serviert Helene mit frischer Sahnehaube und Kakaopulver, dazu einen Unterteller mit Safrankeks und Punschrolle. Frau Lagerbäck, ihre Chefin, nimmt überhaupt das Leben recht ernst, also auch das Gebäck, oder das Raumgefühl, sie hat die Paneele von den Decken nehmen und im Herbst wieder die Wände weißeln lassen, man hat vorne am Fenster einige runde Tische dazubekommen. Frau Lagerbäck ist derart modern, dass es Helene abwechselnd freut und schmerzt, es gibt Kugellampen, aber kein schönes Abendlicht, sehr schade, dass Alt-Berlin die Kerzen verbietet, und dann sind die neuen Tische aus einem viel zu hellen und fast unbehandelten Birkenholz, was beim Wischen große Mühe macht. Helene wünscht sich oft, alle Tische würden Politur bekommen. Auch der Boden, der allerdings aus Eichendielen ist. Die Schweden mögen keine Öle, sie fürchten den Glanz, ja, sie halten kühle Hölzer und den matten Widerschein des Tageslichts darauf sogar – jetzt folgt ein Ausdruck, den Helene ihrem Hausherrn in den Mund legt, weil der ihn andernorts oft hernimmt – für Gottes Willen.

Staub darf es allerdings auch nicht geben, Frau Lagerbäck hat bestimmt schon das dritte Modell vom Electrolux. Das weiß niemand außer Helene, aber es herrscht ein regelrechter Streit innerhalb der Familie, ob die Punschrollen, die sie zum Kaffee servieren, schon seit Urzeiten existieren und Garnrollen nachempfunden sind (*trådrullar*), oder ob sie erst den neuen skandinavischen Staubsaugern gleichen und daher *dammsugare* genannt werden müssen. Ganz Berlin wünscht sich, über eine solche Lappalie zu streiten und nicht über Stundenlohn und fette Ratten im Hinterhof. Na, Frau Lagerbäck, die selbst so gerne Staub saugt, hat sich vorerst durchgesetzt. *Dammsugare*. Helene hält sich aus den Diskussionen der Familie heraus, solange sie nicht gefragt wird. Wobei ihre Meinung, findet sie, doch eigentlich geschätzt wird. So hat sie einiges zur Speisekarte beigetragen, man bietet hier mittlerweile sogar zwei Gerichte zum Mittag an, zumeist einen Eintopf und etwas Leichtes, Süßes. Frau Lagerbäcks Sauerteigbrot sucht seinesgleichen, und dann ist Gudrun – wie sie eigentlich genannt werden will, aber es ist Helene nicht recht – auch eine Königin des Eierkuchens, ob der Teig nun mit Blaubeeren, Mohn oder Safran bereichert wird. Helene selbst wären die Speisen zu teuer, aber erstklassig sind sie, und nie wird sie vergessen, wie sie nach einem ihrer ersten Einkäufe mit einem Safranverschnitt zurückkam und Frau Lagerbäck das Restgeld in die Hand zählte, und die gab es sofort wieder retour. Sie wünsche echten Azafran aus dem Iran, der koste genau, was sie gegeben hätte, den gibt es nicht in der

Markthalle am Alex, sondern oben in der Schönhauser, und nun geh los, Mädchen.

Toni ist wieder weg. Ach, denkt Helene, ich müsste mal selbst die Mutter besuchen, spätestens am Wochenende. Und dann fällt ihr auch noch ein, dass sie zugesagt hat, mit dem Mühlsteinmann das Abendessen einzunehmen. Sie bekommt so oft Angebote, manche schlagen nur die Augen auf und legen zwei Billetts auf den Tisch und das soll dann etwas in ihrem Herzen bewegen. Der Mühlsteinmann ist so einer. Nennt sich Fabrikant für französische Mühlsteine und Müllereiartikel aller Art und betont es immer so, als habe er sein Geschäft nur gegründet, um damit todesnahe Scherze zu machen. Dabei hatte sie gerade erst ein solches Pech mit dem Ludewig, ihrem Schallplattenmann, mit ihm wär sie gerne mehr als zweimal ausgegangen, aber es heißt, ein Musikapparat ist nicht eigens von ihm konzipiert, sondern bereits anderswo patentiert gewesen, und dann hat er ein Aufnahmeverfahren für seine Platten kopiert, also strengt man gleich von zweierlei Seiten Prozesse gegen ihn an. Er ist wirklich süß. Aber dass so ein Mann denkt, solange er selbst nichts vom Schlamassel erzählt, ist es auch nicht geschehen! Arbeitet sie etwa als Skilehrerin in den Schweizer Alpen oder arbeitet sie drei Häuser entfernt von ihm im Café, wo einem der Wind alles unter die Nase reibt? Die Kläger sind viel größer auf dem Markt, während Ludewigs Firma im Grunde nur aus seinem eigenen Piepmatz besteht, und da kann er noch so schöne Melodien pfeifen, wenn er bei ihr sitzt, den Prozess kann er doch nicht gewinnen. Aber nun ist sie wieder ins Träumen geraten, das hält ihr Frau Lagerbäck häufig vor. Helene, Helene, wo bist du mit deinem Kopf. Sie muss jetzt Kasse machen. Die kleinen Rechnungszettel durchgehen. Gibt solche Tage und solche, nie würde Frau Lagerbäck ihr das Wetter zum Vorwurf machen oder die kleinen Zufälle, die in den Menschenköpfen dafür sorgen, dass man eintritt oder am Café vorbeiläuft. Heut waren sie alle woanders. Kaffee und Käsekuchen für die beiden Telephonistinnen, die an der Ecke für die Handelsstätten arbeiten. Die sitzen oft am Tresen, aber schweif jetzt mal nicht ab, Leni, der Toilettenseifenfabrikant hatte Kaffee und Cognac, vor dem Cognac duftet er immer mächtig nach Lavendel. Und die beiden Männer. Einer macht Sprechmaschinen, der andere Treibriemen. Und nicht bloß Geschäft, alles immer gleich Geschäftsidee und Werbeplakat mit Gefühl und Visitenkarte. Als könnte sie Treibriemen gebrauchen. Jedenfalls, Herr Treibriemen hatte doppelt Käsekuchen, einmal Kaffee, Diktiermaschine war Pfannkuchensuppe und Pfälzer Weinschorle. Zenia war da, natürlich, zwei Tassen Kaffee getrunken, sie bringt ja jetzt immer jemanden mit, dem Helene dann die Geschichte noch einmal aufbrühen muss, Helene hat bestimmt schon ein halbes Dutzend Mal von ihrem Nachtgespräch berichten müssen, Helene ist durch ihre erledigten Bestellungen zu einiger Berühmtheit gelangt, sie kann das alles schon wie aus einem Buch vorlesen. Selbst der Professor Zadek kam solo und lachte und ließ keine Ausreden und Entschuldigungen gelten, dass sie so müde gewesen war nach ihrer Arbeit. »Danke, Fräulein Lassahn, da steckt eine Idee drin, auf die sich noch viele Erkenntnisse unseres Institutes stützen werden«, sagte er. Na denn, viel Spaß dem Institut. »Das ist auch Ihren Fähigkeiten geschuldet.« Ist das nicht zum Kreischen? Welche Fähigkeiten denn nur? Sich die Bestellungen nicht länger als fünf Minuten merken zu können! Und vorhin war Zenia wieder mit ihrer Freundin Emiljana da und hat gleich gewunken: »Leni, du musst jetzt mit uns gehen. Du musst dabei sein. Du könntest mir doch assistieren.« Mit einer großen Selbstgewissheit trägt sie solche Sätze vor. Man kennt das nur von den Männern. Und Helene denkt auch immer noch, das klingt gar nicht nach Zenia, das hat sie doch aufgeschnappt, sie klang ja wie ein Künstler, der sich eine Muse sucht. Oder gleich 'ne Schoßhündin. Und dann tranken die beiden Frauen ihre erste Tasse Kaffee und winkten Helene wieder herbei und stellten sie schon beinahe vor vollendete Tatsachen: »Lass dir Zeit. Setz dich am Dienstagabend zu uns. Hör dir alles an. Du hast ja eine Stelle, die du nicht aufgeben musst.« Das Tollste an Zenias Reden ist, welch überragende Hektik sie mit eigentlich beruhigenden Sätzen erzeugen kann. Helene muss daran denken, wie dieser Dicke sie einmal zu seiner Sekretärin machen wollte, ohne ihr überhaupt sein Geschäft verraten zu wollen. Kann sein, die Psychologen sind jetzt auch unter die Irrsinnigen geraten, die irgendwas abspulen, das sie nicht beherrschen können. Dabei kann die Zenia doch gar nichts von ihrer Neugier wissen. Selbst die Aufregung hat Helene für sich behalten, als Zenia sagte, sie wolle jetzt alles von ihr wissen, sie müssten ein Interview führen und auf Tonband aufnehmen. Hat man da Worte? Im Namen der Psychologie. Da stand Helene am Tischchen und musste sich sehr bemühen, den jungen Frauen ihre zweiten Kaffeetassen nicht zu zerdeppern. Erst als sie das Geschirr abgestellt hatte, lachte sie los über Zenias Worte und errötete auch, »Bei euch piept es wohl ein wenig.« Emiljana aber, ganz ruhig: »Helene, die Kräfte wirken in dir gegeneinander, das ist dein Typus. Du würdest auch den Fuß anheben und dann innehalten vor dem ersten Schritt auf den Baumstamm, der quer überm Bach liegt.«

Da hat Helene nur noch gestaunt und es stimmte, sie konnte weder vor noch zurück.

»Jeder Neuanfang birgt eine Angst.«

»Ihr habt vielleicht Sprüche drauf, wisst ihr das?«

Sich zu schützen, hat Helene ihre Augen ganz abgewendet und hinausgeblickt auf die Geschäftswelt, die jenseits der Fensterscheibe vorbeihuschte. Aber innendrin sah sie ja trotzdem sehr genau das Bild, das Emiljana gezeichnet hatte: ein Baumstamm, ein reißender Bach, ihr verzagt zitterndes Bein. Ein Interview, ein Neuanfang, und ihr Herz wummerte so sehr, obwohl sie nicht mal wusste, was Zenia damit meinte …

»Helene, du kennst doch die Geschichte von dem Gefangenen. Hier in Moabit. Der Gefangene, der wenige Tage vor seiner Entlassung versucht hat, aus dem Knast auszubrechen.«

»Wie bitte?«

»Nicht gelesen? Er bricht aus, weil er sich schon zu sehr hingezogen fühlt zu den Freiheitlichen. Ich sage dir, was uns dieser Gefangene lehrt. Es ist gar nicht förderlich, sich selbst zu überholen. Davor soll man sich sogar hüten, meine kleine Berlinerin. Lass dir Zeit. Für mich bist du keine Versuchsperson. Das weißt du hoffentlich. Also, denk daran, du musst mir bald deine Geschichte erzählen.«

Oh, Sieglinde, aber wo kommt denn plötzlich Sieglinde her? Nun muss sie sich sputen. Vier Tassen Kaffee, zwei Zenia und zwei Emiljana, fehlen noch die Rentenempfängerinnen, fünfmal zehn Pfennige, die listet man immer am Schluss auf, Frau Lagerbäck erlässt ihnen den halben Preis für die Tasse. Womit sich auch beweisen lässt: Man hat das Schloss vis-à-vis, und doch kommt hier kaum mal ein Fatzke rin, das sind fast alles Menschen, die tagsüber nicht zeigen müssen, wie viel sie auf sich halten. Nur am Ende halt die Visitenkarte. Und was willst du in diesem Café auch repräsentieren. Hier sind keine goldenen Lüster an den Himmel geschraubt und liegen keine hundert Zeitungen aus. Frau Lagerbäck hat sogar die weißen Tischdecken aufgegeben. Früher, als die Berliner noch nicht solche Sauhunde und Nörgelfritzen gewesen sind, hat sie die Decken noch in die Reinigung gebracht und jeden Morgen geplättet abgeholt, aber wer weiße Tischdecke will, muss ins Ermelerhaus gehen, das ist gleich um die Ecke, hinterm Marstall. Und hinter ihnen liegt gar nicht weit die Raabe-Diele für die Zechbrüder, und wer's mag, hat da die Fenster vorne raus mit speckgelben Gardinen verhängt. Helene denkt deshalb immer (und sagt es auch manchmal): Wir sind das kleine helle Dazwischen, ein Zwischendrin, das schwedische Leben im deutschen. Hier kann man noch immer unterm Zigarrenqualm durchkieken. Wenn sie was ändern dürfte, dann würde häufiger die Kurbel gedreht. Ein bisschen Jive. Steht ein Apparat da, und sie kommt ja auch vom Turnsport. Einmal hat ihr der Schallplattenmann seine neuesten Pressungen präsentiert. War ein wunderbarer Fox dabei, den würd sie gern noch mal tanzen, aber nun kommt sie ja schon wieder auf den Ludewig, nur weil sie den Richard nicht mehr an sich ranlassen will, dabei ist der Brief nun einmal vom Richard und liegt schon oben bereit, auf dem Waschtisch.

Und endlich bindet Helene sich die Schürze ab, wuschelt der Sieglinde durch die Haare, denn Sieglinde hat sich umgezogen und ist bereit, sie abzulösen, und sie knickst drollig vor Helene, sie mögen sich. Die Treppe knarzt, aber das Geländer haben sie schön gestrichen im letzten Frühjahr, blau und weiß. Und denn ihr Pavillon. Zum Wohnen zu wenig, zum Sterben zu viel. Das Bett ist von der Tür nicht zu sehen, die Kammer hat eine L-Form, die Helene sich anfangs noch mit ihrem Namen erklärte, L wie Lassahn, bevor sie L wie Liebeskammer las. Und L wie Ludewig. Aber er war bloß ein einziges Mal hier oben. Zuletzt ist sie angekommen beim L von Liebeskummerkammer. Und von hinten ist gleich wieder Geschrei. Wenn die Kinder in der Abendstunde. Eins ist auf den Kohlehaufen geklettert und runtergekippt, gestern schon genauso, der Haufen liegt da schon den dritten Tag im Hof und keiner trägt die Briketts in den Keller. So, Richard, jetzt bist du dran, denkt Helene, muss ich dir eben bei Kindergeschrei aufschlitzen, denn schrei mal schön gegen die kleinen Monster an. Wenn man Musik hätte. Sie wollte den Apparat mal aus dem Café mit hochnehmen, aber ist ja doch kein Platz hier oben dafür.

Meine liebste Leni,

meine Sehnsucht nach Berlin wächst mit jedem Tag. Wie du wohl lebst, wie Berlin sich wandelt … allein der Gedanke an die Eröffnung eines neuen Kinopalastes, so etwas wirkt hier in diesem kalten Steppenland gar nicht glaubhaft, es sind nur mehr Traumbilder. Ich bin letzte Woche in einem militärischen Wagen hunderte von Kilometern gefahren, ohne auch nur ein einzelnes zweigeschossiges Haus zu sehen, es waren allesamt Schuppen, in denen gewohnt wird, oder Werkstätten, ähnlich meiner eigenen Behausung. Ich bin jetzt weit mehr als 1000 Kilometer östlich von Moskau, nahe der Stadt Perm, und bin mehr schlecht als recht untergebracht in einer Holzkammer, die nicht zu beheizen ist.

Ich bin schon vierzehn Tage hier und muss einige Transformatoren beaufsichtigen. Sie sollen nun bald installiert werden. Vorher, das weißt du, wenn du meine Briefe zu lesen bekommst, war ich schon an anderen Orten mit dieser Aufgabe betraut, doch nirgendwo wurde die Inbetriebnahme so lange hinausgezogen wie in Perm. Aber Leni, mit der Vielzahl meiner alltäglichen Sorgen, etwa mit dem Lohnrückstand und der russischen Lebensmittelteuerung, die mir vom Betrieb in Berlin auch gar nicht ausgeglichen wird, will ich dich nicht behelligen. Aber während ich die meiste Zeit mit Warten verbringe, schreibe ich dir heute aus einer Not heraus und hoffe sehr, dass du meine Bitte verstehst.

Ich hätte nie gedacht, dass die schmutzigen Kabelhallen in Wilhelmsruh mir zu einem solch ehrenwerten Ziel werden, und ich verfluche mich dafür, dir manchmal so ausführlich mein Leid darüber geklagt zu haben, ich hätte eine lange Anfahrt dorthin und fühlte mich im Nordosten doch von den zentralen Geschehnissen Berlins abgehängt! Gemeint war doch wohl: von dir abgehängt, die du alle Menschenbilder aufsaugen darfst in deinem Café dort bei deiner Familie. Dennoch bereue ich diese Sätze in Russland nun schwer.

Du hast einen wichtigen Platz in meinen Tagträumen, Leni. Aber ich höre dich seufzen, denn über ein Gefühl zu schreiben aus der weiten Ferne, das kommt dir unlauter vor. Ich kenne dich und ich höre dich sagen: Zuerst müssen wir uns ja sehen. Mir helfen die guten Gedanken gegen die Erlebnisse hier, denn aneinandergereiht sind sie eine einzige Enttäuschung, zuvorderst technisch, aber eben auch darüber hinaus. Wie gesagt, die meiste Zeit vergeht mit Warten. Man versteht mich nicht. Ich bin noch immer überzeugt, dass mein Russisch ausreichen müsste, aber sie stellen mir stets jemanden zur Seite. Vielleicht habe ich mich ungebührlich benommen, ohne zu wissen, wie mir das überhaupt geschehen konnte. Ich wünschte mir nur, dass dort, wo Vertrauen entzogen wird, auch die Seite des Rechts ist, und das kann ich nicht sehen. Dem trägt auch meine Bitte Rechnung. Alles Weitere müssen wir verschieben. Ich umarme dich und küsse deine Hände,

Dein Richard

Schon sein letzter Brief hatte keinen Absender drauf, aber jetzt beginnt Helene erst zu verstehen, warum. Die Russen verbieten es ihm. Kein Ort, nicht einmal ein Datum. Und womöglich verbieten sie ihm auch, an seine Firma zu korrespondieren. Deshalb steckt ein zweiter Brief in diesem, den hat er an seinem Übersetzer vorbeigeschmuggelt, an seinem Überprüfer, denkt Helene, und mit Richards Bitte wird denn wohl gemeint sein, dass sie diesen zweiten Brief an seine Firma übergibt. Denn die Firma steht drauf.

Was für ein Zustand! Helene und Richard haben sich auf der Kochschule getroffen, aber nun versteh' einer die Wege des Lebens: Ausgerechnet beim Kochen hat er sein Faible für die Technik entdeckt, plötzlich wollte Richard nicht mehr ins Hotelgewerbe und hat lieber einen Prokuristenjob angenommen und sich denn auch praktisch schulen wollen in der Montage. Und weil er so dumm war, der Richard, seine Russischkenntnisse zuzugeben, die er seinem Großvater verdankt, haben sie ihn nach Russland geschickt. Zwei ausgelernte Monteure haben die Reise abgelehnt, aber Richard wusste es besser, und das hat er nun davon. *Vielleicht habe ich mich ungebührlich benommen, aber ich wünschte mir, dass dort, wo Vertrauen entzogen wird, auch die Seite des Rechts ist, und das kann ich nicht sehen. Dem trägt auch meine Bitte Rechnung.* Sie muss das zweimal und dreimal lesen, um zu kapieren: Das ist geschrieben, um bloß nicht übersetzt werden zu können. Und nun wird Helene doch unruhig. Der zweite Umschlag, der Brief im Brief, macht sie so neugierig, dass sie ihre Nagelfeile anstarrt und dann den Tauchsieder, Wasserdampf, aber diesen ersten hier, über Richards Auftrag, über das Warten und die Auslieferungen, denkt sie, der tut ja bloß weh, den hätte sie gar nicht lesen sollen.

5

Der Professor hatte sie in sein Büro bestellt, Platz nehmen ließ er sie nicht. Er solle Mitte März einen Vortrag in Leipzig halten, sagte er, und sehr gern würde er Zenia das Angebot machen, ihn dorthin zu begleiten, allerdings sei es ein Dienstagabend, weshalb sich leider noch eine zweite Aufgabe stelle, denn irgendjemand müsse schließlich in seinem Namen das Kolloquium im Café leiten.

Kaum zu glauben, dass man dies alles in einem Atemzug sagen konnte. Zenia hatte für ihn Luft geholt. Das Kolloquium durfte nur in absoluten Ausnahmefällen im Stich gelassen werden, darin waren sie sich einig. Aber hatte sie richtig verstanden, war sie gerade von ihrem Professor gebeten worden, ihn zu vertreten? Hinter ihm war das Plakat mit dem Neckerwürfel aufgespannt, riesengroß. Dieser Würfel, der einem zeigte, dass selbst die eigene Wahrnehmung zwei Seiten hatte. Eben noch in die Darstellung versunken, schrak Zenia auf, nickte eifrig, ja natürlich, ein Auftrag. Ich übernehme, nickte sie, darf ich jetzt gehen, darf ich mit meiner Verantwortung allein sein, und sie drehte sich um, den Moment zu genießen …

»Oh, dann habe ich meine letzte Gruppenleitung wohl schon gehabt«, sagte Zadek, »Sie werden das viel besser machen, Frau Naujas.«

So fühlte sich im Urwald der Moment an, dachte sie, da einen der Pfeil im Rücken trifft. Wollte er sie erledigen? Oder musste sie ihn jetzt loben, seine Einzigartigkeit preisen? Ein leises Keuchen entwich ihrem Körper, der in Richtung Türklinke fiel, hastig verließ sie den Raum.

Auf dem Gang wurde aus dem spitzen Schmerz ein dumpfer, eine Geschlagenheit. Nie würde Zenia verstehen, warum ihr Professor es nötig hatte, solch kokette Komplimente zu machen. Es geschah nicht zum ersten Mal, und es geschah zumeist, wenn alles gesagt war, wenn die Dinge einfach lagen und keinen Raum für Missverständnisse ließen. Gerade dann.

Auf dem Heimweg ging sie Äpfel einhandeln. Schade, der Boskop war von den Märkten verschwunden, es gab den Ontario, der im Grunde noch zu frisch vom Baum kam. Sie wollte ihren Mann mit einem Kuchen überraschen, ein warmes Beisammensein, mit dem sie Zadeks Vertrauensvorschuss feiern konnten und auch den Umstand, dass Dima sein Verhör unbeschadet überstanden hatte. Er nannte es immer noch Verhör, nicht Gespräch, und Zenia verkniff sich seit Tagen die Bemerkung, er habe die Angelegenheit überdramatisiert.

Im Rezept der Großmutter stand zuoberst: die Kerngehäuse entfernen. Da kehrten die Gedanken umgehend zurück in die Universität. Was konnte diese Anweisung für das erste eigene Kolloquium bedeuten?

Für ihre Moderation, besser gesagt.

Und als sie den Mürbeteig knetete, kreisten Zenias Gedanken schon um den Ort. Der Schlossplatz, das Schwedische Café, die Nische, die drei ollen Tische, zur Tafel zusammengeschoben. Immer nahmen sie das gesamte Ensemble aus dem Schein der Kugellampe und verrückten es leicht nach links in Richtung Hinterausgang. Es machte Spaß, den Tisch zu decken, und nun verteilte Zenia auch gleich ihre Freunde rundum auf die Sitzgelegenheiten – die einen ließ sie in die Sessel sinken, die anderen setzte sie auf die Holzstühle mit den korbgeflochtenen Flächen, die dritten mussten auf der harten Eckbank des Cafés hocken.

Die Eckbank. Für andere Gäste war sie reine Dekoration,

das letzte biedermeierliche Möbelstück – für Leonard Zadek aber war die Eckbank ein Sinnbild der neuen Pädagogik und hatte unbedingt integriert werden müssen. *Sind Sitzmöbel unterschiedlich bequem,* hörte sie den Professor dozieren, *so steigt die Wahrscheinlichkeit, dass die Sitzenden auch gedanklich unterschiedliche Wege einschlagen.*

Leonard und seine Leitsätze. Manche davon begleiteten Zenia schon durch alle Semester, man hätte sie ins Café hängen können, an die Wand über ihren Köpfen, so wie in den Kneipen die Trinksprüche der Männer hingen. Die Leitsätze sollten Freiräume schaffen, das freie gemeinschaftliche Denken fördern. Stimmte das denn, legten sie nicht im Gegenteil strikte Regeln fest, denen das freie Denken unterworfen wurde? Zenia dachte an die genauen Vorbereitungen ihrer Versuche, an die ebenso genaue Dokumentation, wie aufmerksam man den lieben langen Tag sein musste, um Vergleichbarkeit herzustellen. Aber kam es wirklich der Psychologie zugute, dass man die Denkerinnen dazu verpflichtete, auf einer knochenharten Eckbank zu sitzen?

Jetzt buk der Kuchen.

Ich sollte öfter backen, dachte Zenia, und Kerngehäuse entfernen. So scharf hatte sie das Problem zwischen Leonards Regeln und ihrem freien Denken noch nicht gesehen. Ja, man war verpflichtet. Irgendwo in der Wendung ›Wissenschaft ausüben‹ lag ein Widerspruch verborgen. Sie schrieb das auf.

Wie war nun das Kolloquium anzuleiten. Ihre gesamte Forschung wurde in den folgenden Tagen von dieser Frage in den Hintergrund gedrängt. Dazu Regen über Berlin, beinahe durchgängig, Regen, der vor ihr aufs Fensterbrett knallte. Zenia schwänzte erstmals eine Vorlesung, sie ging kaum noch aus dem Haus. Bis zur Brust in eine Wolldecke gehüllt, dachte sie und schrieb und dachte. Nachttisch, Schreibtisch, Küchentisch wurden von Notizzetteln geflutet. Selbst im Klo auf halber Treppe hingen Block und Bleistift.

Anmoderation hieß eine Rubrik, *Impulsgebung* die andere, oder auch *Lösungswege im Streitfall*. Es gab eine Tabelle, in die Zenia eintrug, was ihr an Leonards Vorsitz gefiel und worin sie sich von ihm abheben wollte. Morgens fand sie manchmal, dass sie mehr Zielenergie als der Professor besaß, bis sie nach einer Tasse Tee ein zweites Mal aufwachte: Wie anmaßend du bist! Du weißt doch um seinen unerschütterlichen Glauben daran, dass man nie an das Ende eines Gedankenganges gelangt. So unruhig willst du nicht werden, Zenia!

Ihre Seele: ein Pendel zwischen Ehrgeiz und Ehrfurcht. Jeden Tag führte sie ihr inneres Zwiegespräch mit Leonard Zadek. Jeden Tag wäre es möglich gewesen, ihn abzupassen oder im Büro aufzusuchen. Zenia tat es nicht. Sie dachte immerzu an seinen Satz, mit dem er sie zur Leiterin gemacht hatte. *Sie werden das viel besser machen*. Es war kein Misstrauen, er vertraute ja. Aber er ließ es nicht zu, dass sie sich über etwas Erfreuliches einfach nur freute. Stattdessen säte er Uneinigkeit, als sei dies allerorten seine wissenschaftliche Pflicht.

Und noch etwas blieb ungeklärt. Zenia hatte mittlerweile mit Helene gesprochen und sie ins Kolloquium eingeladen. Es gab eine Menge Gründe, die diesen Schritt rechtfertigten, fand sie, nur war es eben das erste Mal, die Kellnerin würde zum ersten Mal teilnehmen, und ausgerechnet in Leonards Abwesenheit. Andere mochten so etwas als frech empfinden, dachte Zenia, aber so engstirnig war ihr Professor nicht.

Eine halbe Stunde vor den anderen kam Zenia ins Café. Sie verschob die Tische allein, arrangierte Vase und Aschenbecher. Dann wählte sie den Platz am Kopfende der Tafel, stand aber auf, als Benno erschien. Setzte sich wieder, bis Vera auftauchte. So gab sie früh ihre Rolle zu erkennen, indem sie einzeln begrüßte. Als alle Platz genommen hatten, stellte Zenia den Kommilitonen eine Gasthörerin vor, Fräulein Helene Lassahn.

Von der Kellnerin Helene hatten mittlerweile alle gehört, und doch wurde erstaunt genickt, Herr Claus legte die Hand zum Kadettengruß an die Stirn. Helene, die weit entfernt von Zenia saß, bedankte sich schüchtern und bekannte auch gleich, ›wirklich nur zuhören‹ zu wollen. Sie machte dann irgendeine weitere Bemerkung oder stellte eine Frage, die nicht bis zu Zenia hinüberdrang, sie tuschelte mit Karl, und der sagte:

»Wir haben ja alle mal angefangen.«

Karl war sonst nicht für Arroganz bekannt, und jetzt legte er auch schon wieder den Kopf schräg, um seinen Satz zu entkräften. Helene strich sich verlegen ihr Haar aus der Stirn.

»Dann lasst uns ... Vera hat etwas vorbereitet, meine ich.«

Zenias Worte bewirkten, dass vereinzelt Hefte auf den Tisch gelegt wurden.

»Wie hast du denn angefangen, Karl?«

Lisabet. Warum musste Lisabet immer sticheln, sobald sich die Männer aufspielten.

»Nicht wichtig«, sagte Karl, er habe nur gerade an seinen Anfang in Berlin gedacht. Lisabet wollte davon hören. Also flog eine Kurzgeschichte an Zenia vorbei, Karl erzählte vom Bahnhof Friedrichstraße, einem beinahe vertauschten Koffer, einem winzigen Fremdenzimmer, für das seine Eltern irgendwem drei Monatsmieten im Voraus gezahlt hatten, ein Zimmer mit Schimmelpilz, in dem er nicht hatte atmen können.

Das machen sie absichtlich, dachte Zenia, ausgerechnet heute dehnen sie den inoffiziellen Teil aus. Und fallen sich dabei noch ins Wort. Denn jetzt ließ Benno eine Geschichte folgen, über seine ersten Nachbarn. Kleinkriminellen-Milieu, eine blutige Nase im Hausflur.

»Können wir dann beginnen?«, erhob sie die Stimme.

Helene machte eine süße Schnute und nickte. Womöglich zog Zenias neue Freundin gerade die ganz falsche Schlussfolgerung, dass sich die Studentinnen mit ähnlichen Sorgen herumschlugen wie sie selbst. Und lag darin nicht im Grunde eine Verlogenheit, die man ausräumen musste? Gerade Benno, Lisabet und auch Karl hatten doch vermögende Eltern in Süddeutschland, warum erzählten sie hier Geschichten von Schmutz und Betrug? Wie konnten die Freunde glauben, dachte Zenia, ausgerechnet der einzigen Berlinerin am Tisch erklären zu müssen, mit welch großen Augen sie hier vor drei bis fünf Jahren aus dem Zug gestiegen waren und welches Elend es hier zu besichtigen gab!

»Du wolltest beginnen, Vera, und uns deine Versuchsreihe schildern, die Problematik im Aufbau.«

Vera nickte gequält, presste die Lippen aufeinander. Sie schlug ihr Heft auf und las darin, als suche sie den passenden Einstieg.

»Lass uns teilhaben.«

Vera sah nicht auf. Sie las.

Merkwürdig. Jetzt sah es aus, als sei Vera auf einen einleitenden Vortrag überhaupt nicht vorbereitet.

»... Zenia und ich, wir sind damals nach Berlin gekommen, um Germanistik zu studieren. Aber Literatur durfte ja erst hören, wer sich vorher durch das Althochdeutsche und das Mittelhochdeutsche gefressen und dann Prüfungen darin abgelegt hat.«

Emiljana! Na, das hatte noch gefehlt. Vera war eingeweiht, Emiljana war eingeweiht, sie wussten doch von all den Zetteln, Stunden, Vorbereitungen, Absprachen, Ängsten, die Zenia in den letzten zwei Wochen beschäftigt hatten. Und nun verhinderte die beste Freundin, dass es endlich losging? Nun noch mehr nutzlose Erinnerungen? Und auch noch aus dem gemeinsamen Album, in dem Zenia die tragende Rolle des zweiten studentischen Backfischs gab. »Was für ein fürchterlicher Redner ... einer, der zu Hause nichts zu sagen hat und dafür die Studenten büßen lässt ... und am liebsten auf Latein« ... Emiljana erzählte wirklich von den ersten Vorlesungen in der Germanistik, die sie gemeinsam gehört hatten ... »Der ist an einem Gespräch überhaupt nicht interessiert gewesen ... Weißt du noch, Zenia, wie du damals zu mir gesagt hast: Dafür sind wir doch nicht nach Berlin gekommen!?«

»Ja, weiß ich.«

Sie hätte gern eine Pointe draufgesetzt, aber ihr Hals war ein Schlund, ausgetrocknet. Zudem kam die Gruppe sehr gut ohne ihre Pointen zurecht, vor allem Helene, die laut über Emiljanas Rede lachte. Zenia streckte den Rücken durch, sie besah sich ihre linke Hand, spreizte den Zeigefinger ab, sie stellte den Ellenbogen auf, da kam ihr ausgerechnet Helene zuvor:

»Und was haben Sie dann hier drüben im Schloss erlebt, dass Sie geblieben sind?«

Ja und nochmals ja. An allen anderen Abenden wäre es interessant gewesen, über Sturm und Schiffbrüche in der Germanistik und das Erwachen auf der unbekannten Insel namens Psychologie zu reden und warum die Odyssee für sie ausnahmslos bei Leonard Zadek geendet hatte.

»Äääh, wollen wir ausgerechnet heute, wo er in Leipzig ist, über ihn ...?«

Herr Claus sprach aus, was auch Zenia dachte.

»Ja, das wollen wir«, stellte Karl fest. »Sie hören doch, unser Gast hat eine Frage an uns« – und damit knallte er schon einen leeren Aschenbecher in die Mitte des Tisches. In Windeseile hatte er Zettel hervorgenommen, sie routiniert verteilt und Helene dabei erklärt – immer so, dass es alle hören konnten –, dass man einander mündlich zu stark beeinflusste, schriftlich aber formuliere jeder eine eigene Version.

»Also, Frage von Fräulein Lassahn: *Warum bin ich bei Leonard Zadek gelandet?* Zwei Minuten Stille. Alle Zettel in den Aschenbecher.«

Zenia wollte aufstehen, Schritte tun, aber sie ließ davon ab. Wenn ich gehe, überhaupt, wenn ich jetzt noch gegen den Willen der Gruppe ankämpfe, dachte sie, zerspringt mir der Kopf.

Sie bestellte eine Linsensuppe. Schloss die Augen. Fünf Sekunden, zehn. Sie schrieb etwas auf ihren Zettel.

Die Auswertung brachte einige nahezu identische Stimmen hervor, auch Zenias befand sich darunter. Es hieß, Professor Zadek habe im Grunde *das Gegenteil einer Vorlesung* – einmal auch: *das Zerrbild einer Vorlesung* – gehalten, wenn man es an dem maß, was ihren Augen und Ohren bis dahin an den Berliner Fakultäten geboten worden war. Jemand schrieb, und auch das fand Zenia passend, dass man bei der Vorlesung auf völlig andere Dinge achtete und auch gelenkt wurde, als man dies gewohnt war.

Der rote Teppich war ausgerollt, es begannen die Huldigungen. Ausgerechnet Leonard wurde nun gehuldigt, der es doch hasste, im Zentrum zu stehen, der dreimal abwinkte, bevor er einmal winkte, der sich nicht einmal zum Geburtstag gratulieren ließ. Zenia spürte, was alle zu spüren schienen: dass ein Lob nur in Zadeks Abwesenheit möglich war. Auch Kritik wäre möglich gewesen, ein wenig Offiziershass, aber niemand machte den Anfang. Drehte man etwas an der Perspektive, dann zeigte sich, dass es ihnen seit Monaten an einem Abend ohne ihre Aufsichtsperson mangelte. Und vielleicht war es sogar nur das. Sie wollten zu Kindern werden. Wurden zu Kindern.

Zenia war davon erleichtert. Sie sah sich plötzlich neben dem Abend stehen, neben einer Kreidetafel, auf der die Aufgabe des Abends formuliert war – das »demokratische Führen einer Gruppe«, wie Leonard es etwas hochgestochen nannte. Sie hatte die Aufgabe nicht gelöst und zog dennoch einen Strich darunter. Sie hatte ihre Rolle verlassen, und siehe da, nun atmete sie wieder, lächelte sogar, ja, die Situation kippte ins Komische, indem Zenia sich fragte: Wie bringe ich das hier nur meinem Professer bei?

6

Stimmen in Schichten, ein Chor der Sentimentalität. Alle wollten gleichzeitig etwas loswerden, nur Zenia grub sich einen Tunnel aus dem Café hinaus, hinüber in ihre eigene Forschungsarbeit. Sie wusste, dass sie sich wieder wie an dem Abend verhielt, als sie so aufmerksam Helene beobachtet hatte, statt der Gruppendiskussion zu folgen. Vor ihr stand eine heiße Linsensuppe, sie beugte sich tief über den Teller, dem Duft zuliebe.

Sie fragte sich, wie sich diese Erinnerungen, die hier jeder reihum ausplauderte, eigentlich im Gedächtnis hielten. Weil sie lustig waren, lebensbestimmend? Oder weil sie eine Bruchstelle hatten und also immer auch auf das Unerledigte verwiesen? Wie würde sie denn in einigen Tagen an diesen Abend denken, den sie angefangen und nicht zu Ende gebracht hatte? Vielleicht würde sie sich von allen Kolloquien ausgerechnet an dieses heutige erinnern, in welchem gar nichts sie zum Weiterdenken angeregt hatte.

Na, dann war es eben so. Anis, richtig, Anis war in der Suppe. Tat ihr gut, die Suppe. Nichts zum Weiterdenken, das klang viel zu negativ. So durfte sie da nicht herangehen. Sah sie das Unerledigte als zweitrangig und fehlerhaft an, so würde sie bestimmt nur der Wissenschaft schaden. Sich selbst auch. Es war doch jetzt ihr Thema.

Die anderen hatten sich ausgetobt, schien es. Zenia hörte nur noch einen einzelnen Erzähler. Karl war dabei, eine Vorlesung zu schildern. Erstaunlich, wie gut er sich an deren Verlauf erinnerte. Er wirkte immer sehr präsent, wenn er sprach, am liebsten hätte er sich wohl aus dem Stuhl gedrückt und wie ein Schauspieler vor ihnen gestanden.

»... Zadek ... im Hörsaal ... er hatte zu Hause am Bett seines fiebrigen Kindes gesessen, und daher sei er in Eile geraten ... auf den Morgenkaffee verzichten müssen. Ich wusste natürlich nicht, warum er so was machte, es klang wie eine Entschuldigung. Nun, die erfahrenen Studenten um mich herum nahmen das fiebrige Kind einfach zur Kenntnis, so dass ich dachte, es ist wohl selbstverständlich, dass dieser Professor am Montagmorgen zuallererst mal von zu Hause berichtet.

Danach hat Zadek dann über allerhand Bedürfnisse gesprochen. Über Wünsche, die wir uns erfüllen. Konsumgüter, die nicht mehr so glänzen, sobald wir sie besitzen. Das Neonlicht, das zuckt, damit wir uns eine Marke einprägen. Seine Psychologie des Alltags, sage ich mal. Und dann stöhnte er plötzlich und sagt: *Ach, was gäbe ich für einen Kaffee, na, zu dumm, lassen Sie uns weitermachen*. Und fünf Minuten später wieder sein Kaffeedurst! *Je länger ich hier zu Ihnen rede, desto trockener wird mein Gaumen*. Solche Kommentare, anhaltend. Dann ging es wieder um Spannungen und Bedürfnisse, die wir alle kannten. Er spricht ja sehr bildreich, das musst du wissen, Helene. *Unsere Bedürfnisse*, hat Zadek gesagt, das habe ich bis heute im Kopf, *suchen stets nach ihrer Erfüllung. So wie das höhere Wasser die Schleuse sucht, die es fluten kann.*«

Karl sah Helene direkt in die Augen.

»Die Schleuse«, wiederholte er. Als sei dieses Wort der eigentliche Grund dafür, warum er ein Studium bei Leonard Zadek angefangen hatte. Helene wich seinem Blick nicht aus, sie flirteten jetzt, es war wirklich zu dumm, und nur an die Kellnerin gewandt setzte Karl den Vortrag fort:

»Weißt du, der Professor ist ein Genie! Die Schleuse hat er damals geöffnet, und dahinter liefen die Flüsse, also die Ebenen, wie soll ich sagen, das lief wie auf ein geheimes Zeichen ineinander. *Vorhin*, jetzt zitiere ich wieder Zadek aus dem Gedächtnis, *vorhin sah ich nur die Tasse, dann kam ihr Porzellan schon zum Greifen nah, und jetzt sehe ich sogar eine Kaffeemühle, das Bedürfnis ist so groß, ach was, groß wie ein mit fünfzigtausend Bohnen gefüllter, brasilianischer Kaffeesack. Irgendwo wird gemahlen, riechen Sie das, ich habe schon den Duft in der Nase,* und dazu legte er den Kopf in den Nacken, sooo, so hier, und er spielte einen schnuppernden Schlafwandler« – Karl ahmte Zadek wunderbar nach – »und da gab es um mich herum Zwischenrufe, verstehen Sie, Helene: *Aufhören!, Hören Sie bitte auf!*, aber niemals würde Zadek genau dann aufhören, wenn man es von ihm verlangte, das kann Ihnen hier jeder sagen, nein, da hörte er natürlich gerade *nicht* auf, sondern er lief durch den ganzen Raum, immer die Nase oben, und zur Tafel, das passende Diagramm zu zeichnen, schnelle dicke kräftige Pfeile und drehte sich wieder in den Hörsaal und machte noch Schmatzgeräusche, ein Saugen, Schlürfen, *Jetzt,* sagte er, *das gibt es doch nicht, jetzt schmecke ich sie tatsächlich: die heiße Tasse Kaffee, die mir schon seit Anbruch des Tages fehlt.*«

»Mmmh, hör doch auf«, rief Emiljana.

»Mir läuft auch schon das Wasser …«

»Siehst du, Helene, es ließ sich beim besten Willen nicht verhindern. Und ich war ein Neuling, der noch kaum die Vorlesung begriff. Selbst ich streckte da die Zunge heraus wie ein Hund im Hochsommer.«

Benno hechelte auch, Lisabet brach in ihr gefürchtetes Lachen aus. Also hatte Karls Erzählung die Erinnerungen geweckt. Sie spaßten, sie feierten die Macht der Bedürfnisse, indem sie eine Runde Mokka bestellten, die meisten nahmen ein Viertel spanischen Rotwein dazu. Zenia schloss sich der Bestellung an. Sie suchte dabei den Blick ihrer Freundinnen, sie fragte Vera quer über den Tisch, ob sie ihre Forschung noch präsentieren wolle. Da zeigte ihr Vera lachend den Piepmatz. Emiljana stand sogar auf, huschte um die Tafel, schlang die Arme um Zenias Hals, und obwohl sie sich gar nicht gestritten hatten, kam es einer Versöhnung gleich.

Beim Durchatmen zitterte sie vor Enttäuschung. Der Abend, futsch. Weil gerade der Wein gebracht wurde, setzte Zenia das Glas an und ließ den Rioja durch die Mundhöhle wandern, unter die Zunge. Für das herbe Gefühl.

Als sich Helene verabschiedete, war die Schüchternheit, mit der sie in ihr erstes Kolloquium gegangen war, gänzlich umgewandelt in Unbefangenheit. Sie machte jetzt selbst Zadek oder Karl nach, wie sie Kaffeeduft schnupperten, und verschwand lachend, winkend, beschwipst durch die Hintertür des Cafés. Zenia folgte noch dem Geräusch der Schritte, die auf der Stiege zu hören waren, Helene ging in ihr Zimmer hinauf. Vera und Lisabet verließen ebenso das Café. Mit den anderen saß Zenia noch lange beisammen. Eine Weile auf Emiljanas Schoß. Von dort wechselte sie in den tiefsten Sessel. Man rauchte viel, trank weiter Rotwein und Karl spendierte allen Schnaps, die fanden, dass er beim Fräulein Lassahn gut angekommen war, worauf ihm niemand widersprechen mochte, auch Zenia nicht, solange es dafür Schnaps gab.

Gegen Mitternacht schob der Ostwind Zenia leichterhand vom Schlossplatz hinüber zur Schleusenbrücke. Nein, sie hatte kein Kolloquium geleitet. Und doch hob sie einmal die Mantelärmel zu den Seiten, als seien ihr Flügel daruntergeschraubt. Sie bog ab, tänzelte zwischen Pfützen, trat doch in eine hinein. In den Schaufenstern hingen Pelzmäntel, die in diesem Regenwinter niemand trug, aber der Sturm trieb Zenia an den Konfektionen vorbei, sie war froh, als sie den U-Bahnhof am Hausvogteiplatz erreichte.

Für den Heimweg nach Charlottenburg war die Bahn ein Segen. Auf der Treppe merkte sie, dass sie driftete. Kalt war ihr nur an den Füßen.

Auf dem Bahnsteig gingen Leute hin und her, als würde es etwas bewirken. Warum gab ihnen niemand eine Ruhe, dachte Zenia. Und alle froren. Auch unter der Erde wehte der Wind. Nur sie trug das Goldene in sich, den hart gewordenen Tropfen Birnenschnaps. Ganz melancholisch war ihr vor Müdigkeit, aber es lag auch ein komischer Stolz darunter, ich kenne meine Aufgabe, ich bring euch das Feuer noch einmal, wirst schon sehn.

Die U-Bahn ein Kreischen, das sich vom Spittelmarkt näherte, es rief *Arbeit,* rief *Abnutzung, Verschleiß.* Dann kamen die beiden Augen, Zenia spähte in den Tunnel, und schließlich der Lichtstrahl der Fensterreihen, der noch immer etwas Ungeheures hatte. Golden auch die Bahn. War ja klar. Bernsteinfarben. Ich bin das Insekt, dachte Zenia, ich kenne noch die Zeit *vor* dem Lichtstrahl. Sie dachte an ihre Eltern. Auf dem Feldweg fuhren Pferdewagen, aber nur die Dächer, denn die Räder verschwanden hinter dem Mais, den Rapsblüten. Schon fegte der Fahrtwind --- ihr die Kindheit weg, wurde sie davongetragen. Das musste so sein. Weil mehr Zukunft in diesem Transport lag als Gegenwart. Traktoren, ha! In den Weltraum fuhr sie, auf Stahlkufen, zum Mond. Und war nun weggesackt und wurde kurz gerempelt, »Fräulein«, oh! Kaugummi aus der Handtasche, für den Druckausgleich. Es gab eine Familie, die Bernstein hieß. Freunde der Eltern. Sie hatte ihren Eltern ein Telegramm hinabgeschickt auf die Erde. *Ich leite die Arbeitsgruppe.* So groß war die Aufregung gewesen, so unsinnig groß, ihr Kopf jetzt ein Weltraumhelm. Aber fliegst du überhaupt in die richtige Richtung. Was flog, waren die Lichter. Gelbe, weiße. Es war heute einfach zu viel Licht gewesen. Zu hell. Nun noch diese Expedition. Das Genie, der Heros! Drunter machten es die anderen nicht. Warum hatte sie den Mund nicht aufgekriegt. Ihre erste eigene Sprechstunde bei Zadek, das hätte doch gepasst, und war so eine verkorkste Nummer gewesen. Wie sie losgeprescht war. Herr Professor, im ersten Satz fragt Tolstoi, warum unglückliche Familien einander nicht gleichen. Wissen Sie, Herr Professor, was ich so schätze an Dostojewskis Menschenzeichnungen aus der Katorga? Es war doch ihr bester Überfall gewesen, herrlich! Er kannte sie ja nicht, weder ihre Herkunft noch ihre Liebe zur Literatur, vor allem nicht ihre Hemmungslosigkeit. Zack, gerade Linie ins Gesicht. Und wie er sie da angesehen hatte! Zadek hatte sie volllaufen lassen, hmmwei, sie vollkommen auflaufen lassen, er hatte ihr das Gefühl gegeben, eine Schwärmerin zu sein, eine der üblichen Schwärmerinnen! Du trittst hier genauso auf wie alle Frauen, das war der allerschlimmste Gedanke gewesen, dass Zadek aus den ersten Treffen mit jungen Frauen *jedesmal* folgerte, wie streng man ihnen ins Gewissen reden musste. Die jungen Dinger, die schossen alle übers Ziel hinaus und wussten nicht einmal, wie weit der Mond entfernt lag von der Erde ... wie viele Schrauben der Eiffelturm hatte oder ... hatte er nicht irgendwas von Messwerten gesagt? *Jeder Messwert ist ein Messwert – und als solcher trifft er eine Aussage.* Hahaha! Sie überfiel ihn mit der großen Literatur, und er antwortete in mathematischen Sätzen, noch nicht mal, nur Binsenweisheit à la ›Kleine Steine, große Kreise‹.

Sie lachte ja. Zenia, vor den Leuten, nun reiß dich zusammen. Nollendorfplatz. Schöne Raumstation. Auch so helle Lichter wieder. Jetzt hatte sie es: Zadek war gar nicht derjenige, für den er sich hielt. Bumm. Das saß. Weil er Macht ausübte. Wusste er selbst. Oder wahrscheinlich nicht. Sie musste es offenlegen. Wodurch Macht, wodurch, Zenia, das ist doch des Apfels Kern.

Das kriegst du heute nicht mehr raus.

Oder du lässt mal das Persönliche beiseite. Die peinlich abgebrochenen Szenen. Leonard hatte die Sprechstunde immer auf den Abend gelegt, das hieß, keine Anschlusstermine. Aber dann war er so spät nach Hause gekommen, dass ihm seine Frau kein Essen mehr bereiten ließ. Und sogar so spät, dass sie sich schon schlafen gelegt hatte. Och, der Arme! Essen bereiten ließ! Und nun fand die Sprechstunde an den Dienstagen statt, bis 18.45 Uhr und danach Kolloquium.

Allein, was hatten sie dort festgestellt?

Dassesihmnichgelang.

Immer zu spät! Stell dir doch mal 'n Wecker, mein Lieber. Der wird um 18.45 Uhr genauso gut bimmeln wie am frühen Morgen! Ent-schul-di-gung (Zenia hatte aufstoßen müssen und roch ihren Atem, die Zunge pelzig), auch wenn man sagt, Leonard Zadek leidet unter dem Anspruch, allen gerecht werden zu wollen, aber Verspätung auf Verspätung, das warf doch auf diese ach so edle Professorenexistenz, sagen wir, einen Schatten, sagen wir, den Schatten des Naiven. Und dann, *wenn-er-ein-mal* pünktlich im Café erschien, ungefähr eiiinmal im Semester, dann war er der Erste, der eine Unpünktlichkeit beanstandete. »Wo bleibt denn Karl?« »Wo bleibt denn Zenia?« Himmel! Sie waren doch kein eingetragener Verein mit Mitgliederliste und so weiter. BHF. ZOO, guten Abend, alle Affen und Giraffen raus. Mit schriftlichen Regeln und Statuten, mit einem Gruppennamen womöglich, pffff, da wären sie aber alle schön ironisch geworden, wusste man doch, dass Zusammenhalt ein innerer Prozess war ... aber wenn das alles so sonnenklar ist, du Astronautin, warum fragt

Leonard dann Jaaahre später noch in die Runde: »Wo bleibt denn Karl?« Das war, also Ent-schul-di-gung, jetzt musste sie aussteigen und sich im Waggon an den Nachtgestalten vorbeidrängen, vorbei an *kiek ma die kleine Sau*, vorbei an *auch noch besoffen*, geflüsterte nächtliche Ration Zusammenhalt, und denn immer gleich *Ick hab doch jar nischt jesagt*, wo bleibt denn Zenia, also wirklich, Zadek, das ist ... ein Zeichen! Du gibst uns doch damit zu verstehen, dass du immer noch jedes Fehlen persönlich nimmst. Und dass du Macht hast ... Das isses doch. Sag ich doch. Du hast auch am Abend die Rolle des Professors intus und wenn du damit ringst, dann ringst du vergeblich damit, ich meine, dich zwischen uns einzuordnen ...

Bahnhof Knie hatte sie aussteigen wollen, aber da wurden gerade die Gleise verlängert, war alles Baustelle, man fuhr durch wie auf dem Fahrrad so langsam langsam. Und dann öffneten sich die Türen und den halben Westen zog es an die Luft. Zenia ließ sich hinauftragen auf die Straße, dort gleich wieder der Wind, und Regen. Sie stand nicht mehr wacklig, sie stand, Planet Erde, Bismarckhering. Das Kerngehäuse entfernt. Meine Güte, dachte sie, so viel hab ich lange nicht ... ich bin ja bald wie Dima, wenn er trinkt, einer Wischensaftlerin unwürdig, aber nun, bei *der* Ehre, die größte Ehre, die man sich vorstellen kann, Gruppe geleitet, Gruppe versöhnt, Gruppe Rotwein, Gruppe Bernstein ... sie drehte den Schirm ... einen dunklen Schirm, wo kam denn jetzt überhaupt, ach so, Handtasche, Bismarckstraße, na denn, ich glaube links, ja, da lang.

7

Wann sah man den irdischen Kopf schon mal von oben, mit dem Nordpol im Scheitelpunkt. Eine Route war eingezeichnet, jede Messstation ein Punkt, von Spitzbergen über den Pol hinweg bis nach Alaska. Durch die Punkte sah die Linie aus wie eine Narbe, als könnte man das unerforschte Gebiet, wenn man es überflog, sogleich hinter sich zunähen. Helene hatte eine Schwäche für die Ferne und für die Entdecker, auf der Residenzstraße hoben nur ein paar Tauben ab, und jetzt wurde der Zeitungsverkäufer mäkelig. »Fuffzehn Fennje oder die Augen zu, Madame.«

Neben ihr wurde der Spargel zu einer Sammlung von Eiszapfen. Irgendwer schrie immer bloß Anjebote, Anjebote. Was gar kein Wunder war, denn die meisten Stangen waren krumm und holzig, schlechteste Qualität. Zwei Mädchen hockten hinter einem Erdbeerenstand, bei ihnen hätte Helene gern gekauft, doch es fiel ihr ein, dass die Mutter gebacken hatte.

Es war ausgemacht, dass sie endlich wieder einmal in Reinickendorf übernachten würde. Ihr freier Morgen schloss sich an.

Sie präsentierte ihr Geschenk in der festen Papptüte mit einigem Stolz. Der gute Kaffee vom Schlossplatz. Dazu ein Päckchen Filtertüten von Melitta Bentz. Während die Mutter noch aufbrühte, erzählte Helene schon von ihren neuen Bekanntschaften, »Mädchen mit komischen Namen, Zenia und Emiljana, aus fernen östlichen Ländern«, »aber vielleicht muss man so heißen, wenn man studieren will«. Sie plapperte, und als sie endlich bemerkte, dass sie nicht hergekommen war, um die Mädchen zu verleugnen, legte sie rasch ihre Entdeckung aus: »Weißt du, wir Menschen werden angetrieben von unerledigten Aufgaben, und wir verlieren die innere Spannung, sobald etwas getan ist.«

Die Mutter nickte, es war ja nicht schwer zu verstehen.

»Na, und das müssen wir jetze beweisen durch Experimente.«

Auch das Tempo der Tochter war sie gewohnt, aber eitel fand sie die Sprache wohl doch, die Helene da benutzte. Dabei geriet Helene erst in Fahrt, sie erzählte, wie sie eben vor der Zeitung gestanden und vom Nordpol gelesen hatte, von einer geglückten Überquerung. Und da hat sich die neue Psychologie über ihre Verehrung gelegt, sie dachte also daran, wie sich die Pioniere jetzt fühlen mussten in Alaska, jetzt, wo ihr Flug geglückt und alles erledigt war. Dass ihre Namen fortlebten, gut. Aber ihnen persönlich, was blieb ihnen jetzt im Ziel vom Ziel? Nicht doch eher eine Leere? Die Mutter schwieg, Helene berichtete von der psychologischen Gruppe im Café, jeden Dienstagabend, alle zwei Wochen auch am Freitag, wo andere Menschen sich vergnügten, und dass sie schon dabeigesessen hatte, Zenia hatte ihr letztens sogar zugeraten, die höhere Schule nachzuholen und danach mit ihnen zu studieren.

Das hätte sie nicht sagen dürfen. Ihre Mutter streckte sogleich die Hände aus, als müsse sie einen Felsblock aufhalten, der rasend schnell auf sie zukam. Dabei schob sie bloß intuitiv eine Erinnerung von sich fort. Schon einmal war die Tochter auf eine Handelsschule gegangen, es hatte kein gutes Ende genommen.

Sie geht aber auch zu viel in die Kirche, dachte Helene, duckt sich zeit ihres Lebens unters Kreuz. Wo war die Mutter, die sich an ihren Ambitionen erfreute, die sich in ihr spiegelte? Wo war ihre einstige Sehnsucht nach Aufstieg, wo in ihren

Augen der Weg, den sie selbst nicht gegangen war. Beim letzten Besuch hatte die Mutter noch gesagt: *Na, ick wünschte ma bloß, ick hätt die Klappe ooch manchma so uffjerissen.*

Heute kamen sie nicht zusammen. In den kleinsten Gesten merkte Helene, dass es eine Kluft gab. Sie lobte den schwedischen Kaffee, weil ihre Mutter es nicht tat. Die Mutter nickte, aber so, dass Helene wusste, sie schmeckte keinen Unterschied. Helene stopfte sich den Rhabarberkuchen in den Mund, die dicken Streusel fielen ihr auf den Teller und zu Boden. Sie wollte amüsieren, spielte dafür das kleine Mädchen: »Ach, Futtern is, wenn et ooch ma krümeln kann«, und die Mutter: »Du bekommst wohl zu wenig bei deinen Nordmännern.« So missverstand man sich.

Es konnte nur Helenes Schuld sein, dass das hier nicht lief. War sie denn gar nicht unterhaltsam? Sie erzählte noch einmal von Zenia. Sie erzählte auch aus dem Lagerbäck'schen Haushalt, von Charlotte, der Schönheit, und von den beiden kleineren, den hellblonden Kindern, die sie morgens oft betreute. »Verwöhnte Gören, würdest du sagen.« »Und was sagst du, Leni?« »Sie sind süß, sag ich. Und machen mir keine Probleme. Aber ich bin auch streng mit ihnen.« »Du musst strenger sein, als es die Frau Lagerbäck ist.« »Ach, muss ich?« »Ja, das wollen die Mütter so. Dafür bist du ja eingestellt.« Da mochte sie recht haben. Und jetzt stand die Mutter auf und legte ihr eine Hand an die Wange. »Du könntest öfter erzählen.« Spät, fast zu spät der Moment, für den sie hergekommen war, und das schöne Gefühl dazu.

Die Sonne hörte schon nicht mehr zu, da kamen sie endlich auf Richard zu sprechen. Die Mutter traf Richards Mutter regelmäßig in der Kirche. Sie zog Fotos aus der Schublade und sagte, Helene sei es Richards Mutter schuldig. Die winkte doppelt und dreifach ab. Schuldig sei sie niemandem irgendwas. Fotos waren immer bloß zum Seufzen da, und außerdem wäre Richard auch als verlobter oder verheirateter Mann nach Russland gegangen.

Richards Angelegenheiten waren der Grund für ihre Kaffeestunde gewesen, und Helene reichte der Mutter nun die Umschläge, die sie schon am Schlossplatz über Wasserdampf geöffnet hatte. Die Mutter studierte alle drei Briefe, die Richard aus Russland geschickt hatte. Mit ihrer Lesebrille sah sie aus wie ein Uhu. Und sie ging ans Fenster wie eine Geschäftsfrau, die nachdachte.

Es stimmte ja, sie könnte öfter herkommen.

»Lenchen, wenn du da morgen wirklich für Richards Interessen eintreten willst, da musst du dich als seine Verlobte ausgeben. Und eine Verlobte wartet nicht vier Monate, bis sie einen Brief bei den Vorgesetzten vorzeigt. Deshalb, nimm man nur die neueren Briefe mit.«

Bei den Vorgesetzten. Wie das nun klang, solch ein ernsthaftes Wort. Wann hatte sie eigentlich zuletzt ihre Mutter um Rat gefragt, wenn es nicht um Handarbeiten ging? Helene war zu erschöpft, um noch darüber zu reden, dass der zweite von den drei Briefen im ersten dringesteckt hatte. Die privaten Zeilen von Richard hatten sie zwar nicht kalt gelassen, aber es waren zu wenige, in den Umschlägen steckten ja vor allem seine Erfahrungsberichte, deren Dramatik sich Helene nicht mitteilte, für sie waren das alles bloß entfernte Zahlen und technisches Kauderwelsch. »Nimm man nur die neueren Briefe mit. Wenijer is mehr«, erneuerte die Mutter ihren Ratschlag.

»Wenijer is jut«, nickte Helene.

»Hast du Angst, hinzugehen, Leni?«

»Nein. Es wird mir nur alles zu viel.«

Etwas nach acht Uhr in der Früh verließ sie die Wohnung in Sommerkleid und Strickjacke – um sich verlobt zu geben, hatte sie sich sogar auf die großmütterliche Perlenkette eingelassen. Zum Bahnhof Reinickendorf-Rosenthal waren es knapp zwanzig Minuten zu Fuß, von dort fuhr die Bahn. Helene sah sich vom Norden der Stadt in den weiteren Norden vordringen, wo die älteren Bäume standen und das Maigrün sich erhob. Es gab hier mehr Kleingärten als Häuser, und auch die Häuser empfand Helene als niedrig, eher schon minderwertig. Nur gut, dass die Zugfahrt so kurz war, denn der leuchtenden Blätterpracht konnte sie sich kaum erwehren und wäre am liebsten sitzen geblieben bis Groß Schönebeck. Der Weg in den Wald, die Buchen am Werbellinsee, sie sah vor sich, wie sie als Kinder das Schwimmen und Stolpern geübt und mit der ganzen Familie das kaiserliche Jagdschloss angeschaut hatten, den langen geschnitzten Balkon. Mit roten Schirmmützen in diesen Erinnerungen aufbewahrt: ihre Brüder.

Fort waren sie, fort aus ihrem Leben. Und nun war also auch Richard weg. Seit sieben Monaten war er nicht mehr auf diesen Bahnsteig getreten. Sie hatte ihn nur ein einziges Mal hierher begleitet, aber das hatte in einem anderen Leben stattgefunden. Deshalb staunte sie auch so. Wie viele Menschen hier wohl arbeiteten. Wie imposant sich das Bergmann-Werksgelände vor ihr ausbreitete. Doll war schon, dass es auf der Strecke in die Schorfheide eine eigene Bahnstation besaß.

Um diese Uhrzeit stiegen fast nur noch die höheren Bediensteten aus, die ihren Tag später begannen als die Schichtarbeiter. Helene blieb hinter ihnen zurück, sie wollte keine Aufmerksamkeit auf sich ziehen. Klar hatte sie dafür die falschen Schuhe an, aber das musste nun so. Die Werkstätten waren allesamt aus rotem Backstein gebaut, jedes Haus besaß ein Namensschild für die Lieferanten: Kabelwerk, Transformatoren II, Alte Kantine. Als Richard seine Anstellung begann, hatte er Helene einige Vorträge darüber gehalten, wie viel Energie durch Berlin floss, dass die Kabel- und Glühlampenwerke jährlich und bald monatlich ihre Firmen vergrößerten, Räume anbauten und zukauften, ohne dabei je genug Platz zu gewinnen. Alle waren vom Erfolg gezwungen, ihre Lager am Rand der Stadt aufzuschlagen. Richard hatte gar nicht gemerkt, wie er sich immerzu rechtfertigte für seinen neuen Arbeitsplatz.

Sie fand eine Stelltafel mit dem Lageplan der Gebäude. Ein richtiges Dorf, ein Industriedorf. In der Mitte stand eine Halle, groß wie eine Kirche ohne Turm, ihr Schatten legte sich an diesem Morgen wie ein Tuch über das Bürogebäude, auf das sie jetzt zusteuerte. Helene kam ohne Voranmeldung. Auf einem der Briefe, den sie mit Klebestift wieder verschlossen hatte und nun der Stenotypistin hindrehte, stand die Firmenadresse. »Ich komme von Herrn Hardtwig«, log Helene.

Sie hatte damit gerechnet, dass man sie warten ließ, aber das Rechnen gehörte ja zu ihren Schwächen: Weniger als fünf Minuten später wurde sie ins angrenzende Büro gebeten, darin drei Herren mit glänzenden Krawattennadeln und Manschettenknöpfen hinter einem Schreibtisch, auf dem sich Zeichnungen schichteten. Der links sitzende Herr hatte sich den Schnurrbart schwer gefettet, was eine Verbindung schuf zu den Antriebsriemen, den Kurbeln und Rädern, die Helene auf den industriellen Plänen an den Wänden ausmachte. Auch in den Regalen beschriftete Papprollen. Die Männer wirkten wach, so, als hätten sie gerade alles stehen lassen, um mit ihr zu sprechen, als sei Richard hier keine Randgestalt, sondern jemand, den man schmerzlich vermisste.

»Fräulein ...«

»Helene Lassahn.«

»Mein Name ist Dammann, nun, ich bin der Vorgesetzte von Herrn Hardtwig. Zunächst unser Dank, dass Sie den Weg auf sich genommen haben.«

Sie winkte ab. »Nun lesen Sie nur. Und sagen Sie mir, wie es ihm geht. Mein Herz geht bum bum bum, ich bin selbst zu aufgeregt.«

Helene reichte Dammann, der zwischen den anderen beiden Männern saß, die Briefe über den Tisch. Man schlitzte sie auf, beugte sich über die Papiere. Helene sah dabei zu, wie alle drei Männer versuchten, ihr Mienenspiel zu kontrollieren, aber dann weiteten sich doch die Augen, der Linke presste seine Lippen aufeinander, atmete tief ein, als wollte er in sich hineinseufzen.

»Steht denn etwas drin«, bohrte Helene, »das ich als seine Verlobte wissen muss …«

Für einen Moment fühlte sich Helene wie nackt, so unglaubwürdig. Die Männer hatten noch kein Wort über die Briefe verloren, da stand einer schon auf, nickte Helene höflich zu, verließ den Raum. Dammann übernahm wieder das Wort:

»Fräulein Lassahn, Sie müssen wissen, nun, wir versuchen seit Wochen alles, um Ihren Verlobten aus Perm loszueisen.«

»Aus Perm?«

»Nun, vielleicht lese ich Ihnen eine Passage vor, damit Sie sehen, wie vertrackt die Lage ist.«

Sie nickte, überlegte auch, vorsorglich ein Taschentuch aus der Handtasche zu ziehen, ließ es aber bleiben.

»Sehen Sie, nun, Herr Hardtwig schreibt folgendermaßen:

Ich fuhr über Tagil nach Perm zurück. Dort kamen zu jener Zeit 45 Tonnen Öl an. Es wurde aus den Holzfässern in die Ölbehälter gefüllt. Wir warteten auf die Ölkochmaschine und die

Filterpresse, und sie kamen denn auch. Beim Kochen wurde das Öl immer dunkler, fast schwarz. Ich ließ es also filtern, wie es für solche Fälle vereinbart ist, auf den Papieren setzte sich gleich eine 2 mm starke Asphaltschicht ab. Das Öl war auch elektrisch schlecht. Ich verlangte eine Analyse des Öls, und es hatte dann 5,2 % Asphalt und einen Flammpunkt von 132 Grad! Man ist verpflichtet, ruhig zu bleiben, aber ablehnen muss man das Öl ja doch. Damit ist die Geschichte aber nicht vorbei gewesen: Ein Teil dieses Öls haben sie aus Perm nach Motowillicha verkauft, wo noch in derselben Woche vier (!) Trafos defekt geworden sind. Da haben sie dann ihre Analyse aus eigenen Stücken wiederholt, und siehe da, es war sogar Naphta darin enthalten.«

Helene tat aufmerksam, dabei verspürte sie die gleiche Müdigkeit, die sie schon zu Hause beim Lesen jener Zeilen überfallen hatte. Die Ballade vom Öl und seinem Flammpunkt. Was war nun daran bemerkenswert? Im Grunde war das Vorlesen empörend. Sie taten ja so, als müsse man einer Verlobten nicht zuallererst nahebringen, wo ihr Mann steckte und wie es ihm erging! Aber Dammann war ein Aufsteiger, ein Aufschneider, konnte die Hände gar nicht souverän halten, Helene hatte ihn nun lange genug beobachtet. Auch der andere Kerl war fremd in seinen Klamotten.

Dammann redete über die Verträge. Es geht nicht, sagte er, dass die Russen jede mathematische Gleichung rot überpinselten mit ihrer Weltsicht. Herr Hardtwig habe schon zu Beginn seiner Reise gemeldet, dass die Trafos und Regulierschalter neben den Bahnhöfen auf freiem Feld stünden, ohne Dach, in Regen und Schnee. Und so ginge das ja nicht.

»So geht das ja nicht, Fräulein Lassahn.«

»Wissen Sie was«, Helene hatte lange genug genickt und gelächelt, »was Sie jetzt erzählen, alle diese Bedenken waren Herrn Hardtwig bereits bekannt, *bevor* er die Reise antrat.

Deutsche Ingenieurskunst trifft auf russische Mangelwirtschaft. Wollen Sie mir jetzt weismachen, dass mein armer Mann in ein *unvorhersehbares* Unglück geraten ist?«

An dieser Stelle, ausgerechnet beim Unglück, lächelten die Männer, und es lag die vollendete Verkrampfung darin. Jetzt musste sie dranbleiben, die verzweifelte Verlobte, die um ihren verschollenen Mann kämpfte. Dammann kam ihr noch einmal zuvor:

»Fräulein Lassahn, wir haben aus Berlin derzeit keinen Kontakt zu Herrn Hardtwig. Und wir sind logistisch nicht in der Lage, einen weiteren Mitarbeiter nach Russland zu schicken.«

»Das bedeutet ja im Grunde, Sie lassen den Richard in irgendeiner Baracke dahinsiechen. Was würde denn geschehen, wenn ein Herr Amundsen mit seinem Luftschiff abstürzt, irgendwo vor Alaska. Suchen würde man ihn mit Hundertschaften, aber meinen Richard ...«

Die Männer sehr verlegen.

Helene hätte gerne geweint, aber es war nicht möglich.

»Nun, Sie werden sich vorstellen können, warum ich nach Wilhelmsruh gekommen bin. Es stehen ja einige Monatsgehälter aus. Aus meiner privaten Korrespondenz mit Herrn Hardtwig geht hervor, dass er derzeit weder von Ihnen noch von russischer Seite bezahlt wird.«

»Wir haben ihn im Dezember zurückerwartet.«

»Und ist ein ganz herrlicher Mai ausgebrochen, finden Sie nicht?«

»Fräulein Lassahn, ich will Ihnen etwas anderes sagen. Bedenken Sie, wie aufrecht Herr Hardtwig die immensen Schwierigkeiten trägt, denen er ausgesetzt ist. Er vertritt unsere Wertarbeit mit seiner ganzen Person, wir haben uns damals bei der Einstellung nicht in ihm getäuscht. Sie können stolz auf ihn sein. Wir bitten Sie darum, nun, wie ich sage, die

Sache mit Stolz und Anstand zu nehmen. Und mit unserer Zuversicht und Ihrer Vorfreude zusammen sieht die Sache nicht mehr so traurig aus, wie Sie sie darstellen. Wir setzen uns mit allen Möglichkeiten für –«

»Mein Schwager arbeitet für das Berliner Tageblatt«, sagte Helene schroff.

Dabei zog sie die Schultern hoch, legte dann die Hände wieder in den Schoß, blickte ins Regal.

»Lassen Sie uns bitte kurz allein«, bat nun Herr Rieger, der bislang noch gar nichts gesagt hatte.

Sie setzte sich ins angrenzende Büro. Die Sekretärin sah kurz auf, lächelte, dann spannte sie einen neuen Bogen Papier ein und hämmerte auf ihre Schreibmaschine ein. Helenes Puls schlug wie nach einer großen Anstrengung. Schlug nicht für Richard, hatte nie genug für ihn geschlagen, sonst hätte sie sich damals an ihn gehängt wie ein Klotz und ihn beschwert und davon abgehalten, die unsinnige Reise nach Perm oder sonstwohin anzutreten. Und nun war es so weit gekommen, dass sie auch noch Stolz auf Richard empfinden sollte, darauf, dass er tausend Kilometer entfernt die Firmenrichtlinien einhielt und abgestraft wurde.

Helene schämte sich für ihren Auftritt, mit der Scham aber wuchs die Unruhe. Was beratschlagten sie jetzt. Sie wollte doch unter den Psychologinnen wandeln. Da musste sie doch eine Ahnung davon haben, was in den Köpfen dieser Männer vorging ... Ob es sinnvoll war, auch nur eine Reichsmark in den Osten zu schicken, die ja doch nur in russische Hände geriet. Oder ob es nicht doch besser war, den Kontakt mit ihr, *diesem tapferen kleinen Fräulein*, aufrechtzuerhalten. Die können sich ruhig erkenntlich zeigen, dachte Helene, nur durch meine Vermittlung haben sie zumindest ein Lebenszeichen von ihren heiß geliebten Transformatoren erhalten.

Oder wurden jetzt telefonisch Auskünfte über sie eingeholt … ach du Schreck, jetzt kam aber eins zum anderen: Sie wusste nicht mal, was Richard im Monat verdiente! Und Chefingenieur Dammann stand wieder in der Tür, bat sie herein, wich gar nicht zur Seite, Helene tauchte schnell unter seiner Hand hindurch, bevor er sie an der Schulter berührte. Da hielt der andere Vogel sich einen Schein vor die Brust, einen Scheck vielmehr, über ›Dreihundertzwanzig Reichsmark‹. Wie das Preisgeld nach einem Wettbewerb und als sei Helene seine Filmkamera.

»Das sind zwei Monatsgehälter, mehr können wir nicht tun, Fräulein Lassahn. Bitte melden Sie sich umgehend, wenn Sie etwas von Ihrem Verlobten hören. Und unterschreiben Sie für Herrn Hardtwig, dass Sie den Scheck in seinem Auftrag entgegengenommen haben.«

War das nicht der Monatslohn eines niederen Arbeiters, der da veranschlagt wurde. Und war denn Richard nicht mehr als das, mit seiner Ausbildung an der Handelsschule. Helene spürte nicht einmal die Fragezeichen. Sie tat einfach, wie ihr befohlen wurde. Unterschreiben, Scheck entgegennehmen, und bloß raus.

Nein, schuldig bin ich ihm nichts, dachte sie draußen auf dem Hof. Aber das hatte sie nicht für möglich gehalten. Dass die Firma Richard aufgab. Am Anfang hatte sie so viel Verbindlichkeit gespürt, als sie das Büro betrat, und nun klang Dammann, als gäbe es für ihren Jugendfreund gar keine Existenzberechtigung. Auch keine Existenzform. Er war schon kein Monteur mehr, nur ein Missverständnis. Aber hatte man schon mal ein Missverständnis desertieren sehen?

In der Ferne hörte sie Schläge auf Stahl. Eine übermannshohe Kabeltrommel wurde von drei Arbeitern über das Katzenkopfpflaster gestoßen. Helene nahm ihre Sonnenbrille aus der Handtasche, ihre hochhackigen Schuhe in die Hand, in Strumpfhose ging sie über das Gelände. Schrecklich, dachte sie, was für ein schreckliches Erlebnis, aber sie wusste gar nicht, was genau sie damit meinte, Richards Schicksal oder seine Unerreichbarkeit oder das Gespräch mit seinen Chefs oder den verfluchten Scheck oder die Perlenkette oder ...

... bis ihr aufging, sie meinte vor allem sich selbst; schrecklich war die Einsamkeit, die sie umgab.

Es war wie manchmal in den Abendstunden, wenn sie wachlag mit den Kinderstimmen im Hof, sich auf den Rücken drehte, die Arme zu den Seiten baumeln ließ und die Einsamkeit nahm ihr die Atemluft, nur jetzt ging sie hinein, ging mitten hindurch, sie wich tippelnd den spitzesten Steinen aus, die Steine nahmen kein Ende, sie sah sich allein auf dem Weg zu einem See und wusste zugleich, es gab keinen See, es gab keinen sonnigen Urlaub, sie würde noch lange so gehen und am Ende lag ein Bahnsteig und keiner stieg für sie aus, niemand stand in der Heide, sie zu erwarten, auch kein Schwager, und Dienst zu leisten, zurückzufahren, wann hatte sie es je so gnadenlos gespürt, Dienst zu leisten war nichts als Einsamkeit, dabei immer ein Blickfang zu sein und ein Ohr für die Sorgen dieser Männer zu haben, was da tönte und anschwoll und dann zu jeder Besserwisserei wieder eine Visitenkarte, ihr Schallplattenmann war sich nicht einmal zu schade, mit seiner Neuen im Café zu erscheinen, Karl wollte mit ihr ausgehen, der Psychologe, aber wollte sie denn einen Studenten, ach, der eine war wenig, der andere noch weniger ernstzunehmen, und keiner so ganz und von Herzen, wie es sich die Mutter für sie wünschte, von Herzen musste es kommen, zu Herzen musste es gehen, sie tat sich so leid mit ihren Ansprüchen, in ihrer Durchschnittlichkeit, und noch der eigene Bruder kam ins Café und tönte, er sei von den Olympiern zu den Braunhemden übergetreten, was für ein peinlicher Auftritt, dem der alte Lagerbäck eigenhändig ein Ende gesetzt hatte, das konnte sie der Mutter gar nicht erzählen, ach die Mutter, sie sollte öfter ihre Mutter um Rat fragen, auch mal gleichgültig sein, sich etwas sagen lassen, so wie gestern, nicht immer voran, voran, und noch besser sollte sie sich auf die klugen Köpfe von Emiljana und Zenia verlassen, mehr Zeit mit ihnen verbringen, dann verteilte sich ihre Einsamkeit auf die Schultern der Mädchen und vielleicht war es auszuhalten, konnte sein, dass sich das Loch verkleinerte, das lärmende Loch, in das sie hinabsah, das unter ihrem jungen Leben klaffte, das keiner allein zu füllen imstande war.

8

Auch Zenia machte jetzt Ausflüge, aber sie verließ dafür nie das Stadtzentrum. Sie war dabei, sich einen Überblick über ihr Forschungsfeld zu verschaffen, erste Thesen zu formulieren.

Mittags lugte sie am Gendarmenmarkt durch die Schaufenster der Restaurationen und ging hinein, sobald dort eine große Gruppe zu Tisch saß. Hatte die Gruppe bezahlt, wartete sie noch drei Minuten ab und stellte dann den Kellner zur Rede. Ihre Annahme traf zu: Wer bediente, musste zu viel Anstehendes im Kopf behalten, um sich auch noch auf erledigte Bestellungen zu besinnen.

Anders war es allerdings bei den Kurzwarenhändlerinnen, die Zenia, dabei immer auf Taschendiebe achtgebend, in der Rosenthaler Vorstadt oder in den Toreinfahrten an der Chauseestraße ansprach, auch auf den kleineren Straßen in Borsigs Feuerland. Die Frauen wussten recht genau die zuletzt getätigten Verkäufe aufzuzählen, und Zenia unterschied bald drei Typen von Berliner Händlern, welche sich gut erinnerten:

Diejenigen, die wie bei dem Bildersuchspiel Paare bildeten und dadurch den Verkauf einer bestimmten Zigarettenmarke in Gedanken einem bestimmten Kunden zuordneten. Das waren die Fröhlichen.

Es gab auch solche, die alle Waren, die sie in ihrem Bauchladen feilboten, als kleine persönliche Freunde betrachteten und somit jedem Knopf, jeder Lage Streichhölzer sprichwörtlich nachweinten. Nur der eigene Hunger konnte rechtfertigen, dass sie sich überhaupt von den Dingen trennten. Das waren die Traurigen.

Und drittens traf Zenia auf Verkäuferinnen, die Tabellen im Kopf führten und ihr Sortiment täglich zu verändern suchten, die sich nach dem Verkauf von zwei Strumpfbändern sofort notierten, weitere Strumpfbänder ankaufen zu müssen, denn Strumpfbänder gingen jetzt gut, Strumpfbänder waren die Zukunft. Sie führten triumphierende Selbstgespräche und konnten, mit der gleichen Intensität, ihre Ladenhüter verachten. Diese dritte Spezies war es, die man wiedertraf. Sie wirkten leicht irre, mindestens überdreht, aber sie überlebten. Sie zeigten ihr auf, dass ein Geschäft keine Endgültigkeit kannte, weil die Aufgaben, die es den Menschen stellte, einander so schnell ablösten, dass von Erledigung im Grunde keine Rede sein konnte. Auch waren sie es, die Zenia am bereitwilligsten Auskunft erteilten, weil sie sich in ihrer Auflisterei ernst genommen fühlten. Womöglich sahen sie in der kleinen, dunklen Frau mit dem Notizbuch sogar eine Kameradin, wenn man auch auf anderen Sternen forschte.

Zadek sprach oft von Vektoren, von Kräften im Feld. Zenia spürte, dass der kräftigste Pfeil ihres Lebens immer nach vorne zeigte, ins Geschehen, dorthin, wo weitere Arbeit auf sie wartete. Deshalb hatte sie den dummen erinnerungsduseligen Abend mit den Zadek-Lobeshymnen nicht vergessen. Aber sie vermochte es eben auch, dem Schmerz nach und nach etwas Zeichenhaftes zu geben, ja sogar Energie herauszuschlagen.

Ihre Neugier war größer als jede Angst, und sie freute sich daran. Auf Spurensuche geriet sie zwischen die Fahnen und Chöre der Demonstrationszüge, sie beobachtete Polizeieinsätze, und sie hörte sich geduldig die Untergangspropheten an, die wahlweise in schneeweißen oder in orangefarbenen

Gewändern vor den Stationen der Elektrischen ihre Stimme erhoben. Die Propheten streckten gekreuzigt die Arme zu den Seiten oder sie formten die Hände zu Löwenpranken, sie erzählten davon, zum Schweigen verurteilt zu sein, dann wieder hoben sie den Zeigefinger gegen diejenigen, die nicht wenigstens stehen blieben, um die Wahrheit zu erfahren. Es war schwierig, sich auf ihre Rede zu konzentrieren, Zenia wollte aber herausfinden, wo sie Kommata, wo Punkte setzten, was den Rednern die Zuhörerzahl bedeutete, ob es eine Verwandtschaft gab zwischen dem Verkauf von Knöpfen und dem Verkauf von Apokalypsen. Schließlich kamen auch die Propheten nie zum Ende und passten ihre Ware womöglich sogar der Nachfrage an.

Nur was war überhaupt ihre Ware? Zu sehen bekam man sie nicht. Es gab exotistischen Kram, es gab antirepublikanische Pamphlete, dann brauste plötzlich der Donnerhall und es hob an die stinkige 1914er-Feier des deutschen Geistes, der die Weltsendung antreten müsse. Doch immer war Zenia, als hielte sie beim Zuhören ein Ding in den Händen, das unmöglich von dem Papier zu befreien war, mit dem es die Redner umwickelt hatten. Und dieses Geschenkpapier, diese Form, die den Inhalt verschloss, das war das unselige Pathos.

Zenia hörte zu und wollte einmal, am Rande des Alexanderplatzes, sogar einer Lesung aus den Protokollen beiwohnen, diesem peinlichen Verschwörungskitsch gegen die Juden. Da hatte sie aber ihre Kräfte überschätzt, es wurde ihr schwarz vor Augen und sie musste eine Frau bitten, sie für ein Glas Wasser zu einer Schankstube zu geleiten.

Daheim hatte sie ein Unterrichtsfach erfunden und ließ sich von Dimitri darin prüfen. Sie nannte es *Alltagsgegenstände*. Von der Zahnbürste, die sie zweimal täglich ansah und nutzte, wusste sie gerade noch die Holzfarbe zu sagen, aber weder

Form noch Aufschrift. *Türklinken*, rief Dimitri amüsiert aus dem Wohnzimmer herüber. Sie hatte keine einzige parat. Oder doch, bei Freunden ihrer Eltern in Dwinsk, ein Kindheitsbild, isoliert, wie im Rahmen: Pharaonenschmuck war in den Türbeschlag graviert, ein Detail im Jugendstil.

Türklinken waren ein gutes Beispiel. Verband mit der Türklinke nicht erst das Herunterdrücken, wer einen Raum zu betreten oder zu verlassen gedachte? Also folgte die Funktion dem Bedürfnis, nicht andersherum. All die Klinken in ihrem Büro, in ihrem Wohnzimmer oder im Schwedischen Café, und keine hob sich in Zenias Gedächtnis hervor. »Auf zehn Türklinken fällt ein Zeitungskauf. Quantität hat keinen Einfluss (oder schwächenden?)«, hatte Zenia in ihr Büchlein geschrieben.

Darunter stand: »Wer einen Brief eingeworfen hat, denkt nicht mehr an den Briefkasten.« Daneben ein Pfeil, hin zu einer Passage in Schönschrift: »Es gibt im Alltag verschiedene Arten von Gewohnheiten. Sie unterscheiden sich aber darin, mit welcher Geistesgegenwart wir sie ausführen.«

Sie liebte es, derlei Feststellungen zu treffen. Die Worte in Stein zu meißeln und dann zu schauen, ob der Stein wetterfest war. Zadek arbeitete auch so. Ausdrücklich hatte er es erlaubt, dass eine These klingen durfte wie eine Plattitüde, ja, dass sie sogar interessanter wurde, je allgemeingültiger sie formuliert war. Man verwarf sie dann rascher und kam Schritt für Schritt den psychologischen Begriffen näher.

Um nichts Geringeres ging es in diesen Wochen und Monaten. Das Kolloquium erforschte Wille und Bedürfnis, Handlungen und Affekte, um eine neue Fachsprache zu finden. Aber die Begriffe hatten es schwer, nur die allerwenigsten konnten wissenschaftlich bestehen. Wenn Freud im dunklen Bereich der Seele stocherte, dann ließ sich ein bestimmter neurotischer Krankheitsfall durchaus erklären, und seine genauen Beobachtungen etwa zu Wiederholung und Ersatz waren ein großer Gewinn; die allermeisten Begriffe aber, die Freud in den Raum stellte, seine *Triebgruppen* und *Angstbereitschaften*, galten Professor Zadek und auch Zenia bloß als blümerante Prosa, die jeglicher Wissenschaftlichkeit entbehrte. Was in Wien eine Lust hieß, nannten sie in Berlin lieber eine Kraft, allerhöchstens ein Bedürfnis.

Ja, Bedürfnis war bereits ein gewagtes Wort für die seltsamen Spuren, die im Alltag abzulesen waren. Denn Kräfte kamen von innen und von außen, durchwirkten einander, es ging gerade um ihre Wechselwirkung. Den Menschen lesen hieß, sich zu fragen, welche Entwicklungen er nahm, wodurch er sich einschränken oder einschüchtern ließ. Welche Barrieren er mühelos überwand. Wo er zielstrebig blieb, wo er auswich. Wachsamkeit und Ermüdung. Man musste Handlungsgruppen bilden, Untergruppen, sich vorsichtig, umsichtig dem seelischen Geschehen annähern, das den lesbaren Handlungen zugrunde lag.

Dann entstand eine eigene Sprache, davon war sie wie Zadek überzeugt, und die Psychologie würde sich endlich unabhängig machen von den älteren Wissenschaften, vor allem von der Philosophie und der Mathematik, und auch von den Daten der physiologischen Apparate, mit denen in diesen Tagen die Sinne bis in die vierte Stelle hinter dem Komma vermessen wurden.

Der Prozess einer Emanzipation.

Es war ihr ein großes Glück, daran teilzuhaben.

Einen Haken allerdings hatte das Unternehmen. Damit sich die Psychologie erhob und aufstellte, so lehrte es der Professor, würde jeder Kopf gebraucht, jede einzelne Wissenschaftlerin müsse sich dieser Aufgabe annehmen, unbedingt, täglich.

Ihr Kommilitone Karl hatte daraufhin einmal im Kolloquium gesagt, man dürfe den Akt der Emanzipation nicht beschönigen. Der Akt sei quasireligiös, denn es müsse sich jeder unterordnen, die Gemeinschaft stehe über dem Genie.

Zenia hatte ihrem Mann davon erzählt, und Dimitri sie nur angelächelt und gesagt:

»Ja, da braucht es deinen Idealismus.«

Am Abend fügte er schmunzelnd hinzu:

»Die Fakultät frisst ihre Kinder.«

Diese Sätze brachten Zenia nur noch mehr ins Grübeln. Sie war ja überzeugt von ihren Fähigkeiten. Und sie war nach Berlin gekommen, um sich zu etablieren und eine eigene Handschrift zu entwickeln, wie es hieß. Deshalb hatte sie Zweifel daran, ob sie es eigentlich guthieß, dass alles, was sie dachte und zusammentrug und analysierte, sofort auch den anderen zugänglich gemacht werden sollte. Sie liebte die Gruppe, aber bremsten die anderen nicht ihren Antrieb, und wollte sie denn selbst immer alles von ihnen wissen? Die Notizzettel von Emiljana, das aktuelle Experiment von Herrn Claus oder ein Interview, das Karl mit Fabrikarbeitern geführt hatte. Solange man sich in der Grundausrichtung der Forschung einig war, war es da für die zu erarbeitende Fachsprache nötig, das Denken der anderen immer wieder zu begutachten?

Sie zweifelte daran umso mehr, da sie allmorgendlich einen Kopfsprung in den Berliner Menschenstrom tat und schwimmend so viel Material einsammelte, dass sie es selbst schon kaum mehr überschauen konnte. Oft wirkten das ganze Wissen und Halbwissen und die unzähligen Fragen, die daraus im Kolloquium hervorgingen, für Zenia einfach undurchdringbar, nebulös, etwas Gebauschtes, das nicht in der Tischmitte lag, sondern über dem Tisch im Schwedischen Café hing wie eine riesige Wolke.

Eine Fachsprache entwickeln, ja. Aber man musste auch schauen, dass man sich selbst nicht abhanden kam. Sie sprach mit Emiljana über dieses Gefühl und war danach noch stärker verunsichert, denn Emiljana stellte ganz generell die Frauenrechte über die Entwicklung der Psychologie, und nie hätte sich ihre Freundin die Urheberschaft eines Gedankens nehmen lassen, solange es in Berlin bloß ein paar Hundert Studentinnen gab.

Manchmal kam Emiljana zu Besuch. Sie bildeten dann ein gleichschenkliges Dreieck, die Frauen sehr nah beieinander, zumeist über ihre Forschungen tuschelnd, Dimitri weiter von ihnen entfernt, kochend, skeptisch nickend, die Flasche erhebend. Er konnte Zenia nichts verübeln, was sie von Herzen gerne tat, schon gar nicht ihre Studien. Aber nur zuhören konnte er auch nicht, musste ideologisch werden und die Frauen davor warnen, ihr Weltbild nur auf das zu verkürzen, was sie auf dem Alexanderplatz beobachteten. »Wie man die Dinge angeht oder löst, und auch wie man sie betrachtet, das ist zuallererst mit Herkunft und Klassenbewusstsein verknüpft, meine Lieben.«

Emiljana nickte dankend, sie wusste das schon. Zenia bat amüsiert darum, dass er ihnen nicht in die Forschung hineinredete. Insgeheim war sie bloß froh, dass Dima nun wieder daheim blieb, denn er hatte in den letzten Monaten eindeutig zu viel erlebt.

Er arbeitete zwar weiterhin als Übersetzer für die Zeitung der letzten Sozialrevolutionäre, aber ohne die Begeisterung des ersten Jahres. In der *Britva*-Redaktion herrschte anhaltend Gereiztheit und Streiterei, einige verwanden es einfach nicht, dass man im Grunde schon seit 1918 keine große Rolle mehr spielte, und sie kompensierten die Enttäuschung damit, dass sie am Wochenende bis in den Hohen Fläming fuhren und Sabotageakte übten, indem sie Bäume umsägten und sie auf verwaiste Bahnstrecken fallen ließen. Dima hatte davon erzählt, mit dem ihm eigenen Sarkasmus. Seit sie in Berlin wohnten, war er abends ausschließlich mit diesen russischen Freunden auf die Straße gegangen, ob zum Agitieren oder Recherchieren oder einfach zum Saufen. Nun hatte Zenia gespürt, wie Dimas Band zu den Redaktionsgenossen immer dünner wurde. Er schrieb keine eigenen Artikel mehr, arbeitete nur anderen zu, und aus einer weiteren Vorladung, einem weiteren Verhör – Dima sprach dabei sogar von Spionageverdacht – hatte er schließlich die Konsequenz gezogen, seine Abendspaziergänge auszuweiten und weitere russische Milieus zu erkunden.

Die Kontakte waren anscheinend schnell herzustellen, Zenia staunte über seine Berichte. Dimas Großvater war ein Narodnik gewesen, sein Vater schon russischer Beamter, vielleicht konnte Dima deshalb verschiedene Rollen spielen. Mal trug er seinen studentischen Anzug und traf darin die Aktionäre aus der Lindenstraße, die mit Wechselpapieren spekulierten, wenig später war ihr Ehemann bereits zu einer mondänen Feier eingeladen gewesen, auf der ein junger Mann in einer christlich anmutenden Rede dafür warb, den ›Reichtum der Armut‹ zu loben und die proletarische Entbehrung zur Keimzelle der neuen Sowjetunion zu machen. Unversehens war Dima unter die Kulturellen geraten, der Redner war niemand Geringeres als Gorkis Sohn.

Zenia sah seine Ausflüge mit wachsender Skepsis. So wie Dima die Aufregung seiner neuen Bekanntschaften in Wilmersdorf und Schöneberg genoss, konnte er die Gefahren leicht geringschätzen. Sie wussten beide, dass die Frontlinien im Kampf um die Ausrichtung des russischen Sozialismus kreuz und quer durch Berlin verliefen. Was sie auch wusste: Die Lust an der Auseinandersetzung würde Dima auf den Streifzügen nicht abhandenkommen, und bald hatte er täglich die Kleider gewechselt, sogar die Mützen, er musste hier die Arbeiterfront bejubeln und dort bürgerlich die Elektronenbewegungen begrübeln. Hoffentlich, dachte Zenia, wenn er abends die Wohnung verließ, verhielt er sich nicht naiv, hoffentlich ließ er das Trinken sein, denn wenn er zu viel trank, vermittelte er Bedrängnis, wo Gelassenheit gefragt war, und vor seinen neuen Bekannten, die auch alle ihre Masken trugen, offenbarte er zu leicht seine Gegnerschaft zu den Roten.

Es kam aber, wie es kommen musste. Er hatte sich verplappert, sonst wäre er nicht mit zwei Journalisten anderer Emigrantenblätter eingeladen worden. Ein Abend bei Parvus auf der Insel Schwanenwerder wurde versprochen.

Glücklicherweise reagierte Dimas Körper in allerletzter Stunde – eine Zahnentzündung verhinderte, dass er zum Treffpunkt erschien –, denn niemand war nach Schwanenwerder gefahren, das Angebot stellte sich als Komplott heraus und hatte geradewegs in eine Schießerei geführt. Noch Wochen später überkam Zenia Angstschweiß, wenn sie daran dachte, wie Dima reumütig von der Sache erzählt hatte. Er musste ihr sogleich schwören, vorerst alle öffentlichen Gespräche über die Zukunft Russlands einzustellen, dafür aber die Zeitungsredaktion, so schwer es ihm vielleicht fiele, als sein Nest zu betrachten, in welchem ihm am wenigsten geschehen könne.

Er schwor außerdem, sein Bier vorerst zu Hause zu trinken.

Und sie war ja froh, ihn bei sich zu haben. Ohne Dima hätte sie schließlich in diesen Tagen nicht die neue Erfahrung gemacht. Wenn nämlich Helene mit dem Fahrrad vorfuhr, bei ihnen saß und aß, entstand direkt und spontan eine heitere Dynamik, die es mit Emiljana nicht gegeben hatte.

Dima in Schürze, wie er Karausche ausnahm und seine fabelhafte Ucha kochte. Mit dem Rücken zu den sitzenden Frauen, drehte er immer wieder den Kopf nach Helene, sie zu ihrer Kindheit zu befragen, zu ihrer Ausbildung, ihrem Arbeitsverhältnis. »Mich beeindruckt, Helene, dass Sie sich nicht einschüchtern lassen«, sagte er. »Ich weiß ja, wie aufdringlich diese Studentinnen sind.«

Da lachte Helene, und Zenia hob das Wiegemesser, mit dem sie die Petersilie schnitt. Dima sang ein russisches Abendlied. Schon am allerersten Abend hatte er herausgefunden, dass Helene seinen Humor teilte, und dass hier einmal jemand mit Sticheleien gegen das psychologische Institut und sogar gegen seine Ehefrau zu belustigen war.

Bald schon stichelte Zenia mit. Alle Positionen, die in ihrer Ehe formuliert waren, wurden vor Helene noch einmal präsentiert. Zenia erzählte von Dimitris dunklen Stunden, wenn er wegen einer menschlichen Enttäuschung nicht ansprechbar war. »Für ihn kann die ganze Welt von einem Menschen abhängen, einem einzigen, der nicht so funktioniert, wie Dima es will.«

»Funktioniert! Zenia, so kannst nur du sprechen. Du bist diejenige, die alles ableitet. Wichtig ist«, und nun wurde Dima sehr ernst, drehte den ganzen Körper in die Küche, »dass wir erkennen, Helene, das Kapital ist überall. In einem Chemielabor, in welchem ich nach unserer Ankunft in Berlin assistierte, werden nun schon seit Jahren keine Dinge mehr getan, die der Menschheit nützen, sie entwickeln lieber Düfte für den Kurfürstendamm. Daher, wenn Sie da wirklich mitmischen wollen: Auch diese Universität ist kein gesellschaftliches Vakuum. Die reine Wissenschaft, die meine Frau anstrebt, ist eine reine Augenwischerei.«

Helene tat ihm den Gefallen, nachzufragen, warum das so sei. Da lachte Dimitri nur. »Weil jede universitäre Erkenntnis, wenn sie etwas taugt«, sagte er, »früher oder später der Wirtschaft zugutekommt. Oder noch schlimmer, dem Militär. Wem soll sie denn sonst taugen, wenn nicht dem Kapital, das sich breit und mächtig vor den Menschen gestellt hat? Das können Sie sich notieren, Helene, falls Sie daran zweifeln, meine Frau notiert auch immer alles.«

Zenia verdrehte die Augen, aber sie war hocherfreut. Sonst verlor Dimitri, wenn er hochtrabend wurde, seinen Charme. Vor Helene nicht. Sie saßen im Fischdampf, in der kleinen Küche, und nun sprach er auch über seine eigene Arbeit im Labor an der Technischen Universität. Sie bündelten Elektronen zu einem Strahl und erhofften sich damit, ein Mikroskop zu erschaffen, das noch tiefergehende Prozesse verbildlichen konnte, als es das Lichtmikroskop konnte. »Aber selbst die Arbeit an den kleinsten chemischen Teilchen, liebe Helene, weiß noch nichts von ihrer Anwendung. Wer weiß, ob nicht auch die Medizin den Verbrechen des Kapitals erliegen wird.« So ging der Abend dahin, bis schließlich Kiril hereinkam, der litauische Russe, einer der Etagenbewohner, man teilte sich die Küche mit vier anderen Mietparteien. Kiril arbeitete in der Handelsvertretung, und wenn er sich Tee aufgoss, wendete sich Dima ihm mit den üblichen Alltagsfragen zu. Sie konnten es nie unterlassen, ein Schwätzchen zu halten.

Die Wärme im Raum, dachte Zenia, nahm immer nur zu. Sie sah Helene an, die kein Wort Russisch verstand. Und da fiel ihr plötzlich ein, dass die Freundin einen Jugendfreund vermisste, der irgendwo im Ural festgehalten wurde. Zenia musste sie einmal fragen, ob sie vor Dima und ihr darüber sprechen wollte.

»Wissen Sie, Zenia«, hob Dima gleich an, als Kiril sich verabschiedet hatte, »dass ich auch ein Psychologe bin?«

»Dima, hör auf mit dem Quatsch.«

»Warum denn, meine Liebe. Wir beide, Helene, haben in Kowno studiert und dabei schon einiges über das menschliche Dasein gelernt, was sich euer Professor Zadek gerade erst gedanklich erschließt.«

»Hör gar nicht hin, Leni.«

»Der menschliche Wille ist groß, Helene. So groß, dass er sich oft genug der Vernunft widersetzt. Wären wir nur vernünftig, dann ließe sich ja ein jeder von den Maschinen ersetzen. Aber auch Sie würden doch sagen, Helene, dass der Mensch keine Schraube ist und keine Laus und auch kein Stift in der Drehorgel. Nein, wir alle suchen nach einer Freiheit, von der wir nicht wissen können, wohin sie uns führt. Ich spreche oft mit Kiril darüber: Jeder Mensch spürt doch eine Notwendigkeit, sich innerlich zu erweitern. Wir wachsen. Und der Mensch muss dieser Tage erkennen, dass seine Schultern noch lange nicht breit genug sind, einen Staat darauf zu tragen. Geschweige denn die Weltkugel. Was Lenin getan hat –«

»Amen«, sagte Zenia.

Dimitri lachte. Es war das überraschte Lachen eines Menschen, der gerade erst meinte, einen Vortrag begonnen zu haben.

»Bekomme ich auch ein Amen von Ihnen, Helene?«

Er sah wieder in den Fischtopf hinab, hob eine volle Suppenkelle und versenkte sie wieder im Topf, während er auf eine Reaktion wartete.

»Ich finde schön, was Sie da sagen. Oder wie Sie es sagen.«

»Naaa, Helene, sehr gut.«

»Auch wenn ich nicht weiß, welchen Staat ich tragen soll.«

»Jetzt stell mal den Topf her«, ging Zenia dazwischen. »Und dann möchte ich, dass sich endlich geduzt wird.«

9

Der Donnerstag war der Wochentag, an dem die Küche auf dem Stockwerk Zenia und Dima zugeteilt war. Helene kam jeden Donnerstag auf dem Fahrrad zum Essen hinaus nach Charlottenburg. Es gab Suppe, Kartoffelsuppe, Fischsuppe, Borschtsch. Frische Petersilie war im Haus. Alles immer sparsam, aber liebevoll zubereitet. Sie tauschten Rezepte aus, Zenia und Dima lehrten die Säure der russischen und lettischen Gerichte, süße schwedische Teigwaren lehrte Helene retour.

Sie hatten es lustig bei Tisch, weil sich jederzeit zwei Personen verbünden konnten, ohne dass sich die dritte davon ernsthaft beleidigen ließ. Nach der Suppe saßen sie auf dem winzigen Küchenbalkon, Dimitri rauchte. Sie gingen auch zu dritt auf ein Getränk aus, und diese Abende waren Zenia noch angenehmer. Freundschaft hatte sie auch mit Emiljana, aber zu dritt wirkte Freundschaft besonders, erst zu dritt bekam sie, fand Zenia, den Beiklang von Freizeit. Wenigstens eine kleine Freizeit hatte sie nun, wo doch Urlaub überhaupt nicht infrage kam. In vier Jahren Berlin waren Dimitri und sie ein einziges Mal für eine Woche zu den Eltern nach Lettland gereist.

Einmal saßen sie unterm freien Augusthimmel, an den Zelten im Tiergarten. Dimitri hatte ein Pils bestellt, die beiden Frauen tranken Berliner Weiße in Schalengläsern, Zenia hatte sich dazu überreden lassen, obwohl ihr das Getränk zu süß war. Sie wollte von Helene wissen, ob es Dinge gebe, die sie immer in der Handtasche mit sich herumtrug. Die gab es.

- zwei Sicherheitsnadeln, für stoffliche Notfälle,
- ein Taschentuch: »Sieh nur, HL, die Mutter hat meine Initialen eingestickt«,
- Zündhölzer: »Aber du rauchst doch gar nicht«,
- Zettel mit einem Motivationsspruch, in eigener Handschrift,
- Lippenstift: »Den seh ich auch selten an dir«,
- ein Familienfoto, fünf Personen. »Weil die Zeit nicht wiederkommt«, sagte Helene, und als Zenia gerade die Fotografie studieren wollte, fügte sie hinzu: »Den Krieg hat er ja knapp überlebt und sich dafür dann im Inflationswinter den Strick genommen.«

Zenia ließ das Bild auf den Tisch fallen. So erschrocken. Schon im nächsten Moment war es ihr unendlich peinlich, dass sie selbst kein Familienfoto bei sich führte. Helene drängte, dass nun auch Zenia erzählte, aber sie konnte es nicht. Ihre Eltern, sie hatte sie so lange nicht gesprochen. Sie trug eine Feder ihres Vaters bei sich. Als er aus der Firma entlassen worden war, hatte er von einem alten Mann die Apotheke in ihrer Straße übernommen. Es war die Schwanzfeder eines roten Milan, und der alte Apotheker sagte, es habe eine Zeit gegeben, wo die Feder in jeden Arzneikoffer gehörte, seine Vorfahren hätten damit schon im 18. Jahrhundert die Menschen wiedererweckt zum Leben.

In den Handtaschen geht es um Leben und Tod, dachte Zenia.

So jung war Helene, und schon ohne Vater.

Dima spürte ihre Beklemmung, kam ihr zu Hilfe, indem er von Dwinsk erzählte. Vom See und den vielen Synagogen, von der mächtigen Festung und dem schrecklichen Jahr aus Krieg und Revolution. Aber auch davon, wie sie sich kennengelernt hatten beim Studieren in Kowno, sie war auf einer

Treppenstufe gerutscht und mitsamt zweier Bücher war sie Dima genau vor die Füße gefallen wie in einem allzu plumpen Märchen.

Erst hier kehrte ein Lächeln zurück auf ihr Gesicht. Und einige Zeit später wusste sie sogar wieder, was sie von Helene gewollt hatte:

»Mich interessiert dein Taschentuch, also deine Initialen. Das wäre eine Aufgabe.«

Helene und Dima machten große Augen.

»Mir geht es um unser Experiment, Leni. Meine Idee ist es, dass wir die Versuchspersonen bei manchen Aufgaben unterbrechen, sie aber andere Tätigkeiten durchführen und abschließen lassen. Es müssen viele Tätigkeiten sein, damit wir ein repräsentatives Ergebnis erreichen – denn am Ende fragt man die VP ganz einfach, woran, an welche Aufgaben sie sich als Allererstes erinnern.«

»Wisst ihr«, fuhr sie fort ohne sich zu vergewissern, ob Dima und Helene den Versuchsaufbau nachvollziehen konnten, »die Aufgaben müssen etwas Alltägliches haben. Alles muss die Potenz haben, vergessen zu werden. Deine Sicherheitsnadeln sind im Grunde auch gut. Kennt jeder, hat jeder. Streichhölzer. Knöpfe. So etwas. Die eigenen Initialen zeichnen, das ist persönlich, aber nicht zu intim, und doch tut man es sicher gern, weil es die Fantasie anregt.«

»Verstehe«, sagte Dima. Auch Helene nickte immerhin. Und Zenia redete einfach weiter.

»Gut ist auch oberflächliches Wissen. Wo man zuerst stolz ist, alles zu wissen. Flüsse. Länderkunde. Sieben Länder mit dem Buchstaben B. Was fällt euch noch ein?«

»Knobeleien«, sagte Dima.

»Hab ich schon gesammelt.«

»Auch diese Zahlenrätsel aus der Zeitung, wer hat am

meisten Birnen, wenn Hans drei Äpfel weniger hat als seine Zwillingsschwester?«

Sie lachten. Zenia zog Heft und Stift hervor. Sie schrieb auf.

»Würfel rollen«, rief Helene. »Am Montag würfeln die Schweden im Café. Habt ihr nicht auch schon mit Würfeln gearbeitet?«

»Würfeln ist gut. Es lässt sich unauffällig unterbrechen, bevor das Ziel erreicht ist.«

»Und dann?«

»Dann kommt eben die nächste Aufgabe. Ich will ja wissen, ob sie später eher an deine Würfelaufgabe zurückdenken, wenn sie mit fünf Würfeln genau zwanzig Punkte geschafft haben, oder wenn sie es gerade *nicht* geschafft haben. Das ist ja unsere These, Leni, dass man sich eher an das erinnert, was noch auf seine Erfüllung wartet und daher in uns weiterlebt.«

»Ich erinnere mich«, sagte Helene, und sie lachten wieder.

»Aber nur zu schwach«, fügte Helene hinzu, »und ich würde es auch nicht *unsere* These nennen.«

Zenia spürte, wie der Vortrag, wie alles, was sie gerade gesagt hatte, noch immer in ihr weiterköchelte. Es war ein so schönes Gefühl, wenn die Freunde mitmachten, nachvollzogen, sie bestärkten. Auch an Helene erkannte sie in diesen Momenten, dass es nichts Besseres gab als einbezogen zu sein, zugehörig. Helene vollzog alle neuen logischen Schlüsse schnell nach, oft trat dann eine Helligkeit in ihr Gesicht, die Zenia selbst elektrisierte.

Im Winter passierte ein folgenreiches Missgeschick. Dimitri war ausgegangen, Zenia erwartete Helene. Sie hatte aber viel zu spät begonnen, eine Fischbrühe anzusetzen, hektisch schälte sie Kartoffeln, stoppelte Möhren und Schnittlauch, um bei einer schnellen Drehung ihres Körpers einen Stieltopf vom Herd zu stoßen, in welchem sie Zwiebeln anbraten wollte. Das Öl kippte genau auf ihren rechten Vorderfuß, und es war bereits heiß genug, um ihre Haut zu verbrennen.

Sie konnte den Fuß nicht mehr aufsetzen; als Helene wenig später klingelte, humpelte Zenia zur Tür. Den ganzen Abend bereitete ihr die Freundin kalte Umschläge.

Sie wollte nicht jammern. Sie würde auch, sagte Zenia, als Helene sich wieder losmachte, mit ihrem Fuß nicht zum Arzt gehen wollen. Woraus nun aber eine Konstellation entwuchs, die Zenia peinlicher war als jeder Arztbesuch. Sie war die Patientin, Helene ihre Krankenschwester.

Helene nutzte fortan nicht bloß ihre freien Abende, um zu Zenia zu eilen, ihren Fuß zu salben und zu verbinden, sondern manches Mal auch jene Doppelstunden am Tage, die sie sonst wartend in Vorräumen verbrachte, während eines der Lagerbäck'schen Kinder Privatunterricht an Klavier oder Violine bekam. Helene brachte Kekse und Süßholz, und weil die Vertrautheit wuchs, erzählten sie einander bald von den Orten ihrer Kindheit: weite Wiesenflächen hier, dort Seilspringen im Hinterhof; von der Bedrohung: die Soldaten auf der Dwinsker Zitadelle, die Barrikaden aus aufgetürmtem Schrott in der Reinickendorfer Straße; von ihren Müttern, die so pausenlos gearbeitet hatten, dass sich sowohl Zenia als auch Helene vorstellen konnten, sie gingen nachts von der letzten Strickreihe über das Feuerschüren im Ofen nahtlos zur Zubereitung der ersten Tasse Tee über, damit die Hände bloß nie stillstanden.

Bei den Schnittmengen ihres Lebens angelangt, hatte Zenia eines Abends Professor Hornigs Stimme im Ohr, die den Studierenden im ersten Semester eingeflüstert hatte, biographische Interviews untereinander zu führen. Man hatte damals überhaupt nicht verstanden, ob diese Interviews nur gemacht wurden, weil es eine neue akustische Aufzeichnungstechnik dafür gab, oder ob daraus ein wesentlicher Impuls für das Studium hervorgehen würde, und wenn Zenia ehrlich war, wusste sie es immer noch nicht. Sie war mit Vera eingeteilt gewesen, und der Austausch war damals rasch auf den Umstand zugelaufen, dass sie beide als Einzelkind aufgewachsen waren.

Ob man sich auch jetzt noch, Jahre später, ein Telegraphon leihen konnte, dort im Institut, wo das Phonogramm-Archiv untergebracht war?

Sie humpelte mit der Frage zu Zadek ins Büro. Schon ohne Gehstütze jetzt. Sie ging auch nicht eigentlich mit der Frage, sondern weil sie den Namen Helene Lassahn dreimal vor dem Professor fallen lassen wollte. Seit dem Abend an den Zelten, als Helene ihre Handtasche geleert hatte, trug sich Zenia mit dem Gedanken, ihre neue Freundin stärker einzubeziehen in die Forschung des Unerledigten. Sie stellte sich Helene als ihre künftige Assistentin vor, und da war nun die Frage nach einer Gesprächsaufzeichnung geeignet, weil unverfänglich genug, um den ersten Schritt in diese Richtung zu gehen.

Ob Zadek sie durchschauen würde, war ihr beinahe egal. Er sah schlecht aus in diesen Tagen. Selbst die Brille rutschte mittlerweile, so sehr hatte der Professor in den Wintermonaten abgenommen. Natürlich arbeitete er zu viel. Weil seine Frau ihn nicht mehr aus der Universität abholte, wurde viel über eine Ehekrise gemunkelt. Das fehlende zweite Kind, hieß es dann immer, allerdings waren sich die Studentinnen uneins darüber, ob sich eigentlich Zadek oder Zadeks Frau Nachwuchs wünsche.

Zenia beteiligte sich nicht an solcherlei Gerüchten.

»Wenn ich einmal einen Ratschlag weitergeben darf, den ich oft von meiner Mutter gehört habe: Sie müssen mehr essen, Herr Professor.«

»Manchmal fehlt mir das Bedürfnis«, witzelte er, zog dabei aber bereits ungeduldig die Augenbrauen hoch.

Zenia stellte also ihre Frage. Ob das Institut noch daran interessiert sei, dass Drahtaufnahmen der Studentinnen angefertigt werden. Ob sie den diesbezüglichen Archivbestand einsehen könne. Sie habe vor, sich das Telegraphon auszuleihen und Fräulein Helene Lassahn zu einem Interview einzuladen.

»So?«

Wenn er irritiert war, dann war Zadek ein Meister darin, in Sekundenschnelle aus der Irritation eine Neugier zu machen. Bestimmt war es ihm genug damit, dass Helene nun schon einige Male am Rande des Kolloquiums gesessen hatte, ohne dass sie etwas beisteuern konnte.

»Ich brauche das Gespräch, nun, ich will es nutzen, um tiefer in die Materie der unerledigten Handlungen einzudringen.«

»Wenn Sie das sagen, Zenia. Die Kellnerin ist schließlich die Urheberin des Forschungsfeldes, nicht wahr?«

»Helene Lassahn ist außerdem Berlinerin. Sie kann uns da sicherlich –«

»Ich habe nicht viel Zeit. Aber ich meine, natürlich, Sie können die Dinge jederzeit ausleihen. Ich kann dafür bürgen. Haben Sie ein Schriftstück vorbereitet?«

»Nein, ich dachte …«

»Sie sind wohl sehr von Ihren Studien beeinflusst, dass Sie gar nichts mehr schnell erledigt bekommen wollen.«

Er lauschte seiner Pointe. Zenia musste auch schmunzeln.

»Nun, Frau Naujas, auf in den Arbeitsmodus. Setzen Sie es

schnell auf und klopfen dann noch einmal, ich bin noch zwei Stunden hier und unterschreibe es Ihnen.«

Sie tat, wie ihr befohlen war, und mit Zadeks Bürgschaft nahm sie die Gerätschaft bei Professor Hornig entgegen. Der Kasten war so schwer, dass sie Karl hinzuholen musste, ihn zu tragen. Aber ganz glatt konnte es nicht gehen. Zwei Tage später rief der Professor seine Doktorandin nach einer Vorlesung zu sich. Er habe noch einmal über das Interview nachgedacht, das Zenia mit der Kellnerin führen wolle. Und er habe auch mit Rauch und Hornig darüber beraten, welche *Form* diese Interviews fortan haben sollten. Schließlich würde durch Zenia hier ein Feld wiederbelebt, auf welchem nun seit einiger Zeit kein Beitrag mehr geleistet worden sei.

»Welche Punkte Sie ansprechen, welche Fragen Sie stellen, das ist Ihnen natürlich überlassen«, sagte Zadek, »und *wie* das Fräulein antwortet, können wir auch nicht bestimmen. Es soll aber in Zukunft eine Transkription erfolgen, die nicht wörtlich ist, sondern eher eine Art Erzählfassung des Interviews darstellt. Ich habe dafür einige Richtlinien und Leitsätze für Sie zusammengestellt.«

Leitsätze mal wieder. Zenia nahm das Blatt Papier entgegen. Sie empfand es gleich als eine Schikane, denn es standen viele Punkte darauf. Zadek sah wohl, dass er beschwichtigen musste:

»Glauben Sie nicht, dass wir Ihnen da im Weg stehen wollen, es geht lediglich um das Archiv, um die Art, wie wir das Archiv fortführen wollen.«

Und damit war das zweite Gespräch beendet.

Keine Wiedergabe des Gesagten also, eine Erzählfassung. Fürchtete sich Zadek vor dem Berlinerischen? Sie las die Liste, konnte nicht wirklich verstehen, was mit der neuen

Herangehensweise gewonnen war. Interessant war es aber allemal, dass sie sich nun in einer Art Dreieck befand: Helene würde sprechen, Zadek hatte Richtlinien beigesteuert, mit denen sie, Zenia, das Interview verschriftlichen würde.

Und so geschah es denn, an einem Sonntag auf Zenias Zimmer. Helene fand es immer gemütlich dort, aber das verwechselte sie wohl mit Enge. Es war ein Schlafraum, der fast vollkommen vom Bett bestimmt wurde. Teppich lag aus und hing an der Wand. Der Aufnahmekasten stand auf dem kleinen Nähmaschinentisch, den Dima und Zenia abwechselnd als Schreibtisch nutzten. Helene saß davor und hatte eine Art Telefonhörer in der Hand, in welchen sie hineinsprechen musste. Der Hörer war mit dem Kasten verbunden, mit dem Tonkopf, welcher zwischen zwei Spulen installiert war. Ein Draht lief von einer vollen Spule auf eine leere hinüber und wurde mit der Stimme beschrieben.

Helene war sehr schüchtern vor der Technik.

Der Raum machte es unmöglich, dass sie einander ansahen, Helene würde nur Zenias fragende Stimme hören. Die Gesprächsleiterin fläzte sich aufs Bett, als läge sie auf einem Kanapee, drei Kissen im Rücken.

10

In der Schulzeit hatte Helene fast täglich ihrer Mutter zugearbeitet, die von einer Schneiderei mit Aufträgen beliefert worden war. Einmal ging sie zu einer Lehrstellenvermittlung und lernte dort die Schwedin Antonia Westlind kennen, die sie Toni nannte; beide bewarben sich auf einer Hauswirtschaftsschule in Moabit. Unterstützt von einem Kredit eines Onkels nahm Helene die Zusage an, lernte Richard kennen, küsste ihn »in einem Gebüsch hinter dem Textilhaus«, konnte jedoch die Schule 1919 nicht beenden, weil der Vater aus dem Krieg heimkehrte und keine weiteren Schulden bei seinem Bruder zuließ.

Es war insgesamt beeindruckend, wie strikt sich Helene an die Chronologie der Ereignisse hielt. Dann, nach vierzig Minuten, hatte der gesamte Draht die Spule gewechselt, Helene legte den Hörer ab und drehte sich Zenia zu, die mittlerweile auf der Bettkante saß. Weil Helene ausgerechnet an jenem »schwärzesten Tag ihres Lebens« angekommen war, als der Vater sie von der Schule abgemeldet hatte, und weil sie über diesen Tag hinaus musste, erzählte sie noch eine ganze Weile weiter.

In ihrer Verzweiflung hatte sie bei den Eltern von Toni Westlind geklingelt und war an eine andere schwedische Familie in Alt-Berlin vermittelt worden. Bei den Nordgrens fand Helene ihre erste Anstellung, sie erledigte Einkäufe und war als Kinderbetreuerin tätig. Ein halbes Jahr darauf musste die Mamsell mit Lungenentzündung in ein Sanatorium. Helene übernahm nun auch die Geschicke in der Küche, liebend gern hatte sie sich unentbehrlich gemacht – und war wenig später mit einem besseren Angebot von Familie Lagerbäck abgeworben worden. Seit drei Jahren bewohnte sie also das Dienstmädchenzimmer im zweiten und obersten Stockwerk am Schlossplatz Nr. 3. Hier war sie für die Kinderbetreuung und für die private Küche zuständig, und sie half mit drei Schichten pro Woche – die Zahl konnte zwischen zwei und fünf Schichten variieren – in der Café-Konditorei im Untergeschoss.

Die Berliner Lebensgeschichte beseelte Zenia, das Zuhören selbst hatte sie am Ende auch ein wenig erschöpft. Sie hatten sich nun wirklich einen Tee verdient, dazu gab es Butterstullen. Weil die Küche besetzt war, nahmen sie ihre Tassen und Brote mit aufs Zimmer, setzten sich im Schneidersitz aufs Bett, kauten hastig.

»Jetzt weiß ich alles über dich.«

»Gar nüscht weißt du.«

»Was hast du denn ausgelassen?«

»Mmmh, lass mich überlegen ... ich hab ausgelassen, hier, Bett. Dass ich niemals gut in den Schlaf finden kann.«

»Da haben wir ein gemeinsames Problem.«

Helene erzählte, sie würde oft von den Geschichten herumgewälzt, die sie im Café zu hören bekam. Es seien zu viele. Auch die neuen Eindrücke aus der Universität hätten aufputschende Wirkung, aber schlimmer seien die Männer, die so zudringlich wurden und ihr irgendetwas versprachen, was ihnen gerade in den Sinn gekommen war.

»Du kannst ja«, sagte Zenia, »ein Schild an die Cafétür hängen: Hier keine Aufschneiderei.«

»Ja, das wär's. So wie man sagt: Nur ernsthafte Zuschriften.«

»Ich hätte das gar nicht gedacht, dass ausgerechnet du dich immer noch von den Männern verunsichern lässt.«

»Na, du hast gut reden, du hast dir einen mitgebracht. Während meiner bis in den Ural vor mir geflüchtet ist. Und ich noch nicht einmal weiß, ob er je der Richtige gewesen ist.«

»Träumst du denn von ihm?«

»Nie.«

»Dann ist er der Falsche.«

»Pfff, Zenia, das nennst du nun Psychologie!«

»Was ist denn mit Karlchen?«

»Ja, er ist ganz süß. Aber zu viel Neckerei.«

»Du neckst ihn doch auch.«

»Notgedrungen.«

Sie sahen sich an. Und Helene fügte warnend hinzu:

»Kein Wort zu ihm. Nicht dass er sich noch mehr verrenkt.«

»Überhebt, meinst du. Na, versprochen.«

So flachsten und lachten sie miteinander. Es war eine Art von Gespräch, die Zenia noch nie geführt hatte. Nicht einmal mit Emiljana. Und sie dachte daran, wie Emiljana kürzlich mit Schokolade gekommen war und Helene angetroffen hatte, als sie gerade in der Küche ein Fußbad herrichtete. Da hatte sich gleich ein seltsamer Raum aufgetan, der nur Emiljana bedrückte, und sie war bald wieder gegangen.

Sie bat Helene, ihr einen Zopf flechten zu dürfen, und die freute sich, also rückten sie hintereinander. »Jetzt bin ich an der Reihe«, sagte Zenia. Sie hatte kein Bedürfnis, eher schon ein Verlangen, Helene von ihrer eigenen Schlaflosigkeit zu erzählen.

Für sie begann, wenn sie sich zu Bett legte, immer erst noch die Phase der Vorausschau, beinahe so, als verlöre sie durch den sicher kommenden Schlaf sechs oder sieben Stunden Arbeitszeit, die es später wieder aufzuholen galt. Ihr Geist war so hastig, dass er sogar Arbeitsschritte überspringen und im nächtlichen Halbschlaf Ergebnisse vorwegnehmen konnte, für die am kommenden Morgen zuerst noch Recherchen eingeholt werden mussten. Zenia wusste sehr genau, dass diese Sprünge in die Zukunft sie erschöpften, auch dass sie niemandem nutzten – aber ihr Geist arbeitete selbstständig und war über jede sachliche Kritik erhaben.

Sie bemühte sich, ironisch zu klingen und unterhaltsam. Sie wollte keinesfalls das Genie darstellen. Viel lieber war ihr, dass Helene sie jetzt auslachte, ja, sie empfand Helenes Lachen als heilend.

»Und das sind alles Gedanken.«

»Ja, keine Träume. Wenn es Träume wären, Leni, da hätte man ja wenigstens eine körperliche Entspannung. Am schlimmsten sind die Nächte von Montag auf Dienstag. Wenn das Kolloquium auf uns zukommt. Siehste, jetzt pocht sogar mein Fuß wieder.«

Noch immer versprach das Kolloquium einen regen Austausch, eine Energiezufuhr auch. Aber seit dem Tag, an dem Zadek gefehlt hatte und ihr die Leitung entglitten war, sah Zenia den Treffen ohne Sicherheit entgegen; sie wusste einfach nicht mehr zu sagen, ob der nächste Dienstagabend ihr einen Halt geben würde.

Auch davon erzählte sie Helene.

Worauf eine lange Stille eintrat.

Und Helene schließlich fragte:

»Brauchst du denn einen Halt?«

Zenia sprang vom Bett. Vielleicht hatte sie nur erzählt, um diese Frage gestellt zu bekommen. Etwas war mit ihr los, etwas war beunruhigend, die Verbrennung am Fuß ein Zeichen dafür, dass sie innehalten sollte, um danach ... ja, was?

»Braucht nicht jeder Mensch einen Halt?«

»Zenia, ich hab jetzt dich gefragt. Du musst nicht so was sagen, nur weil ich so seltsam von den Männern erzähle.«

Zenia setzte sich an das Tischchen, nahm den Hörer in die Hand, sprach hinein:

»Ja, ich brauche einen Halt.«

Je länger sie nachdachte, desto weniger ließ sich behaupten, es störten sie am Kolloquium bloß ein paar Kleinigkeiten. Sie dachte jetzt daran, wie sehr sie sich damit quälen würde, Helenes Zungenschlag für Zadek umzuformulieren. Seine Liste mit den Vorgaben, die dort drüben auf ihrem Schreibtisch lag, Zenia hätte sie am liebsten angezündet und in den Ofen geworfen.

»Weißt du, Leni, wenn wir hier so quatschen, dann spüre ich einen Halt. Und ich merke, das hat auch eine wissenschaftliche Seite. Ich denke auch an Zadeks frühe Texte.«

»Woran bitte denkst du?«

»Vor dem Krieg, da wurden die Versuchspersonen noch gezwungen, am Ende eines Experiments zu sprechen und eine kontrollierte Selbstbeobachtung abzugeben. In einem ganz besonderen Vokabular. Das mussten sie erst einüben. Aber nun leben wir ja in einer Demokratie, oder nicht? Und ich meine, es muss doch gerade die Mündlichkeit einer Versuchsperson in ein Protokoll eingehen, die Pausen, die jemand macht, dein lautes Denken über Richard, oder über deine Brüder, zum Beispiel, wie du da vorhin den Hörer gedreht hast einmal und einmal mit der Faust auf den Tisch gehauen hast beim Sprechen, so etwas will ich aufschreiben.«

»Verstehe. Ich finde das auch immer wichtig, *wie* jemand was sagt. Und wann er erst mal schweigt ... Ist aber lustig, dass du mir deine Schlaf-Unruhe gleich vorspielst und den zweiten Schritt vor dem ersten machst.«

Zenia reagierte nicht.

»Oder willst du den Draht gleich abhören?«

Zenia war ganz woanders. Das kleine Wort ›verstehe‹ von

Helene reichte ihr aus, es beglückte sie so, sie konnte es gar nicht fassen, wie sehr es sie beglückte.

In der Zeitung hatte sie in der Früh eine Annonce gelesen. Den Aufruf, an einem Kurs in Halensee teilzunehmen, in dem man die Bögen und Pfeile der Papua nachbauen könne. Da war sie auch so beglückt gewesen. Weil sie so oft daran zweifelte, dass die Zeit voranschritt. Aber sie tat es, die Zeit. Und dann gab es plötzlich eine Achtung vor denen, die man unterworfen hatte, die bisher bloß als Kannibalen galten.

Zenia nahm wieder Helenes Haare, der Zopf war nicht fertig geworden:

»Ich sollte anfangen, für meinen Schlaf zu kämpfen. Und für deinen auch, Leni.«

11

Die Kerzen waren von Gotland geschickt worden, beste Qualität. Sie hatten zwei Dezemberabende damit verbracht, kleine Tannenkränze für die Tische zu flechten, und als die Chefin mit einer Grippe flachlag, nähte Helene sogar das Kleid für die große Tochter der Lagerbäcks. Am Freitag dann hatte die Lotte ihren Auftritt gehabt: Zum ersten Mal gab sie die Lucia, führte die Promenade von der Schlossfreiheit herüber ins Café, aufrecht, langsam, aus der Ferne wirkte sie auf Helene wie eine Heilige. Viele Skandinavier waren aus der Nachbarschaft herbeigekommen, die Helene noch nie hier bedient hatte. Alle traten beiseite, so schön sah die Lucia aus. Und wie herrlich sie sangen! Die kleinen Mädchen spielten Wichtel und achteten auf die Kerzen, man traute es den Jungs nicht zu. Hundert brennende Kerzen in den Händen, mitten im Alten Berlin. Am Rande wachten zwei Polizisten, die man einbestellt hatte.

Das Wichtigste aber war, Helene hatte Richards Mutter zu dem Fest eingeladen und ihre eigene Mutter auch, und dass es nun eine Ruhe gab zwischen ihnen allen, damit die beiden Damen auch wieder gemeinsam in die Kirche gehen konnten. Helene hatte alles Geld, das sie damals in Wilhelmsruh von der Firma bekommen hatte, restlos bei Richards Mutter abgeliefert. Aber wie hatte die alte Hardtwig es ihr in den Monaten danach gedankt? Sie kam hereingeschneit und wollte auch die Adresse des Sohnes. Dann wollte sie, dass Helene einen Verlobungsring trug. Und sie lauerte Frau Lagerbäck auf, ob neues Geld gekommen sei für Helene, denn dies sei eigentlich Geld von ihrem Sohn Richard.

Einmal war sie auch Helene auf der Straße nachgerannt, sie zu beschimpfen.

Deshalb die Einladung, nicht aus Mitleid, sondern um eine Frau vor dem Irrsinn zu bewahren. Helenes Ahnung, Helenes Klugheit. Doch, sie hatte klug gehandelt. Das machte alles der große Kerzenschein und wenn man sich zugehörig fühlte, dass Marthe, so hieß Richards Mutter, die laute Gesinnung verlor und ihre Verzweiflung eingestanden hatte. Ich sehe jetzt, sagte Marthe, niemand kann etwas für meinen Sohn ausrichten, aber ich sehe auch, dass mein Sohn lebt. Und dazu hatte sie sogar das Glas erhoben, ein bisschen so, als sei es dieses Glas, in welchem sie ihre Visionen hatte.

Etwas Seliges liegt deshalb auf dem Lichterabend und strahlt weiter, auch wenn vom Fest bloß noch die Kränze übrig sind und die kleinen Glasschalen auf dem Tresen, Walnüsse, Erdnüsse. Es ist der Dienstag nach dem dritten Advent, und Helene hat ihr Dirndl angezogen, weil es noch auf dem Bett lag, sie ist damit am Wochenende auf den Weihnachtsmarkt gegangen und hat noch einmal eine Lust darauf verspürt, es zu tragen, bevor die Mutter es wieder für sie einlagern wird.

Das ist nun wieder die Kellnerin in ihr, die einen der kleinen Kränze vom Nebentisch nimmt und die langen Streichhölzer, und schon brennt eine weiße Stumpenkerze zwischen den Psychologen.

Die haben es nicht so mit der Feierlichkeit, nur Emiljana nickt und lächelt. Und als sich Helene jetzt neben den Studentinnen auf die Bank schiebt, findet sie das Dirndl doch auffällig und unpassend. Sie ist jetzt bestimmt schon das achte oder zehnte Mal dabei. Sie möchte am liebsten noch einmal hochlaufen, sich umziehen. Nur würde der Professor es ihr übel nehmen.

Karl sitzt gegenüber, schniekes Samtjackett in Moosgrün, wird er sicher den ganzen Abend nicht ausziehen. Er hat sich aber schlecht rasiert, am Hals sieht Helene die Schnitte. Und dann liegt gleich ein schweres medizinisches Buch auf dem Tisch, darin sind die Verdauungsvorgänge dargestellt, und Vera erzählt, wie sich nach einer Mahlzeit der Magen füllt, womit die Nahrung angereichert wird, wie sich alles anstaut, bevor es überhaupt durchrutscht in den Darm, na ja, alle lachen eine Menge auf niedrigstem Niveau, aber Helene versteht erst viel später als die anderen, dass es nur um einen Vergleich geht. Erst als Vera fragt, ob wir auch im Kopf von solch einer Verdauung sprechen können, ob man satt wird und dann weniger von der Welt aufnehmen und wahrnehmen kann. Der Professor nickt heftig, er ist angetan, und von dem Wort ›Sättigung‹ regelrecht begeistert. Ist ja auch ein schönes Wort, denkt Helene, satt. Wer ist nicht gerne satt in dieser Hungerstadt.

Und jetzt hat sie einen Augenblick nicht aufgepasst. Vera hat das Buch zugeklappt. Vielleicht ist die Fragerunde vorbei. Zenia spricht. Aber nicht über ihre Arbeit. Es geht um einen alten Aufsatz von Zadek, den sie wiedergelesen hat, davon hatte sie Helene ja schon nach ihrem Interview erzählt. Es geht um die VP. Das Kürzel sticht Helene in den Hals, VP, Versuchsperson, ich verstehe es, weil ich dazugehöre, denkt sie, und wer jetzt an unseren Tisch träte, der verstünde es nicht.

Über diese kleine Freude verliert sie aber die Aufmerksamkeit. Als sie wieder hinhört, wirkt Zenia sehr bestimmt. Wie ein Politiker eigentlich. Es geht um Kleist, um einen Fuchs bei Kleist, und dann um Würzburg. Gern würde Helene Zenia in allem recht geben, aber ehrlich gesagt, sie weiß nicht einmal, wo Würzburg liegt. Und woher kommt jetzt ein Fuchs gelaufen? Der Professor Zadek hat eine Hand im Nacken.

»Ich sehe da gar keinen Widerspruch«, sagt er.

Na, damit tut er Zenia keinen Gefallen, das sieht Helene gleich. Sie kennt das von sich selbst: Man will angreifen, man sieht etwas anders, und der Ludewig Schallplattenmann sagt: Ja, so denke ich auch, da sehe ich gar keinen Widerspruch.

Aber worum geht es denn überhaupt? Helene reißt die Augen auf, als könnte sie so besser hören und mehr verstehen.

»Es gibt keine höchste Geisteskraft«, sagt Zenia, »die alle Prozesse in uns steuert. Deshalb gibt es auch keine strikte Grenze zwischen Kindheit und Jugend, zwischen hoch und niedrig, krank und gesund, besser und schlechter.«

Und weil Zadek immerzu bloß nickt, sagt sie:

»Ja, nur ... meiner Ansicht nach, wir müssen uns unserer eigenen Rolle bewusst werden. Dass wir auch die Gesellschaft so ganzheitlich sehen wie die Versuchspersonen. Und einen Austausch fordern zwischen Elite und Arbeiterschaft.«

Helene streicht sich mit feuchten Händen über ihren Rock. Viel zu warm, das Dirndl, viel zu eng. Sie sieht, dass Benno die Augen verdreht, und Lisabet knetet sich wieder mal die Ohren. Sie weiß nicht recht, was Zenia meint, sie weiß es einfach nicht, sie fühlt sich sehr gesättigt.

»Wir müssen jetzt auch unsere Macht aufdecken.«

Ein großer Satz. Alles so große Sätze. Helene kann sich nicht dagegen wehren, sie hört nicht mehr nur Zenia reden, auch Dimitri, auch Frau Lagerbäck, die immer für alles Gleichberechtigte einsteht. Was sehr ungerecht ist, das weiß sie auch, denn es ist nun einmal Zenia, die den Professor herausfordert. Der Professor hat sich sogar seinen Zeigefinger über den Mund gelegt, um nichts zu sagen. Er sieht aus wie einer, der jetzt doch einen Widerspruch sieht. Aber mit den Augen bittet er Zenia fortzufahren.

»Wenn der Fachbereich ein Experiment ausruft«, sagt sie, »dann werden immer nur *wir* eingeladen, daran teilzunehmen: die Professoren, Dozenten, die wissenschaftlichen Mitarbeiterinnen und herausragenden Studenten. Dabei wächst die Stadt und wächst und sogar auf dem Theater weiß man, es gibt immer mehr Menschen, die kein anderes Bedürfnis haben, als an etwas zum Beißen zu gelangen. Die Frage ist, wen können die Ergebnisse denn repräsentieren wenn nicht uns selbst und unsere Bedürfnisse?«

Zadek hält die Spannung mit den Augenbrauen fest, die ganz hochgebogen sind, wie ein Springseil, das geschwungen wird und am höchsten Punkt in der Luft steht.

»Das ist zu wenig!«, ruft Zenia. Und haut mit der Faust auf den Tisch. Endlich geschieht etwas mit Helene, denn sie fühlt sich nicht bloß angesprochen, sie fühlt sich eingeschlossen und gemeint durch Zenias Rede. Ja, denkt sie, ist mir damals schon aufgefallen, dass alle VP aus dem gleichen Milieu stammen. Genauso ist es, Zenia! Alles Kinder reicher Eltern. Wusste sie doch bereits, bevor sie noch bei den Studenten saß. Und ihr wird ganz heiß, sie kann auf dieser Eckbank nicht mehr sitzen, da legt ihr Emiljana eine Hand auf den Unterarm, weil Zadek etwas sagen will.

Er fasst zusammen, was er gehört hat, es ist unfair, denkt Helene, dass er sich Luft verschaffen darf und ich so hibbelig dasitze.

»Also, Sie sagen, die VP sollten nicht mehr nur nachträglich, sondern jederzeit ihre Beobachtungen zur Aufgabenstellung ausdrücken. Und zweitens: Sie wollen andere Versuchspersonen zulassen.«

Zenia nickt, lange und heftig nickt sie, so viel Energie ist da noch. Und Zadek hebt zu einer Rede an, er will jetzt Stellung nehmen, das kennt man ja. Es fallen gleich viele Worte und werden in Beziehung gesetzt, Glieder, Mengen, Regeln und Gesetze. Im Grunde, sagt er, ginge es immer um den Einzelfall, und daher sei es herzlich egal, aus welchem Elternhaus eine Versuchsperson stamme.

»Umso besser«, ruft Zenia. Sie hat ihren Puls noch immer nicht wiedergefunden. »Ich meine, von uns soll doch etwas Neues ausgehen!«, und dann weist sie über den Tisch und jubelt beinahe: »Daher Helene Lassahn.«

Zenia hat Zadek einfach die Rede abgeschnitten. Helene zieht den Kopf ein, grinst dabei, sie weiß gleich, dass man ihre pure Verlegenheit sieht. Schwuppdiwupp, jetzt ist plötzlich *sie* ein Gegenstand der Veranstaltung. Wohin mit sich. »Lenis Blickwinkel würde helfen, die Psychologie zu erweitern«, sagt Zenia. So so. Auch noch ihr Spitzname, der hier doch gar nichts verloren hat! »Ich möchte die Kellnerin Helene Lassahn zu meiner Assistentin machen«, sagt Zenia. Es klingt wie ein Antrag, ganz und gar förmlich. »Wir haben uns bereits in der Ausarbeitung des Experiments zusammengetan. Richtig, Leni?« Zenia verschwimmt vor ihren Augen. »Für mein Ansuchen gibt es mehrere Gründe. Helene hat, das wissen hier alle, erheblichen Anteil daran gehabt, dass eine Aufgabenstellung zu erledigten und unerledigten Handlungen überhaupt formuliert werden konnte. Und dann entstammen Helene Lassahns Eltern eben der Arbeiterschaft. Sie kann also zur weiteren Diversität – um nicht zu sagen: zur Demokratisierung – der psychologischen Forschung beitragen, wie wir sie anstreben müssen.«

Herregud, denkt Helene, das ruft Frau Lagerbäck manchmal aus, wenn etwas starker Tobak ist. Alle Augen sind auf sie gerichtet. Und sie sagt:

»Na, ick wer' euch schon auf die Sprünge helfen.«

Genau der richtige Satz, ein Glück. Alle lachen befreit auf. Sie ist auch glücklich. Weil sie Zenia nicht in den Rücken gefallen ist, was ihr jetzt das größte Anliegen ist. Alles dreht sich. Warum hat die Freundin ihr vorher denn kein Zeichen gegeben? Ihr ist, als sei alles bis hierher nur Ankündigung gewesen, all das Reden über Elite und Selbstbeobachtung, und eigentlich geht es Zenia um nichts anderes, als dass *sie* zur Assistentin gekürt wird! Helene steht auf:

»Ich fühle mich geschmeichelt, aber ich will auch etwas sagen. Ich würde gern alle Prüfungen nachmachen und dann bei Ihnen vorsprechen, Herr Professor. Ich will den ganzen Weg gehen. Das wollte ich nur sagen. Ja, ääh, Prosit.«

Karl stößt mit ihr an, unverwüstlich zugeneigter Karl. Helene sieht Lisabet an, auch Benno, aber sie wirken wie blind, unmöglich, sie zu etwas aufzufordern. Die stillen Gemüter. Es muss ihnen an diesem Abend aufgegangen sein, dass sie am Tisch nicht das Sagen haben. Naturgemäß. Eingedrückte Schultern, kindlich versunken wirkt Benno, beschämt. Herr Claus dagegen am anderen Ende der Tafel aufgerichtet, bis aufs Äußerste gespannt, Blut im Kopf. Aber auch er weigert sich, das Glas zu heben. Oje, denkt Helene, denn es liegt eine Tragik darin, und doch ist es überall das Gleiche. Wo Menschen zusammenkommen, haben sie hehre Ziele, und manchmal heiligt der Zweck die Mittel und manchmal nicht. Die Vera und der Benno und die Lisabet, sie würden alle nicht auf die Idee kommen, würden im Gegenteil davor zurückschrecken, sich einer Kellnerin zu bedienen, so wie sich Zenia ihrer bedient hat.

Dankbar ist sie gerade nicht für die Rolle, die sie gespielt hat. Aber die Rolle ablehnen? Dafür ist sie viel zu aufgewühlt, beeindruckt, sie ist stolz auf Zenias Mut.

ZWEITER TEIL

Der Versuchsleiter benimmt sich also nicht auf eine im voraus vorgeschriebene Weise, sondern sein Benehmen ist von der Einstellung der Versuchsperson bedingt und ihr angepaßt. Wir halten ein unstarres Verhalten des Versuchsleiters bei Versuchen solcher Art (...) für unerläßlich, gerade auch dann, wenn man bei den verschiedenen Versuchspersonen gleiche Bedingungen schaffen will.

Bluma Zeigarnik (1927)

1

Jetzt nur keine Geräusche verursachen. Das Wasser schräg und bis obenhin in den Kessel laufen lassen, ihn von der Platte nehmen, bevor der Dampf zu singen und schreien beginnt und Dima davon geweckt wird. Etwas Wasser abgezwackt für die Hafergrütze und für eine Tasse Muckefuck, den Rest in die Wanne, aus geringem Abstand. Zenia prüft die Temperatur mit dem Zeigefinger, stellt die Füße hinein, behutsam wie zwei Gläser, sie schließt die Augen und läuft, ohne zu plätschern, durch die vergangene Mainacht, läuft von der Waldeshöhe hinab zur Havel, trampelnd, fallend, ein Überstürzen, der linke Schuh bleibt unter einer Baumwurzel stecken und wie konnte, ja, wie konnte sie ihren eigenen Körper mit den Armen auffangen rudernd im Sturz ... eine Meise singt im Hof. Das Nachthemd über den Kopf. Die Knie auf dem Küchenboden, tupft sie sich Wasser auf Brust und Gesicht. Das Haar ist immer widerspenstig, aber sie übertreibt es, gebraucht mehr Kraft, als zum Kämmen nötig wäre. Drei Stunden hat sie geschlafen.

Als sie die Wohnung verlässt, tun ihr die Füße schon wieder weh. Die Segelstoffschuhe hat sie in der Hand, wie auch die dünne, himmelblaue Strickjacke, deren Faden einige Knötchen aufweist. Das Liebste, denkt sie, braucht Spuren und Knoten. Unter dem Taschenriemen schmerzt die Schulter. Kaum jemand ist auf der Straße, der Tag nach der Institutsfeier ist ein Sonntag. Sie starrt lange in die Auslage des Drogisten, als sei dort die Veränderung zu sehen. Und es stimmt. Da haben sie die Neue geschickt. Wird sich diese Dummheit im Schaufenster um den Doktorgrad bewerben können? Auch die leise gefüllte Wanne, die Heimlichtuerei sind im Fensterspiegel zu sehen.

Und wie lange Dima sie nicht berührt hat. Nicht dort. Und dort auch nicht. Wie lange hat sie es sich nicht vor Augen geführt. Als sie sich der Stadt zuwendet, fallen ihr drei aufgeputzte Männer entgegen. Auf der Schillerstraße geht sie an Haushaltswaren vorbei, Nudelhölzer und Kuchenformen (die Form wahren, in Form bleiben). Vor einem Hauseingang hat sich eine ganze Gesellschaft versammelt, Hüte werden gehoben. Alles ist nur zum Heulen, Zenia erwidert den Gruß. Aber nicht einmal die Morgenfrische kommt ihr rein und echt vor, sie führt in mancher Windfahne schon den warmen Sommertag heran.

Für zwei Groschen eine Zeitung kaufen, das geht. Ein neuerlicher Fußmarsch kommt nicht infrage. An den Jägerzaun gelehnt warten. Einen Sitzplatz ergattern und sogar an der Scheibe. In Richtung Tiergarten, irgendwo aussteigen.

Zuerst bildet sie hohe Türme aus deutscher Sprache. Gehstockmilitaristen, Manschettenbankiers. Das sind die Kerle, die der Bus überholt. Die Schirmchen haben auch wieder Ausgang. Man lässt die junge Tochter laufen, und die läuft eine Zeit lang neben dem Bus her, mit fliegendem Rock. Der Spaß ist beabsichtigt, alle Späße gehen heute auf Zenias Kosten. Des Mädchens Wunsch mitzuhalten, mit den Motoren, kräftiger und schneller zu sein als die Wirklichkeit. Und stehen bleiben, klein bei, nach Luft schnappen. Das Mädchen presst seine Pferdestärke wie im Kolben zum Himmel.

Das Institut hatte sich ohne ihr Wissen zerstreut. Dabei atmete der Wald weiter, er war voller Zeugen, aber was brauchte es Zeugen, wenn sie sich zwischen den Sträuchern versteckten und zu faul waren, ihrer Aufgabe nachzukommen. Trunkene

Männer riefen ihr nach. Also lief sie voraus? Du bist verdächtig, wenn du läufst. Du bist verdächtig, wenn du unter Sternen läufst. Du hast die Form nicht gewahrt. Schutzbedürftig hatte sie an der Heerstraße gestanden, und bei Nacht. Von dieser Rolle wird Zenia übel. War sie bei einem fremden Mann in den Wagen gestiegen, nur weil er die Bereitschaft zeigte, sich vor den Freunden aufzuspielen? Vier waren es, Männerfamilie, alle Plätze besetzt, und gleich ein Wechselspiel, bis sie den Sozius gab. Sie hatte nach der Schnapsflasche gegriffen. Keine Aufmunterung konnte zu billig sein. Was haben sie gelacht.

Bis zur Station hat sie sich chauffieren lassen. Was tun Sie denn so spät, Madame ... allein im Wald, und barfuß, aufgekratzt, einen Schuh in der Hand, der Kleidersaum feucht. So viel Märchen und keine Gegenargumente ... eine Institutsfeier, so so. Und schließlich hatte Zenia, im Fahrtwind fröstelnd und vom Lachen der Männer erschöpft, an die Ehre des Fahrers appelliert. Muss man sich vorstellen, sie kam einem unbekannten Kindergesicht, das in seinem ersten Anzug an seinem ersten Lenkrad saß, mit Ehre! Warum hatte sie keine Angst gehabt? Wer war sie denn gewesen für die Jungs? Ein Opfer, ein Flapper, wahrscheinlich eine, die Schluss mit sich machen wollte und es nicht fertiggebracht hatte.

Der Bus brummt seinen Bass unter die nächtlichen Bilder. Der Bus hält Zoo, und sie setzt die Schritte wie auf Pudding. Wenn sie nur an den Abhang denkt! Wie daran glauben, was geschehen ist. Hat sie sich selbst überholt? Kurz den Mund aufreißen, die Gesichtsmuskeln zu spannen. Löwin sein. Es hilft alles nichts, die Haut gehört gar nicht zu ihr, Restschlaf hält sie gefangen. Als Zenia an den Käfigen vorbeischleicht, ist kein Tier zu sehen, selbst die Giraffen schlafen aus.

Die Zeitung hat sie im Bus liegen lassen. Und kann den Kanal nicht überbrücken, ohne an die Havel zu denken. Dann folgt sie dem Wasser nach Osten, Sand und Kies knirschen unter ihren leichten Schuhen und sie setzt sich auf die Bank unter ihre liebste Kastanienkrone. Wobei die Kastanie nur deshalb ihr liebster Baum ist, weil die Bank dasteht. Alles beruht auf Gegenseitigkeit. Wer liefe los, wenn nicht die Bank lockte, darauf auszuruhen. Was wäre der Stich hier ohne den Schmerz dort, was ein Sonntag ohne seine Samstagnacht.

Zenia sieht hinauf in die Baumkrone. Sie ist böse mit sich. Es sind nicht nur die Knötchen. Was wäre ihre Jacke ohne die Stellen, die *sich zeigten*. Die Schulter ohne diese schwere Tasche. Und hält sie umklammert im Schoß, als sei ein Leben darin. Was wäre der Winter ohne diesen schneeweißen Blütenschaum im Mai. Alles rührt doch aneinander. Zwei Hände, und eine wäscht die andere. Das frühe Sonnenlicht *schafft* erst das Blattgrün, der Wind lässt es wanken.

⁘

Sie waren der dritte Jahrgang, der in den Wald durfte, und sie hatten gewusst, dass man besser praktisches Schuhwerk und luftige Oberkleider trug. Im Bus war Zenia deshalb aufgefallen, dass Helene auffiel: ohne Hut, dafür Pomade im Haar und im eng anliegenden Kleid. Helene wollte sich bestimmt nicht hervortun, aber sie hätte sich besser erkundigt, wie die Studentinnen das Fest begingen. Es ging ja auch immer recht lang.

Selbst die Handgriffe waren eingeübt. Wie alle ihre Ausrüstung von der Busplattform hinausreichten an die wartenden Männer. Ein weiterer Bus kam von Halensee, einer spülte die Professoren aus Dahlem heran. Bald war die Haltestelle angefüllt mit psychologischer Intelligenzija. Und alle hatten etwas vorbereitet und mitgebracht, am Waldrand schichteten sich Klapptisch und Klappstühle, Tellerkorb und neueste Isolierkannen, Koffergrammophone und Obsttüten. Es sah aus wie der Hausstand vor einem großen Umzug, und ein Umzug wurde es ja auch.

Die Stimmung war prächtig, sie freuten sich alle seit Wochen auf die Institutsfeier. Die Frauen mit den beigefarbenen Topfhüten sahen gleich aus wie wandernde Pilze, Zenia tauchte mit Emiljana, Leni und Dima in den Grunewald ein. Sie musste daran denken, dass Emiljana einmal vom Kolloquium als einer Wandergruppe geredet hatte, allerdings im übertragenen Sinn. Wenn sie im Café den Bogen überspannten, war das Kolloquium kein bloßes Gesellschaftsspiel mehr, in dem jeder eine Rolle einnahm und irgendwas daherquatschte. Sondern man wurde zu einer Gemeinschaft, in der ein absolutes Gespür füreinander herrschte, dafür, wo sich ein Raum öffnete, wann man sich einem Gedanken ganz und geschlossen hingab. Hatte sich das Kolloquium erst mal für einen Weg entschieden, schritt es sogleich mit ganzem Herzen und vollem Tempo voran.

Zenia erinnerte Emiljana an diese Rede. Ein Ideal von der Wirklichkeit, ja sicher. Der Einheitstraum. Aber jetzt waren sie auch in der Wirklichkeit eine Wandergruppe. Dima hatte gerade zu Helene aufgeschlossen, ihr den Klappkorb abzunehmen. Mit seiner Schiebermütze passte er sich ganz in die burschikose Festlichkeit ein, aber das täuschte darüber hinweg, dass ihm das innere Band fehlte. Er würde es keine zwei Stunden mit ihnen aushalten, dachte Zenia, er ging ja auch beinahe nie mit seinen Kommilitonen von der Technischen aus.

Sie strich Helene das Kleid glatt. Leni sollte es mit Stolz tragen, war aber verkrampft vom Scheitel bis zur Sohle. Sie waren auch nicht die einzigen mit der Idee, am Samstagnachmittag in den Grunewald zu gehen. Lieder klangen heran. Die so eingängige Vogelhochzeit, die sich entfernte und dabei immer schwächer tönte, sich aber nicht völlig in der Waldestiefe verlor. Darüber mischte sich, von Osten anschwellend, ›Alles neu macht der Mai‹ – und bald schon bekam das Lied Gesicht, weiß und rot kostümiert traten zwischen den Bäumen die Sängerinnen hervor und trugen eine Standarte. Dima sagte in gespielter Ehrfurcht: »Oh, eine offizielle Prozession des Gesangsportvereins«, da mussten sie alle herzlich lachen und dann an sich halten, als man einander kreuzte. *Waldespracht, neu gemacht, nach des Winters Nacht,* schmetterte der Sopran in Zenias Ohr, es war eine sehr deutsche Lobpreisung, grell, ohne Schattenriss, dabei trat der Mai gerade erst aus den Knospen.

Als sie auf die Lichtung kamen, war es fast genau drei Uhr. Wobei Lichtung nicht stimmte, der Ort wurde auf schmalem Pfad erreicht und war fast völlig überschattet. Zum Verweilen lud er ein, weil hier dicke Baumstämme zu einem Sechseck abgelegt worden waren, mitten ins moosige Gras.

Helenes Schultern hingen noch immer etwas, aber aus irgendeinem Grunde kam sie ins Reden, als man dort anlangte. Sie deutete alles archäologisch, als einen Fundort. Zwei Außenseiten waren aus längeren Baumstämmen gebildet, und sie sagte, das Sechseck zeige den Grundriss eines großen Bootes. Von solchen Booten und Schiffen hätte ihr Hausherr den Kindern und auch Helene abends schon erzählt, Herr Lagerbäck, dessen Vater von der Ostsee herstammte und der alle isländischen Sagas kannte, und der also sagte, auf Gotland hätten die Menschen früher aus riesigen Steinen solcherart Grabstellen errichtet, die wie Schiffe aussahen. Für ihre Anführer oder für verunglückte Schiffsbesatzungen. Helene sagte, sie hätte das Buch mit den Fotografien gerade auf ihrem Zimmer zu liegen, Lagerbäck habe die Aufnahmen den Kindern vorgelegt und gesagt, in diesen Steinschiffen gelangten die Toten ins Jenseits.

Sie war kaum zu beruhigen, bekam sogar eine Gänsehaut auf den Unterarmen, als sie von ihrem Chef und dessen Gruselgeschichten erzählte. Vielleicht aus Mitleid mit den Kindern. Eher wohl, weil die Psychologen jetzt ausgerechnet in den Grenzen einer Grabstelle das Institutsleben feiern wollten. Zenia wollte es gar nicht recht erfahren; alles, was sie jetzt wusste, war, dass sie sich von Helene den Tag nicht kaputt machen ließ, und dass sie die Freundin auf dem Fest besser früher als später abschütteln musste, wenn sie ihr kleines Experiment nicht gefährden wollte.

Die ersten Tücher waren schon hingebreitet, ein Tisch für das Koffergrammophon ausgeklappt und ein größerer aus drei Teilen wurde auf Holzböcke gelegt, man stellte Teller und Tassen, Speisen und Getränke darauf ab. Vera und Lisabet falteten Lampions und Girlanden aus und hängten sie von Baum zu Baum über dem Sechseck auf. In wenigen Minuten war, ohne dass Zenia auch nur einen Finger gerührt hatte, ein feierlicher Ort entstanden. Bevor das Büfett eröffnet wurde, kurbelte jemand schon die erste Platte und gleich wurde getanzt.

Viele Ehepaare waren gekommen, das machte die Feier ja alle Jahre so schön, dass die Partner ausdrücklich eingeladen waren. Sie lächelte Dima zu, er rümpfte die Nase, sah hinauf ins Blätterdach und ließ sich auf ein paar Drehungen ein. Zenias Gedanken waren da schon beim Versuch, bei den Partnern eben. Man musste so eine Zusammenkunft nutzen. Von der Anrede bis zur Verabschiedung hatten Helene und sie jeden Schritt des Versuches gemeinsam vorbereitet, und Leni hatte versprochen, ihr zur Hand zu gehen, aber jetzt hatte sie sich fein herausgeputzt und war nicht bereit.

»Da wir doch hier unter Psychologen sind, darf ich drei Minuten Ihrer Zeit rauben?« Freundlich bat Zenia um erste Teilnahme, und nur wenige Frauen wichen ihr aus, sagten, sie müssten ihre Kinder im Auge behalten, darunter Zadeks Ehefrau und auch Frau Rauch, ausnahmslos alle Männer und überhaupt die allermeisten Feiergäste aber sagten prompt zu, und Zenia übergab ihnen Stift und Kärtchen aus der Handtasche und nahm sie unter dem Vorwand beiseite, man brauche für die kleinen Rätsel etwas Ruhe. Eher ging es ihr schon darum, das Augenmerk der Professoren nicht auf ihren Einsatz zu lenken. Sie hatte sich eine Stoppuhr am Band ums linke Handgelenk gewickelt, die sie unter dem langen Rüschenärmel versteckte, aber immer wieder hochnahm und baumeln ließ, hoch und runter, ganz bestimmt lag es an dieser Uhr, dass ihr Puls mit jeder Versuchsleitung stieg. Sie schwirrte zwischen den Probanden hin und her und kam sich dabei vor wie eine Krankenschwester, die eine ganze Station zu versorgen hatte. Sie unterbrach die Gäste beim Malen und ließ sie beim Rechnen gewähren, sie stellte Aufgabe um Aufgabe, daran die Erinnerung an erledigte und unerledigte Handlungen zu bemessen. Weil Zenia kein Bastelzeug mitschleppen, schon gar nicht ausbreiten konnte, waren die Aufgaben alle schriftlich zu lösen, mit einfachen Zeichnungen, Zahlen und Buchstaben, man musste Hauptstädte mit B finden, Flüsse mit sechs Buchstaben, deutsche Filme des aktuellen Jahrgangs 192x. Es gab auch kleine Textaufgaben, bei denen vier Wörter zu einem sinnvollen Satz kombiniert werden sollten. Wolke, Draht, Tisch und Liebe. Wolke, Draht, Tisch und Wut. Und immer wieder ging Zenia dazwischen mit »Danke, das genügt« und erntete von den Versuchspersonen ein »Hach, wie schade« und »Nicht jetzt schon« oder »Ich hab's gerade auf der Zunge«, etwas ungeduldiger: »Das geht mir zu schnell, Fräulein«, an sich selbst verzweifelnd: »Es ist doch sehr laut hier, das müssen Sie zugeben«.

Auffällig war auch, welch starke Impulse die Aufgaben auf die Körperglieder ausübten. Es traten da Verrenkungen auf.

Wurde der Mensch einer Sache nicht gerecht oder hatte er sich überschätzt, kam irgendeine Peinlichkeit zutage, um die es Zenia gar nicht ging, so war es mitunter, als würden den Versuchspersonen von innen einige Winden und Schrauben in die Haut gedreht.

Sie hatte sich gerade wieder der Ehefrau eines Dozenten gewidmet, sie für den kleinen Test anzuleiten, da fanden die Professoren zusammen, baten um Ruhe, hoben die Gläser. Sie redeten darüber, dass sie keine Rede halten würden, und dann darüber, dass wohl hoffentlich auch niemand eine Rede erwartete. Und dann noch über das Gefühl der Enttäuschung, welches sie damit unter keinen Umständen hervorrufen wollten.

Zenia fühlte sich von den Männern jäh unterbrochen, beinahe veralbert, mindestens einer von ihnen hatte sie gewiss beobachtet. Fünf waren sie insgesamt, Zadek stand halbrechts als die kleinste Orgelflöte, und sie wandte sich ab, angelte nach einem Sektglas am Büfetttisch. Es wurde angestoßen, Heiterkeit breitete sich aus. Die unsinnige Rede war nur ein weiterer Beweis dafür, dass sie sagen konnten, was sie wollten, ohne Macht einzubüßen.

Sie sah sich nervös nach weiteren Versuchspersonen um, aber alle hatten in Gespräche gefunden, saßen auf den Baumstämmen oder hatten sich hinter Bäume zurückgezogen. Zenia sah ihre Schulterstücke, die Hinterköpfe und Hände. An einem Ende war die Feier weit in den Wald ausgefranst. Ein Farbnetz, ein Meeresteppich. Die Sektperlen machten ihr plötzlich ein schlechtes Gewissen, und Zenia dachte daran, dass sie ohne ihre Freundin gehandelt hatte. War Helene vielleicht schon gegangen? Nun war es zu spät, denn die Bedingungen eines Experiments durften nicht mittendrin verändert werden, und dort, zu ihrem Erschrecken keine zehn Meter entfernt in direkter Flugbahn, stand ja Helene, war mit

Karl und Dima in ein Gespräch vertieft und zählte dort ebenso zu den Bedingungen des Versuchs wie die Swingmusik und das einfallende Sonnenlicht. Die Stoppuhr summte, Zenia hatte ein letztes Kärtchen entgegenzunehmen, lächelnd, dankend, für einen längeren Augenblick wurde ihr schwindlig, so als hätte sie sich verirrt oder sei in einem Traum gefangen, in welchem es weder Freundinnen noch Ehemänner, ja nicht einmal den Berliner Grunewald gab, bloß eine laute Menge tanzender, trinkender, schwatzender Körper.

Sie steckte den Stapel der beschriebenen Karteikarten ein und erklärte den Versuch vor sich selbst für beendet. Der Stapel war einigermaßen dick geworden und ihr Hunger groß; am Büfett gab es keine Buletten mehr, also ließ sie sich zwei große Schläge Kartoffelsalat auftun. Die Sonne war bis Gatow vorgerückt, Emiljana stand mit einigen Kommilitoninnen auf dem Waldweg, von dem aus man in südlicher Ferne noch die Silhouette des Grunewaldturms sah. Zadek kam vorbei und stichelte ihr zu, ob sich das Unerledigte zu Festbedingungen anders verhalte. Sie hatte keinen Moment daran geglaubt, mit dem Versuch unter seinem Radar fliegen zu können, aber er ließ sich die Laune gar nicht trüben, filmte die Festgruppe mit seiner Handkamera, filmte also auch Zenias Erröten. Vielleicht, dachte sie, war es als ein Schatten zu erkennen in Schwarz und Weiß.

Dima badete mit einigen jungen Männern in der Havel. Er lieh sich ein feuchtes Handtuch, dann kam er zu Zenia hinauf. Sie tranken Kaffee, er stichelte auch, aber lächelnd. Er wollte nach Hause. Benno hatte einen ganzen Koffer voller Platten und legte Jive auf. Helene tanzte mit Herrn Claus, was hilflos aussah, denn er war ein großer tumber Junge, an keiner Stelle nahm sein Körper ihre Spannung auf. Professor Rauch forderte Zenia zum Tanz auf, und da hatte sie nun beinahe denselben Salat. Er hielt sich zwar aufrechter als Herr Claus, aber auch seine Gelenke besaßen gar kein Drehmoment. Seine Familie war schon gegangen und Zadeks Familie auch. Einige Tische und Stühle waren auch schon verschwunden. Die Männer sprachen sich ab, Rauch legte Zadek kurz eine Hand auf die Schulter und winkte ihnen zum Abschied, warf sogar eine Kusshand, was Zenia nach dem unbeholfenen Tanz komisch anrührte, auch weil der Institutsleiter nicht gerade als Charmeur bekannt war.

Sicher war dies die Uhrzeit, zu der ihr die Rechtfertigungen ausgingen. Emiljana war bereits mit Vera und Lisabet in den Abend gegangen. Helene stand mit Karl, vermutlich litt sie unter dessen Beschallung. Er wich nicht von ihrer Seite. Einmal hatten die Frauen Blickkontakt, aber es folgte nichts daraus.

Wieder wurden Tische abtransportiert, wurde gewunken. Zadek stand derweil mit einer Gruppe von Studenten, die sich in diesem Jahr eingeschrieben hatten und seine Vorlesungen metaphysisch verklärten, weil sie den Stoff wissenschaftlich noch nicht zu fassen kriegten. Er übte mit ihnen aus dem Stehgreif das reine Beschreiben von Bäumen. Wie es gelang, die Gestalt eines Baumes nicht zu bewerten. Sie folgten ihm wie die Apostel, Zenia hatte volles Verständnis. Wann hatte sie ihre erste These formuliert, sie mutig zur Debatte gestellt? Es dauerte eben, bis die Schwärmerei in Ehrgeiz umschlug. Sie trank Sekt und sammelte leere Sektgläser ein. Als sie an der Gruppe vorbeistrich, sagte Zadek: »Wir haben noch gar nicht unseren Tanz gehabt, Frau Naujas.« Das besitzergreifende Fürwort hätte sie heruntergeschluckt, zu sehr war sie an seine Provokationen gewöhnt, wäre nicht das Grammophon unlängst abgebaut und fortgetragen worden. »Es kann ja keinen Tanz mehr geben, es sei denn, wir drehen uns ohne Musik und singen ein Duett.«

Während Zenia Lampions in einem der zwei verbliebenen Körbe verstaute, die ihr weder gehörten noch bekannt vorkamen, hallte das letzte gesprochene Wort auf der Lichtung nach. Auch mussten in ihrem Rücken die Jungstudenten ans Havelufer hinabgesprungen sein, denn Zenia sah auf und sie waren nicht mehr da. Ihre Handtasche hing an einem starken Ast über einem der niedergelegten Baumstämme, und sie zog die Kärtchen heraus, ohne zu wissen warum. Wollte sie die Kärtchen jetzt lesen?

Zadek stand winkend am Abhang, entfernte sich dann auf dem Waldweg und kehrte im Bogen durchs Unterholz zurück zum verwaisten Festplatz. Und dann standen sie wieder voreinander, er hob den rechten Arm und hielt seine Filmkamera in der Hand, sie hob den rechten Arm und hielt ihre Stoppuhr darin, die sie gerade zwischen den Kärtchen herausgekramt und sich erneut um das Gelenk gewickelt hatte. Der Gruß zweier Weltraumforscher, dachte Zenia, und sie mussten tatsächlich beide lachen.

Übereinander, über ihre psychologische Passion.

Die Familien hatten nach der Uhrzeit gehandelt, den vorletzten, den letzten Bus an der Chaussee angestrebt. Oder sie hatten einen Fahrer an den Waldrand bestellt. Es blieben die Lampions, drei eingesteckte Fackeln, die niedrig brannten. Eine Pakettüte voller Obstschalen und Wachs. »Sind Sie beauftragt, den Wald in sauberem Zustand abzuschließen wie Ihr Büro?«, fragte Zenia.

Zadek verstaute die Kamera in seiner Ledertasche, ohne zu antworten. Er besaß keinen Fahrer, aber ein Taxi würde er ihnen bestimmt rufen.

»Darf ich Ihnen den Schal binden?«

Dabei streifte er mit der Außenseite seiner Hand ... ihre Wange. Bestimmt keine Absicht. Oder es überkam ihn die Absicht, ein Kind zu streicheln. Es war eigentlich logisch, dass er hier aufräumte. Und stimmt, es gab ja für ihn gar kein Wochenende, jetzt wollte er ihre Kärtchen sehen, Professor Zadek musste arbeiten. Der ganze Moment hatte etwas Polizeiliches, so als entginge ihm nichts und dürfe ihm nichts entgehen, als hätte er ihr am Ende die Beweismittel ihrer Befragungen abzunehmen und zu prüfen. »Bilden Sie einen Satz mit den Worten Wolke, Draht, Tisch und Liebe«, las er laut unter dem Fackellicht. Die Antwort auf der obersten Karte las er auch: »Aus Draht forme ich Liebe, aus Wolken Tische.« »Promethisch«, sagte Zenia anerkennend und las selbst: »Die Liebe laufet durch den Draht, verbrennet den Tisch, verraucht als Wolke.« »Das klingt nun eher nach Konfuzius, aber auch beachtlich, was sagen Sie, Frau Naujas?«

»Wessen Handschrift ist denn das?«, lenkte sie ab. Beide Köpfe beugten sich über das Kärtchen. Sie hatte die Wolke und den Draht und den Tisch ja auch mit Wut gepaart. »Aha, gute Frage, gibt Liebe triftigere Gedanken, oder Wut?« Und Zadek suchte in den Kärtchen selbst nach einer Antwort: »Der Draht sticht aus der Wolke, es glüht die Wut bei Tische«, las er. »Vielleicht aus Schillers Räubern«, sagte Zenia. Nun glitt Karton für Karton aus Zadeks Händen in ihre Hände zurück. Manche Versuchspersonen hatten die Aufgabe nicht erfüllt, viele schrieben dicht wie die Dichter: »Wut ist eine Drahtwolke, die uns bei Tisch umhüllt.«

Die Übung wollte, dass sie bei der Fackel stehen blieben, nur die nächsten Kiefernstämme glühten wie aus Kupfer. Zadek stand geduldig über die Karten gebeugt, sein Lachen milde, orange. Wie konnten der Wald und das Feuer alles verändern. Zadek studierte oft, was die Studenten beschäftigte. Man war dann beglückt, mehr beglückt als stolz, weil er eben nicht bloß davon redete, sie stützen zu wollen, sondern weil er auch danach handelte, Zadek vergab sich nichts, eine Studentin auszuwählen, zu kritisieren oder zu bestätigen. Und jetzt wanderte das letzte Kärtchen zurück in ihre Hände, der Professor sagte nichts mehr und auch der Wald schwieg.

Stille, die sie nicht erwartet hatte.

Scham, weil jede Herrschaft fehlte.

Kindheit, in der kein Schutz gewährt.

An den Jungen, der später ein Kadett werden sollte, musste sie denken, an ihre Lieblingsstelle von den Bäumen, die ihn umstellten und ihm zusahen und sogar eine Sprache redeten, die er nicht zu hören vermochte. Er hatte ihr den Kartenstapel nicht einfach zurückgegeben, er hatte dabei ihre Hand gefasst. Ihr Blick hinab. Was war jetzt das, ein Gruß? Die Chamsa im Haus ihrer Eltern, klein und silbern im Windfang der Tür. Nein war der erste Impuls. Zenia suchte das Dunkel ab, als müsste sich dort jemand räuspern. Und es schoss ihr das Blut fast bis aus dem Mund, mitsamt den Gerüchten. Also doch, seine Frau, seine Ehe. Er hob ihre Hand, so gingen sie hinüber und löschten eine Fackel und die nächste und die letzte. Zenia sah viele andere Hände: in der Tür zum Büro, beim Einlass, Zadeks Hand im Café, es war die Hand hinter ihrem Rücken, sich nähernd, sie schützend vor der Außenwelt, es war die akademische Hand, die einlud und im Rücken den Kreis schloss.

Dann hatte die Hand,
indem sie auf Berührung verzichtete, schon
immer Berührung bedeutet.

Dann wäre, was man aufgebaut hat und für Nähe hielt, ausgeblasen mit dem Kerzenlicht. Nur von der Havel glomm ein Boot, vielleicht das ferne Ufer. Sie war benommen aller Weisheit. Dafür Wesenheit zuhauf. Ein Bündel, das Finger mit Fingern verschränkte. Ein einzelnes schreckhaftes Nein, und also der Tanz. Er schob seine Hand unter die Tasche, die ihr seitwärts anhing, sich wie ein Baumpilz aus ihrer Hüfte hob, darin die Kärtchen, die Stoppuhr, die Handschriften der anderen, augenblicklich und ohrenbetäubend der Kuss und die Hand ... und drückte ihr seinen Daumen in die Handfläche, dort wo das Auge sitzt, als wollte er sie lesen. Sie legte ihm die andere auf den Kopf. Das waren nicht ihre Hände, ihm am Hals, und Küsse, Zungen, immer Küsse. Ihr Kopf am Baumstamm nicht. Sie waren die letzten dieser Schiffsbesatzung. Und lagen, als fegte ein Sturm. Seine Hand am Kinn, die Füße im Laub. Dann glitt die Hand vom Kinn zum Knopf. Aber nein, der Knopf! war nicht einverstanden, der Knopf war mehr als sie ermöglichen konnte, der Knopf wollte geschützt sein, sie fuchtelte, schlug, stand und lief schon, als seine Brille fiel, *Zenia!* gleich abwärts, abwärts nach der Havel, der Schuh, vergiss den Schuh, die Schritte so weit, so lang, wie sie nie welche getan, weil der Boden, der steile Boden nicht zu finden war, alle Kraft in den Sohlen, den Beinen, damit sie sich hielt im schwebenden stürzenden Fall ...

... und doch wird der Abschuss zu groß, die Flur ihr entzogen, sie knickt, büßt die Gelenke ein und gerät einfach ins Purzeln, überschlägt sich, einmal, zweimal, so oft, dass sie dabei weiter beschleunigt, zu einer Kugel wird, die sich aus dem Hochgebirge löst, einen Geröllhang hinab in den Wald eintaucht, über das Laub rauscht bis hinunter ins Tal, wo sie eine Bodenwelle nimmt, springt, sie wird gehoben – breitet die Arme aus und fliegt übers Wasser, ganz gestreckt, hinweg über ein Ausflugsschiff, die bunten Wimpel am Heck, und es nähert sich das andere Ufer, die Felsen, glatte Felsen, hoch, sehr hoch, grau und weiß, sie prallt gegen den Stein.

Mit der Hüfte zuerst, dem Oberarm. Der Instinkt, mit dem die Muskeln den Kopf nach oben reißen, wenn der Körper fällt. Zenia japst, welch ein Glück, ihr Kopf ist unversehrt, der Körper liegt unter der Parkbank. Tiergarten, Sonntag, eine Peinlichkeit der größeren Sorte.

Die Jacke ist staubig, aber Zenia hat sich schnell wieder aufgerappelt. Glücklicherweise ist ihr niemand zu Hilfe geeilt. Aber die Schulter schmerzt vom Sturz. Hatte sie nicht schon vorher geschmerzt? Sie setzt sich jetzt auf, die Kastanie über ihr, welch Blütenpracht! Sie reibt sich das Gesicht, als sei es schmutzig geworden von der Träumerei. Ein einzelner gesponnener Faden hat sich zwischen Bäumen gelöst, weht über Kopf an ihr vorbei.

Zenia schaut hinauf in den benachbarten Baum. Sie hat von dort ein Kratzen gehört, kleine Krallen auf Borke. Und tatsächlich windet sich ein Eichhörnchen den Baumstamm hinauf, mühelos und stark. Sie folgt dem Tier mit den Augen. Wie es sichtbar wird, unsichtbar, wieder sichtbar.

So ist es.

So ist es mit den Menschen.

Sie stechen dich zwischen den Rippen.

Dynamik, Zenia, das sind die verborgenen Kräfte.

Zadek, die Katze, die sich ins Café schleicht. Zadek, das Eichhörnchen, das auf der anderen Seite des Mondes lauert. Seine Höflichkeit war die perfekte Tarnung. Nach jedem Vortrag und vor jedem Nachtrag dankte Zadek, lobte die Gemeinschaft, das Kind in ihnen allen, das Kollektiv. Dabei hüpfte er von einem Bein aufs andere, er sprang immerzu, und sie sprang auch, es war ein Modell der Rasanz.

Es geht doch nicht um dich, Zenia.

Um niemanden geht es. Um alle.

Es geht um den Einzelfall, der alles umfasst, den ganzen Typus.

Um die schnelle Reaktion. Das Entflammen.

Die Wissenschaften winden sich umeinander wie Planeten. Die physikalische Resultante, das mathematische Geschehensdifferenzial, die chemische Kraft der Atome. Zadek ist ein Eichhörnchen, Zadek ist ein Metall. Alkalia, der

Sprung. Die Arme sind geöffnet. Das heiße Herz, der ziehende, umarmende, küssende Zadek, der sich nicht zu isolieren verstand, der immerzu reagierte und sich mit allem verband, was er fand, was ihm über den Weg lief – es geht doch nicht um dich, Zenia! –, der alle einschloss in sein Tun. Seine Augen, die ionisierten, sich fortwährend weiteten. Seine magische Aufmerksamkeit, und die eine Hand lag schief am Hals, die andere Hand am Kinn, Küsse, Zungen, Salz und Küsse.

Um wen geht es dann, wenn nicht um sie? Und warum gestern, warum im Grunewald, nach dieser Feier. Und wenn nun die Zeitdifferenziale halfen, vom Einzelfall zur Aussage über den Geschehenstypus vorzustoßen …? Sie hört ihn dozieren. Sie sieht ihn seine Pfeile und Eier an die Tafel malen. Warum hilft ihr denn niemand. Nur ein Hund bellt leise aus Richtung Zoo. Dahinter tönt ein Summen der Gemütlichkeit aus dem Wald. Die Freunde haben gebacken und Zahnstocher gekauft, Tischdeckchen besorgt, Servietten. Zenia hatte sich auf diese Feier einzig dadurch vorbereitet, dass sie Fragen vorbereitete.

Man geht, wenn es dunkelt, sagt der Selbstvorwurf zur Verzweiflung. Sie hätte auch mit Rauch nicht tanzen dürfen. Ach, wenn es wenigstens Rauch gewesen wäre, und sie könnte sich jetzt ausweinen und einen Schutz finden bei Zadek. Das wäre doch immerhin eine epische Konstellation. Man schließt die Augen, damit es wieder dunkelt. Aus einem Riss unter der Parkbank dringt Hitze hinauf. Zenia führt Zeigefinger und Daumen auf ihrem Scheitel zusammen und zieht einen Reißverschluss hinab über Stirn und Nasenspitze, Adamsapfel und Brustbein, Bauchnabel und Scham. Der Boden grollt, die Erde zeigt einen feurigen Spalt und saugt das dünne Kleid hinein, hinab. Aber die Erde wird hier nicht mehr zusammenwachsen, und weil der Spalt genau unter der Parkbank hindurchführt, wird die Bank zur Klammer, die das Erdreich tackert, die in letzter Not die Hälften beieinanderhält.

Was kann sie tun, jetzt, wo sie gehäutet ist und alles brennt? Ein Tuch über den Abend legen. Zur Sicherheit. Gegen die Überforderung. Sie kann das Geschehene löschen und zurücknehmen, es rückgängig machen. Sie, Zenia Katerina Naujas, die so viel über unerledigte Handlungen nachgedacht hat, wird doch angesichts dieser Küsse behaupten dürfen, sie seien nur angedacht gewesen. Es lässt sich behaupten. Nur der Schwache, der Zerstreute, heißt es, hat seine Freude am Abschluss. Sie aber untersucht, wie die Seele darüber befindet, unerlöst zu bleiben. Vor den Küssen hat sie sich Zadek entzogen. Das wäre ein Fragment. Mit dem einen Arm Feuer gefangen, es mit dem anderen sogleich gelöscht. Denn Zadek und sie sind doch da, um einander zu stärken.

Die Liebe laufet durch den Draht, verbrennet den Tisch, verraucht als Wolke.

Ihr Professor hat angeboten, gemeinsam ein Taxi zu nehmen, aber sie hat es abgelehnt. Sie wollte lieber noch ein wenig hinuntergehen ans Wasser, nachdenken. Mit ihren Kärtchen. So ist es gewesen. So lässt es sich erzählen. Noch Männer kennengelernt, klar. Gebadet. Getrunken mit ihnen. Chauffiert worden. Was ist schon geschehen? Nun sieh nur, wenn du den Saum deines Kleides wringst, es kommt ja kein Tropfen heraus. Also ist auch die Havel geträumt.

Was dachtest denn du.

2

Im Frühjahr 1939 verbringt Zadek dreimal so viel Zeit im Forschungsinstitut wie zu Hause. Auch an diesem Abend steht das Essen ausgekühlt auf dem Tisch, als er heimkehrt. Mrs. Clifford steigt im Schlafmantel die Treppe herab, setzt sich ihm gegenüber. Sie legt das Buch, in dem sie gerade noch gelesen hat, auf dem Tisch ab und lässt dann beide Arme über die Stuhllehnen baumeln. »Du schlingst wie in einem Klischee«, sagt sie.

Sie duzen sich schon lange, man kann sich nur duzen in Amerika. Immerhin, seine Haushälterin hat noch nicht geschlafen. Er versucht für sich zu übersetzen, was sie mit Klischee meint: Gehetztsein, aber auch seine insgesamt ungesunde Ernährung. Mrs. Clifford nennt ihn oft *bobcat,* und sie hat mindestens zwei gute Gründe dafür, denn wie ein Rotluchs schleicht er sich ins Haus, und wie ein Rotluchs isst er überhaupt nur, wenn es dämmert.

Morgens früh, abends spät.

Zadek hält mit dem Kauen inne, das ist der Moment, in dem er zu Hause ankommt. Man kann die Muskeln zucken sehen in seinem Gesicht. Er weiß, dass er ihre Gesellschaft braucht, denn das Haus ist zu groß für ihn allein. Er bezahlt Mrs. Clifford dafür, dass sie bei ihm wohnt. Aber was hält sie eigentlich davon, dass er sie täglich an seinen Routinen teilhaben lässt, an seinem Arbeitsalltag? Er kündigt an, dass Ron Kaufman zum ersten Frühstück kommen wird, weil es letzte Dinge zu besprechen gibt, jetzt wo die Versuchsreihe startet. Mrs. Clifford nickt. Diese letzten Dinge gibt es seit vielen

Wochen zu besprechen. Und die Versuchsreihe startet nicht, sie ist gestartet.

Zadek erhebt sich, bevor sie die Küche verlassen kann und ins Bett zurückkehrt. Er wäscht sich Hände und Mund an der Spüle, bedankt sich für das Essen.

»Good night.«

Wenn Mrs. Clifford die Treppe hinaufgeht, fühlt sich der Dank schon schal an. Denn er meint ja nicht das Essen. Es ist viel komplexer. Zu komplex vielleicht. Im Grunde ist der Dank eine Entschuldigung, mit welcher er einen Zusammenhalt beschwört.

Er setzt sich in den Schaukelstuhl auf der Veranda, schaukelt. Einschlafen wird Zadek nicht so rasch, wie er gegessen hat. Auch weil das allermeiste Wasser, das er tagsüber getrunken hat, mit Koffein versetzt war. Und ja, weil das Experiment begonnen hat.

Zadek kennt den Zustand schon, sich derart aufgewühlt zu fühlen im Angesicht der Praxis.

Dabei hat er seinen Versuchsraum vor den Geldgebern zuerst so überaus gelassen verteidigt. Der Text schrieb sich beinahe von selbst, und erst als er damit fertig gewesen war, fiel ihm auf, dass er nichts Geringeres als sein Leben verteidigt hatte. Er hatte das Innen und das Außen, die teilnehmenden Personen und die Situation, in welcher sie miteinander stehen, gesamtheitlich erfasst. Er hatte dem Feld, dem Lebensraum dabei ein ebenbürtiges Gewicht gegeben, denn die Psyche des Individuums kann nur entschlüsseln, wer die situativen Parameter ändert und dabei die wechselseitigen Einflüsse studiert.

Und auch der theoretische Teil war eine Lebensreise geworden, von Husserls phänomenologischen Überlegungen, die ihn als jungen Mann in Berlin umtrieben, von Cassirers Wissenschaftstheorie, die mit Reihen, Stufen und Beziehungen operierte, über das Ärgerexperiment mit den Rosen bis zum Studium der ethnologischen Erkenntnisse, die Frau Mead jüngst auf Samoa gewonnen hat. Er hatte eine Art historische Beweisführung dafür geschrieben, woher er gekommen und warum sie hier angelangt waren und dass man weitermachen musste, weil die Psychologie im Jahr 1939 nirgendwo eine solche Relevanz besaß wie im Forschungszentrum von Iowa City.

Aber jetzt, wo es endlich losgeht, fallen die Zweifel wie Mäuse in seine Dachstube ein. Zadek weiß, woher die Mäuse kommen und warum Ron Kaufman neuerdings eine solche Ruhe ausstrahlt. Er weiß ja immer alles. In ihrem gemeinsamen Energiefeld hat sich etwas verschoben. Bislang hat Ron gereizt auf den Startschuss des Experiments gedrängt, mal ist er sogar grob geworden, und er hat andauernd sportliche Metaphern gebraucht. Das Experiment sei ihre Challenge. Die Hauptsache für Ron war, unverkennbar, dass es losging!

Also hat sich nun sein Bedürfnis eingelöst. Vom Unruhestifter ist Ron zum Macher geworden. Seine Spannung hat sich dadurch entladen, Teile der Spannung sind aber in Zadeks Körper eingeflossen, um dort für ein Ungleichgewicht zu sorgen.

Ein Chiasmus, ganz einfach.

Zadek ist der Einzige, der weiß, dass die ersten beiden Versuchstage nicht perfekt gelaufen sind, wie Ron und Emiljana in ihrer Euphorie behaupten.

Zadek ist derjenige, der leiden wird unter den ersten kleinen Fehlern, die er nicht vorhergesehen hat und die in der Praxis noch immer zu Beginn eines Experiments aufgetaucht sind. Und ganz bestimmt wird er dann denken, er habe seine Mitarbeiterinnen nicht gut genug auf ihre Aufgaben vorbereitet.

Es geht ihnen nicht eigentlich um Lernatmosphären, es geht um Zusammenhalt. Leonard Zadek und Ron Kaufman wollen herausfinden, unter welchen Bedingungen Kinder in einer kleinen Gruppe am effektivsten arbeiten und wann sie die wenigsten Aggressionen gegeneinander zeigen. Dafür haben sie Lehrkräfte derart ausgebildet, dass diese nacheinander zwei Typen von Lernatmosphären in den Gruppen erzeugen – eine offen-demokratische Atmosphäre und eine bestimmend-autokratische.

Alles in Zadeks Leben dreht sich um die Gruppe. Wie sie sich in verschiedenen Settings verhält. Wie sie Druck verarbeitet, was ihr Halt gibt, wann Uneinigkeit entsteht. Es ist stockdunkel, und er schaukelt, die Augen geöffnet, es fliegen vorbei:

Eine Gruppe, die sich an den Händen hält.

Eine Gruppe, die im Flug auseinanderfällt.

Mrs. Clifford hat das Licht gelöscht, dafür kommt ein Geräusch aus dem Haus. Zadek hat die Verandatür nicht zugemacht, und ein Fenster im Arbeitszimmer ist geöffnet. Es ist das Flappen von Papier. Von Büchern beschwertes Papier, dessen Ecken sich im Wind aufbäumen, auf- und niedergeschlagen werden.

Er wünscht sich, der Windzug würde Ordnung auf seinem Schreibtisch machen. Vielleicht könnte er sich dann allein auf das Experiment im Forschungszentrum konzentrieren. Aber der Tisch ist übersät von Papieren und Briefen; darunter die Bleistifte, mit denen er schreibt, darunter die kleinen abgefrästen Schirmchen der Stifte, der Bleistaub, geriebenes Gummi.

Er sieht alles vor sich, schaukelnd.

Die allermeisten Briefe, die dort drüben liegen, fallen unter die Rubrik ›Vortragskorrespondenz‹. Es läuft so: In zwei Wochen wird er einen Vortrag in Harvard halten, und weil Ron einst bei einem Professor in Chicago studierte, der ein Buch mit einem Professor aus Harvard herausgegeben hat, schreibt Zadek letzteren an, schlägt vor, man sollte sich treffen. Oft genug bekommt er verbindliche Antworten. Ja, sehr spannend. Ganz meinerseits. Gerne treffen wir uns, wenn Sie Ihre Reise machen.

Das ist Vortragskorrespondenz. Immerzu ist er dabei, andere für seine Arbeit zu begeistern, Netzwerke zu akquirieren und zu mobilisieren. »So geht eben Exil«, hat ihm ein Freund mal gesagt.

Was liegt noch auf seinem Schreibtisch? Ein Essay über die Autorität, der Brief von P., der seine Enttäuschung über die Analytiker mitteilt. Ein paar Ausgaben der *New York Times*. In den Tiefen ganz bestimmt irgendein großformatiger Umschlag mit deutschem Universitätsstempel, ungeöffnet. Einmal hat Zadek den Hilferuf eines Wissenschaftlers übersehen, der hinaus wollte und den Hochverrat wagte. Er hat sich wochenlang Vorwürfe gemacht. Aber eigentlich kommen aus Deutschland nur Veröffentlichungen, die Zadek so beschämen, dass er sie gleich zum Kaminpapier wirft.

Er will in amerikanischen Begriffen denken und schreiben, immer stärker hat er sich in den letzten Jahren seiner neuen Heimat zugetan. Und wären nicht seine Frau und Tochter hier, mit denen er schreibt und telefoniert, kämen nicht Bücher und Artikel aus den Exilländern, er verböte sich die deutsche Sprache ganz.

Er würde auch am liebsten alles übersetzt wissen, was er in Berlin geschrieben hat.

Aber man darf sich nichts vormachen, denkt Zadek. So groß der Atlantik auch ist, es bleiben Zusammenhänge bestehen. Hat er nicht, gerade weil er Hitlers Gebell hinter jeder Zeile hört, die ihm die deutschen Pseudowissenschaftler schicken, ein regelrechtes Faible für den amerikanischen Präsidenten entwickelt?

So wie Zadek jetzt auf der Veranda sitzt und schaukelt, liegt er manchmal im dunklen Arbeitszimmer und lauscht einer von Roosevelts Radioansprachen. Kamingespräche nennt der Präsident sie etwas euphemistisch, Gespräche sind es natürlich nicht, oder nur insofern, als dass der Präsident vorgibt, alle Stimmen der Vereinigten Staaten gehört zu haben, um in seinen Reden auf die Wünsche und Hoffnungen der Nation zu antworten.

Noch vor zwei Jahren hätte Zadek es nicht für möglich gehalten, dass er einmal über Politisches denken und schreiben würde, aber er hat tatsächlich eine Studie über diesen Radio-Roosevelt begonnen. Die ersten Seiten liegen auch irgendwo unter den Briefen. Vielleicht auch im Büro. Er fängt vieles an.

Er will die Studie ›Demokratie und Furcht‹ nennen. Ihr Ausgangspunkt liegt schon ein Jahr zurück. Damals, in seiner Osterrede 1938, hat Roosevelt gerügt, dass die Massenwirtschaft aus der großen Krise nichts gelernt habe. Gerade habe man ein weiteres Mal den Markt geflutet und so die Kaufkraft der amerikanischen Nation erdrückt. Ob Autos oder Textilien, die Fabriken blieben auf ihrem Zeug hängen, und wieder hatten es die Angestellten auszubaden. Rapider Anstieg der Arbeitslosigkeit.

Zadek ist fasziniert davon gewesen, dass Roosevelt den Unternehmern nicht einfach Kurzsichtigkeit vorwarf, sondern ihnen sogar ihre eigenen Handlungsmotive vor Augen führte. Warum hatte die Überproduktion wieder eingesetzt? Weil man eine Furcht hatte. Vor der Inflation fürchteten sich die einen, die anderen vor einem Generalstreik. Wieder andere rechneten mit einem Krieg in der Ferne. All diese Annahmen waren unbegründet gewesen, und doch hatte ein Gemisch aus Befürchtungen im vergangenen Jahr das wirtschaftliche Handeln bestimmt.

Gleichzeitig, das wurde in weiteren Reden erkennbar, hat auch dieser offenherzige Präsident seinen blinden Fleck der Furchtsamkeit. Zadek hört sehr genau, dass sich der Präsident nicht einfach nur um den Arbeiter sorgt. Vielmehr fürchtet er ihn auch. Als den Mann einer Masse, die sich einem einzigen Impuls hingeben und sich erheben könnte. Deshalb nimmt Roosevelt den Arbeitsmarkt auch immerzu als Gradmesser dafür her, wie zuversichtlich und abgesichert sich die Amerikaner und Amerikanerinnen fühlen.

Es sticht ihn in der Schläfe. Da hilft jetzt kein Schaukeln mehr, so ist es immer, wenn die Gedankenzüge sich kreuzen. Wie gern hätte Zadek einen Kopfbahnhof, auf dem seine Züge auf acht oder zwölf Gleisen parallel einführen und nebeneinander hielten, und dann könnte er zwischen den Arbeiten, die er mit sich herumführt, souverän und nach geregelten Uhrzeiten wechseln. Stattdessen laufe ich ständig vor dem Bahnhofsgebäude herum, denkt er, draußen bei den Weichenstellern, oder ich hänge zwischen zwei fahrenden Zügen und halte mich links und rechts an den heruntergelassenen Fenstern fest, strampelnd, wie Buster Keaton.

Es ist eben das Experiment mit den Kindern und den Lernatmosphären nicht zu trennen von seinen Gedanken zu Roosevelt und der amerikanischen Demokratie.

Was ist demokratischer Führungsstil?

Das ist Zadeks Kernfrage in diesen Wochen. Radio-Roosevelt ist völlig überzeugt davon, dass eine Demokratie nur dann ihren Namen verdient, wenn sich der Staat seiner Stärke bewusst ist und wenn er flächendeckend alle Staatsbürgerinnen stützt und zu einem anständigen Wohlstand führt. Deshalb sagt der Präsident auch: Wo immer auf dem Globus die Arbeiter verarmen, wo sie hilflos werden sowohl gegenüber dem Kapital wie den eigenen Kindern, wo immer sie einem Staat zusehen müssen, der sich in Diskussionen erschöpft und tatenlos wird gegen ihr Elend und ihre unsicheren Arbeitsverhältnisse, dort wenden sie sich ab – und nehmen lieber die Hand, die ihnen zu fressen gibt. Auch wenn diese Hand dafür ihre Freiheit kassiert, weil es die Hand derer ist, die keine Freiheit ertragen.

Autokratische Parteien erlangen nur dort die Macht, wo die Demokraten versagen.

Das ist es, was Roosevelt sagt. Und Zadek rechnet es dem Präsidenten der Vereinigten Staaten von Amerika hoch an, wenn sich hier der Mächtige selbst ermahnt und eingesteht: Auch diese große Nation kann auseinanderbrechen, wenn sie ›a lack of leadership‹ zeigt – einen Mangel an Führungskraft.

Denn geführt werden muss der Mensch. Er verlernt die Demokratie. Oder er lernt die Vorzüge einer freiheitlichen Existenz gar nicht erst kennen.

Wie aber führt dieser Präsident Roosevelt seine Nation? Das untersucht Zadek auch. Er führt, indem er lieber zweimal zu viel handelt als einmal zu wenig. In seine Wirtschaftspolitik preist er bewusst Fehler ein, das ganze politische Spiel ist ein Trial & Error – und hier nun wird die Verwandtschaft zur experimentellen Wissenschaft eklatant. Wer baut schließlich so sehr auf Fehler wie Zadek? Wer weiß so gut, dass Fehler notwendig sind und sowieso niemals ausbleiben können. Man muss sie machen, um aus ihnen zu lernen.

Und ja, soziale Felder, Lebensräume sind miteinander zu vergleichen, für Zadek ist dies eine der vorrangigen Aufgaben der Psychologie geworden, mindestens ist es jetzt sein Grundinteresse. Man kann von Roosevelts Politik darauf schließen, wie man selbst das Institut zu leiten hat.

Er weiß, dass er es kann.

Jetzt pfeift also ein dritter Zug, jetzt rangieren drei Züge in seinem Kopfbahnhof, verkeilen sich, bis keiner von ihnen mehr vorwärts oder zurück kommt. Roosevelt, der Institutsleiter Zadek, und dazu noch die eigens erfundenen, die fiktiven demokratischen Führungskräfte, jene Figuren, die Zadek geschaffen hat, damit sie einige elfjährige Kinder im Experiment zu einer gemeinsamen Arbeit anleiten.

Wenn Zadek eine Ableitung des mächtigen Präsidenten ist, so sind die Versuchsleiter Ableitungen seiner selbst. Sie müssen mit ihm verwandt sein, verwandt mit ihm handeln.

Wie geht demokratischer Führungsstil?

In die Hocke gehen, ansprechbar sein.

Ein König auf Augenhöhe.

Die Eigeninitiative innerhalb der Gruppe stärken.

Fehler machen und die Macht wahren. Das ist gut. Das sollte er sich aufschreiben. Fehler machen und die Macht wahren. Oder ist das ein Widerspruch, Herr Präsident, das darf doch kein Widerspruch sein, nicht wahr?

Es ist lange nach Mitternacht, als Zadek aus dem Schaukelstuhl steigt. Er hüllt sich in eine Wolldecke. Der Mond ist nicht zu sehen. Nur das Licht einer einzelnen knallgelben Lampionbirne fällt aus einem Nachbargarten durch die Zweige. Der Rosmarin duftet aus dem Beet zu ihm herauf.

3

An der Straßenecke Goethe/Leibniz der Zeitungshändler, sein Gerüst über die Schultern gestülpt, die Ware auf Brust und Rücken und auch an den Armen verteilt und gestaffelt, den vielen Schlagzeilen zuliebe. Der Mann hatte etwas Insektenhaftes, etwas Ungetümes auch. Zenia setzte sich auf ein Schaufenstersims und blickte über den Blattrand zuerst einer deutschen, dann einer russischen Zeitung (Vossische, Rul) auf ihr Wohnhaus, bis ihr Ehemann hinaustrat auf die Straße. Während Dima dem optischen Labor der Technischen Hochschule zusteuerte, stieg Zenia wieder hinauf. In tausend Gedanken, nachts und am Morgen, hatte sie sich anderswo gesehen, anderswohin gewünscht, doch alle Orte hatten einander gegenseitig ausgelöscht. So fütterte sie den Samowar und saß fortan am Küchenfenster.

Der Kartoffelschäler kratzte, dass es kaum auszuhalten war. Gegenüber auf dem Balkon fanden Kniebeugen statt. Sie griff zu einem Roman, aber es fielen nur die Worte ›Licht‹ und ›Schatten‹ und sie konnte schon nicht weiterlesen. Gegen zwölf Uhr erschien der große russische Arbeiter in der Küche, der mit seiner Frau und seinem hohen Blutdruck im Nebenzimmer wohnte. Staatenlose waren sie. Er hatte bloß noch die Weichenstellerei in den Nächten, sie vormittags eine Aufwartestelle in Schlachtensee. Zenia setzte eine Brühe an. Dem Russen war es einmal besser ergangen, aber statt zu jammern, war er scheu geworden. Sie verstand das.

Hin und wieder öffnete er das Fenster, denn er setzte sein weniges Geld in Zigaretten um und atmete, so schien es

Zenia, zu drei Vierteln des Tages Rauch aus. Sie war keine scheue Katze, innendrin war sie ein Hamster, der das Gedankenrad trat: Was ihr mit Zadek passiert war und was daraus erfolgte, welchen Schritt sie machen durfte und welchen erwarten. An ihre wissenschaftlichen Studien dachte sie nicht.

Am frühen Nachmittag erschien auch die russische Frau und leerte ihre Manteltaschen aus, Brotkanten und Tabakkrümel. Sie schlug zwei Eier in die Pfanne, und die Küche gehörte ganz dem Eiweiß, das sich sprotzend gegen die Hitze wehrte. Dazu schwatzte das Paar von seinem Alltag am Stellwerk oder von irgendwelchen Streiks und Demonstrationen, und man band Zenia gern ins Gespräch ein und hatte also eine Redseligkeit an sich, deren Kehrseite immer auf eine widersinnige Art die Diskretion blieb.

Obwohl sie wussten, dass Zenia studierte, wurde kein Wort über die Universität gesprochen. Und als Zenia die beiden darum bat, Dima nichts von ihrer Tagträumerei in der Küche zu erzählen, davon dass sie seit vielen Stunden dasaß, gaben die Russen ihr Wort und fragten noch immer nicht, wofür.

Am Dienstagabend schlug das Herz zu stark, sie schwänzte nach den Kursen auch das Kolloquium. Stattdessen legte sich Zenia ein Programm auf, das sie *Ablenkung durch Routinen* nannte. Ein etwas irreführender Titel, ging es doch nicht darum, jenem Stumpfsinn zu verfallen, den Routinen in ihrer Wiederholung produzieren mussten, ganz im Gegenteil, Zenia wollte jene Tätigkeiten, die sie sonst in Eile und oft genug widerwillig erledigte, in den Vordergrund rücken, dorthin, wo sie überhaupt einmal als Tätigkeiten erlebt wurden.

Es war der Kompromiss eines Menschen, der sich im Grunde keine Pause vom Studium zugestand. Wenigstens tätig bleiben musste sie.

Ablenkung durch Routinen begann am Bahnhof. Den Freund ihres Schwiegervaters ließ Zenia nicht mehr am Gleis des Schlesischen Bahnhofs warten und sie kam auch nicht in allerletzter Minute außer Atem dort an, was ja doch immer grob unhöflich war, sondern sie wartete nun auf den Zug und nahm aufgeregter als sonst die beiden Pakete entgegen, die der Mann aus der Heimat übergab.

Tatsächlich stellte sich ein Gefühl ein, das sie notieren musste. Als sei ihr ein Geschäft gelungen, und sogar eines mit spionagehafter Note. Nie zuvor hatte Zenia den Wunsch verspürt, sich mit den Paketen auf dem Zimmer einzuschließen. Ihr Paket – das zweite war für Dima – ähnelte gar nicht denjenigen, die sie früher geöffnet hatte, es lag vor ihr auf dem Bett und wurde betrachtet wie der einzige Sonnenstrahl eines ansonsten bewölkten Tages.

Zenia nahm die rauen Paketschnüre zwischen die Finger, besah die Handschrift der Mutter. Sie dachte lange darüber nach, wann Dimas Vater, der vor dem Krieg ein hoher Zollbeamter der Russischen Eisenbahn gewesen war, heute aber nur noch selten den Kurswagen aus Radviliskis nach Riga begleitete, am Morgen mit dem Paket aufgebrochen war, es seinem alten Arbeitskollegen zu übergeben. Sie sah Straßenecken, die Brückengasse, Übergänge, so behutsam schritt sie in Gedanken voran, als führten sie die Wege allesamt durch tiefen Schnee. Und Dima winkte ihr zu, siebenjährig, von einem Bahngleis, bevor er mit dem Vater nach Berlin reiste und zusah, wie die Schlafwagen inspiziert und das Gepäck konfisziert wurde. Dima gab manchmal damit an, wie lange er Berlin schon kannte.

So verging eine lange Stunde, bis Zenia endlich die Schnüre kappte.

Was im Karton war, holte sie sorgsam hervor zwischen Holzwolle und Watte und besah es von allen Seiten, obschon es sie im Einzelnen kaum erstaunen konnte – ein Paar Schuhe, zwei Blusen, Creme, auch allerhand Nützliches aus des Vaters Apotheke: Pflaster, Bürste, Nagellack. Das Paket barg aber nicht bloß Gegenstände, es war auch ein Depot, aus dem sie sich Zeit herausnehmen konnte. Wie sie alles in der Hand drehte und befühlte, spürte Zenia bereits wieder ihr Herz klopfen, spürte, dass ihre Bedachtsamkeit kein Naturzustand war und dass sie allzu sehr ihrem Programm folgte, welches einen Willen zur Bedachtsamkeit voraussetzte.

Sie sah ihre Mutter bei der Schusterin, womöglich hatte sie die Schuhe gegen Medizin getauscht. Wer konnte es sich erlauben, Schuhe für die Tochter zu schicken! Sie sah den See, im Herbstlicht, im Frühnebel. Den Zaun vor dem Haus, dessen letzte Farbschicht sie mit dem Fingernagel abknibbelte. Die Stelle, an der sie die Rosenstraße gekreuzt auf dem Weg vom Bahnhof nach Hause. Sie hörte »Na, meine Schöne«, der Vater am Kopf der Treppe, wenn Zenia am Wochenende vom Studieren aus Kowno kam. Den Hefekuchen, den die Mutter schon gebacken hatte. Vom Kuchenduft führte ein Weg hinein in den Garten der Großmutter, zu den Bienen im Fallobst, die sie so oft aus der Nähe bei der Arbeit betrachtet hatte ... es war ihr damals gewesen, als faulten und verblassten im Garten mit den Äpfeln auch die vielen Rituale ... anders als der Großmutter genügte es den Eltern, die Lichter zu löschen am Shabbat, unter dem Bett zu wischen vor Pessach, die immer gleichen drei Lieder zu singen an Chanukka. Und immer ging die Hefe auf. Ach, wie klangen jetzt, wo sie eines davon in Händen hielt, die dunkelbraunen Medizingläser, wie klapperten sie in des Vaters Holzkästen umeinander ... oft hatte er welche ausrangiert, damit Zenia ihre Sandproben darin abfüllte, sie verglich und daraus verkaufte, und als sie hinuntersah auf ihre Hand, hatte sie Daumen und Zeigefinger zum O geformt, weil sie darin eines der zarten weißen Dreieckstütchen hielt, in denen sie den Sand auch abfüllte und die in des Vaters Apotheke für Pottasche und gemörserte Kräuter dienten.

Sie stand am Fenster. Die Finger machten noch immer den Ring. Vaters Papiertütchen, aufrecht wie Eiswaffeln. Na, meine Schöne. Er stand auf der Treppe und sah hinab auf sein eigenes ernsthaftes Metier. Oder auf ihre spielerischen Geschäfte. Nie hatte Zenia an ihm wahrgenommen, dass er an den eigenen Bedingungen zweifelte; und er verstand sich auch mit allen, weil alle die gleichen Bedürfnisse hatten, er hatte die Apotheke aufgebaut und als Arzneihändler auf Reisen reüssiert. Später hatte er seines guten Rufes wegen die Stelle als Fabrikarzt bei den Deutschen bekommen, und als mit dem Krieg die Fabrik zu Ende ging, hatte er Geld zurückgelegt und einen Kredit bekommen und die Apotheke wiedereröffnet, nur eine Straße von ihrem alten Standort entfernt.

Wie hatte er es nur geschafft, jeden seiner Lebensschritte so einfach erscheinen zu lassen! Alles, was er tat, ging aus dem hervor, was er schon getan hatte, als könnten ihm Krieg und Revolution nichts anhaben. Warum hatten Zenia immer der Raum, die Zeit gefehlt, einen Stolz auf seinen Lebensmut zu entwickeln. Nicht auf seine Tüchtigkeit, sondern auf den Lebensmut darunter, der alles Tun grundierte.

Es gelang auch jetzt nicht ungetrübt und fraglos, es war als stiege eine zweite Stimme auf, von dort draußen aus dem Hof. Denn als nicht klar gewesen war, welchen Kurs das Land nehmen würde, hatte er Zenia da nicht weggeschickt, sie ausgelagert nach Berlin an seiner statt? War sie, die einzige Tochter, das Opfer der Unsicherheit, die es sich zu zeigen für ihn nicht geziemte?

Was das Paket fasste, an diesem Abend nahm es kein Ende. Sie las den beigelegten Brief, der die dumme Frage stellte, wie lange ihr Studium noch dauern sollte. Sie witzelte mit einer Antwort herum. Sie dachte, dass man Sand tauschen müsste, Sand der Dwina gegen Sand der Spree. Wenn sie erst einmal promoviert sei, schrieb Zenia auf einen Zettel, käme sie das lettische Volk seine Bedürfnisse lehren. Und dabei stiegen ihr Tränen in die Augen, und sie küsste, was ihr durch die Hände glitt. Im linken Schuh steckte doch noch das Stück Seife, das noch nie gefehlt hatte, braune Seife, die nach Honig duftete und sich an einer Schnur aus Hanf um den Zeigefinger wirbeln ließ, eben für den melancholischen Dreh des Abends, und als Allerletztes stieß sie am Boden des Kartons auf ein kleines Stück Stoff, nicht herzuleiten, ganz unnütz, vielleicht zwei mal zwei Zentimeter groß, das nahm Zenia heraus und betrachtete es gegen die untergehende Sonne, gleich wieder hatte sie hundert Fäden, Anknüpfungen, Märchen, wer das Gewebe wem abgerissen haben konnte, und sie rieb es zwischen Daumen und Zeigefinger und hatte es lieb.

Am Morgen begann sie auch gleich den Brief an die Eltern, das Heimweh zu ironisieren. An seine Stelle trat rasch wieder das Programm, allerdings in einer ersten Ableitung: Denn die Nebensächlichkeiten des Lebens wichtig zu nehmen – war dies nicht die allzu billige Selbsttäuschung einer Person, die den Hauptsachen auswich? Durch Berlin zu laufen und einen russischen Buchladen nicht mehr zielstrebig zu betreten, um nach dem gebrauchten Exemplar eines Titels zu fragen, sondern sich im Laden nach Titeln (und Farben!) umzusehen, nach Autorinnen, die sie einst gelesen oder die sie in Kowno hatte lesen wollen – lag darin nicht genau jenes studentische Tun und Treibenlassen, das sie sich immer versagt hatte, weil sie darauf herabblickte als ein mädchenhaftes Laster?

Sie kehrte mit zwei Romanen aus dem Buchladen ans Küchenfenster zurück und wusste schon, es war falsch, wusste schon, was als Nächstes geschah. Sie würde lesen und nichts verstehen. Sie las und verstand nichts. Das Leben war ein weißer Hefeteig, der sich zwischen den Zeilen bildete, dessen Luftblasen sich über die Buchstaben wölbten, Zenia entgegenquollen. Sie konnte noch nicht mal mehr lesen! Dabei liebte sie doch die Künste, für Zenia hatte es doch einmal nichts Schöneres gegeben, als von der Kunst berührt zu werden, in die Begeisterung für eine einzigartige künstlerische Umsetzung zu geraten! Mit Bach hatte sie es erlebt, zwischen einem Organisten und ihrer deutschen Amme auf der Empore, sie durfte sitzen und lauschen und war bewegt worden von einem Ort zum anderen. Mit Dostojewski, den sie mit Dima in Kowno las; es war, als würde der Romancier seine Figuren vor ihnen auf der Pritsche am offenen Herzen operieren. Im letzten Jahr waren ihr, womöglich als Gegenstimme zu Dostojewski, die Dinggedichte von Rilke einmal sehr nahe gegangen, da hatte sie es schon bekämpft. Sie hatte im Kolloquium einmal über den kleinen Rosen-Vers gesprochen, den Rilke seinem Grab hatte einschreiben lassen ... und jetzt tauchte ... von weither diese peinliche Zusammenkunft auf. Das erste Mal, das sie sein Büro aufgesucht hatte. Als sie von der Germanistik sprach, von der Literatur und vom Lesen. Und Zadek hatte das Gespräch ohne große Umschweife auf sein Elternhaus gelenkt und auf ihr Elternhaus. Er hatte gesagt, dass liberale Juden, die für ihre Kinder eine Karriere vorsahen und sie dafür sogar nach Berlin schickten, nicht unbedingt die Menschen waren, die großes Verständnis aufbrachten für künstlerische Versenkung, für Aneignung, für jene Art seelischer Bewegung, die eine gewisse Dauer in Anspruch nahm. Stets in Kindheit, Jugend und Adoleszenz, hatte Zadek gesagt, gab es ein Pensum zu erfüllen, um sich Stück für Stück den Kanon der bürgerlichen Bildung zu erschließen, und wer dabei Zeit verlor, der tat es auf Kosten der Assimilation ...

Habe ich recht, Frau Naujas? Nein, hatte er nicht. Wie lange hatte sie daran nicht gedacht! Sie schwärmte für Romane, weil sie ihr die Welt erweiterten, und sie meinte es ja ganz im psychologischen Sinne, und Zadek, der noch nichts von ihr wusste, hatte im Lesen bloß die Gegenreaktion auf eine strenge Erziehung vermutet ... also war es Zadek gewesen, der ihr das Lesen zum Laster machte? Was wusste er denn, der Deutsche, der preußische Jude! Was war denn eigentlich von einem zu erwarten, der so viel von sich sprach. Sie hätte gewarnt sein müssen. Warum behielt sie seine charmanten Dankesreden im Kopf, aber nicht seine Monologe, in denen er manchmal so anmaßend war.

Der russische Arbeiter stand in der Küche, und Zenia erschrak, weil sie ihn nicht hatte hereinkommen hören. Sie fühlte sich so heimisch, sie war schon verpflichtet, die Mittagssuppe zu bereiten. Beim Gemüseschnippeln überfiel sie das Nichts der letzten Stunden wie eine Lähmung. Wohin war nun der ganze Ehrgeiz entflohen? Oder war ihr Ehrgeiz immer nur der Wille zu einer Auseinandersetzung gewesen, also gar nicht auf ein wissenschaftliches Ziel ausgerichtet?

Jeden Tag kaufte sie zuerst die Zeitungen, wartete darauf, dass Dima ging und sie sich in die Küche setzen konnte. Eine Woche verlief so, die zweite Woche war schon halb vorbei, da trafen am Morgen vor dem Haus Dima und Helene aufeinander. Ihr blieb fast das Herz stehen: Ihr Mann kam aus dem Hauseingang und Helene wollte gerade auf der Etage klingeln. Das Gespräch zwischen den beiden dauerte keine zehn Sekunden, dann setzte sich Dima in Richtung Universität in Bewegung. Helene stand und sah sich um. Und trotz der weit ausgefalteten Zeitung musste sie Zenia erkannt haben, denn sie kam über die Straße gerannt.

»Zenia!«

Wegrennen kam nicht infrage.

»Was ist mit dir, dein Mann sagt, du bist schon los zum Schloss!«

»Bin ich auch. Aber dann wollte ich doch lieber die Zeitung lesen. Und da fiel mir gerade ein, ich muss noch zur Botschaft, mein Visum verlängern.«

»Da kann ich dir doch Gesellschaft leisten.«

»Sei so gut, Leni, heute noch nicht.«

Helene baute sich vor ihr auf, verschränkte die Arme. Sie würde nicht weichen.

»Ich bin doch deine Freundin. Du kannst mir nicht zehn Tage aus dem Weg gehen.«

»Dann setz dich mal zu mir, du Freundin.«

Und Zenia erzählte ihr etwas.

Zur Botschaft ging sie aber am Nachmittag allein. Sie wäre mit ihrem Visum erst vierzehn Tage später dran gewesen, und solche Zeit wurde nicht gutgeschrieben. Doch nun freute sich Zenia darauf, in der Reihe zu stehen, ohne Privileg unter den Arbeiterinnen zu sein. Das war eine schöne Einbildung. Denn was hatte Zenia zu befürchten mit ihrer Immatrikulation und der aktuellen Ausweis-Karte der Universität, in ihren neue Schuhen, mit ihren hundert Mark Monatswechsel von zu Haus? Ohne Privileg, von wegen!

Man stand bis draußen an. Und sie selbst stand in ihrer Scham wie in einem Gefäß. Immer kleinere Kleinigkeiten drängten sich auf, Laub, das aus dem letzten Jahr stammte und unter der Platane zu Laubstaub zerfiel, die beiden gelblichen Flecken auf dem Fischgratmantel vor ihr, zwei ferne Erdteile, die, wenn man sie herausgriff, vielleicht den Häuserputz an der Botschaft füllen konnten, dort unterhalb des Fensters, wo er herausgebröckelt war …

Als Zenia an der Reihe war, wurde sie von einer Gleichaltrigen in ein Bürozimmer geführt: blonde, hochgesteckte Zöpfe, der Typ Folkloretanz, der hier gefragt schien. Zenia spürte gleich das dumme Bedürfnis, hier jene junge Frau zu betrachten, die sie selbst nie hatte sein wollen. Aber ausgerechnet dieses Mädchen lächelte ihr zu. Es bestand gar kein Grund dazu. Dazu legte sie Zenia eine Hand auf den Unterarm, gütig, so als sei hier jemand aufgebracht und müsse beruhigt werden.

Draußen in der Wartereihe hätte Zenia es verstanden, wenn eine Arbeiterin ihre Nähe gesucht, um von ihrer kleinen bürgerlichen Seifenduft-Aura zu kosten. Hier drinnen war eine Berührung bloß ungehörig, ein Zeichen dafür, dass neben dem Mädchen auch das Land und die Botschaft jung und hilflos waren. Als Zenia dem Beamten ihren Hochschulausweis hinstreckte, verstärkte die fremde Hand noch einmal den Druck auf ihrem Arm.

Dies konnte nur geschehen, weil das Mädchen sich mitteilen wollte, weil es unter der Armut litt, die hier ein und aus ging, weil es sich womöglich einen Rollentausch vorstellte, Studentin sein wollte, eine Karriere vor sich sah ... nein, es waren Zenias Gedanken, sie war es, die den Arm nicht zurückzog, alles war plötzlich verkehrt. Warum nicht den Handel eingehen, dachte sie, konnte sie nicht alles, was sie tat, nur tun, weil Dima und ihre Eltern sie in der Bahn hielten, und hatte das Leben aller angestellten Mädchen nicht ungemeine Vorzüge, endlich eine Lohntüte und das Theater am Abend, die Tänze und Küsse ... würde sie die Universität je wieder betreten können ... und es stieg mit der unverhofften Berührung nun eine Wut und Nähe in ihr auf und legte sich auf alles, was sie im Raum fixieren konnte, die Zöpfe des Mädchens, die Manschetten des Beamten, die missratene lettische Landschaft in Öl, die hinter ihm hing. Die Hand des Mädchens war ein Wink, ein Liebesdienst, und war im gleichen Zuge ein gefährliches Insekt geworden, das sie kurz vor dem Stich ruckartig abzuschütteln hatte, aber als sie es endlich tat, war es zu spät und streckten sich aus den Wänden längst die anderen Hände ihr entgegen, Unheil stiftend, apotropäisch … Zadeks aufgelegte Hand, auch ihre eigenen Hände, die eingewilligt hatten, die Abwehr, die Zugkraft, der schwere Atem. Der Mund, so trocken. Stempeln Sie, so stempeln Sie doch, schrie ihre Seele, und sie riss dem Beamten den Pass aus der Hand und floh aus dem Raum.

Draußen schwemmte ein Platzregen die Straße, die Menschen warteten, die Hälfte ohne Schirm, und Zenia schluckte beim Anblick, als würde ihr die Warteschleife um den Hals gelegt. Der Regen machte Schluss mit ihrer Nebensächlichkeitsmaskerade. Kein Paket aus der Heimat und kein Roman am Küchenfenster und kein Stempel im Pass konnte die Gedanken dauerhaft forttragen von der einen Frage: Was machst du jetzt. Wo gehst du hin. Helene hatte auch keinen guten Ratschlag gehabt. Wann hatte es das schon gegeben, dass Helene nicht weiter wusste? Wie also würde Zadek agieren, wenn sie das nächste Mal aufeinandertrafen, welcher Abstand zwischen ihnen war gering genug, um ein Bild zu erhaschen, mit dem sich Klarheit oder wenigstens ein Fortschritt in der Unklarheit gewinnen ließ …

4

Karl wollte mit ihr ausgehen, und er tat auch was dafür, schrieb für einen Anwalt Briefe, für einen Professor die Korrespondenz, da konnte Helene ihm kaum vorenthalten, dass er ihr die große Stadt zeigen und auch seine Kommentare dazu loswerden wollte. Gerade vorhin war er ins Café geplatzt und hatte die Karten gezeigt. Heute Abend, die Akrobaten am Kanal. Oft genug ging sie ja auch ohne Billett los, nur auf gut Glück, und selbst wenn die Schlange lang war und doch alles beinah aussichtslos, so war man wenigstens an der frischen Luft gewesen und hatte einen Pfefferminz gelutscht. Heute also Varieté. Es war ihr recht, denn Karl selbst war nicht gerade ein toller Tänzer, zu flatterig.

Sie trafen sich vor dem Café, er besaß seit Kurzem einen schönen Pullover, Stehkragen und aus Merinowolle, und er duftete, nur etwas stark, nach Moschus. Helene hatte eine wahre Lust auf Bewegung und Unterhaken und rein in den Sonnenuntergang. Die bunten Lichter und was Perliges trinken. Und da fing er aber direkt mit Zenia an. Was denn passiert sei und ob sie jetzt abgetaucht wäre. Wie viel Helene darüber wüsste. Was sie denn nun machen wolle. Und noch drei Fragen mehr, so als hätte sie bei ausreichender Lust nicht gleich die erste Frage beantwortet.

Natürlich wusste sie mehr als er. Nur, wenn er den Abend schon so eröffnete, war es kein Wunder, dass Helene gleich wieder Karls Gezeter von der Institutsfeier im Kopf hatte.

Er war im Grunewald ganz absichtlich nach einem Tanz bei Helene stehen geblieben, hatte sich die Lippen geleckt und sich mächtig echauffiert, weil Zenia unter den Kiefernbäumen ihre Fragerunde durchführte. »Deine Freundin macht sich heute nicht beliebter.« Und als Helene ihm zu verstehen gab, dass sie keine Lust darauf hatte, seine Andeutungen zu vervollständigen, hatte er richtig losgelegt: »Erst zeigt sie beim Herrn Zadek an, wie schlecht es im Kolloquium ohne ihn läuft. Und dann spricht sie sich nicht mal mit uns ab, wenn sie gegen den Professor zu Felde zieht, und macht ihren kommunistischen Alleingang.«

Da hatte jemand laut aufgelacht – und es war nicht Helene. Sie hatte wohl die Tanzfläche, ob bewusst oder halbbewusst, in Dimas Richtung verlassen, weil sie vorher mit ihm im Gespräch gewesen war, und nun stand Dima neben ihnen und hatte jedes Wort gehört.

»Was lachen Sie denn, Mann?«

»Die Kombination aus Kommunismus und Alleingang, ganz herrlich. Ich dachte, gerade die Roten stehen dafür, die Dinge gemeinsam zu denken.«

»Sie haben uns hier nicht zu belauschen«, sagte Karl. Ganz erregt hatte er sie damals beiseitegezogen. »Hat ihr Alleingang denn ans Ziel geführt, Leni? Oder ist ihre Rede verflogen? Und würde sie wohl besser damit fahren, wenn sie sich Verbündete suchte, die ebenso an der Verjüngung der Psychologie interessiert sind?«

»Dich etwa?«

»Mich etwa nicht? Auch Emiljana. Herrn Claus. Bald mehr als das halbe Kolloquium.«

»Aber ihr habt doch an dem Abend alle den Schnabel nicht aufbekommen.«

»Das heißt nicht, dass wir feige sind.«

»Ach nein?«

»Wir wollen das Fach gemeinsam voranbringen. Zadek sagt es im Kolloquium so oft, als hätten wir einen Eid darauf zu schwören. Gemeinsam. Und doch arbeitet Zenia auf eige–«

»Sie arbeitet immerhin. Sieh sie dir doch an, sie *muss* das tun.«

Und tatsächlich hatte ihr Streit hier abrupt geendet, indem sie auf Zenia starrten und gemeinsam beobachteten, mit welchem Eifer sie die Linien zwischen ihren Versuchspersonen zog, immer mit dieser lächerlichen Stoppuhr in der Hand. Niemand sagte mehr ein Wort. Aber sie war sich sicher, Karl war eifersüchtig auf Helenes Zusammenarbeit mit Zenia.

Mehr noch. Sie nahm ihnen allen die Freundin weg. So weit war es gekommen.

Sie hatte ihn dann zum Tanzen aufgefordert, und es wurde der bislang einzige Tanz, den Karl abgelehnt hatte. Also hatte sie weiter dagestanden und Zenia beobachtet und Karl war baden gegangen, und jetzt gingen sie gerade am Märkischen Museum entlang in Richtung Süden. Sie ärgerte sich an beidem. Dass er nachfragte und mutmaßte und so skeptisch war. Und dass sie gereizt war, aber doch nur vorsichtig antwortete, ausweichend, misstrauisch. Verstimmt kam vor verstummt. Da blieb Karl stehen und zeigte in den Himmel.

»Siehst du den Stern, Leni?«

»Nein.«

»Er ist nur sehr schwach zu sehen.«

Er ging weiter und sagte dabei:

»Das ist der schlechte Stern, unter dem der Abend jetzt schon steht. Lass uns bitte Frieden schließen, indem du mir einfach nur sagst, warum Zenia vierzehn Tage nirgendwo zu sehen ist.«

»Was geht es dich an? Und warum sollte ich dir trauen?«

»Trauen? Na, vielleicht weil du mit mir ausgehst.«

»Es klingt immer, als sei ich dir nicht genug.«

Das stellte ihn eine Weile ruhig, da dachte er mal über seinen Drang nach, alles wissen zu müssen. Es war schon enorm, dass Karl glaubte, der Puppenspieler zu sein, in dessen Handfläche die Fäden des Kolloquiums zusammenliefen. Im nächsten Moment zog er Leni an sich und küsste sie auf den Mund. Damit war die Sache erst mal überstanden, auch wenn sie ihren eigenen Blick nicht mochte, es war dieser etwas mitleidige, vielleicht sogar abschätzige Ach-Gottchen-Blick, den die Männer im Café aufsetzten, wenn sie mit Helene ins Gespräch kommen wollten und dann darauf zu reagieren hatten, dass sie sich mit ihrem bisschen Leben zufrieden gab.

Auf der Köpenicker fiel ihnen die rote Sonne in den Nacken und ihre Beine warfen lange Schatten, die man kreuzen konnte. Sie versuchten Tanzschritte, untergehakt, Helene war jetzt erleichtert. Sie hatte die Klappe gehalten, obwohl die Sache mit Zadek und Zenia schon ein dickes Ei war. Hatte Zenia sie eigentlich darum gebeten? Na, da kam man wohl gerade noch selbst drauf, dass es sich nicht gehörte, die Freundin zu verraten. Was da alles dranhing.

Es war nur schade, dass sie sich so gar nicht einig geworden waren. Sie hatte Zenia dringend dazu geraten, Zadek aufzusuchen, ihn zu konfrontieren. Sie hatte gesagt, sie würde auch mitgehen, wenn es nötig sei.

Zenia hielt sie für verrückt, an all das auch nur zu denken.

Und Karl lenkte sie ab mit einer Geschichte. Er habe dies in der Universität aufgeschnappt, aber sie glaubte ihm nicht, denn Geschichten legt sich ein jeder zurecht, sonst wären es ja keine Geschichten. Es ging um einen Mann, der – irgendwo weit östlich von Berlin – beladen zum Bahnhof eilt, weil er den letzten Zug bekommen muss. Sein Leben steht auf dem Spiel. Sagen wir, sagte Karl, ein Zarist, der vor den Bolschewiken türmt. Die Treppen am Bahnhof sind vereist, die Gleise auch. Er hat seinen Mantel nicht einmal mehr schließen können, der Schal weht ihm um den Hals, und die Handschuhe hält er in einer Hand zusammen mit dem Griff des kleineren Koffers fest, in der anderen Hand trägt er noch den großen Koffer und dann auch ein Paket, notdürftig auf den Rücken geschnallt. Er kommt rechtzeitig, aber da wird die Lokomotive schon geheizt und stößt Dampf aus, jeden Augenblick wird sie fahren. Als er ausrutscht, verliert er, ohne es zu bemerken, einen Handschuh. Er eilt weiter, von Panik ergriffen, so als seien bellende Hunde hinter ihm her – und sind es vielleicht sogar – und steigt hinauf in den Zug. Große Erleichterung. Der Mann findet sogar ein leeres Abteil, aber als er sein Gepäck verstauen will, bemerkt er den Verlust und dass er nur noch einen Handschuh bei sich hat. Der Zug rollt bereits an.

Karl verengte die Augen. »Da bedenkt er für einige Sekunden die Situation«, sagte er, »und handelt dann danach. Wie handelt er, Helene?«

Sie war ganz gefangen von der Dramatik, aber sie wusste es nicht. »Hoffentlich tut er sich nichts an.«

Karl lachte.

»Nein, indem er sich erhebt, das Fenster öffnet und seinen verbliebenen Handschuh auf den Bahnsteig fallen lässt.«

Helene dachte darüber nach. Und weil Karl sich vorgenommen hatte, nichts zu erklären, auch wenn es ihm mächtig schwerfiel und er sich richtig auf die Lippen biss, deshalb gingen sie schweigend bis vor das kleine Theater, und Helene merkte nur, sie mochte die Handschuhgeschichte, wegen der Hilfsbereitschaft, und sie fand es doll, dass so viele Fahrräder am Kanalgeländer angeschlossen waren. Kein einzelner Reifen, den einer durch die Straßen trug, konnte je so bequem sein wie zwei Räder, die durch einen Rahmen mit Sattel verbunden waren.

Das Varieté hielt, was sie sich darunter versprochen hatte: hohe Trapeze, bloß ein einziger Absturz ins Netz. Ein Jongleur, der sich zum Clown machte, indem er alles hochwarf, was er aus dem Publikum entführen konnte. Vor allem mit Hüten hatte er geübt. Die Nummer der drei Schlangenmenschen gefiel Helene am besten, weil sie ihr am nächsten war und sie dabei dachte: Wär ich drangeblieben mit dem Turnen, wer weiß, wie weit ich, wohin es mich usw.

Karl ließ sich nicht lumpen, er wollte Versöhnung und bestellte eine ganze Flasche Weißen. Und rauchte eine nach der anderen, nur weil die Bankiers drumherum es vormachten. Na, sollte er, auf Manieren kam es nicht an. Er war kein schlechter Mensch. Und wenn doch, dann war sie auch schlecht. Helene lehnte sich an. Von den Studenten war Karl der beste. Keine Schnöseleien. Einfach und gerade heraus. Sie mochte sein Haar. Auch seinen scharfen Duft mochte sie lieber als andere scharfe Düfte, die durchs Theater waberten. Sie mochte es auch, wenn er sich aufregte. Wenn er selbst den Eigensinn versprühte, den er an Zenia so kritisierte. Das war auch so blöd, dass er immer noch dachte, sie nähme ihm den Auftritt im Grunewald übel. Das Gegenteil war der Fall. Sie war niemals nachtragend gewesen, dafür hatte man in der Schule schon keine Zeit gehabt, im Café noch weniger. Wo sie doch ständig beleidigt wurde und es sollten noch Komplimente sein. Den einen setzte man vor die Tür, rieb sich die Hände und dachte an Abreibung, und schon ging's drinnen weiter mit der Dienstleistung. Hatte sie doch wirklich letzte Woche gemacht. Einem Fatzke die Jacke vor die Tür geschmissen und »Macht eins fuffzig«. Und hatte er gezahlt und sie dabei beschimpft und war gegangen. Aber hatte man nur eine Minute Zeit, sich etwas darauf einzubilden? Man müsste die Stadt ja dichtmachen ohne die exaltierten Gestalten. Jedenfalls, die Wut stand ihm gut. Wenn es nach Helene ging, durfte Karl vom ganzen Wesen zupackender sein. Aufdringlich genug war er ja. Aber zuvorderst kam eben für ihn die Strebsamkeit. Er war ja nicht bloß Seelenpsychologe, er fuhr ja auf zwei Gleisen, baute noch mit Benno an seinen Apparaten für die Akustik herum, sie hatten das halbe Schloss vollgestellt mit ihren Trichtern und Transformatoren. Helene hatte ihnen sogar den Ludewig vermittelt, ein Experiment einzurichten. Aber was hieß das alles? Je größer der Ehrgeiz, desto größer die Instrumente, dachte sie manchmal, aber es stimmte ja nicht, Karl war sehr fürs Genaue, nicht fürs Übertriebene, er war sogar für den Ausgleich und dass man noch im Bett, bevor man die Augen zuklappte, einmal an den kranken Nachbarn dachte. Einmal hatte er ihr eine Lobrede aufs Parlament gehalten, also bitte. Andererseits, wenn ein kluger junger Mann, der es aus einfachem Elternhause bis an die Universität geschafft hatte, nicht fürs Parlament war, wer sollte dann noch dafür sein …

Zwei oder drei Nummern waren ganz an ihr vorbeigezogen, nur weil immer irgendwas zum Glück fehlte, und irgendwas fehlte auch dem Varieté. Auf der Bühne hüpften Glühwürmchenkostüme herum, mit solchen Schirmchen in der Hand, wie man sie auf die Eisbecher steckte, und hatten aus Helenes Entfernung auch dieselbe Größe. Der Clown hatte eine Nummer am Holmenbarren, wo er die Beine waagrecht hielt und tat dann so, als könnte er sie nicht mehr fortbewegen. Es war ganz lustig, aber dann die gleiche Masche in anderer Position, da hatte man sich schon sattgesehen an seiner Versteinerung. Es sollte sich gegen das Militärische richten, seine Beine widersetzten sich den Befehlen, daher machte er es noch fünfmal. Am Ende nochmals Trommelwirbel. Ein Balanceakt in sieben Metern Höhe. Es war das Mädchen, dass vorher schon einmal gestürzt war, daher fieberte Helene besonders mit, hielt sich sogar an Karl fest. Links ging's hinunter, rechts ging's hinunter. Das Hochseil war von innen beleuchtet. Es war schön anzusehen. Es war der Höhepunkt. Es gelang.

Drei Vorhänge und noch Applaus im Stehen. Sie kamen gar nicht aus dem Theater heraus oder nur sehr langsam. Einmal wurden sie zwei Meter zurückgedrückt, und da sagte Karl, draußen sei was los. Als sie an den Türen waren, hörte Helene Rufe und Sprechchöre, aber wie im Strandbad durcheinander, ganz unverständlich. Rechts auf der Britzer Straße war tatsächlich Polizei und schien so, als drängte sie auf die Varietégäste zu. Es gab, wenn man sich streckte, ein paar Polizisten, die das Ufer absuchten. Mit Hunden. Und dann musste von der anderen Seite, von Ecke Lausitzer auch eine Bewegung losgegangen sein, wurde also ein Megaphon hochgerissen und die Polizei warnte und forderte, dass man verschwand. Pfiffe aus Trillerpfeifen. *Ick komm ausm Theater,* hörte sie einen rufen, *wat drohen Sie mir denn?* Karl führte auch ein Gespräch, in Sichtweite, und kam denn zu ihr und wollte sich verabschieden.

»Nun bitte ich dich, das kann doch nicht ...« »Ich muss nach hinten und helfen, da ist ein Freund dabei.« »Kavalier.« »Ich erzähl dir alles.« »Was denn alles? Du weißt doch jar nischt von jar nischt.« Er winkte ab und als Nächstes pfiff er schon auf Fingern gegen die Polizei. Was wollte er ihr wieder beweisen? Sie stand noch im Vorgarten des Theaters, die Arme angelegt, sie ließ die Verschiebungen um sich herum geschehen, dreihundert Männer rissen alle das Maul auf, und sie spielte einsam und allein die Rolle der stehen gelassenen Dame, die ihrem Verehrer grollt. So ratlos war Helene plötzlich, dass sie wirklich Gesten und Gesichter durchprobierte, die sie aus Filmen kannte, und erst nach und nach ging ihr auf, dass sie mehr mit sich selbst grollte, darüber, dass Karl sich der letzten Einschätzung widersetzte, die sie sich von ihm angefertigt hatte. Wo war es hin, sein ausgleichendes demokratisches Wesen? Der Wüterich aus dem Grunewald hatte die Oberhand gewonnen, sich einfach ins Pulk der Arbeiter gestürzt, die sich hinter Kübeln und irgendwelchem aufgestockten Müll verschanzten. Eine Barrikade, dachte Helene, sie kannte das Wort bloß noch aus Zadeks psychologischer Forschung, da flog ein Stein oder ein Kohlebrikett, und rechts wieder Megaphon. *Stellen Sie sofort das Werfen von Gegenständen ein*. Nein, Zadeks Wort hieß gar nicht Barrikade, sondern Barriere. Und sie sah auch die Ringe und Kreuze und Pfeile und Schalen, die Zadek auf die Tafel zeichnete und die sie so gerne ins Heft kopierte, um sie zu Hause zu studieren. Sie verstand schon viel mehr von seinen Zeichnungen. Und jetzt auch den Unterschied zwischen Universität und Straße, dachte sie, denn es war zufällig genau dieser Unterschied zwischen Barriere und Barrikade. Seit der Ansage, das Schmeißen sein zu lassen, flogen nur noch mehr Steine. Männer, die sich nichts sagen ließen. Immer schön über den Dingen stehen. Helene war die Männer eigentlich leid. Die eine kriegt ein Kind, das sie nie haben wollte, die andere fliegt aus dem Büro, weil sie einen Husten hat. Frau Lagerbäck soll keine Zweitverdienerin sein. Richards Mutter stürmt mit Regenschirmspitze voran ins Café und fordert von Helene, dass sie endlich ihren verlorenen Sohn herausgibt. Und Zeni wird angefasst. Allen allen allen wird ein Unrecht getan.

Und wer wirft die Steine? Männer.

Eben noch hatte sie angeschaut, wie einer Hüte in die Höhe warf und auffing und versuchte, die Zuschauer am wenigen Leben zu erfreuen.

Die Polizei sperrte das Ufer ab, in Richtung Kottbusser Tor ging es nicht, ein paar versuchten es doch, warfen sich den Beamten einfach wehrlos in die Arme. Ein Betrunkener hielt eine Flasche hoch und bekam sie aus der Hand geschlagen. Und nun ging die Polizei zum Angriff auf die Holzpaletten über, die auch zu schäbig und niedrig waren, um den Abend zu überleben. Ein Schuss ging in die Luft! Ach nein, nein, und geknüppelt wurde, und dann spritzten hinten die ersten Arbeiter weg, die es mit der Angst bekamen, und wer blieb, das war Helenes Einschätzung vom Rande, war schon fast in der Unterzahl. In dieser Minute war die Welt in drei Teile geteilt, sie gehörte zu den Zuschauerinnen, es fehlte bloß noch die Tribüne und der Tennisball. Oder Ringe, sie sollten doch Ringe werfen. Ein einzelner Stein flog noch in hohem Bogen und klatschte aufs Pflaster, trudelte aus. Überall um Helene herum schmiegten sich die Frauen in den Trenchcoat ihrer Gatten, und es waren auch einige Paare dabei, die nicht schnell genug wegkamen, eher nervös die Blicke als angstvoll, hatten bloß das Dunkel des Theatersaals gewollt und keine Öffentlichkeit. Aber es war bald geschafft. Sechs oder acht Arbeiter hatten Knüppelwunden und wurden ans Wasser geschleift und notdürftig versorgt, mit einem Tröpfchen Landwehrkanal, und denn ab in die Untersuchungshaft. Notarzt fuhr nicht vor.

Am Ende, als die Straße freigegeben war, und es lagen da Holz und Müll, in einem Korb brannten Lumpen aus, erst da musste Helene an den Abend denken, an dem sie durch die Schüsse der Revolution gelaufen war, ohne so recht von den Kämpfen zu wissen, und war bei Antonia Westlind und ihren Eltern untergeschlüpft wie ein kleines Kind. Wie viele Jahre war das her! Und auch die Revolution. Und sie war kaum zwei Straßen weiter gekommen, immer im Alten Berlin geblieben, C2. Die paar Steine hier würden nicht mal in der Zeitung auftauchen. Wobei, in manchen Zeitungen schon, in den anderen nicht. Und damit ging der Unsinn schon los, dass die Berliner sich nicht auf eine Wahrheit einigen konnten, wenn es um Angriff und Verteidigung ging.

Sie fand Karl nicht mehr. Was seltsam war und im Grunde nur bedeuten konnte, dass er zu den Verletzten oder Verhafteten gehörte. Wäre er geflüchtet, vernünftigerweise, dann hatte sie ihm nun genug Zeit gegeben, aus dem Versteck aufzutauchen, denn sie schlenderte lange noch vor dem Theater auf und ab, dann am Kanal, bis es ihr endlich genug war und sie in eine der kleinen Straßen nach Norden einbog, dem Görlitzer Bahnhof zu. Schlendern war kein Spaß, weil es wiederum die Männer reizte, Helene wurde gleich angesprochen. War eine Frau denn ein Taxi, das nur entweder besetzt sein konnte oder frei, um besetzt zu werden? Bald aus jeder Tordurchfahrt bellte ein Straßenköter mit Schiebermütze oder es pfiff 'ne graue Taube durch die Zahnlücken.

Sie ging schneller, ging auf nichts ein. Aber im Kopf drehten sich die Gedanken, Gefühle. Karl war eifersüchtig auf sie, weil sie sich so gut mit Zenia verstand. Helene fühlte nicht genug für Karl. Sie spürte ein Gereiztsein gegen Zadek. Sie fand es aber nicht bloß ungehörig, dass er Zenia geküsst hatte, sie fand es auch mutig, in seiner Stellung! War sie auch eifersüchtig? Na, für das Gefühl musste sie sich einmal mehr Zeit nehmen. Erst mal wich sie vor einem Männerpulk aus, musste dafür um die Ecke biegen, verlor die Orientierung. Und sah plötzlich hinein in eine Stimmung, die sofort in ihre Füße hineinwirkte. Auf einem Hof stand ein südländischer Mann in Unterhemd und Hosenträgern und schüttelte Cocktails. Er war umringt. Junge Frauen und Männer streckten ihm schlangengleich ihre Arme entgegen. Dabei passte die Musik gar nicht zu seiner Erscheinung. Ein Akkordeon spielte, osteuropäisch, getragen. Der Musiker war aber deutsch, Stumpen im Maul, Melone aufm Kopp. Helene betrat den Hof unbemerkt, weil im gleichen Augenblick ein Klarinettist gegenüber aus dem Haus kam und lauthals begrüßt wurde. Er reckte sein Instrument in die Höhe, nickte dem Dicken am Akkordeon zu und stieg ins Lied ein. Dabei wippte er von Bein zu Bein und wollte schließlich auf die Lehne eines ausrangierten Sofas steigen; beim ersten Schritt wurde sein Bein in den Sitzbezug hinabgezogen wie in einen Sumpf. Man reichte ihm zum Trost einen Gin Fizz, den kannte sie.

Und kurz danach entdeckte sie im Hof auch das Mädchen, das unter der Strickjacke ein hochschließendes Kostüm trug. Das musste das Trapezmädchen sein, der Hof führte zum Hintereingang des Varietétheaters. Helene ging auf die Artistin zu. Sie hatte einen schweren Akzent, polnisch wohl. Helene konnte nur ein klein wenig Russisch, das ihr Dima beigebracht hatte. Wie man hieß, was man tat. Kellnerin hieß Официантка. Und »Я изучаю психологию« hieß »Ich studiere Psychologie«, was aber überhaupt nicht stimmte, denn dafür hätte sie eingeschrieben sein müssen. Vielleicht nickte das Mädchen deshalb so reserviert. Sie hieß Ivanka. Beider Sprachen reichten zusammen nicht für eine Unterhaltung aus; Helene hatte eben im Theater zugeschaut, so viel wurde immerhin verständlich, nur leitete das Mädchen daraus ab, dass ihr Gast gar nicht für die Musik oder für ein Getränk auf den Hof gekommen sei, stattdessen verabschiedete sie sich kurz und kam dann mit ihrer Autogrammkarte aus dem Theater zurück, die bereits unterschrieben war und die sie stolz überreichte.

Sie standen eine Weile, Helene zeigte eine Turnübung, Iwanka applaudierte. Helene sah hinauf in den Himmel, machte dazu uiuiuiui, als sähe sie die Andere dort immer noch fliegen. Und endlich ließen sie den Quatsch und tanzten. Helene erkannte nun auch den Clown wieder, der sich bloß notdürftig abgeschminkt hatte. Aus dem Nachbarhof flog eine leere Flasche, als Protest gegen die Lautstärke, da ging es aber schon auf Mitternacht zu.

Auf dem Heimweg stolperte sie, weil sie die Autogrammkarte ansah, über eine Gehwegplatte, aber sie fing sich vor dem Sturz, und wie musste Helene da lachen über ihre eigene Akrobatik. Ein schöner Abend. Vielleicht ein Rezept für die Zukunft. Mit den Männern loszugehen und sich mittendrin von ihnen zu verabschieden, um was zu erleben. Als über ihr ein Licht ausging, kam sie sich vor wie der erste Mensch, der die Fenster für die Augen der Häuser hielt.

5

Zenia spürte, dass sie nur immer stärker in die Defensive geriet, je länger sie fernblieb. Sie suchte auch nach einem Halt in der Vergangenheit. Nach einem Ich, das vor dem Grunewald stand, das die Institutsfeier abgesagt hatte, ein Ich, an welches sie anschließen konnte, ohne in diese Sprachlosigkeit verfallen zu müssen.

Einmal wurde ihr, es war in den Abendstunden, in einer schrecklichen Schärfe bewusst, wie nahe verwandt das unausgesprochene Wort mit der unerledigten Handlung war, und sie fand es ungeheuer grotesk, unter ihrer eigenen Entdeckung zu leiden.

Helene hatte schon recht: Sie schob hier ein Gespräch auf, schob es wie ein schweres Möbel vor sich her, und die Tage waren lang. In der dritten Woche ließ Zenia noch einmal das Kolloquium sausen, umwanderte stattdessen Schlachtensee und Krumme Lanke. Die frische Luft tat ihren Nerven gut, sie war immerhin in der Lage, einen Plan zu fassen. Sie würde in die Universität gehen, zwei Vorlesungen wenigstens aus den hinteren Reihen zuhören, eine von Rauch, eine von Zadek.

Als Letzte den Saal betretend, setzte sie sich nahe zur Tür, und sobald sich jemand zu ihr zurückdrehte, griff sich Zenia an den Hals: Bronchialkatarrh, schwerer Verlauf, sie könne noch immer nicht sprechen. Schon während des Epilogs der Professoren, bevor Helene oder Emiljana zu ihr treten konnten, huschte sie hinaus und die Treppen hinab. Die katzenhafte

Art, mit der sie selbst verschwand, war genau diejenige, die Zadek an sich hatte, wenn er verspätet ins Kolloquium schlich.

Es gab aber einen kleinen Widerhaken. Zadek hatte seine Vorlesung mit einem Auftrag beendet. Alle sollten ins Kino gehen und sich eine Filmkomödie ansehen. Er hatte dazu die Institutskasse aufs Pult gestellt, bedürftigen Studentinnen wurde ein Zuschuss gewährt.

Zenia hastete Richtung Lustgarten davon und dachte an seine Aufträge, Zadek hatte im Grunde schon immer Aufträge verteilt. Als Anfängerin war sie mehrfach von ihm ins Museum geschickt worden, sich bestimmte Kunstwerke anzusehen, Bilder, in denen kommunikative Spannung dargestellt wurde. Im Seminar hatten sie sich dann an Bildbeschreibungen geübt. Über die Hoffräulein von Velázquez hatte Emiljana gesprochen, und sie selbst über den Vermeer, der drüben im Kaiser-Friedrich-Museum hing.

Man sah auf dem Bild eine Frau trinken. Was ja Mitte des 17. Jahrhunderts schon etwas Unerhörtes war. Aber diese hielt ihr Glas waagrecht an den Mund und hatte den Wein bis zur Neige ausgetrunken. Das tat eine Dame aber doch nicht. Diese tat es trotzdem. Um innezuhalten, nachzudenken? Zenia ging über den Lustgarten hinaus auf der Insel, bis das Museum selbst zum Vorschein kam, da war auch die Diskussion wieder ganz präsent. Als sei nicht das Bild, sondern ihr Gespräch aus dem Kolloquium im Gebäude aufbewahrt. Die Frau, hatte sie damals behauptet, nutzte den Moment aus, in welchem sie den Blick des Verehrers scheuen konnte. Und er hatte schon die Hand an der Flasche, um nachzufüllen, sie betrunken zu machen.

Sie musste stehen bleiben, so schnell ging ihr Atem. War das Leben immer so schrecklich zu einem, wenn man Kummer hatte? Wurde dann jedes Bild lebendig und magisch? Alles passte in den Kummer hinein. Sie hatte solche Sehnsucht nach dem Austausch im Kolloquium und konnte doch kaum atmen, wenn sie an das Gemälde dachte. Sie wusste alles, was sie geredet hatten. Über den weiblichen Blick, der die Vergangenheit streifte. Vermeers Dame hatte wohl Unterricht gehabt bei ihrem Mundschenk, auf Tisch und Stuhl lagen noch Noten und ein Saiteninstrument, aber ihr Blick führte über diesen Unterricht hinaus, in die Zukunft, die als Wappenzeichen ins Fenster graviert stand.

Darauf mahnte *constantia* die Mäßigung an.

Das war doch alles kein Zufall.

Nach links vorne war der Raum offen zur Flucht.

Das war doch alles kein ... –

Da waren doch dann die Bestellungen gekommen und eine von Zadeks Zusammenfassungen, die man immer so genau verfolgen musste, um herauszuhören, ob er Kritik übte, ob sich etwas darin verbarg, das man selbst vergessen hatte zu erwähnen. Zeit und Raum sind zwei Ordnungen, die einander durchdringen, sagte er. Vergessen Sie nur nicht, Frau Naujas, dass die Dame im Augenwinkel auch des Mundschenks Hand an der Flasche sieht. Dort am Motiv ist die höchste Spannung. *Denn was gibt es Schöneres als eine Gefahr, die gleichzeitig Verlockung ist, nicht wahr?*

Sie lachte auf, unter dem kaiserlichen Pferd stand sie, mitten auf der Monbijoubrücke und schüttelte den Kopf. Eine Illusion. Eine Spiegelung im Wasser. Wahrscheinlich hatte er gesagt: *Dort, am Motiv, liegt eine typische Plus-Minus-Valenz vor.*

Der Mann gibt.

Und sie kann nur nehmen.

Oder ablehnen.

»Hab ich recht, Frau Naujas?«

»Darf ich Ihnen denn noch grünen Tee nachschenken?«, fragte sie den Professor und hatte die Lacher auf ihrer Seite.

Und schüttelte wieder den Kopf.

Nein, das konnte nicht wahr sein. Zu frech. Obwohl sie manchmal frech war. Die Erinnerung war voller Lügen.

⁘

Nun also ins Kino. Na, bestimmt nicht. Das Fenster zum Hof reichte ihr aus. Immer kehrte sie gern nach Hause ans Küchenfenster zurück. Am Morgen schlief sie länger als üblich, am nächsten auch. »Komisch, dass ich gar nichts mehr wegräumen muss, wenn ich mich an unser Tischchen setze«, sagte Dima. Sie hatte immer noch nicht mit Dima gesprochen. Ja, log Zenia, sie trete etwas kürzer, denn sie sei gescholten worden für ihr schnelles Wesen, sie enteile nicht nur den anderen, sondern auch dem eigenen Verstand.

Es klang überzeugend. Dima lachte, küsste sie auf die Stirn und fragte nicht nach.

Ihr Puls beruhigte sich kaum. Auf der Fensterbank lag immer ein Buch, das sie wieder von vorne beginnen konnte, wenn sie vergessen hatte, wovon es handelte. Sie schämte sich schon ihrer mangelnden Konzentration. Einmal fuhr sie wieder in Richtung Universität, aber am Hausvogteiplatz konnte sie nicht mehr weiter und setzte sich bloß auf eine Bank, beobachtete Geschäfte und Geschäftigkeit, bis sie darunter einschlief. »Ihren Ausweis«, sagte da der Schlagstock eines blauen Schupos und der Ekel war sofort spürbar, so ein Gummiknüppel war doch … wie ein toter Finger im Handschuh, der ihr auf die Schulter tippte. Zenia war nur zur Seite gefallen, nicht von der Bank hinab wie drei Wochen zuvor im Tiergarten. »Ihren Ausweis, bitte«, wiederholt er von oben. Vor ihr die breiten, gebügelten Beine. »Geboren Dünaburg, wo ist Dünaburg?« Sie blinzelte ins Licht und hatte keine

Worte. »Berliner Adresse stimmt aber trotzdem noch, ja?« Die blaue Uniform wurde schwarz vor ihren Augen. »Einer Tätigkeit kommen Sie nach?« Natürlich ging sie ... »ich studiere ja dort drüben im Schloss.« »Dann hätte ich da gern noch ...« »Ja, seien Sie nur froh, dass Sie an mich geraten sind.« »Eine Ausweis-Karte der Universität, sieh an!« »Na, alles prima. Dann weiter gutes Studieren, Frau Naujas.« »Und wenn der Kopf mal schwer wird, halten Sie sich fortan gerade, zumal im öffentlichen Raum.«

Den Samstagabend verbrachten sie in der kleinen Küche zu sechst, sogar der Vermieter tauchte auf, um der Russin zum Geburtstag zu gratulieren, verschwand aber schnell wieder, weil Juden im Raum waren. Jedenfalls machte Dima einen Scherz in diese Richtung. Er hatte eine seiner sagenhaften Fischsuppen gekocht. Zenia vermisste Helene, schon weil Helene die Suppen von Dima so feiern konnte. Von dem Wodka hieß es, die Flaschen seien über Bahnhof Wannsee geschmuggelt.

Es fühlte sich falsch an, weiter vor Dima zu schweigen. Aber am Sonntagabend sagte sie ihm nicht einmal, dass es ihr Professor gewesen war, der den Kinofilm ausgesucht hatte. Vor dem Kino standen einige Kommilitonen, aus ihrem Kolloquium glücklicherweise nur Vera. Sie nickten einander zu, Dimas Anwesenheit schützte Zenia vor Gesprächen.

Der Film: Jimmie muss bis sieben Uhr abends eine Braut finden, denn nur an diesem Tag und nur als verheirateter Mann kann er das reiche Erbe seines Großvaters antreten. Bei seiner angebeteten Mary blitzt er ab, und auch bei allen weiteren Frauen. Bis sein Geschäftspartner eine Annonce im Mittagsblatt platziert – und Jimmie so ehrlich wie öffentlich als millionenschwere Partie anpreist. Kein Wunder, dass die Kirche zum Jahrmarkt wird. Von überallher strömen Frauen herbei, die Jimmie heiraten wollen. Er kann ihnen nur auf allen vieren entkommen. Was als Jagd auf eine Braut begonnen hat, kippt im Schlussdrittel zur Jagd der Bräute auf den möglichen Bräutigam.

Der Film war ein Glücksgriff, Zenia klammerte sich an Dimas Arm und lachte sehr über die Verfolgung. Eben noch war sie auf Parkbänken zusammengesackt und im russischen Roman, eben noch hatte sie mit Vermeers Dame ins Glas geschaut und nichts gesehen als die eigene Starre, aber es war doch diese Geschwindigkeitskunst aus Amerika, die ihr eigentlich entsprach, die sie sofort durchpulste. Warum war der Kerl auf der Leinwand so lustig, wenn er lief? Umtost von Welt und so diszipliniert, so rasend schnell dabei, er flog beinahe, aber mit äußerster Zurückhaltung in den Gliedern. Und die ganze Welt um ihn herum wirkte immer komischer und exorbitanter, weil sein Körper sie nicht kommentierte. Er blieb auf der anderen Seite – allein, laufend, flüchtend vor den weiß gewandeten Frauen. Die überall waren. Die ihn jagten. Er lief und er durfte nicht lachen, es hätte den Zauber gelöst.

Aber Zenia lachte. Sie wippte. Sie kniff Dima in die Hüfte, stampfte mit den Füßen auf, hielt sich die Hand vor den Mund. Jimmie lief und lief. Einen Abhang hinunter. Er wich aus. Steinbrocken aus Pappmaché. Ruhe, Durchatmen, und weiter. Und Zenia konnte nicht warten, es lief noch der Abspann, da zog sie ihren Mann aus den Polstern, küsste ihn, zog ihn aus der Reihe und vors Kino, die Bewegung hob und durchlief ihren Körper in kleinen Stößen und sie wurde ins Loslaufen gestoßen, sie übersprang die Schatten der Laternenpfähle wie Hürden, sie riss die Hürden, Dima schloss zu ihr auf, sie lachte Tränen, die Schönhauser Allee hinab und hinunter bis zum Bülowplatz, sie juchzte dabei vor Erregung.

Aus der Volksbühne strömten Menschen, ansonsten wäre sie weitergelaufen. Zenia legte die Hände aufs Gesicht, von dort auf die Knie. Dima setzte sich auf den Asphalt, sie fiel ihm in den Schoß. Sie zog seinen Kopf zu sich herab, küsste ihn lange, damit er wusste, sie war nicht vor ihm weggelaufen. Er hatte keine Angst gehabt.

Und endlich gab es wieder eine Veranstaltung, die sie erleben wollte. Die Vorlesung, bei der Zadek über den Film von Buster Keaton sprechen würde. Natürlich machte man sich mittlerweile Sorgen um sie, die Blicke flogen Zenia zu, und sie griff sich wieder an den Hals, oder sie versuchte schüchtern nickend die Grüße zu erwidern, Beruhigung zu stiften. Helene, die einige Reihen vor ihr saß, winkte sie zu, als habe sie nie gefehlt.

Es wurde eine chaotische Stunde. Zenia hielt sich zurück, obschon sie Lust hatte zu fragen, ob auch andere das Bedürfnis gehabt hatten, nach dem Film auf die Straße zu rennen. Einige Kommilitonen wirkten, als hätten sie es nur anstandshalber unterlassen, nun aber sei der innere Druck zu groß, weshalb wenigstens die Sprache aus ihnen herausplatzen musste. Immer wieder wurde Zadek gestört, aber weil er es gelassen nahm, ergab die Stunde beinahe eine eigene Filmkomödie.

Gleich zu Beginn schichteten sich die Stimmen im Streit. Einige Frauen hatten den emanzipatorischen Gestus des Films betont, da rief Herr Claus, die hundert oder zweihundert Bräute, die Jimmie wegen seines Erbes nachliefen, seien bloß in Handtücher und Bettlaken gehüllte Bauernweiber. Emiljana rief zurück: »Die Bauernweiber haben sich ja selbst ermächtigt und alle Männer überrannt, sie reißen den Tramfahrer und den Kranführer aus den Kabinen und übernehmen überall das Kommando.« »Ohne Kompetenz am Schaltpult, versteht sich.« Karl Halstenbergs Stimme. Zenia wusste nie, wann er es ernst meinte und wann er bloß Helene imponieren wollte.

Eine Zeit lang ging es hin und her zwischen den Fürsprechern der Bräute und des Bräutigams, bis Zadek in aller Ruhe seine Brille abnahm und sie putzte. Ein sicheres Zeichen dafür, dass er dazwischengehen würde. Er sprach noch mit der Brille in der Hand:

»Ich wollte die Verfolgungsjagd unter einem eher formalen Aspekt mit Ihnen betrachten. Ihnen bewusst machen, aus wie vielen Bildern so ein Film besteht.«

Jetzt ließ er niemanden mehr in seine Rede hinein. Alles können wir zerlegen, sagte Zadek. Die Bräute waren hinter Jimmie her. Den Verfolgern ausweichen, zurück müssen, Schnitt, nach einem Ausweg suchen, Schnitt, eingekreist, Schnitt, vom Kran emporgehoben, wieder abgesetzt und immer so fort ... man konnte die Entscheidungsmomente der Komödie herausschälen, hintereinanderstellen.

Welche Kräfte wirkten wann?

Zadek tauchte ein in das, was sein eigener Typus war oder sein Seelenelement: Er zeichnete, zog Linien und Pfeile, der Kreidestaub stob und schwebte bis in die vorderen Reihen. Auch ihm ging es nur um die Verfolgungsjagd, die Zenia so fasziniert hatte. Die Bewegungen, Gegenbewegungen, Ausfahrten und Kreisel von Jimmies Flucht. Immer mehr Formen auf der Tafel. »Eine Flucht scheint eher« – er riss die Augen auf – »ein Handlungsganzes zu sein, eine typische Gestalt, die sich ... durch ihre Einzelbestandteile nicht hinreichend erklären lässt. Es wird die Gestalt ... überhaupt erst dort als *Flucht* wirksam, wo sie uns *als Ganzes* überwältigt durch ein Mehr und Mehr an Situationen.« Zadek überbetonte. »Flucht ist immer ein Zuviel, verstehen Sie? Flucht wiederholt sich auch dort, wo sie sich nicht doppelt.«

»Aber er hat doch ein Ziel, Herr Professor.«

»Sicher.«

»Er weicht aus, aber er ist nicht ziellos!«

»Er will zu Mary, seiner großen Liebe.«

»Das ist eine gute Frage an alle: Ist nun die Fluchtbewegung stärker oder das Zielstreben?«

Unruhe im Hörsaal. Das Gelächter jetzt ein ratloses.

»Anders gefragt: Denkt der Zuschauer das Ziel überhaupt mit?«

Zenia schloss die Augen und sah sich laufen, wie in den letzten Tagen schon unzählige Male zuvor. Sie sah sich laufen durch eine Geschwindigkeitskomödie. Wo war der Punkt, zu dem sie strebte? Und Buster Keaton, wollte er das Ziel nicht viel lieber auflösen und vergessen machen? War seine komische Bewegung autonom, war sie über die Vergangenheit, die Zukunft, war sie über alle Zeiten erhaben? Zenia wünschte sich, dass es das gab: ein reines, grundloses, komödiantisches Laufen, welches nicht die Grenze zwischen Seele und Umwelt übertrat, sich nicht abstieß und nirgendwohin gezogen wurde, weil es sich von nichts befreien musste, ein Laufen, das herausfiel aus allen psychologischen Kategorien und auskam ohne Sprache, ohne Geist, nur mit dem Körper – es standen welche auf und klappten die Tische ein. Zenia saß fest in ihrem Freiheitstraum, sie hatte keinen Zugriff auf die Katze. Dass Helene bereits in ihre Reihe geschlüpft war, spürte sie, noch bevor sie sich erhob. Im Sitzen, seitlich verdreht, widerstandslos: die Umarmung.

»Na, du?«

»Warst du etwa auch in dem Film?«

Zenia nickte.

»Ich fand ihn so lustig!«

Helene flüsterte das.

»Weißt du, das Gequatsche von Zadek hätte ich mir lieber erspart. Man kann alles zerquatschen. Aber der Film! Ich hätte ihn so gern mit dir gesehen …« Helene fiel ihr ein zweites Mal um den Hals. »So schön, dich zu sehen. Kommst du mit rüber? Ich muss noch mal zu den Kindern, und dann hab ich Schicht im Café.«

»Ich komm dich später besuchen.«

»Du musst es versprechen. Aber mit Hand auf dem Herzen.«

»Ich verspreche es.«

Sie verabschiedeten sich, Helene hatte Lederhandschuhe dabei und trug einen hellblauen Pelz, keinen echten, aber ein feiner Mantel war es doch. Helene war die Einzige, die eingeweiht war in ihre Grunewald-Geschichte. Zenia sah ihr nach. Es war, als hätte die Freundin einen Kurs besucht und gelernt, ihr Tempo zu drosseln und kleinere Schritte zu tun.

Ich verspreche es, hörte sich Zenia sagen.

Sie hatte sich selbst etwas ganz anderes versprochen. Sie wusste, dass der Professor nach dieser Vorlesung keinen Anschlusstermin hatte. Zenia wartete am Fenster, sah hinab auf die Schlossfreiheit und darüber hinaus nach den Linden. Flucht ist immer ein Zuviel. Menschen ohne Anfang und Ende.

Als Zadek auf den Gang heraustrat, winkte er sie sogleich zu sich: »Frau Naujas, wir gehen in mein Büro.« Es war nicht zu fassen, die Anrede und wie ihr Herz noch stärker schlug als am Fenster. Wurde sie jetzt abgestraft, oder gleich exmatrikuliert? Aber sie konnte ihn doch auch beschädigen! Hatte er ›gehen wir‹ oder tatsächlich ›wir gehen‹ gesagt? Und so ohne Freundlichkeit. Sie hatte Angst um sich, und nie war sie auf diesen Treppenstufen derart außer Atem gewesen.

»Wie geht es Ihnen denn? Setzen Sie sich mal. Ich habe etwas für Sie.«

Er sagte es so, wie man einen Dreisatz anwendet, schloss dazu die Tür hinter sich. Er ging auf und ab, die Hände auf dem Rücken verschränkt. Zenia saß auf der Stuhlkante und doch wie gelähmt. Ihren Atem suchte sie zu kontrollieren, indem sie sich sagte, dass Zadek sich beherrschen würde, dass er nicht über seine Ehe sprechen, keine Absichten haben würde, dass er, im Gegenteil, im Dienste der Wissenschaft sicher schon wieder zehn Aufsätze und fünf Bücher gelesen hatte und darüber alles vergessen und weggedrängt, was im Wald geschehen war.

»Frau Naujas, wir sollten uns einem Aspekt Ihres Experimentes verstärkt widmen. Es ist doch so – berichtigen Sie mich bitte, wenn ich unrecht habe –, dass die Probanden oft ungnädig reagieren, wenn sie von Ihnen, also der Versuchsleiterin, in den einfachsten Aufgaben unterbrochen werden. Wenn wir dagegen einmal den Film und seine Verfolgungsjagd auf das Leben übertragen, müssen wir auch konstatieren: Es gibt Störungen, die den einzelnen Menschen so überfordern, dass er nicht einmal mehr imstande ist, sich zu ärgern. Ist das verständlich?«

»Hmm, ja und nein. Nicht, worauf Sie hinauswollen.«

»Ich will immer auf dasselbe hinaus.«

Er ließ den Satz stehen, ohne zu erröten.

»Typenfragen. Dynamik der Situation. Es gibt Buster Keaton, und es gibt Bugsy Siegel. Den edlen Henry Jeckyll, und den missratenen Edward Hyde. Sind Ihnen denn Menschen untergekommen, Frau Naujas, die die unerledigten Handlungen womöglich nur deshalb so gut erinnert haben, weil sie verärgert darüber waren, dass sie sie nicht beenden durften?«

»Solche gibt es.«

»Gut. Muss es geben. Der Satz *Je wichtiger eine Sache ist, die man anstrebt, desto ärgerlicher wird man bei einer Störung* ist in jedem Fall unzutreffend. Habe ich recht?«

Zenia nickte. Es war alles umständlich gesprochen, aber sie verstand ihn. Sie wusste jetzt auch, dass er ihr dreiwöchiges Fehlen nicht thematisieren würde. Nicht mit einer Silbe. Er gestand es ihr zu und jetzt war sie wieder da.

»Sie fragen, worauf ich hinauswill. Nun, ich habe eine Idee, und Sie müssen mir sagen, ob Sie damit einverstanden sind. Einverstanden?«

»Warum ...?«

»Ich sehe den Ärger als ein großes Arbeitsfeld, das ich selbst derzeit nicht erschließen kann. Ich will auch niemanden abwerten vor Ihnen, daher treffen wir uns hier, aber ich denke doch, dass unter den Kolloquianten nur Sie infrage kommen, sich diesem überaus schwierigen Themenkomplex anzunehmen. Zorn, Wut, Ressentiment, Ärger. Ich denke, Frau Naujas, die Zeit ist reif, im konkreten Experiment in diese Affekte einzudringen. Und da sehe ich eben Ihre besondere Stärke: ein Experiment zu entwickeln, das uns die Typen der Verärgerung vor Augen führt. Denn es wurmt mich sehr, das muss ich Ihnen gestehen, dass wir bisher keine relevante Psychologie dazu vorliegen haben.«

Die Triebtheorien, hätte sie beinahe gesagt, und damit einen Witz Zadeks bedient. Denn die Triebe erklärten alles und sagten nichts, und er nahm sie gern her, wenn im Seminar Stillstand eintrat.

Dann lachte er meist und alle lachten mit.

Zenia konnte aber nicht sprechen. Warum hatte sie Angst gehabt, gestraft zu werden? Wie konnte er über ihren gemeinsamen Abend hinweggehen? Und dann spürte sie obendrein noch, wie sehr er ihr schmeichelte. Und dann: Schmeicheleien einzusetzen, um ihr fünfzehn Monate Arbeit aus der Hand zu nehmen und damit ...

»Was ...«, sie krächzte nur, räusperte sich, »was würde denn mit meiner bisherigen Arbeit geschehen? Und wie denken Sie es sich mit dem Fräulein Lassahn?«

»Nun, Frau Naujas, ich sehe natürlich, was Sie schon alles geleistet und vorbereitet haben, aber dann wieder hat ja Ihr Hauptversuch zu den erledigten und unerledigten Handlungen noch nicht stattgefunden, und wenn ich Ihnen ein neues, ganz unbeackertes Feld anbiete, dann habe ich natürlich bedacht, dass Sie viele Ihrer gewonnenen Erkenntnisse dort anwenden können.«

Endlich setzte er sich hinter den Schreibtisch. Sie konnte ihn nur ansehen, weil er auf Papiere blickte. Sie hätte ihn gern gefragt, wann er sich zuletzt geärgert hatte, aber es war kein origineller Einfall und einen anderen hatte sie nicht.

»Ach so, nun, Fräulein Lassahn. Wenn Sie es überaus so wollen, kann die Kellnerin natürlich weiterhin mit Ihnen zusammenarbeiten. Sie müssen selbst einschätzen, ob sie darin eine Hilfe haben oder eine Last.«

»Eine Last?«

»Lassen wir das. Es hatte das Fräulein im Kolloquium doch angekündigt, sie wolle einen Schulabschluss machen und Kurse in unserer Fakultät belegen? Ich sehe den Ehrgeiz nicht. Eine unschöne Situation, wenn Sie mich schon danach fragen. Ihre Helene hat bis zu diesem Tage unsere Ausnahmegenehmigung, sie könnte sonst das Schloss gar nicht betreten ... Aber denken Sie über alles nach, Frau Naujas. Wie lässt sich der Ärger im Versuch herbeiführen und beobachten? Es ist ein Feld, auf dem Sie sich stark profilieren können. Und ich bin mir sicher, dass Ihnen dies gelingen wird.«

Wird, nicht würde. So hatte er sie entlassen. Sie stand viele Sekunden lang vor seinem Büro, ungläubig, als müsse er hinter ihr herauskommen und ein zweites Gespräch führen. Das eigentliche Gespräch. Vom anderen Ende des Flures rief jemand nach ihr. Herr Claus. Er winkte und war dann schon in Windeseile über den glatten Boden zu ihr herangeschlittert. Dort hinten habe er eine Mechanik aufgebaut und wünschte sich ihre Kritik. Zenia wehrte ab und wies auf Zadeks Bürotür. Es ginge nicht, sie müsse erst einmal ordnen, was ihr erzählt worden sei. Er insistierte. Nun schon so, als sei sie ihm etwas schuldig. Sie könne doch wenigstens einen Blick auf seine Zeichnungen werfen. Es fehlte bloß, dass auch Herr Claus sie am Ärmel packte. »Nein, wirklich nicht.« »Kommen Sie schon, Zenia.« »Nur einen Blick.«

Sie gingen hinüber, er blätterte eifrig, versuchte so viel Papier auf den Tisch zu bringen als nur möglich. »Und?« »Schön, aber ich kann dazu nichts sagen. Beim nächsten Mal gern.« »Was ist denn in Sie gefahren?«

Sie war zu erschöpft für seine Anmaßungen, zu müde, sich ein zweites Mal zu erklären. Während sie über den Flur irrte, lief ihr sogar eine Träne über den Wangenknochen. Als sei es erst jetzt zu viel, als hätte sie das Manöver von Zadek ohne die Attacke von Herrn Claus schultern können. Ein neues, ganz unbeackertes Feld. Den Ärger beackern. Den Ärger. Keine Sekunde konnte er darüber nachgedacht haben, womit sie ihre letzten Wochen verbracht hatte. Die Träne nicht zu zeigen, war Zenia anscheinend falsch abgebogen, denn welcher Flügel war dies, hier kam ja keine Treppe. Also war sie südlich, nein, sie war bereits auf der Ostseite gelandet, und dort geradezu ging es in den Apothekenflügel des Schlosses, da stand... ach nein, Emiljana ... stand in weißer Bluse lächelnd vor dem Durchgang und verteilte rote Rosen. Gleich bekam Zenia eine Blume in die Hand gedrückt, und auf ihren fragenden, eher schon vollkommen ratlosen Blick sagte Emiljana:

»Willkommen zurück.«

»Was tust du hier?«

»Das Tagesheim feiert seine ersten hundert Tage. Wir kredenzen Kaffee.«

Hundert Tage schon. Und kredenzen. Emiljanas Rosenstrauß verhinderte, dass Zenia der Freundin um den Hals fiel, sie legte ihr aber eine Hand in den Nacken und stellte sich dabei auf die Zehenspitzen, um in die Räume zu spähen. Sie waren den Studentinnen vorbehalten, aber die Semesterkarte war Zenia anfangs gleich zu teuer gewesen, und dann fand sie auch, dass die Pausen, die man unten in der neuen Mensa machte, genug an Freizeit seien.

Sie kam ja einfach nie hier vorbei. Hatte nicht Emiljana einmal im Winter trotzig davon erzählt, dass sie im Tagesheim Pausen machte und tolle neue Freundinnen gefunden habe?

Sie war es ihr schuldig, hineinzugehen, und wenn nun sogar ein Kaffee versprochen war ...

Im großen Aufenthaltsraum hing von der Scheuerleiste bis hinauf in fünf Meter Höhe und an allen vier Wänden eine imposante Tapete, die Lindenzweige in Blüte zeigte. Zenia wurde gleich schwindlig vom wiederholten Motiv, der ganze Raum schien sich zu drehen, als säße man im psychologischen Experiment. Warum ließ man die Wände nicht karg, dachte sie, es lag doch bestimmt genug Farbe und Unruhe in den Gesprächen, die hier stattfanden.

Auf allen kleinen Tischen standen feine Porzellanvasen, in denen bereits einzelne rote und weiße Rosen steckten. Sie legte ihre Blume auf einem Tisch ab, schon kam wie auf ein verabredetes Zeichen eine Studentin auf sie zu, die ihr in mancher Vorlesung aufgefallen war, wenn sie unter dem Türsturz die Flugblätter für die Frauenbewegung verteilte. Zenia wurde mit einer ausgestreckten Tasse begrüßt, und sie nahm den dampfenden Kaffee entgegen, stellte die Tasse aber sofort ab, denn ihre Hand zitterte. Auch das Milchkännchen, sie konnte es nicht halten.

Und wieder hatte sie gedacht, das hübsche Mädchen komme sie zu maßregeln. Oder zu agitieren. Sie besah ihre Hand. Die Grenzhaut, dachte sie, das Zittern stand zwischen ihr und der Welt. Auf dem Tisch lagen zwei Zettel, einer mit den Preisen für Baden mit Handtuch und allerlei Öffnungszeiten für Bügelkammer und Nähraum, der andere lud zu Vorträgen ein: Lehrerin aus Hamburg, las Zenia, Reformpädagogik. Medizinerin aus Berlin, politische Mitbestimmung. Darunter ein Filmbild, Asta Nielsen mit schwarzem Kostüm und Ungetüm auf dem Kopf, ein Uhrengehäuse mit Aufziehschraube oder etwas Ähnliches in der Hand. Zenia sah auf. Die Studentin hatte sich nur drei Schritte zurückgezogen, sie postierte sich so, dass sie für mehrere Gäste ansprechbar wurde. Zu Zenia sagte sie:

»Wollen Sie sich einmal die weiteren Räume ansehen?«

Zenia schüttelte leicht den Kopf. Sie war froh, dass sie saß. Indem sie sich über die Tasse beugte, sah es sicher aus, als wollte sie sich das Gesicht wärmen.

»Ich gehe gleich wieder, danke.«

Hier war sie nun unter Frauen. Da sollte man sich wohl geschützt fühlen. Aber gewiss nicht vor den eigenen Vorstellungen, in welchen sie gefangen saß wie in einem Haus aus Lindenzweigwänden. In ihren Vorstellungen hatte Zadek Reue bewiesen, sich für die Berührung entschuldigt, für die erste Berührung und die Küsse, die ihr gefolgt waren, ja, er hatte durchaus Zorn und Wut und Ärger mit sich selbst gezeigt. Stattdessen machte er daraus ein Thema, er gab ihr seinen Zorn und Ärger an die Hand.

Sehen Sie zu, was daraus zu machen ist.

Fangen Sie neu an. Krempeln Sie Ihre Doktorarbeit um.

Na, es war schon recht offensichtlich. Dass er sie selbst wütend machen wollte durch seine Ignoranz.

Darauf ließ sie sich nicht ein.

Und stand auf, kreuzte den Gang, wie es ihr die Studentin vorgeschlagen hatte. Auf der anderen Seite befanden sich die Ruheräume, die ebenso wie der Aufenthaltsraum von mächtigen alten Kachelöfen beheizt werden konnten. Es waren hier lauter Polsterliegen gestellt, recht eng zueinander, und ihr wurde gleich wieder schwindelig, sie hatte noch nie in ihrem Leben einen Schlafsaal von innen gesehen, dachte aber an einen Film, in dem einer vorkam, und wo zwei Frauen der Heilsarmee einen Säufer erlösen wollten von seinen Sünden. Es war, als öffnete Zenias Müdigkeit eine Flügeltür, und was mühsam zurückgehalten war, schwallte ihr nun in die Schläfen, drückte an die Trommelfelle. Sie setzte sich auf eine Liege, die dem Fenster am nächsten lag, trat sich die Schuhe von den Füßen, zog die Strickjacke über dem Kleid zu. Blumen wanden sich im Stuckband, Efeu. Römische Motivik. Nur eine weitere Liege war belegt, nein besetzt, dort spielten zwei Frauen Würfel. Was für ein Vormittag. An einer Schnur hatte sie Helene, Zadek, Emiljana getroffen, Menschen, die ihr so viel bedeuteten, und sie dachte daran, dass über allem wissenschaftlichen Tun und Lassen doch wohl ein Gott diese Stunden zusammengestellt hatte, der Gott der Dynamik, denn nur wer zwei oder mehr aufeinanderfolgende Situationen miteinander verglich, das wusste Zenia, gewann Einsicht in die Dynamik eines Verlaufs, und sie hörte die Würfel, wie sie dort gegen die Wände eines Spielkastens klackerten, ein angenehm sattes Geräusch, das Zenia an das kleine Kästchen aus Olivenholz erinnerte, in dem sie ihre Milchzähne bewahrt und das sie so gern im Triumph eines neuen kleinen Bewohners geschüttelt hatte. Ihre Großmutter hatte behauptet, das Kästchen sei aus dem gelobten Land nach Odessa gespült worden, habe dabei aber seinen Wert verloren, denn die Frucht, die man darin aufbewahrte, gedeihe in ihrem Klima nicht. An Großmutters Geschichte dachte Zenia, klack klack fielen die Würfel der Frauen ins Holz; unter dem kehligen Klang, der Musik von Fingerknöcheln ließ sie sich hinab in die Adern und Hohlräume des Holzes, wo die dunklen Buchstaben wohnten ... die Vögel ... Brut, ein Rufen ... ein Rudern ... die Bucht ... vom Boot ... die Mutter ... zum Zug ... die Fluchten ... und Flure ... die Muster ... und Kühe ... der Ruß auf den Häusern ... die Schuhe ... die schönen ... die Ruhe ... die Muße ... die Schnur ... der Schlaf.

6

Dima wurde auffällig. Nicht weil sich in seinem Tageslauf einige Kleinigkeiten änderten, sondern weil sich diese Änderungen häuften. In einer Nacht stand er, der zuvor immer durchgeschlafen hatte, zweimal auf. Am Morgen verbrannte er sich die Zunge am Kaffee. Wieder einen Tag später stolperte er, obschon nüchtern, treppauf, als Zenia schon in der Tür zum Empfang bereitstand. Dann brachte er zwei riesige Zeitungsbündel zum Anheizen mit, wo doch die Redaktion sonst nur wenige Blätter Papier erübrigen konnte. Er gab zu, die Zeitungen aus dem Keller des *Britva*-Herausgebers gestohlen zu haben. Er arbeite nicht mehr für das Blatt, sondern fortan für eine rein wissenschaftliche Publikation. Keine weiteren Erklärungen. Stattdessen setzte er eine Zigarette aufs Papier, denn er hatte hinterm Ohr den Bleistift vermutet.

Zenia begann sich Notizen zu machen. Von ihrer äußerlichen Ruhe, wusste sie, konnte niemand auf ihre inneren Spannungen schließen. Und ebenso fahrlässig war es daher, von Dimas kleinen Unfällen auf ein heikles Nervenkostüm zu schließen. Auch dachte sie: Ich achte zu sehr auf ihn, er fühlt sich beobachtet – jedem anderen würden, solchen Blicken ausgesetzt, die gleichen Handlungen unterlaufen.

Nun ja, Handlungen. Was sie eben in der Universität als solche bezeichneten.

Statt ihn zur Rede zu stellen, musste sie sich in diesen Tagen immer wieder Kritik anhören. Dima warf ihr vor, dass sie Zeit vergeudete, und weil Helene nun wieder bei ihnen ein und aus ging, zürnte er gleich im Plural. »Darf denn ein Professor zwei so hübsche Forscherinnen behandeln wie Importware, die man von einem Themengebiet ins andere verschiebt? Seid ihr beide nicht durch eure persönliche Geschichte untrennbar mit den unerledigten Handlungen der Café-Kellnerei verbunden?« Und nach einer kurzen Pause, viel lauter:

»Ich bestehe darauf, dass ihr euch zur Wehr setzt.«

Was für ein dummes ›Ich‹ das war. Setzte er sich denn zur Wehr, indem er Zeitungen klaute? Gegen wen denn wohl?

Dima blieb dramatisch:

»Wir müssen doch das eigene Interesse gegen die Willkür und auch gegen die Interessen der Gesellschaft behaupten.«

Das kleinfamiliäre Wir war noch viel dümmer als das Ich zuvor. Zenia fand, dass fast gar kein Leben in seinen Sätzen steckte. Dima klang vielmehr, als würde er eine alte politische Haltung noch einmal aufgießen wie längst eingetrockneten Tee, und was er womöglich als Rückgrat oder Klarheit empfand, beunruhigte sie bloß. Er hatte die Dinge doch sonst mehr durchdacht, er hatte ihr ins Nachdenken verholfen und Argumente geliefert, aus denen sich eine Lösung gewinnen ließ. Jetzt war es, als wollte er Zenias Entscheidung in der Universität *hinter sich* bringen.

Manchmal stand Dima am Fenster. Sieben Minuten lang, den Blick in den Hof gesenkt. Dann mal viereinhalb Minuten im Sessel. Sie schrieb die Zeiten auf und strich sie wieder durch, weil das Leben darin nicht zu bemessen war. Sie betrachtete die Flecken auf seiner hellen Sommerhose, die ihm am Nachmittag in die Fahrradkette geraten war. Wodurch erhöhten sich Ungeschick und Absenz?

»Ihr solltet mal in eurer Fakultät untersuchen, wie es zwischen Glaube und Wille steht. Mir schwindet da die Schnittmenge, meine Liebe.«

»In Bezug auf?«

»In Bezug auf den Kommunismus. Wie soll man an diesen Kommunismus noch glauben?«

Sie nahm es nicht als Neuigkeit, und wie sollte sie. Auch war sie beinahe glücklich, dass er nun wieder seine vertraute Haltung zurückgewann, am Nähtisch, den Blick in der Wand, rauchend. Und als er am selben Abend, eine gefühlte Stunde später, sagte: »Ich bin nur von starrsinnigen Menschen umgeben«, da klang es bereits wie ein Witz, in dem Dima selbst die Pointe bildete, und sie hätte beinahe gelacht.

Zenia saß jetzt oft am Fenster im Schwedischen Café. Die Romane hatten ausgedient, nun tat sie eben so, als läse sie die Zeitung. Sie war noch nicht in der Lage, sich vollends in die Arbeitsgruppe zu integrieren. Sie lag nachts wach und glitt tagsüber ab in ihre Müdigkeit und meinte, für immer zu denen gehören zu müssen, die den Rhythmus der Großstadt nicht mitgehen konnten, die zurückblieben und sich deshalb im Schaufenster betrachteten oder, noch schlimmer, die ihre Augen im Zielobjekt – in ihrem Fall der Schlossfassade – versenkten.

Die Selbstanklage lautete auf Unreife.

Sich Sorgen um den Ehemann zu machen, nur weil man selbst nichts zuwege brachte, dachte sie, war das nicht auch wieder ein Zeichen für Schwäche?

Helene hatte die Schichten reduziert und besuchte die Vorlesungen drüben im Schloss, so oft sie nur konnte. Sie hatte aber vormittags die Kinder zu betreuen, und kellnerte sie, so setzte sie sich zu Zenia, wann immer es der Cafébetrieb erlaubte. Es war nicht sehr oft.

Über Zadek konnte Zenia kaum reden. Sie sah auch noch immer nicht den Weg, den sie wissenschaftlich einschlagen wollte. So wurde der merkwürdige ungeschickte abwesende Dima auch in ihren Tischgesprächen prominent. Er war nun auch auswärts trinken gewesen und hatte danach keine Namen genannt. »Wie soll ich daraus schlau werden, Leni?«

Helene vermutete Geldsorgen. Damit war auch sie auf dem Holzweg.

»Nie hat die Hauswirtin auf die Miete gewartet, im Gegenteil, Dima schenkt ihr noch Blumen obendrauf«, sagte Zenia. »In den ersten beiden Jahren ist er noch Taxi gefahren, weißt du das? Jetzt macht er bald sein Diplom. Im Labor entwickelt er mit anderen Wissenschaftlern das schärfste Mikroskop, durch das man je gesehen haben wird. Und er sagt, er lektoriert jetzt naturwissenschaftliche Texte, aber nicht mehr für seine Revolutionäre.«

»Wenn ich ihn richtig verstanden hab, gibt es auch keine Revolutionäre mehr.«

Zenia lächelte. »Stimmt schon.«

»Und was sollten die auch mit naturwissenschaftlichen Texten anfangen, oder?«

»Ach du! Willst mich immer bloß aufmuntern.«

»Du hast Angst.«

»Ich hab ... weißt du, was Dima mit seinen Arbeiten verdient, wirft schließlich so viel ab, dass ich selbst nicht arbeiten gehe.«

»Das meine ich ja. Du hast Angst, dass er die Linie verliert. Und die Arbeit verliert. Und dann ...«

»Nimm mich mal in den Arm, Leni. Wie soll man das alles bloß aushalten. Wo ich doch schon so sehr mit mir hadere.«

Helene rückte heran, legte ihre Hand um die ferne Schulter der Freundin. Sie zog nicht, Zenia ließ den Kopf zur Seite sinken, in Helenes Halsbeuge. So saßen sie lange da. »Es wird schon wieder«, sagte Helene leise. »Sagt wer?« »Sag ich, deine Assistentin«. Als ein Gast rief, küsste die

Kellnerin ihre Freundin auf die Stirn, sagte: »Lass uns bald eine Entscheidung treffen«, und stand auf.

Es dauerte bis zur Sommersonnenwende, bis Zenia endlich tiefer hinabsah in Dimas Unruhe. Und wie bezeichnend war es für seine neue Seltsamkeit und für ihre gemeinsame Ehe, dass Dima nicht daheim im eigenen Zimmer mit ihr sprach, sondern eine Festlichkeit dafür wählte.

Ein lettischer Philosophiedozent, dessen Kopfhaut in der Sonne glänzte, hatte Zenia mitten auf dem Schlossplatz eine Einladung zugesteckt. Ein Sommerfest, zu dem sich das neue Lettland versammelte. Er behauptete, Zenia lange gesucht zu haben, denn nun sei der Festtag schon beinahe gekommen und sie könnte die Einladung als allzu kurzfristig und aufdringlich empfinden. Sie lächelte, aber in sich hinein. Wann hatte zuletzt jemand so höflich und vornehm zu ihr gesprochen.

Zenia hatte Dima also das Kärtchen gezeigt und er keinen Augenblick gezögert, sie würden gemeinsam hingehen. Und so schritten sie bereits drei Abende später von der Bismarckstraße durch das prächtige Charlottenburger Abendlicht zu den Ausstellungshallen in Halensee, in deren Rücken die wenigen Laternen unnötigerweise schon gezündet waren, noch eine kleine Straße weiter, dann der Hauseingang.

Das Fest war schon gut besucht, als sie ankamen, die Herren schwarz und ernst und gebürstet, die Damen trugen Haarschmuck, Handschuhe und Colliers. Eine flanierte im wunderbar eng geschnittenen roten Abendkleid über das Parkett, silberne und rote Pailletten zogen sich über ihren rechten Arm, Zenia sah sogar die kleinen feinen Adern im Porzellan ihrer Haut. Schön, bildschön, ja, im Singular konnte auch Zenia Anmut finden in solch schwerelosem Gang; auf den Straßen Berlins wurde sie allzu rasch müde vom Glanz und Glitter der Garderoben. Sie verwendete eine einfache Gleichung: Je mehr Materie sich dazu aufschwang, etwas ganz Besonderes darzustellen, desto weniger Zauber konnte in der Luft liegen – und immer nur erwünschter und unerreichbarer wurde in der Menge die absolute Schönheit.

Dennoch war ihr die eigene Abendgarderobe auf diesem Fest peinlich, denn sie trug Schwarz, was im Grunde dumm war, dunkle Stoffe verliehen ihr gar keine besondere Note, dunkel waren ja schon ihre Augen und ihre Haare. Sie nahm sich eines der Tellerchen, die herumgereicht wurden, darauf zwei Pumpernickel mit Kaviar. »Der Rogen ist frisch vom Kaspischen Meer«, musste der Kellner aufsagen, Dima nickte ihm mitleidig zu. Ihr Mann trug sein bestes Oberhemd, darüber das Jackett, dessen aufgesetzte Knöpfe an den Seitentaschen immer allzu studentisch wirkten, indem sie das Militärische persiflierten.

Sie traten in einen der beiden großen Räume ein, und Zenia konnte nur vermuten, dass sie lettische Intellektuelle vor sich hatte, die Extrovertierten waren womöglich Künstler und Schauspielerinnen, sicher nicht berühmt, sondern eben dabei, sich in Berlin zu etablieren. Sie hielt sich an Dima fest. Es war nur gut, dass der kleine Glatzkopf sich zu ihnen gesellte, der ihr jüngst den Einladungszettel überreicht hatte.

Er hieß Kubicki, hatte eine polnische Mutter und war, so stellte sich heraus, schon vor dem Krieg aus Lettland fortgegangen. Nicht nur kannte er Zadek persönlich, er wusste auch, dass Zenia bei Zadek studierte, weshalb er einen Gefallen daran fand, die politische und die psychologische Seite der lettischen Umwälzungsprozesse ineinander zu verweben. Zenia fühlte sich gleich angespannt, fast überfordert, Dima teilte Kubickis Einschätzung, dass der Krieg und die Revolution auf der Malusseite nicht bloß jene offensichtlichen Verlierer hervorbrachte, die lange nach einem neuen Posten suchen mussten, sondern auch ein ›Wir ohne Vaterland‹, eine ganze Batterie von ›Seelenverletzten‹, die dennoch irgendwie weitermachten.

Die Räume hier seien voll von ihnen, sagte Kubicki.

Ein geübter Redner, dachte Zenia anerkennend, als Kubicki endlich eine Pause einlegte. Und vielleicht hatte er sogar recht mit allem. Seit bald zehn Jahren galt das Land als unabhängig, noch immer hielt die Feier der Freiheit an; gerade in Berlin wurde sich über alle politischen Grenzen hinweg die Ehre erwiesen. Kubicki schien zu wissen, welche Kompromisse die Menschen dabei eingingen, weil er jede und jeden kannte, er nickte den Feiergästen zu und kommentierte vor Dima und Zenia leise die Identitäten. »Deutschbaltischer Ordensadel. Nicht mal die Pferde sind ihm geblieben.« »Jüdischer Kaufmann, der sein Jiddisch dem Russischen vorzieht.« »Bolschewik, hochrangig, hat nur sehr widerwillig den Gefangenenaustausch zwischen Moskau und Riga betrieben.«

Zenia ging fast nie aus. Und sie war keine Politikerin. Aber wie sie so beobachtend dastanden und ein wenig höfisch, viel zu vertrauensvoll mit Herrn Kubicki plauderten, fand auch sie, dass ein Rollenspiel und Mienenspiel von den Gesichtern ausging. Also wirkten Gesichter, je freier sie sich fühlen sollten, nur umso verkrampfter? Oder tat sie ihnen unrecht, weil Lettland für sie selbst ein ganz anderes Land war als für die Männer, die auf dem Fest an ihr vorübergingen, ein Land aus Wald und See, aus Lernen und Lesen, Versteckspiel und Kuss, ein Kindheitsland, das kein Krieg ihr nehmen konnte.

»Es wächst kein Staat in wenigen Jahren zusammen«, sagte Kubicki. »Das gilt nun ebenso für die deutsche Republik«, parlierte Dima und verabschiedete sich bereits in den nächsten Raum. Zenia hob, Moment, die Hand gegen Kubicki, und ging ihrem Mann hinterher.

Als sie von der Toilette zurückkam, stand Dima bereits mit zwei Männern zusammen, die feine Anzüge trugen. Sie zitierten zusammen eine Szene von Dostojewski, diejenige, in der Rasumichin dem Rodion eine Übersetzung anbot, die Übersetzung der kleinen pseudowissenschaftlichen Broschüre »Ist die Frau ein Mensch?«, in der dann nichts weiter bewiesen wurde, als dass die Frau ein Mensch war. Alle Blicke im Raum waren auf Dima gerichtet, denn er lachte jetzt so laut, dass sein Streichholz in der Luft tanzte und nicht einmal die Zigarette entzünden konnte: »Sie sind nichts und verkaufen das Nichts, verstehen Sie? Aber immerhin, sie verkaufen. Während Tschitschikow und die anderen Halunken sogar ganz ohne Arbeit reich werden, nicht wahr?«

»Sie sollten hier nicht so laut Russisch sprechen«, sagte einer der beiden Zuhörer auf Deutsch.

Zenia zwickte Dima in den Arm, sie hatte ihm den gleichen Ratschlag schon zu Hause gegeben.

»Ich verstehe... aber ich kann das Lettische wirklich zu schlecht, es ist meine zweite Fremdsprache. Meine Frau ist damit aufgewachsen. Darf ich vorstellen, Zenia Naujas, Institut für Psychologie an der Berliner Universität.«

Die beiden Männer stellten sich ebenfalls vor. Einer war Russe, der andere wohl Livländer. Sie hatten gemeinsam ein Vertriebsgeschäft für Schraubenschlüssel, das ›recht gut lief‹, wie sie sagten, aber nun kannte Zenia eine gewisse Kellnerin lange genug, um daraus abzuleiten: Sie machten Verluste. Man zeigte sich interessiert an Zenias Lebenswelt, und sie erzählte von der Universität, vom Kolloquium, vom aufgehenden Sommer. Es fühlte sich gut an, zu Wort zu kommen, ihre

Stimmung hob sich gleich. Sie bemerkte auch, welch großen Schatz an Erfahrungen sie in sich barg, eine Kraft spürte sie in sich aufsteigen, die in die Bewegung, in den Sprung drängte. Wie sehr vermisste Zenia das tägliche Arbeiten mit den Freundinnen, wie dumm war es gewesen, diese Welt so lange zu meiden …

Schließlich fiel die Rede zurück an Dima, und er hatte das unbedingte Bedürfnis, sein Gelächter zu erklären, das alle schon beinahe vergessen hatten. Es rühre daher, dass er ständig gezwungen sei, in einem Zustand zu leben, der bei näherer Betrachtung doch einer Lächerlichkeit glich. Er sprach wieder russisch, zügelte aber die Stimme und wurde beinahe konspirativ. Dima beschrieb, dass es in der russischen Zeitung, für die er gearbeitet hatte, im April einen Anschlag gegeben habe. »Im Tee«, flüsterte er, »stellen Sie sich vor, im Tee.« Aber es sei diese Zeitung einen Giftanschlag im Grunde gar nicht mehr wert gewesen, wo doch die klugen Köpfe in Paris säßen und alle anderen nur ums Überleben kämpften, wo doch die Macht der Bolschewiken unumstößlich groß geworden sei, »die Bolschewiken sind schließlich so mächtig, dass sie in Russland sogar eine Opposition fingieren konnten, die unsere Aktivitäten in Berlin lenkt, so wie ein Schleusenwärter das Wasser herausfordert und hemmt. Und es gibt noch welche, die den Betrug nicht sehen wollen. Man wünscht sich eben eine andere Wirklichkeit. Es ist wie mit dem Grawidan.«

»Was wollen Sie dagegen tun?«

Dima lachte.

»Sagen Sie es mir! Kennen Sie ein Gegengift, das ich mir in den Tee gießen kann? Ich bin raus aus der Redaktion. Und diene fürs Erste lieber der wissenschaftlichen Abteilung eines Blattes, dessen Herausgeber etwas milder eingestellt sind. Sozialdemokraten.«

Man nickte.

»Wissen Sie, wer will schon, dass ihn seine bisherigen Kontakte bei einer Einreise nach Russland den Kopf kosten könnten?«

Zenia stand da wie gefroren.

»Was sagst du denn da?«

»Stalin hat seine Ohren überall, Liebling. Wir wissen das. Und die Nazis haben das Spiel mit der Einschüchterung auch begriffen. Die Nazis mögen nichts gegen weiße Russen haben. Aber wir, meine Frau und ich«, und er kam den beiden Männern noch näher und sprach zischend leise, »wir sind schließlich auch noch Juden.«

Zenia war sich jetzt sicher, dass er ein bewusstes Spiel mit ihrer Erschrockenheit trieb.

»Ich lache also über die wahre Zwickmühle, in welcher wir stecken.«

Wie konnte er so frei von Angst über seine Ängste sprechen, ja sich lustig machen über die Gefahren, die ihnen drohten? Dem letzten Bild von der Zwickmühle, dem Bedrückenden daran, konnte sich Zenia nicht entziehen. Druck wie im Albtraum. Derweil nickten die beiden Geschäftsleute nur immer weiter. Hielten sie Dima für vernünftig, oder hielten sie ihn für irre?

Und endlich standen sie allein, Zenia sah ihren Ehemann an und wusste nicht weiter. Da ist jetzt etwas Neues in mein Leben getreten, dachte sie, eine Schicksalsgemeinschaft, und vielleicht erklärte das alles. Ja, alles, seine Missgeschicke und seine Schweigsamkeit und auch ihr asexuelles Leben. Sie hätten gehen und sich aussprechen sollen, versöhnen, endlich wieder miteinander schlafen, irgendwas. Aber Dima meinte, sie seien ja gerade erst angekommen und jetzt wolle er trinken.

Sie schnappte nach Luft.

»Dima, vielleicht sollten wir wirklich einmal nach Lettland und dort die Lage –«

»Eine Woche könnte ich wohl im Labor fehlen, länger nicht.«

Eine Woche. Nein, das war ja nicht auszudenken. Zenia hatte sich doch ihre Auszeit in diesem Jahr bereits genommen. Sie hatte wochenlang auf der Universität gefehlt und jede Menge Stoff aufzuholen, der auch für ihre Doktorarbeit relevant sein würde, von der sie noch immer nicht wusste, wie sie lautete und wovon sie überhaupt handelte.

Jetzt kam das Kopfweh.

Was redete sie von Lettland und hatte überhaupt nicht das Gefühl, wegfahren zu können.

⁘

Das Fest war hier noch lange nicht vorbei. Neben Dima und Zenia fing ein Mann, der sein Familienwappen als Pin am Revers trug, unaufgefordert an, über Verluste zu klagen. Es ginge ihm nicht um Privilegien, sagte er, aber das Land, das Land, man könne ihm doch nicht die Scholle rauben, auf der seine Familie seit siebenhundert Jahren ... – sein Reden war so voraussetzungslos, dass Zenia sich vorkam wie ein erhitztes Stück Eisen, das von allen vier Seiten behauen wird.

Dima zog sie an die Bar, aber von dort trennten sich ihre Wege wieder. Ihr Mann verschwand in einem weiteren Raum, sie wusste gar nicht mehr, wofür er stand und wogegen, er lachte Stalin aus und spottete über den Adel, und Zenia musste für ein Glas Champagner anstehen. Sie hätte am liebsten die Frau angesprochen, die vor ihr wartete, hatte aber schon den nächsten Redner an der Seite. Dieser hatte allerdings eine völlig andere Wirkung auf Zenia als die bisherigen Männer. Sein hellgrauer Anzug saß, seine Haltung, das ganze

Wesen saß und wirkte echt, und dazu passte, dass er ihr auch gleich ins Gesicht sagte, dass er ein Freiherr aus dem Geschlecht derer von Taube sei.

Er sprach über die schwache Berliner Regierung und meinte damit den eigenen soldatischen Stolz, sprach vom Deutschen Reich und setzte voraus, dass auch Zenia dieses Reich zu vereinigen gewillt, ja, bestimmt war. Freiherr von Taube war äußerst talentiert, was die Techniken der Andeutung und der Spiegelungen betraf. In einen bewusst beiläufig gehaltenen Exkurs wickelte er dann seinen wesentlichen Gedanken ein, so wie man einen stinkenden Fisch in eine Zeitung wickelt: Dass nämlich die Letten gar nicht existent wären ohne Luthers Reformation, ohne die deutsche Romantik und alle damit einhergehenden Übersetzungen. Zenia machte große Augen, aber nur weil sie darauf wartete, dass unter der historischen Anmaßung nun das persönliche Schicksal von Taubes sichtbar würde, so wie bei seinem Vorredner geschehen.

Freiherr von Taube gab sich keine Blöße. Weder jammerte er, noch beendete er seine Herablassungen. Zenia war ihm regelrecht dankbar dafür, dass sie seine Prägung studieren durfte, denn Prägung wurde ja erst interessant, wenn sie stark war und zur Schau gestellt wurde.

»Guten Abend, Frau Naujas.«

Sie drehte sich zur Seite und hob den Blick, hinauf in das aufmerksame Gesicht ihres Institutsdirektors.

»Herr Professor Rauch, wie schön!«

Nach dem deutschnationalen Vortrag war Zenias Freude keineswegs gespielt.

»Sie dürfen hier auch gar nicht fehlen«, sagte Rauch. »Würde ich zu lettischen Persönlichkeiten befragt, so fiele Ihr Name an erster Stelle.«

Sie lächelte.

»Dabei haben wir uns lange nicht gesehen, scheint mir. Ich

wollte Ihnen immer schon sagen, dass ich von Ihren ersten Tests zu den unerledigten Handlungen sehr angetan war.«

»Zwei Schmeicheleien am Stück, dabei ist unsereins schon von einer überfordert.«

»Nun, das können Sie schon schultern. Frau Naujas, kennen Sie die wissenschaftliche Definition eines Genies? ... Nein? Ein Genie ist, wer mehr als eine große Entdeckung macht oder wer mehrere Forschungsschwerpunkte gleichzeitig bearbeiten kann.«

»Ach, Sie wissen schon Bescheid.«

Zenia spitzte die Lippen, Rauch auch.

»Und nun fragen Sie sich wohl, ob ich ein Genie bin.«

»In der Tat. Und natürlich, ob Sie im Begriffe sind, sich zu übernehmen.«

»Ich verstehe, dass Sie das sagen müssen, Herr Professor. Aber ich fühle mich derzeit tatsächlich noch wie ein Holzspan, der von beiden Seiten entflammt ist.«

»Ich darf Ihnen aber doch einen Rat geben.«

»Natürlich dürfen Sie, Herr Professor.«

»Es ist keine Frage, dass Ihnen beide Themen viel Ehre versprechen. Aber seien Sie auch ein wenig pragmatisch. Sie haben so viel Vorarbeit bereits geleistet. Und dann ist in meinen Augen der Ärgeraffekt ... seine Dimension ist ja noch kaum überschaubar. Sie hätten sehr viel dynamisches Geschehen in Narrationen zu überführen. Das habe ich Zadek auch gesagt. Wir besitzen doch dafür bisher gar kein begriffliches Instrumentarium, nicht wahr?«

»Sie denken also, die Arbeit wäre generell verfrüht.«

Darauf antwortete Rauch, indem er nicht antwortete.

»Aber ich weiß gar nicht, ob mich Professor Zadek noch betreuen würde, wenn ich sein Angebot ausschlüge.«

»Doch, doch«, lachte Rauch, »das würde er bestimmt.«

Er zögerte, hob sein Glas.

»Wir konnten Zadeks Vertrag im Übrigen gerade für ein weiteres Jahr verlängern. Wissen Sie es schon?«

»Nein. Wie schön. Und haben Sie vor allem Dank für die offenen Worte, Herr Professor.«

»Nun, dann werde auch ich mich gedulden müssen, bis ein Ende des Holzspans verglimmt«, nahm Rauch ihr Bild auf.

Zenia konnte nur froh sein, dass Rauch mitten im Gespräch abberufen wurde. Oder war ihr Gespräch beendet gewesen? Einer der beiden Gastgeber geleitete ihren Institutsleiter ans entfernte Ende des Raumes, wo er sich zu jemand anderem herabbeugte, er beugte sich ja immer herab, seine Körperhaltung wirkte wie eine Zeichnung, die schon immer da war, Kohlestift, den sie durch Wasser sah, so musste auch sie eben noch ausgesehen haben, von der anderen Seite des Meeres betrachtet, klein, angesprochen, dem hohen Lichte entgegengestreckt, für einen Moment schwammen alle Möbel, dann hatte Zenia die Finger am kühlen Verschluss der Handtasche, fand ihre Nummernmarke, tauschte sie an der Garderobe gegen ihr Jäckchen ein, sie hielt sich am Beckenausgang, bis es ein Treppenabgang war, und es fröstelte sie.

Die Abendluft half ein wenig.

Das Institut wartete auf ihre Entscheidung. In wenigen Strichen hatte Rauch ihre Situation dargelegt. Und er stand gegen Zadek. Er sah ihren Fleiß und redete nach dem russischen Sprichwort, das Dimas Vater so oft gebraucht hatte, es war besser, eine Meise in der Hand zu halten, als den Kranich am Himmel zu schauen. Wie Dima wollte auch Rauch, dass sie die These weiterverfolgte, die sie mit Helene im Café entdeckt hatte. Er wollte ausdrücklich nicht, dass sie zu den Phänomenen des Ärgers arbeitete, wie es Zadek verlangte.

Warum nicht.

Weil Rauch Zadek ärgern wollte.

Rauch stichelte manchmal gegen das Kolloquium, was kein Wunder war, denn er stand ja ganz oben, wo es keinerlei Zugehörigkeit bedurfte … aber auch weil er insgeheim neidisch darauf war, dass eine Gruppe ihre Arbeit im Dienste der Psychologie entwickelte, ohne dass jedes Mitglied immer gleich sein geistiges Eigentum verteidigte.

Fachlich hatte er womöglich recht, dachte Zenia. Am Ende der Versuchsreihe, die sie schon durchgeplant hatte, stand eine qualitative Aussage, und es ließ sich beweisen, dass der Mensch im Tageslauf von unerledigten Handlungen angetrieben wurde. Und gab es denn etwas Schöneres als einen Beweis? Der Ärger brachte womöglich keine Beweise hervor, jedenfalls hatte sie so eine Ahnung, dass sich kein verärgerter Mensch wie ein zweiter benahm.

Aber lag nicht genau darin die wissenschaftliche Herausforderung?

Und wie enttäuscht auch wäre Zadek von ihr, wenn sie …

Sie war gegangen und hatte jedes Wort von Rauch gewogen und stand ohne Dima mitten auf dem Kurfürstendamm. Sie konnte doch nach seiner Zwickmühlenrede nicht ohne ihn nach Hause gehen! Die Kraft wieder zurückzulaufen und hinauf, ihn zu suchen und aus irgendeinem Gespräch herauszureißen, die besaß sie aber auch nicht mehr. Sie stand vor einer Glasvitrine, in der ein einzelner, sündhaft teurer Sommermantel ausgestellt war.

Ein Mantel, der mit seinen abgespreizten Ärmeln dahing, als diente er als Vogelscheuche. Und plötzlich löste sich eine Luftblase in ihrem Bauch, ein Glucksen, kroch übers Zwerchfell hinauf und stieg bis in den Gaumen, und sie musste lachen, wie Dima musste sie lachen, konnte sich gar nicht dagegen wehren. Zuerst grundlos, ohne Bilder, dann weil sie Rauch vor sich sah und ihn mit seinen Affen verband, ihn in einer

Vorlesung von seinen Affen dozieren hörte, die Affen, die zu einer höheren Einsicht kamen und Bananenkisten stapelten, um an ihr Ziel zu gelangen. Sie lachte, weil kein Affe wusste, wie man einen Versuch über den Ärger ausarbeitete, geschweige denn wie sich eine Versuchsleitung anfühlen würde, wenn man alle Macht über den Ärger der anderen hatte. Sie lachte, weil sie Zadek noch immer nicht zur Rede gestellt hatte. Weil das Schönste im Grunewald das Schlimmste schien, zu dem es nicht gekommen war. Sie lachte, weil die Frau ein Mensch war. Vor allen anderen Dingen aber lachte sie darüber, dass sie sich eingeredet hatte, auf die Bremse treten und aussteigen zu können, wo sie doch wusste, wie sehr ihr das Lesen und Schreiben und Arbeiten entsprachen, sie lachte darüber, dass sie beinahe nichts je erledigt bekam und weil es gar keinen Zweifel daran gab: Sie forschte über Spannungen und hatte an Dimas Spannungen überhaupt nicht gedacht, und sie selbst lebte, seitdem sie die Psychologie studierte, innerhalb der eigenen Barrieren nur noch – unter Hochspannung.

7

Nachher, als die Rede vom Schwarzen Donnerstag den Männern immer noch ein Prickeln über den Rücken jagte und Stalins Rede vom Jahr der großen Wende auch schon längst verklungen war, nachher haben sie gewitzelt, denn da konnte man ja sagen: Pah, wir haben unsere weltbewegende Weiche schon ein paar Wochen vorher gestellt! Helene hatte ihren Anteil daran und sie erinnerte sich deshalb auch genau an den Tag, ein Dienstag, an dem sie nach der Kinderbetreuung frei hatte und am Mittag deshalb ein paar Aufträge für ihre Mutter nähte, oben auf dem Zimmer. Solche Wochen gab es immer mal, wo die Mutter in Reinickendorf zu viel Arbeit aufgehäuft hatte. Dienstag war es, weil später das Kolloquium kommen sollte, aber zuerst musste sie Herrn Lagerbäck nach unten ins Café begleiten, und sie hörten – der Hausherr mit seiner Frau, den Kindern und Helene und noch zwei Bediensteten – eine Rede aus dem Stockholmer Rundfunk an, die nach Deutschland übertragen wurde. Alle mussten stillsitzen. Es sprach ein Herr Hedin. Er bedankte sich auf Deutsch bei seinen deutschen Unterstützern. Es ging um eine beschwerliche Reise auf Kamelen durch die Wüste Gobi, die Hedin erkundet hatte und noch weiter erkunden wollte.

Helene mochte es sehr, wenn aus der Fremde erzählt wurde, man geriet dann so schön ins Träumen, aber darum ging es Herrn Lagerbäck wenig. Er nahm die Radiorede zum Anlass, seine Galerie um ein Bild zu erweitern. Dafür gab er sich nie zufrieden mit den ollen Autogrammkarten, die alle Welt in der Küche zu hängen hatte, im Gegenteil, er rahmte die Bilder eigenhändig und verhüllte sie auf einem Tisch für das Zeremoniell, was den Kindern vermitteln musste, dass ein großes Geheimnis von Herrn Hedin ausging. Dann bohrte Lagerbäck zuerst eine Schraube in die Wand, vorgebohrt war schon, dass auch Helene dachte, gleich wird der Hausherr einen Nobelpreis stiften und wie gerne wäre der Gepriesene selbst gekommen und hätte nur leider im letzten Moment abgesagt.

Die Chefin hängte das verhüllte Bild an und durfte das blaugelbe Nationstuch vom Rahmen ziehen, und der Applaus der Familie kam wie aus einem Automaten. Bloß Helene hielt sich eine Hand vors Gesicht, denn sie hatte sich nach der Radioansage einen feinen alten Mann vorgestellt, aber hier saß nun der Weltentdecker Hedin mit Pelzmütze und Pelzmantel auf einem Stück struppigen Lehmboden, in Afrika irgendwo oder in seiner Wüste Gobi. Neben dem Helden stand ein umgedrehter trockener Baumstumpf, der vielleicht für das nächste Lagerfeuer diente. Auch wenn sie länger hinsah, wuchs die Ehrfurcht nicht. Lagerbäcks Tochter beugte sich zu Helene und fragte flüsternd: »Ist das ein Schamane?« Und Helene: »Ja, genau. Das Wort war mir gerade nicht eingefallen.« In der Steppe sitzend hing Hedin fortan zwischen den erschrockenen Augen von Victor Sjöström, dem Architekten Grenander und Elsa Brändström.

Helene hatte danach die Näherei nicht wieder aufgenommen, sondern sich stattdessen mit einem Buch in die Caféecke gesetzt. Sie hatte es sich im Winter erlaubt, dass sie hier unten las, nicht in ihrem ausgekühlten Zimmer, und dann war es im Sommer auch viel besser im Café, wenn Herr Lagerbäck den Ventilator laufen ließ. Nun war es aber September, die Sonne stand eigentlich oben so schön auf der Dachschräge, und doch saß sie wieder im Café, was sich nur mit der Macht der Gewohnheit erklären ließ.

Zum Lesen kam sie aber nicht, nur wenige Minuten nach der Bildenthüllung stand Zenia vor ihr. Sie hatte es zwar angekündigt, an diesem Abend wieder zum Kolloquium zu erscheinen, aber sie hatte vieles angekündigt und dann doch nicht gehalten. Helene fühlte, als sie sich umarmten, eine große Erleichterung.

Das Kolloquium lag allerdings noch eine Stunde voraus. Zenia wollte etwas loswerden. Sie bestellte einen Kräutertee und erzählte davon, dass Dima überlegte, auch bei seiner neuen Zeitung hinzuschmeißen, und er wolle im Winter nach Radviliskis fahren, wo seine Eltern lebten. Und dass nun der Zeitpunkt gekommen sei, sie, Helene, zu fragen, ob sie einmal mitkommen wollte nach Lettland. Helene schüttelte sofort den Kopf und erschrak selbst darüber. Es lag daran: Was vom Lohn übrig blieb, gab sie ja an die Mutter ab, angespart hatte sie fast gar nichts. In dem Moment, die Verlegenheit zwischen ihnen war sehr groß, sprang über ihnen die Uhr an, ein Gong ertönte und der Kuckuck kam sechsmal aus dem Häuschen. Durch die offene Cafétür klangen dazu die Glocken von Nikolai und auch der Friederichswerderschen, die Töne überschnitten sich und lenkten Helenes Gedanken auf den Uhrenladen, so dass sie sagte:

»Der Uhrenladen!«

Zenia sah sie ausdruckslos an.

»Weißt du nicht mehr? Der Film. Denkt der Zuschauer mit, wohin Jimmie läuft?«

»Ich hab dich gerade gefragt, ob du mitkommen willst nach Lettland.«

»Und ich sage dir: der Uh-ren-la-den, Zenia, das könnte doch –!«

Sie rief es jetzt durchs Café, dass die Chefin vorne, am Fenster zum Schlossplatz, aufsah und den Kopf schüttelte. Dazu hieb Helene mit der Faust auf den Tisch, und Zenia umfasste vor Schreck das Milchkännchen, mit beiden Händen, daran erinnerte sich Helene später, wie Zenia das Gefäß erst umfasst hielt und dann ihre Zeigefinger über den oberen Porzellanrand gleiten ließ. Als suchten ihre Finger irgendeinen Ausgang aus der peinlichen Situation.

»Jimmie muss doch zu Mary. Er muss pünktlich zu seiner Hochzeit erscheinen. Aber dann strandet er in dem Uhrenladen.«

»Ja, wo alle Uhren anders gehen. Ist doch kein Wunder, wenn … –«

Aber jetzt verstanden Zenias Finger und hielten inne.

»Du meinst … du meinst, an dem Punkt verliert Jimmie den Glauben an die messbare Zeit!«

Zenias Augen öffneten sich weit. Vielleicht drückte sie sich mit den Händen ab, jedenfalls machte sie jetzt den Eindruck, als löste sie sich vom Stuhl.

»Na, das ist mal ein Bild für eine psychische Krise! Die Uhren! Das ist Leibniz, Leni. Die göttliche Harmonie ist weg, Jimmies Leib und seine Seele fallen auseinander.«

»Ich meinte bloß, die Zeit, das ist seine Zeit. Kein anderer wird doch so gejagt.«

»Ja ja ja ja, schau, Leni, er ist keine Maschine mehr. Er ist in seiner e i g e n e n Zeit unterwegs! Und das ist sein Antrieb. Und als er endlich auf seiner Trauung erscheint, da ist die kleine Hochzeitsgesellschaft davon überzeugt, dass Jimmie zu spät gekommen ist. Und dann zeigt die Kamera den Kirchturm. Die Uhr am Kirchturm zeigt kurz vor sieben. Er hat es also geschafft. Wie konnte das geschehen? Am Kirchturm, das ist … es ist …« – sie sprang vom Tisch auf und ging im Hinterraum des Cafés auf und ab, hier war ja niemand, und hätte auch sonst niemand Zenia halten können, »das ist so was wie seine Raumzeit, Leni! Die vierte Dimension der Flucht!«

Zenia nickte, atmete tief, sie legte erst ihre Hände an den kühlen Kachelofen, dann an die Stirn. »Am Ende ist sein Körper schneller am Ziel, als es seine Seele erlaubt. Schneller, als es die Zeit erlaubt. Das ist Relativität, meine Liebe! Das war ein Geistesblitz, Leni! Wir müssen es gleich nachher Zadek erzählen. Die Uhr des bewegten Mannes läuft langsamer als die Uhr des ruhenden Mannes.«

Helene folgte nur Zenias Begeisterung, es war längst egal geworden, ob sie beide das Gleiche meinten, es war aussichtslos für sie, jetzt noch die Begrifflichkeiten zu fassen, sie sah nur, dass Jimmie laufend aus der Zeit fiel. Und er wurde für sein Laufen belohnt. Das Tempo, es war nicht bloß die Form gewesen, sondern irgendwo auch das Thema des Filmes.

Am Ende lag Zenia mehr im Sessel, als dass sie saß, lächelnd, sie war jetzt ganz für sich, hatte sich auch von Helene entkoppelt, und sie redete etwas, lautes Denken eher, wie sie es selbst einmal eingefordert hatte, es war eher schon ein Gefasel, wie es sonst nur die Abgestürzten von sich gaben, »ich habe jetzt u n s e r e Uhr gehört«, hörte Helene, »ein seltsam tickendes, ein durchsichtiges Gebilde aus Filmkomödie und Mechanismus und Metaphysik, aus Leibniz' und Einsteins Erkenntnissen ist gerade durch dein kleines Café geschwebt, Leni, sachte über unseren Köpfen dahin ...«

»Na dann.«

»Na dann ist es zerstoben, das Gebilde, wie eine Blase aus Seifenwasser.«

Also doch, abgestürzt.

»Und jetzt?«

»Jetzt weiß ich etwas. Ich hab die Uhr von innen gesehen. Ich hab endlich das Kerngehäuse entfernt.«

Na klar, dachte Helene, das Kerngehäuse aus der Uhr.

Aber da sah Zenia ihr endlich wieder ins Gesicht, und es war, als wiche das Visionäre, die Entgeisterung plötzlich aus ihren Augen, als kehrte sie aus dem Irgendwo ins Café zurück, und sie sagte:

»Leni, wir beide dürfen nicht länger zurückschauen, was die Leute bestellt haben. Wir müssen vorangehen.«

»Was bedeutet das?«

»Das bedeutet Dynamik. Und Ärger. Wir machen Ärger, Helene.«

DRITTER TEIL

Schließlich verkennt der Hinweis auf das besonders Intensive oder Außergewöhnliche die zentralen Aufgaben der psychologischen Forschung. Nicht das Exorbitante ist die wissenschaftlich besonders wertvolle oder auch nur besonders schwierige Forschungsaufgabe, sondern gerade das Alltägliche.

Kurt Lewin (1926)

1

Mittwoch, 29. Januar
Berlin-Charlottenburg

Liebe Leni,

ich bin noch immer ganz beseelt von unseren Tagen in Dwinsk, und gerade kann es nichts Schöneres geben als die Freude darüber, all die Orte mit dir geteilt zu haben, denen ich meine Kindheit verdanke. Etwas eigennützig sind die Gedanken, aber ich verstehe jetzt, was es mit der Zuflucht auf die paradiesische Insel auf sich hat: Diese Insel liegt hinter einem und sie wird gleichzeitig umtost von Zeiten, wie wir sie jetzt haben, überall sind Schiffbrüche zu sehen und ist Rohheit zu hören, aber wir drei ließen das Wasser von den Ruderblättern in die Dwina plätschern. Das Winterlicht floss schon eigentlich aus der Erinnerung hinein. Und meine Eltern wollen mir nicht aus dem Sinn, sie wurden so weich; wir haben ihnen ein großes Geschenk gemacht, das Fest mit ihnen zu feiern. Ich hoffe sehr, du kannst auch all die süßen Gegengeschenke würdigen, Leni, die mein Vater dir machte, all seine Komplimente. Er war wirklich sehr verliebt in dich. Eine kleine Erschrockenheit hast du gezeigt, als er dein Lachen einmal ein Wunder genannt hat. Du solltest ihm das nachsehen. Meine Eltern haben kaum einmal Menschen zu Tisch, die sie nicht kennen, und schon gar nicht, wenn das Öl brennt an Chanukka.

Ich will dir etwas schreiben, das du nicht in Erinnerung haben wirst, du hast es womöglich gar nicht bemerkt. Ich habe meinen Vater dabei beobachtet, wie er morgens einmal den Schlüssel für die Apotheke suchte und ihn erst nach einigem Suchen wiederfand. Ich war gleich um seine gedankliche Klarheit besorgt, daher habe ich die Szene vor der Mutter zur Sprache gebracht. Sie winkte ab. Eine Reaktion, die mich nur noch mehr beunruhigt hat. Am nächsten Morgen, ich achtete sehr auf ihn, fand er den Schlüssel gleich.

Nur, als wir nun wieder in Berlin waren und ich grübelte, wie wir beide, Leni, zu einem Experiment über den Ärger finden könnten, da hatte ich diese väterliche Schlüsselsuche vor Augen. Und nun habe ich in den letzten zehn Tagen einen kleinen Versuch gemacht, der überhaupt keinen Aufbau benötigt, und der zu einem ganz durchschlagenden Erfolg geführt hat. Daher dieser Brief, denn ich muss dir unbedingt ein kleines Protokoll davon niederschreiben.

Viermal innerhalb von zehn Tagen habe ich morgens Dimas kleines Schlüsselbund versteckt; daran sind die Schlüssel für unser Zimmer und die Tür zur Straße, aber auch für einen Kellerraum hier und auch sein Schlüssel für das Labor in der Universität. Ich versteckte natürlich immer an Orten, die Dima am Abend gestreift hatte und die daher unverdächtig dafür waren, dass sie von fremder Hand ausgewählt wurden.

Ich sehe jetzt, wie überaus ernst und lächerlich zugleich eine Verärgerung sein kann. Du weißt sicher noch, dass ich mich Dima gegenüber eine Weile so misstrauisch verhalten habe, als ich all seine Handgriffe und seine Körperhaltung abschätzen musste. Er hat aber keinen Hang dazu, Dinge zu verlegen, und da musste nun, so dachte ich im Voraus, der Ärgeraffekt besonders zuschlagen. Es kam so, wie ich es dir beschreiben will: Die erste Suche hat er fast stoisch getan, und nur die ständigen Wege von einer Zimmerecke zur anderen haben ihn aufgerieben. Die zweite Schlüsselsuche, die zwei Tage nach der ersten auftrat, hat ihn aber beinahe zur Weißglut getrieben; am Anfang rief er »Schon wieder« und fasste auch das feste Vorhaben, den Schlüssel danach »immer in der rechten Manteltasche« aufzubewahren. Dies schon als Selbstvorwurf: »Warum nehme ich ihn überhaupt aus der Manteltasche? Ich tue ihn doch sonst immer dort hinein!«

Er fand den Schlüssel dann recht bald und verschwand ohne weitere Worte, woraus ich schließe, dass ihm der eigene Aufruhr etwas peinlich war. Nun musste ich eine Pause einlegen, weil er sich ja wirklich um den Schlüssel sorgte und genau darauf achtete, was er damit tat. Für die dritte Verlegung wählte ich einen Abend. Dima wollte noch einmal ausgehen, aber nicht beruflich. Da ist er der Sache mit dem Sarkasmus eines Menschen begegnet, der anscheinend nicht anders kann, als seine Dinge ebendort abzulegen, wo sie unauffindbar sind. Er hat sich selbst verhöhnt und ausgelacht, und er brach die Suche sogar ab. Ich solle ihn einlassen, ich sei ja zu Hause, er bliebe nur für eine Stunde weg.

Als er wiederkam, fragte er mich vor dem Schlafengehen, ob ich den Schlüssel gefunden hätte, und ich sagte natürlich Nein. Da fiel ihm ein, dass er am Morgen ins Büro an der Technischen Universität und dort ein Arbeitstreffen einhalten müsse. Ich muss dir nicht sagen, dass ich kein Auge zugetan hätte, Leni, mit solch einem Termin am Morgen und ohne den Schlüssel, aber Dima hatte ein wenig getrunken und überließ sich seinem Schicksal. (Er schlief natürlich noch vor mir ein.)

Der Schlüssel lag im Übrigen die ganze Zeit auf seinem Schreibtisch, aber unter Papier und auch noch etwas verdeckt von einer Teetasse, die er dort abgestellt hatte. Am Morgen dann, Leni, ein absoluter, ein nie dagewesener Wutausbruch. Dima hat Schubladen aufgerissen und geflucht, geflucht! sag ich dir, sogar auf Deutsch! Er hat die Vermieterin einbezogen, weil sie plötzlich in der Tür stand, er hat das gesamte Bett mit dem Rücken angehoben, und seinen Mantel angezogen, ausgezogen, angezogen, lauter Dummheiten, die keine Suche mehr waren, bloß reiner Ärger.

Mich hat er sehr böse angeblafft, ob ich die Situation nicht begreife, ob ich ihm nicht helfen wolle oder zu dumm sei oder in die Küche verschwinden könne. So hat er noch nie mit mir gesprochen. Sagte ich also »Ich kann ja in der Küche suchen«, um wirklich hinauszukommen aus der Situation, ich musste also sogar gegen mein Beobachten handeln.

Von da an sah ich vom dunklen Flur aus ins Zimmer. Die Suche dauerte länger als zehn Minuten, einmal schlug er mit der Faust auf die Anrichte. Ich rief ihn mit Namen an, weil es mir nun genug war. Aber dann lief ich wieder hinaus auf den Flur, weil ich seinen strafenden Blick nicht ertrug, ich empfand ihn als strafend.

Mir war wichtig, dass *er* den Schlüssel fand, und am Ende ist es ihm auch gelungen, weil er einige Papiere einstecken musste, die auf dem Schreibtisch lagen. »Warum habe ich nicht hier angefangen? Idiot! Idiot!« Und griff sich in die Haare. Blick zur Uhr. »Nicht mehr machbar.« Er ging dann mit ungeputzten Schuhen und rief mir als Allerletztes zu »Entschuldigung, aber das muss aufhören!«

Du kannst dir vorstellen, dass ich da rot anlief vor Scham, obschon es eine Selbstbezichtigung war. Am Abend schlug er einen Nagel in die Wand neben der Tür und hängte seinen Schlüsselring daran und bat mich, ihn noch unter der Tür ausnahmslos immer darauf anzusprechen, dass er den Schlüssel dorthin platzierte.

Du kannst daraus sehen, Leni, es ist alles sehr neu und interessant, und so dynamisch, dass ich erst einmal nicht weiß, was ich folgern soll aus der Verlaufskurve. Zuerst kein Ärger, beim zweiten Mal sehr viel, beim dritten Mal ein starker Rückschritt, dann eine riesige, minutenlange Affekthandlung. Und wenn ich es hier vor dir aufschreibe, will ich dich eigentlich darum bitten, dass du auf die gleiche Art und Weise einmal den Ärger deiner Frau Lagerbäck studierst. Hat sie denn einen Generalschlüssel, an den du unbesehen gelangst? Oder du nimmst dir eine Kollegin, die vor dir Dienst im Café hat und zu einem Rendezvous aufbrechen will.

Wir müssen den Ärger schon erzeugen, um ihn zu betrachten, denn sonst verlieren wir zu viel Zeit damit, auf der Straße die Zufälle abzuwarten. Wobei du sagen wirst: Zufälle? Abwarten? An jeder Straßenecke wird ja gepöbelt. Ganz bestimmt. Aber mir scheint doch, dass wir mit dem ›verlegten Schlüssel‹ eine wirklich schöne Alltagssituation haben, etwas Prototypisches, das die Versuchspersonen in einen Korridor zwingt, welcher eng und enger zuläuft. Es wird auch mit der Wiederholung zu tun haben, dieses »Schon wieder« lockert unsere innerseelischen Barrieren, und ich werde dir einmal aufzeichnen, was ich mit Lockerung und Festigkeit der Barrieren meine, Leni, aber nicht hier, im Café am Dienstag.

Mir scheint, es rührt an eine Urangst, dass sich alles wiederholt. Man meint ja immer, ein aufgeräumtes Leben zu führen, und diese Ordnung soll eine Ewigkeit haben, aber da kehrt das Chaos zurück, und man spürt gerade durch die Wiederholung dann so eine Unentrinnbarkeit.

Tu mir einen Gefallen und versteck den Brief gut, dass nicht unsere Freundinnen, schon gar nicht aber deine Chefin ihn finden können. Denn sonst macht sich unser Experiment selbstständig und alle Leserinnen verstecken am Ende allen Partnern die Schlüssel, nur um in den eigenen vier Wänden einmal den Irrsinn zu erleben, den Dima mir hier vorgetanzt hat.

Schreib immer auf, was du siehst, vor allem aber, was die VP vor sich hin murmelt oder was sie dir ins Gesicht schreit, ich bin auf alles sehr gespannt und hoffe auf deine Erkenntnisse.

Deine Z

2

Nach fünf Minuten ist ihm, als hätte er den Schaukelstuhl auf der Veranda seit Jahren nicht verlassen.

Dabei hat Zadek eben noch stapfend eine halbe Meile durch Iowa City genommen, vom Forschungszentrum nach Hause; das Gesicht von der Abendsonne errötet, ist er die Stufen zur Eingangstür hinaufgesprungen. Hat sich dagegen entschieden, den Schlüssel ins Schloss zu stecken, ist Mrs. Clifford aus dem Weg gegangen, ums Haus herum geschlichen, er hat die Ledertasche zu Boden sinken lassen und sich schließlich in den Schaukelstuhl gesetzt.

Sehr entfernt ist das Brummen der Landmaschinen zu hören. Es verschwindet aber, wenn er schaukelt. Zadek hat die Augen geöffnet, und er fliegt auf die Lyra zu: Sein Garten schließt mit drei Kiefernstämmen ab, die so eng beieinanderstehen, dass Zadek sie vor sich selbst die dreisaitige Lyra nennt.

Gerade windet sich ein Eichhörnchen um den linken Baumstamm, das schwarze Fell verschwindet und wird wieder sichtbar. Sonst wirken diese Tiere beruhigend auf ihn, so als seien sie Postboten. Heute ist das Eichhörnchen einfach ein Dieb, der die Futterkästen der Vögel abklappert.

Er wird den Ärger nicht los.

»Mister Zadek? Are you home?«

Mrs. Clifford hat ein Fenster im oberen Stockwerk geöffnet, über dem Dach der Veranda. Sie kann ihn nicht sehen, sie kann ihn nicht hören. Er braucht Ruhe.

Schlimm genug, dass es nicht um offensichtliche Fehler im Experiment geht. Nicht die Abläufe sind gefährdet. Aber was seine begabtesten Kolleginnen und Kollegen in das Experiment hineinlesen und aus ihm herausziehen!

Besser gesagt, was sie n i c h t herausziehen.

Vor allem Rons Naivität verärgert ihn.

Ron, der nicht versteht, was demokratische Leitung eigentlich bedeutet. Der sich kaputtlacht über den demokratischen Leiter Conradi. Für Ron gibt es nur den sichtbaren Conradi, der eine legere Hose und ein hell gestreiftes Leinenhemd trägt, der sich mit heruntergekrempelten Ärmeln zwischen den Jungs bewegt. Der Leiter lächelt, schon wenn er den Raum betritt. Er begrüßt die Kinder, setzt sich dazu auf den niedrigen Tisch oder auf den Boden, um auf Augenhöhe mit den Kindern zu sein, in ihrer Nähe. Das tut Conradi schließlich alles auf Anweisung. Mit ruhiger Stimme sprechen. Verschiedene Angebote der Beschäftigung machen. Die Kinder wollen Masken bauen. Aber darum geht es ja nicht! Das ist alles zu sehen, das ist die Oberfläche.

Es geht um den anderen Teil von Conradi, der vom Baumstamm verdeckt wird. Zadeks Ärger rührt daher, dass Ron nicht versteht, was das Spagat der demokratischen Versuchsleitung ist. Conradi muss sich zurücknehmen, damit die Kinder selbst sich die Arbeiten lernend aneignen. Und doch muss er jederzeit ansprechbar bleiben. Deshalb heißt es ja: *Die Körperhaltung bleibt locker-gespannt. Hände in den Taschen bedeutet immer: Tiger auf dem Sprung.*

Diese Richtlinien haben Ron und er gemeinsam entwickelt, bevor der Versuch startete. Hier in diesem Haus. Jeden Morgen haben sie darüber geredet, wie man demokratische und autokratische Atmosphären aktiv erzeugen kann. Warum also sind Ron und Emiljana nicht in der Lage, die demokratische Führungsarbeit anzuerkennen?

Ja, Conradi hat in seinen Sitzungen eine Gruppenatmosphäre geschaffen, in der sich fünf Kinder, die einander wildfremd waren, so wohl und aufgehoben fühlen, dass sie angstlos die Nähe jedes anderen Kindes suchen. Und ja, verdammt noch mal, Conradi ist gerade deshalb nach den Übungsstunden erschöpft, jedes einzelne Mal ist Conradis Oberhemd danach schweißnass gewesen, unter den Armen und den gesamten Rücken hinab.

Einen ›running gag‹ haben sie im Institut daraus gemacht, dass Conradi so schwitzt. Einen Witz, der freilich nur erzählt wird, wenn sich der Betroffene nicht im Raum befindet. So wie vorhin wieder. Und da hatte Zadek nicht mehr an sich halten können.

»Worüber lacht ihr denn?? Diese Schweißflecke unter seinen Armen, kann es sein, dass wir sie alle zeigen, und dass dies genau die Schweißflecke sind, die Amerika ausmachen?«

Zadek ist laut geworden.

In seiner Erregung hat er sogar seine Herkunft ins Spiel gebracht und direkt Emiljana angespochen: »Diese Anstrengung, der sich Conradi aussetzt, scheut sie nicht der deutsche Bürger, indem er sich immer gleich persönlich angegriffen fühlt von den Anstrengungen der demokratischen Welt? Und dann nimmt er reißaus und flüchtet sich ins Massengefühl. Warum? Weil er verlernt hat, vor einer kleinen Gruppe zu stehen, weil er nur noch in der Masse schwitzen kann.«

Emiljana, die es mit herübergeschafft hat aus Europa.

Und Ron, der ihn angesehen hatte wie ein Trottel, mit offenem Mund.

»Conradi schwitzt, weil es eine Anstrengung ist, demokratisch zu führen! Sich zurückzunehmen und den Kindern Freiheit zu geben. Zivilisation, die Aufrechterhaltung von Zivilisation ist eine Anstrengung.«

Nein, peinlich ist ihm der Auftritt nicht. Naive Menschen muss man aufrütteln. Und selbst die schöne Abendsonne kann es nicht begreifen: Ist er hier wirklich der Einzige, der Verständnis für Conradis Schweißperlen hat?

Er muss jetzt daran denken, wie Emiljana ihn letztens kritisierte. Sie kamen aus Chicago, an diesem wahnsinnig heißen Nachmittag, und er hatte Ron gebeten, das Automobil zu parken, bevor sie den Mississippi überquerten. Er wollte auf die Brücke, in den Wind. Er weiß noch genau, vor der Gedenktafel stand eine dreiköpfige Familie, und das Mädchen las die Inschrift vor, in einem kanariengelben Frotteekleid mit rosafarbenen Rosen. Zadek hört das Mädchen von den Opfern und Veteranen des Weltkrieges sprechen, denen die Brücke gewidmet ist. Er hört auch, wie Ron seufzte, *savage war*. Was ja stimmte, und was ihn trotzdem ärgert, heute erst passt es ins Bild. Wie naiv sie sind. Weder Ron noch Emiljana haben eine Ahnung davon, dass er in diesem Krieg noch auf der deutschen Seite gekämpft hat und verwundet worden ist.

Ron hatte in Chicago den Vortrag gehalten, Emiljana ist mit ihnen gefahren. Sie waren zu dritt, genau wie diese Familie an der Gedenktafel. Sie sind jetzt immer zu dritt, das ist die neue Situation. Sie können nicht mehr ohne einander. Bei den Vorbereitungen auf das Leadership-Experiment haben sie sich kennengelernt, seit drei Wochen zeigen Ron und Emiljana ihre Liebe.

Es stimmt, Zadek hat seitdem Probleme mit dem Gleichgewicht. Er will die beiden nicht stören, aber er kann sie auch nicht andauernd Arm in Arm, Hand in Hand sehen, wenn er nachdenken will. Auf der Brücke ist es besonders schlimm gewesen. Ron und Emiljana schlenderten, redeten, alberten. Und Zadek hat sie, als sie selbst ihre Versenkung bemerkten und ihn ansprachen, auch noch angelogen. Er hat gesagt, dass ihm das alles nichts ausmacht. Wir sind doch erwachsene Menschen. Solange die Arbeit nicht leidet. Irgendeine Verlegenheit ist da aus ihm herausgepurzelt.

Sie standen auf der Brücke, es ging überhaupt kein Wind, und sie sprachen über den Vortrag und über die Konferenz, die einen guten Verlauf genommen hatte, fand Zadek. Da widersprach Emiljana aber vehement. Sie hatte in Chicago eine Feindseligkeit wahrgenommen, abschätzige Blicke. Zadek nahm ihre Empfindung ernst, er nahm immer jede Empfindung ernst, aber er wollte sie abfedern, er sagte, der Eindruck entstünde womöglich, weil die Köpfe und Denkmuster sich erst öffnen mussten für ihre sozialpsychologischen Studien, es gäbe ja keine Verankerung ihrer Thesen, niemand in der Geschichte der Psychologie habe bisher intensiv über Kleingruppen und ihr Verhalten nachgedacht.

Emiljana fuhr ihn an. »Weißt du, dein Denken ist mittlerweile sehr bestimmt von deinem Vorhaben, die deutsche von der amerikanischen Gesellschaft zu unterscheiden. Vielleicht bist du ein wenig gefangen darin. Die Stimmung uns dreien gegenüber gestern war nichts anderes als antisemitisch.«

Punkt. Aus.

Und Rons Gesicht dazu, nein, seine Hand, wortlos hat er Emiljanas Hand gegriffen und seine Verlobte weitergezogen auf die Brücke.

Zadek bleibt zurück, im Schaukelstuhl. Das Eichhörnchen ist verschwunden, die Sonne geht auch bald. Er macht alles mit sich aus. Frech von Emiljana. Als übersähe er den Antisemitismus. Als seien die Gruppenexperimente nicht dafür da, herauszufinden, wie wir Feindschaft überwinden, wie wir es ohne Aggression schaffen können. Im Alltag, im Institut. Alles ist ja im Experiment zu erleben; schon bei den Jungs, den elfjährigen Jungs kann er beobachten, welch besondere Stärke eine Dreierkonstellation von den Individuen einfordert. Wo zwei sich freuen, streitet der dritte. Und wo die Gefahr wächst, die Gruppe könne zerfallen, wächst auch das Gewicht, das die Einzelne an der Gruppe trägt.

Und da wendeten sie sich einfach ab von ihm. Auf der Brücke. Arme über der Schulter schlenderten sie dahin, Zadek aber blieb zurück mit seinen Emotionen.

Mit der Verwunderung darüber, dass Emiljana Chavo sich noch jemals verloben würde. Er hat Emiljana für lesbisch gehalten, seit er sie kennt, seit sie sich in Berlin so stark für das Tagesheim der Studentinnen engagiert hat.

Mit der Eifersucht auf Rons späte Attraktivität.

Er sah hinab in die Strömung des Flusses, und als er sich umdrehte zur Straße, sah er wieder das Mädchen, das sie am Gedenkschild vor der Brücke getroffen hatten. Sein Kleid leuchtete sehr. Aber jetzt war es nicht die gelbe Grundfarbe, jetzt waren es die Rosen, die Zadek blendeten, und was ihn beim Anblick der Blumen überfiel, war schlimmer als jeder Schub von Eifersucht auf Ron und Verwunderung über Emiljana.

Es ist die Leerstelle, die es eigentlich nicht geben sollte. Es ist diese Einsamkeit, die er neben Ron und Emiljana spürt. Er ist ein geschiedener Mann mit einer achtzehnjährigen Tochter und einer Haushälterin. Aber sie alle fehlen ihm nicht.

Ja, als hätte er den Schaukelstuhl seit Wochen nicht verlassen. Er kommt mit seinen Essays nicht voran. Hier Roosevelt, da die Gruppenexperimente. Die Korrespondenz, die Suche nach Übersetzern und Geldgebern und Führungskräften. Er macht zu vieles gleichzeitig, und dieser *self made man*, der er war, der die Stärke bündelte im Moment, da er sie präsentiert – er ist für Zadek unter dem Berg an Aufgaben, die er vor sich hat, zu einer geradezu lächerlichen Vorstellung geworden. Ein Mann, der sich in der Familie und mit Freunden berät, unter vier Augen, in der Gruppe, und tritt am Ende auf die Veranda, tritt vor das Haus, hebt das Glas und sagt: *Ich habe eine Entscheidung getroffen.* Und vielfach ist er ja noch darüber hinausgegangen und hat behauptet, Entscheidungen zu treffen, gebe seinem Leben erst Struktur.

Welch ein Witz!

Als könnten wir nur existieren, indem wir beständig einander hersagen, wir seien die Versuchsleiter unseres eigenen Lebens und hielten die Fäden in der Hand.

Wer ist denn der Versuchsleiter seines eigenen Lebens? Es hat doch jeder erlebt, was man das Wechselbad der Gefühle nennt. Und ist doch derselbe Mensch, der, noch während er jemandem durchaus überzeugend von seiner Entscheidungsfreude und seinem Eigensinn erzählt, mit jeder Minute tiefer in den Augen seines Gegenübers versinkt, als versinke er im Wasser, als steige er gerade in ein Schwitzbad. Ein Anteil nehmendes Lächeln, ein Rosenkleid, ein wenig Warmherzigkeit, schon sind wir so verunsichert, dass wir zu stottern, zu lächeln und zu erröten beginnen ...

Und plötzlich erzählen wir anders von uns.

Zadek weiß um diese Gegenkraft, die niemals Stärke genannt wird. Sie verlangt danach, dass man die Faust öffnet, welche die Fäden hält. So wie ein Kind geständig die Faust öffnet, dem man nur oft genug sagt, es habe gestohlen. Es hilft nicht, sich gegen diese Kraft zu sträuben.

In diesen Wochen ist er der Souverän, der folgt. Der sich schwärmerisch hingibt, weil er gezogen wird, über den Platz geführt in ein Schloss, die Treppe hinauf durch eine rosenrote Kammer.

Er fühlt sich alleingelassen, im Stich, dort, wo es sticht.

Es liegt an Emiljana. Daran, dass Ron jetzt Emiljana liebt.

Zadek schwärmt und schwitzt. Er ist zur Versuchsperson geworden. In einem Käfig aus Klebestreifen fällt er auf die Knie.

Vor dem vierten Wesen, das fehlt.

3

Jeder Einladung ins Schloss war ein Eintrittskärtchen beigelegt, das am Eosanderportal abzugeben war. Den Unkundigen erklärte der Portier, wo sich Raum 700 befand. Die Treppe hinauf, den hohen Gang entlang bis in die Ecke, wo sich Südseite und Westflügel trafen. Dort wartete man und meinte, dass der Blick zu beiden Seiten ins Unendliche führe. Ein erster Irrtum. Wer die Augen scharf stellte, erkannte, dass die Gänge an ihren Enden zu Kugeln oder Punkten zusammenschrumpften.

Die Flügeltür öffnete sich pünktlich auf die Minute, und da stand Zenia Naujas, in hochgeschlossener Bluse, strengem Zweiteiler, dunkle Nähte auf hellgrauem Filz. Sie hatte sich das dicke kurze Haar zur Seite gekämmt und trug vom Aufbau noch froschgrüne Gummihandschuhe, als ginge es darum, sich vor ätzenden Chemikalien zu schützen. Sie trug nicht ihr goldenes Halskettchen.

Raum 700 war einer der alten kaiserlichen Säle und beinahe sechs Meter hoch. Stuckbänder rahmten die Decke. Im Mittelpunkt prangte eine Rosette mit dem Umfang einer Brunnenschale. Der zugehörige Kronleuchter fehlte. Die Wände, allesamt mit rotem Damast umspannt, darin eingewebt ein Rautenmuster; in einzelnen Feldern hoben sich tiefrote Blumenbuketts aus dem Stoff. Auf dem Saalboden waren Schiffsdielen ausgelegt, sie verschwanden aber fast zur Hälfte unter einer Sitztribüne, einem Einbau aus einfachem, schwarz angestrichenem Holz. Ein Raum-Saal, in dem die

Zeiten einander überlagerten. Auf Damast folgte Sperrholz. Die Tribüne war leer.

Die Versuchsleiterin bat an einen kleinen Schreibtisch, der in seitlicher Fortführung der ersten Tribünenreihe stand. »Hier werde ich sitzen«, sagte Zenia Naujas und legte den Bogen mit der Verschwiegenheitsverpflichtung vor. Das Papier war zu unterschreiben. Wer an der Universität lehrte oder studierte, kannte das Procedere. Unter keinen Umständen durfte man über laufende Experimente der Fakultät sprechen. Schon zu Studienbeginn hatten Zenia und all ihre Kommilitoninnen einen schriftlichen Eid vor Rauch und Zadek geleistet, um die experimentalen Ergebnisse nicht zu gefährden.

Wenn Mäntel oder Jacken, zumeist in der ersten Tribünenreihe, abgelegt waren, begann der Raum auf die Versuchspersonen zu wirken. Die Tribüne machte die Bodenebene zur Bühne, es war eine perspektivische Sache, der sich niemand entziehen konnte. Im Zentrum des Bühnenparketts aber – man erwartete hier eher ein Vortragspult – war aus hellen dünnen Holzstäben ein Quadrat auf dem Boden ausgelegt. Zweieinhalb Meter mal zweieinhalb Meter. Ein Stuhl stand darinnen, sonst nichts.

Zenia erklärte den Aufbau. Sie hatte dafür einen Text auswendig gelernt, den sie wortgetreu aufsagte.

»*Das Quadrat ist der Bereich, in dem die Versuchsperson sich aufzuhalten hat. Etwa 1,20 m entfernt, außerhalb des Quadrats in der Bühnentiefe, steht ein Holzbock. Darauf liegt eine rote Rose.*« Zenia sprach leise und unbetont, sie hob und senkte kaum eine Silbe. »*Wer nur dasteht und den Arm ausstreckt, reicht nicht an die Rose heran. Nun, die Aufgabe ist:*

Wie erreichen Sie die Rose, ohne das Quadrat mit den Füßen zu verlassen?«

Viele wiederholten den letzten Satz, wie um zu erkennen zu geben, dass es der entscheidende war. ›Wie erreiche ich die Rose aus dem Quadrat?‹ Man nickte Zenia zu, es war auffordernd gemeint. Aber die hatte nichts mehr hinzuzufügen.

Jetzt stand Helene Lassahn von ihrem runden Tisch auf, der sich recht nahe am Versuchsquadrat befand. Sie trug eine farbige Bluse und stellte sich als Stenographistin vor, streckte der Versuchsperson die Hand entgegen, die auch zumeist ergriffen wurde. »Wir können dann beginnen«, sagte Helene. Und alle drei Personen begaben sich in ihre Ausgangspositionen.

Sie hatten bereits einen wissenschaftlichen Dozenten getestet und auch einen Durchlauf mit Zadek gemacht, der das Experiment als einziger Außenstehender kannte und durchschaute. Zadek spielte dabei noch einmal einige Verhaltensvariationen durch, auf die Zenia vorbereitet sein sollte. Er hatte die Entwicklung des Versuchs im Januar und Februar begleitet, indem er mit den beiden Damen insgesamt drei Vorgespräche führte. Zenia war aber nur einem einzigen seiner Ratschläge gefolgt, das war, dass sie die Klebestreifen, mit denen sie zunächst das Quadrat hatte bilden wollen, durch dünne Holzstäbe ersetzte.

Emiljana war die dritte Testperson. Sie war diejenige gewesen, die im Herbst und Winter am allermeisten gebohrt und gestichelt hatte, spielerisch oft, weil sie ja wusste, dass sie nichts über die Inhalte des Experiments erfahren durfte. Zenia hatte bald gefragt, ob es Emiljana helfen würde, früh geprüft zu werden – oder ob der dann einsetzende Druck, das Erlebte geheim zu halten, noch schlimmer zu ertragen sein würde. Man wog es gemeinsam ab, und schließlich gestand Emiljana ihre große Neugier – sie wollte bald davon erlöst werden.

24. März, 9.00 Uhr stand später über dem Protokoll. VP: Ruth Emiljana Chavo, geb. 1904 in Baku, Aserbaidschan; seit 1925 in Berlin, Doktorandin der Psychologie an der Berliner Universität. Die VP wirkte sehr aufgeregt, als sie den Saal betrat. Das gelegte Quadrat empfand sie gleich als ihr neues Zuhause, scherzte darüber (»schön warm hier drinnen«), setzte die Fußspitzen an einen Holzstab, reckte den Hals, als würde sie ihn durch ein Fenster hinausstrecken, und drehte dann den Kopf nach links, nach rechts. Ein pantomimischer Spaß.

»So ist es richtig«, sagte Zenia, »die Füße immer hinter den Stäben.«

Wer nur dastand und den Arm ausstreckte, reichte nicht an die Rose heran. Wie erreichte man also die Rose? Emiljana zeigte sich verwundert über die Einfachheit der Fragestellung, auch angetan davon: »Ich mag es ja, wenn die Dinge nicht so kompliziert sind.« Sie war in einem luftigen Hosenanzug erschienen. Sie war gleich guten Willens, sich der Aufgabe zu widmen.

Was ihr fehlte, war ein Stab, ein Stock, eine Angel. Ein Rosenmagnet. »Um die Rose zu pflücken, muss ich wohl vom Pfad abweichen.« Aber wie und wohin. Zehn Minuten vergingen mit nichts als Stille und Träumerei. Zu bemerken war, dass sie von einer inneren Stimme angetrieben und zu Kommentaren veranlasst wurde, etwas wie: »Die Holzstäbe darf ich nicht«, »Dabei würde ein Schritt vorwärts genügen« oder, sich anspornend: »Nachdenken musst du schon.« Emiljana verspürte auch den Drang, in den unerlaubten Bereich zu springen. Einmal hielt sie in der Luft inne, zog das Bein in die Wohnung zurück, keine Akrobatik, aber doch ein Beweis ihrer Sportlichkeit.

»Der große Raum«, sagte Emiljana, »hält einen irgendwo vom Denken ab.« Sie setzte einen Fuß direkt an den Holzstab, parallel dazu, und nun immer einen Fuß vor den anderen. So ging sie einmal von innen die vier Holzstäbe ab, ohne diese mit Sohle oder Schaft zu berühren, als führte sie einen Balanceakt vor. Sie durchwühlte ihre Handtasche, fettete sich mit einem Stift die Lippen. Sie setzte sich auf den Boden, die Knie unterm Kinn, noch ohne Idee.

Helene schrieb auf, was sie sah. Zenia hatte die grünen Handschuhe nicht ausgezogen, sich aber eine Brille aufgesetzt und eine Klemmlampe eingeschaltet. Sie widmete sich Unterlagen, ohne darin zu lesen, ohne auch nur einmal den Kopf zu heben. »Wenn ein Raum groß und hoch ist und wenn dann die Menschen darin schweigen«, gab Emiljana später zu Protokoll, »so wird der Raum nur noch größer und höher und die Menschen sind kaum mehr vorhanden. Ich habe mich recht bald sehr allein gefühlt. Wie auf dem Grunde eines Brunnens.«

Zwei Ablenkungen gehörten noch zum Aufbau. So stand auf der anderen Seite des Quadrates, von der eigentlichen Aufgabe abgewandt, ein zweiter Bock mit einer zweiten Rose. Zudem lagen neben dem Quadrat in regelmäßigen Abständen voneinander einige Holzringe aus. Emiljana fragte auch wirklich, ob die Ringe zu verwenden seien, ob sie die Rose damit angeln dürfe.

»Ist nicht erlaubt, nein.«

»Und ich dachte, ihr befragt mich zu Gefühlen. Nach einer Rose greifen, das ist nun doch billig. Eine Rose ist ja doch noch kein Gefühl ... Darf ich mich denn auf dem Boden nach der Rose strecken?«

Die Versuchsleiterin sah von ihrer Lektüre auf.

»Doch, warum nicht. Solange die Fußspitzen oder die Ferse innerhalb der Wohnung verbleiben.«

Emiljana strich sich den Hosenstoff glatt, legte sich bäuchlings aufs Parkett. Sie musste die Arme nur etwas strecken, um ein Bein des Klappbocks zu ergreifen, und kaum rüttelte sie daran, schon fiel die Rose herunter.

»Gut, ja, Aufgabe gelöst«, rief sie, wenig begeistert.

Zenia nickte, legte die Hände auf den Tisch, winkelte die Ellbogen ab, als wolle sie sich im nächsten Moment hochstemmen. Einige Sekunden verharrte sie so, dann stand sie tatsächlich auf.

»Das war gut. Danke. Ich lege die Rose jetzt wieder auf den Bock zurück, so wie sie eben gelegen hat. Und nun die zweite Lösung, Emi, geh' dafür bitte zurück in das Quadrat.«

Ach so. Emiljana zog überrascht die Stirn in Falten. Der erste Erfolg war augenscheinlich nur dafür da, ihn abzuhaken. Aber nun packte die Aufgabe zu, die folgenden Minuten waren ganz von Emiljanas Ehrgeiz geprägt. Sie schalt sich selbst, nicht sofort die zweite Lösung zu finden, kauerte zwischen den Holzstäben in ihrem Quadrat, das sie einmal Käfig nannte. Zwischendurch, wie aus dem Nichts, ein ganz abwegiger Gedanke: »Hat es mit deinen Handschuhen zu tun?«

Zenia schüttelte den Kopf, streifte die Handschuhe ab und verstaute sie. Emiljana wollte aber die Hände sehen. Zenia kam zu ihr und hielt ihr die Hände ins Quadrat, sie zu betrachten.

»Du trägst ja *auch* einen Ring«, sagte Emiljana: »Ich muss wohl über die Holzringe nachdenken.«

Die Versuchsleiterin ging und öffnete ein kleines Fenster im großen. Sie sah hinaus, drehte ihren Stift in der Hand. Helene stenographierte, dass diese Geste etwas in Emiljana auslöste. Die Freundin hatte sich hiermit von ihr abgewendet. Sie womöglich aufgegeben. So wendete sich auch Emiljana erstmals von der Fragestellung ab. Sie tat etwas, das in Zenias Doktorarbeit später als Aus-dem-Felde-Gehen bezeichnet wurde. Man musste dafür nicht unbedingt die Barriere durchbrechen, die von den Holzstäben gebildet wurde, möglich war auch eine innere Emigration, der Übertritt in ein Zwischenreich aus Realität und Irrealität.

Emiljana sprach leise in sich hinein. Sie nahm das Quadrat als Käfig und den Saal als Palast und meinte also in einem Märchen gelandet zu sein. Es war kein Brunnen, in welchem sie saß. Also war Zenia mit ihren grünen Handschuhen kein Frosch, sondern … in ihrem Filzgrau … ein Wolf. Ein disziplinierter Wolf, ein zivilisierter, das waren ja die schlimmsten, das wusste man. Nur machten Wölfe am Ende die dümmsten Fehler, das wusste man auch.

Sie gab das später alles zu Protokoll. Viele Gedanken, die fernab von Lösungen lagen. Eine Mischung aus Ärger und Ohnmacht, und die weit hergeholte Angst vor einem Raubtier, nur festzumachen an der Position Zenias, die am Fenster gestanden und ihr den Rücken gezeigt hatte.

»Wer ist denn nach mir an der Reihe?«

Zenia wartete, lange wartete sie, dann schloss sie das Fenster.

»Du hast so viel Zeit, wie du benötigst.«

Emiljana bat um ein Glas Wasser. Es gab eine erste Lösung, also gab es auch eine zweite. Sie redete wieder. »Ich hatte in den letzten Tagen manchmal gefürchtet, zu etwas befragt zu werden, das ich nicht verstehe. Dass ich durch eine Befragung vorgeführt werde.« Und nun diese Wohnung ohne Möbel. Eine Landessprache aus Blumen, Ringen und Linien. Andere mochten wissen, was sie darauf zu antworten hatten.

»Irritiert dich der zweite Bock?«, fragte Zenia.

»Mich? Der zweite – nein.«

Es wurde deutlich, dass Emiljana den zweiten Bock gar nicht beachtet hatte, der da auf der anderen Seite des Bodenquadrates stand, genauso ausgeklappt, auch aus hellem Holz, und es lag ebenfalls eine rote Rose darauf.

Nur war dieser Bock so nah, dass man die Blume greifen konnte.

»Dann ist es gut. Jener Bock hat keinerlei Bedeutung für die Aufgabenstellung.«

Emiljana spürte einen kurzen Stich:

»Was soll das bloß alles hier!«

Wenn Zenia daran interessiert war, dass sie die Aufgabe bewältigte, warum solche Provokation! Der zweite Bock nahm Emiljana die Lust und die Kraft. Sie zog ihre Stiefel aus, massierte ihre Füße, drehte ihre Haare, kämmte sich, zog die Stiefel wieder an, kaute Haare, sie sah hinab auf die Grenzen, die von den Holzstäben gebildet wurden, sie dachte an ihren Ehrgeiz (Gedankenprotokoll: »Wenn nur dieser Ehrgeiz nicht wär, der Ehrgeiz war das einzig Ärgerliche«). Sie übte Handstand (»Ich brauchte Blut im Kopf«), setzte sich wieder auf den Stuhl, kippelte, vergrub den Blick in der Stuckrosette an der Decke, ... um auf einen Lösungsweg zu gelangen, musste man von sich absehen, musste man seine Gedanken kanalisieren, sie eben *auf den Weg bringen,* in diese Richtung lenken, »ich habe doch zwei gesunde Beine«, sagte sie, und laut Protokoll sagte sie es, weil sie dabei an den Portier gedacht hatte, dem sie die Einladungskarte gezeigt, der ihr unnötigerweise den Weg weisen wollte, kurz hatte sie ihm in sein dackeliges

Gesicht geblickt und dann am steifen Kragen den Überlebenden erkannt, einen, der solche Anstellung gesucht hat, um weiter Uniform zu tragen, sie dachte an das Humpeln ihres Vaters … und wie es sein konnte, dass jedes hochgesteckte Hosenbein immer noch ihren Puls erhöhte, obwohl ihr Mitleid doch Jahr für Jahr nachgelassen hatte, dass sie Mitleid heute sogar falsch fand, weil sie wusste, erst wenn ich aufhöre, diese Hosenbeine anzustarren, endet auch der armenische und russische Einmarsch in meine Heimat, endet auch die deutsche Vergangenheit, endet die Schließung der Synagoge in ihrer Straße, wird das Holz von der Tür abgezogen, und so viel Armut bei so viel Wut gegen die Frauen auch, die Bergjuden gaben ihren Töchtern nicht einmal einen Platz zum Beten, man musste sich dagegen wehren, auf irgendeine Weise, sie tat Dienst im Studentinnenwohnheim und gab allgemeinen Unterricht für Arbeiterfrauen und unter diesem Berg an wilden Gedanken und Bildern, fünf Minuten, zehn, fünfzehn Minuten lang saß Emiljana, den Kopf im Nacken, die Augen geschlossen, rieselten ihr durchs Ohr Körner in die Hirnschale und durch den Mund wieder heraus, etwas wie ›Ich muss beten, ich muss ja irgendwann hinüberrudern!‹, ›Mit zwei gesunden Beinen sollte es gehen‹, ›Ich träume mich hinüber und greife die Rose‹, ›Und reimt sich auf Hypnose‹, ›Die Ringe, die Rose … man müsste wohl auch heiraten‹, das alles in sich hinein, so leise, dass Helene von ihrem Sitz sich erhoben hatte und sich lauschend vornüberbeugte, dann einmal fragte Emiljana laut: »Sind es nicht solche Zauberringe, die ich ineinanderstecke und verlängern kann?«

Daraufhin Zenias Lachen. »Sind es nicht, nein.«

»Was lachst du denn so … so dümmlich?«

Zauberringe! Zenia hatte unfreiwillig gelacht. Das Lachen war nun nicht zurückzunehmen. Es richtete etwas an. Zenia hatte ihre Freundin so plötzlich wie tief verletzt, sie hatte ihre

Macht als Versuchsleiterin hineingeführt in jene Tiefenschichten von Emiljanas Seele, zu denen sie bisher keinen Zugang gehabt hatte.

Emiljanas Augen strahlten voller Kampfeslust, strahlten den Willen aus, Feuer zu legen. Hinter der Tribüne hing die vermaledeite Uhr, nur damit man feststellte: schon viel zu lange hier und noch nicht fertig, und dann schon, dann, mitten hinein in die lösungsfernsten Gefilde, hinein in die Wut auf Zenias Gelächter fiel eine Erkenntnis, »so plötzlich«, dass Emiljana darin »sofort und wie ein Licht das Wissen um die Lösung erkannte« (Protokoll):

Sie saß doch auf einem Stuhl! Von Anbeginn hatte ein Stuhl in ihrem Wohnquadrat gestanden, sie hatte den Stuhl bereits mehrfach angehoben und verschoben. Aber weder war ihr dabei das eigene Sitzen als Tätigkeit bewusst geworden, noch hatte sie das Möbel unter sich als Teil der Versuchsanordnung wahrgenommen. Emiljana fragte, ob es erlaubt sei, den Stuhl zu nutzen.

Zenia, schnell, womöglich erleichtert: »Selbstverständlich.«

Emiljana reckte sich, stellte den Stuhl zwischen Holzstab und Bock auf, sie beugte sich über die Lehne, der Rose entgegen, auf Zehenspitzen. Sie spürte, wie ihr Körper den Wettkampf annahm, sich Oberschenkel und Waden strafften, auch der Hals. Sie war die Giraffe im Zoologischen Garten, die sich bis zum Äußersten streckte, die Zunge ausfuhr, um das Blatt zu erreichen. In Baku hatte sie, als der Krieg zu Ende ging, in einem sandigen Park und auf Baumstämmen geturnt. Aber der Stuhl kippelte. Emiljana verlor das Gleichgewicht und meinte, ihre Hand müsse in dem Moment, da sie außerhalb des Quadrates den Boden berührte, verbrennen.

»Vorbei, jetzt ist alles vorbei«, jammerte sie, auch dies stand später im Protokoll.

Zenia schüttelte den Kopf: »Du bist ja nah dran. Versuch es noch einmal.«

Emiljana überlegte gar nicht mehr, worin der Fehler bestanden hatte, sie war ganz körperlicher Wille, stellte den Stuhl wieder auf, Streckübungen, Sprünge sogar, kurz darauf brachte sie sich in die schräge Position – und erhaschte so die Rose zum zweiten Mal.

Daraufhin küsste sie den Blütenkopf, sog mehrfach den Rosenduft ein. Hierzu ausführlich das Protokoll: *Sehr statisches u. sachliches Verhalten über fast 25 Min., VP insgesamt resistent gegen Außen- und Innenbarriere; starker Hang zu Irrealis, Schwärmerei; VP zeigt Isolierung der Ausführungshandlung (AH) von anderen psychischen Wesenheiten. AH stößt erst wieder mit ihrem übrigen Ich zusammen, als sie die Rose zum zweiten Mal greift, sie dabei wie einen Pokal behandelt (Erinnerungen oder Traumerinnerungen an Sportwettkämpfe?).*

Zenia klatschte jetzt einige Male die Hände zusammen, gemächlich, hohl, ohne viel Geräusch, aber es war doch als Lob aufzufassen. Ein Applaus, der die Situation auflöste. Nicht auflöste. Verschob.

Emiljana sah sich durch die Wand gehen, sie sah ein letztes Mal zur Uhr, schüttelte den Kopf, insgesamt waren mehr als neunzig Minuten vergangen, seit sie eingelassen worden war, ins Schloss, in den Saal, in die Wohnung, den Brunnen, in den Käfig, sie sah sich ihre Windjacke nehmen, die Treppe hinab und hinaus auf den Schlossplatz, hinübergehen ins Café, auf einen Teller Suppe, die es dort immer gab, den Steckrübeneintopf von gestern oder lieber noch ein paar zerdrückte Kartoffeln mit Salz, sie wusste gar nicht, wer Küchenschicht hatte,

Helene konnte es nicht sein, die saß ja dort drüben und notierte, wie lange alles gedauert hatte ... aber das war ja nun egal, »So weit sind alle gekommen«, sie trat schon über die Außenbarriere und stand an der Tribüne, wo ihre Jacke, »ich lege nun die Rose zurück«, Emiljana drehte sich ...

Zenia war aufgestanden, in ihrem Rücken, bückte sich, »ich bitte dich ins Quadrat ... und nun, Emi«, sagte Zenia, »die dritte Lösung.«

4

Eine kleine Tasse Haferbrei, im Stehen gelöffelt. Geht ja nur darum, in den nächsten zwei Stunden nicht tot umzufallen vor Hunger. Und dann nimmt Helene die Lagerbäck'schen Sonntagskleider, die Anzüge und Hemden von den Bügeln im Garderobenschrank, wirft sich alles über den Arm, und ab ins Nikolaiviertel. Erst zur Reinigung, dann Wäscherei, Bäckerei, am Ende der Einkauf fürs Mittagessen. Als sie heimkommt, ist Karlotta, die kleine Lichtgöttin, die alle nur Lotte nennen, schon in Kleidern und Parfüm. Man schätzt einander, von Lottes Seite ist auch ein Hauch von Geringschätzung dabei, weil sie pubertiert. Es ist das Zeitalter, in dem ein Mädchen in Schleifen und Hüten denkt, sich der eigenen Schönheit hingibt, und noch dem Ekel Lottes vor dem kleinsten Fliegendreck haftet eine solche Aufrichtigkeit an, da kann kein Ratschlag verfangen.

Frau Lagerbäck, die Mutter, schüttelt oft den Kopf und sagt, für ein modernes Mädchen sei Lotte doch zu akkurat, aber das ist bloß ein Seufzen über das eigene Spiegelbild. Sie sind beide so. Der Mittlere ist Maximilian. Man hat sich darauf geeinigt: das Sorgenkind. Widerborstig vom ersten Sonnenstrahl an, bettschwer, und dann das Ankleiden und Speisen, alles mit hängender Zunge. Die Morgendämmerung könnte für Max nur aus einer Kanne Kakao bestehen und würde nichts verlieren. Er sitzt und trinkt und schläft doch fast wieder ein. Helene ist aber die Einzige, die sich nicht über Maxens Puls lustig macht. Darüber sind sie Freunde geworden. Sie haben sich darauf geeinigt, dass er alles sein darf, nur kein verwöhnter Prinz, und dann ahmt er, sobald er zu Kräften kommt, schon einmal Helenes Bewegungen nach, und er lacht über ihren schnellen Zungenschlag, der ihn eben mehr lustig motiviert als zwingend zu den Schritten auffordert, die morgens für ihn schwer wie Arbeitsschritte sind. Es ist mühsam, aber es ist ihr noch immer gelungen, Max hinauszuschieben auf die Straße, wo der Schulweg beginnt.

Und wie das Leben spielt: Was dem Sohn an Antrieb fehlt, hat der liebe Gott der kleinen Camilla als zwei Zusatzzylinder in den Motor gebaut. Camilla ist erst fünf, spricht aber bereits eine deutsch-schwedische Fantasiesprache, in welcher Elfen und Skalden umeinander trollen. Es kommt vor, dass sie sich in ein Ungeheuer verkrallt, das sich in ihrem Bettlaken verbirgt, oder sie springt von der Schaukel und läuft in die nächstbeste Straße hinein, weil es dort etwas auszufechten gibt. Der Mutter ist ständig bang davor, dass Camilla sich die Knochen bricht. Helenes Angst ist eher, dass das Mädchen einmal spurlos verschwindet.

Am Montagmorgen um halb neun sind die beiden Schulkinder längst abgezwitschert, und Helene richtet mit Camillas Hilfe die Tische im Café für die Frühschicht her. Auch heute klopft Zenia an die Panoramascheibe. Es ist der Moment, in dem das Herz hüpft, weil Helene bewundert werden will für das, was sie am Wochenende geschafft hat. Zwei Protokolle, zwei mehrstündige stenographische Mitschriften sind in Fließtext überführt. Helene schließt die Tür auf. Zenia nimmt die Papiere entgegen. Zenia lobt. Es ist das Mindeste.

Bewundert werden will Helene, aber wie soll das gehen, wo sie doch bloß die Erwartungen erfüllt. Sie haben sich in den Arm genommen, und Helenes Augen folgen der Freundin über den Schlossplatz, folgen ihren schnellen Schritten, bis Zenia im Portal verschwunden ist. Komisch, dass ihr dann immer der Rücken schmerzt. Helene kann die Arbeit gut leiden, sie kann die Arbeit auch gut leisten, aber das Tischchen, das sie für die Abschriften aus dem hinteren Teil des Cafés in ihre Kammer hat hinauftragen dürfen und das jetzt unter dem kleinen Dachfenster steht, es ist einfach zu niedrig.

Auch an diesem Montag spürt sie den Lendenschmerz. Auf dem Tischchen oben steht eine grüne Weinflasche mit zwei Rosen. Sie haben immer Rosen übrig. Und oft zupft sich Helene ein Blütenblatt ab, legt es sich auf die Lippen, saugt die Luft hindurch.

»Ich muss wirklich einmal mit deiner Mutter reden«, sagt Helene, aber die kleine Camilla hört gar nicht hin. Wie oft hat Helene schon mit Frau Lagerbäck darüber verhandelt, ob sie am Vormittag mit Camilla hinübergehen dürfe ins Schloss, um das Experiment zu führen. Längst weiß die Hausherrin, es gibt da eine Tribüne zur Beobachtung, es gibt da auch ein Tagesheim, wo Camilla von Studentinnen versorgt werden könnte, aber sie lässt es nicht zu, das Schloss bleibt tabu für die Kleine.

Helene steht am Caféfenster und trägt schwer an ihrem Wochentagsgewissen. Sie weiß, will sie es erleichtern, muss sie geduldig sein. Immer kommen auch Versuche, an denen sie teilhat, immer kommt ein nächstes Wochenende, an dem es wieder Protokolle auszuwerten gilt.

Um 9.30 Uhr kommt der Hauslehrer für Camilla. Kein feiner Mensch, ein Bibliothekar, dem Bücher wichtiger sind als die Pflege des eigenen Körpers, aber er unterrichtet so, wie es Camilla will, eine puppengerechte und streitlustige Kunde der nordeuropäischen Länder. Sie haben noch jedes Jahrhundert mit Puppen nachgestellt, manchmal werden noch die Zinnsoldaten von Max herbeigeholt. Es ist die Stunde, in der

Helene die Wäsche macht und das Mittagessen für die Familie vorbereitet.

Um halb elf brechen Helene und Camilla zum Spaziergang auf, nichts ist dem Zufall überlassen, montags besuchen sie Camillas gleichaltrige Freundin Eva, die am Hausvogteiplatz über einem Modehaus wohnt. Ihr Vater ist darin Geschäftsführer. Evas Eltern sind vermögender als die Lagerbäcks, aber sie zeigen es nicht sehr. Die Haushälterin ist eine vierzigjährige Kriegswitwe, die in der Erinnerung lebt, weil sie sich damit vor weiteren Männern schützt. Sie kocht guten Kaffee und bietet immer Wolle an, beide sitzen dann und stricken Nützliches für die Kinder, für jene kalten Monate, die auch immer wieder zurückkehren.

So wie die Wochenenden zurückkehren.

Und Lotte und Max, jeden Mittag.

Sie lassen ihre Taschen fallen, ansatzlos, als spielten sie das Naturereignis nach, Apfelbaum verliert seine Früchte im Herbst.

Alle drei Kinder sind am Mittag grundsätzlich gesprächiger als morgens, an diesem Montag gibt es Kartoffeln und Bohnen mit Speck, und Max rümpft die Nase, er will nur die Kartoffeln, Helene muss ihm sogar Butter und Salz aufdrängen. Die Post ist gekommen, da ist ein Brief an Helene dabei. Lotte schnappt sich das Kuvert und hält es gegens Licht. »Sicher von Karl dem Großen«, ruft Camilla. »Gib mir bitte den Brief!« »Der Brief ist leicht wie eine Feder! Er hat wohl nicht viel zu sagen, dein Karl.« »Lotte, gib mir bitte den Brief!«

Das zweite Mal sagt Helene es zu laut, gibt damit nur das Signal, dass sich die drei Kinder gegen sie verbünden. Lotte reicht den Brief an Max weiter, der auch seinen Senf dazugeben muss: »Mit der Schreibmaschine.« Schritte um den Tisch, eine angedeutete Verfolgungsjagd. »Das ist nicht sehr persönlich, wenn ihr mich fragt«, sagt Lotte, als sie den Umschlag wieder an sich genommen hat.

»Hat dein Liebhaber ein Problem mit dem N?«

Helene antwortet nicht.

»Der Umschlag ist an Frl. Helene Lassahn adressiert. Aber der Tastenhebel ist verbogen, seht hier, die beiden n sind hochgerutscht und stehen in der Luft.«

Die Älteste hält Helene den Umschlag hin, nur eben wieder so, dass die Adressatin ihn nicht greifen kann. Es ist genau wie mit der Rose, so viele Male hat sie das Experiment schon gesehen, und als Helene den Vergleich zieht, beruhigt sich ihr Puls, weil sie weiß, wie wenig jetzt ihr Ärger zur Lösung beitragen kann.

»Was schreibt er, nun mach doch auf«, ruft Camilla dazwischen. Die Kleine ist auf ihrem eigenen Stern gelandet, die ganze Provokation der Geschwister ist an ihr vorübergeflogen, sie hat bloß ihre Neugier.

»Lotte, du müsstest sehen, wie du dich aufführst.«

»Wie führe ich mich denn auf?«

»Als wärst du selbst die Frischverliebte.«

»Ha, du bist also ..., ha!«

»Sei so lieb und leg den Brief aufs Fensterbrett, wenn du fertig bist.«

»Also mach ich ihn jetzt auf, ja?«

»Das wirst du nicht.«

»Das kleine Karlchen, lalala.«

Endlich essen alle drei. Helene steht und lehnt den Rücken gegen die Arbeitsplatte.

Lotte sieht zu ihr hin. Hebt wieder den Brief an.

»Leicht wie eine Feder. Warum fällt ihm denn so wenig ein?«

»Es reicht jetzt!!!«

Keine zehn Sekunden und Frau Lagerbäck ist aus dem Kontor hinübergeweht in die Küche. Helene hat noch nie so geschrien, deshalb errötet sie sehr, während die große Tochter sogleich in ein Schreiweinen ausbricht. »Nur einen Spaß gemacht«, schreit sie, »solche Ungerechtigkeit!« Camilla ist sogleich in ihr Zimmer gelaufen, ihr Stuhl ist umgefallen. Max hat die Arme überkreuzt und die Unterlippe vorgeschoben, aber Helene kennt ihn, er schmollt nicht mit ihr, sondern mit der gesamten Situation, in welcher er wie so oft gar keine Rolle spielt.

»Lass uns bitte allein, Helene, ich übernehme und spreche mit Lotte.«

Aufs Zimmer geschickt, aufs Zimmer entlassen. Helene geht in die Hocke, vom Küchenboden greift sie sich vorher den Brief, den Lotte erschrocken fortgeschleudert hat.

Unten im Hof hockt Camilla auf ihrem Frust, als würde sie ein Geschäft machen. Die Kleine weiß auch immer, dass sie gesehen wird. Helene steht am Fenster. Sie hat wieder ein Rosenblatt auf den Lippen, pustet und saugt daran und mit dem Zeigefinger knibbelt sie am Pflaster herum, das sie immer noch am Daumen trägt. Eins zwei drei vier Tage her. Sie war an einer Zwiebelhaut abgerutscht und hatte sich mit dem Messer geschnitten, es war einiges Blut geflossen und Helene war erschöpfter gewesen als gewöhnlich und meinte, es läge am Blutverlust; sie hatte das Kino absagen wollen, aber als Karl sie dafür auslachte, wurde sie trotzig und ging mit. Trotz des Regens auch.

Sie mussten recht weit mit dem Bus nach Osten und dann noch einige Zeit laufen, das Kino lag in Friedrichshain. Sie mochte das, mit Karl in einer Gegend unterwegs zu sein, die sie beide noch gar nicht kannten. Statt der Filmpaläste am Tauentzien kam ein kleines Kino zum Vorschein, so klein, dass es noch nicht einmal für Tonfilme umgerüstet war, aber es hieß Amor-Lichtspiele, und da musste Helene schmunzeln, weil Karl immer solche Ideen hatte.

Der Film war schrecklich gewesen, ganz schicksalshaft. Aber lebensnah dabei. Gegen Ende hatte sie Karl sogar zur Rede stellen wollen, wie könne er ihr das antun, einen solchen Film, in dem eine Frau immer nur tiefer dem Unheil und dem Tod entgegenfiel, Helene tat sich richtig leid mit ihrem verletzten Daumen, in ihren nassen Schuhen, aber genau da hatte Karl stattdessen ihre unverletzte rechte Hand gegriffen, sie an seine Lippen geführt und begonnen, ihre Finger zu küssen.

Draußen war es kühl gewesen, und es lagen Schmutz und Asche in der Luft. Karl wollte, dass sie sich in einen kleinen Park setzten, es war eher ein Platz von der Größe, dass sich zwei Kieswege in der Mitte kreuzten, und dann zwei Bäume, die noch kein Laub trugen. Die Bänke waren ausnahmslos von Menschen besetzt, die kein Obdach hatten, es gab zwei Laternen und auch eine leere Bank vor einem Gebüsch, und da hatte Karl also eine kleine weiße Schmuckdose aus seiner Jackettasche geholt und gesagt: Ich will mich mit dir verloben, Leni.

Camilla ist wieder hineingegangen, auch Helene zieht sich vom Fenster zurück. Setzt sich auf ihr Bett, drückt den Rücken gegen die Wand und beobachtet, wie ein Windstoß in ihre Arbeitsblätter auf dem Tisch bläst. Es hebt sich zwar nur eine Ecke der Papiere, aber das Millefioriglas, das ihr Frau Lagerbäck aus Florenz mitgebracht hat und das den Stapel beschwert, rückt etwas vom Fenster weg in Helenes Richtung. Na, das kann wohl doch nicht sein, denkt sie. Es muss die Spiegelung des Lichts sein, es ist nur der Lichtfleck auf dem

Glas, der sich bewegt. Ihr Daumen pocht jetzt wieder leicht. So eine Schnittwunde ist das, fürchtet Helene, die wird sich immer zeigen, wenn ich an die Amor-Lichtspiele denke. Ist wie mit Zenias Fuß damals. Und wenn ich ins Schloss will mit ihr, dann zwickt mich der Rücken.

Sie hört zum Sonnenlicht einzelne schwere Regentropfen auf dem Dach. Der Brief wiegt wirklich nur so viel wie eine Feder, es ist weniger darinnen als ein Blatt Papier. Ganz bestimmt stellt Karl die große Frage nach der gemeinsamen Zukunft bloß noch einmal. Ob sie sich mittlerweile entschieden hat. Sein gutes Recht. Und sogar höchste Zeit, dass er nachsetzt, vier Tage nach seinem Antrag. Helene legt den zugeklebten Umschlag beiseite und weiß, dass sie ihrem Freund bloß ein weiteres Mal ausweicht. Und nimmt ihn wieder, sieht die aufgehängten N, die gar nichts bedeuten, es sei denn, man müsste einen Täter überführen und nach dieser Schreibmaschine suchen, aber es wird wohl nicht gerade ein Drohbrief sein oder eine Erpressung. Obwohl, vielleicht eben dies. Es ist besser, den Brief hinter sich zu bringen. Um nun wenigstens zu wissen, ob es sich gelohnt hat, dafür Lotte anzuschreien und die Stellung zu riskieren. Das war's schon mit dem Regen. Sie reißt das Kuvert auf, und stimmt, es ist bloß ein Zettelchen darin:

BITTE 14 UHR MITTWOCH
POTSD. BHF, BAHNSTEIG C.
DEIN FREUND

Nichts daran überrascht sie. Er will dich, denkt Helene. Er kämpft um dich. Er hat wieder was Originelles vor. Auch Karl weiß, dass sie vormittags für die Lagerbäcks arbeitet. Daher 14 Uhr. Dein Freund. Warum kann er nicht wenigstens eine Unterschrift mit der Hand tätigen?

Sie liest ein zweites Mal und muss jetzt über den Zettel lachen! Es steckt ja etwas Verrücktes und Possenhaftes darin, in diesem göttlichen Prinzip, in diesem »Um 14 Uhr bin ich da und du hast auch da zu sein«. Wie gern lacht sie unten im Café über die Männer, die ihr so direkt kommen! Und weiß doch immer auch, dass sie sich lachend nicht befreien wird von der Vorstellung, dass die Männer den ersten Schritt zu tun haben ... schließlich ist sie ausschließlich bei ihren Brüdern in die Lehre gegangen. Ihre Brüder, die sich noch nie etwas haben sagen lassen, die nur auf der Welt sind, um Ansagen zu machen. Sie denkt an Walde und sein Das-verstehst-du-noch-nicht-Gesicht. Einmal, als sie schon erwachsen war, hat er ihr doch die Hand auf den Kopf gelegt wie ein Pastor und gesagt: »Absender und Empfänger, Samen und Empfängnis.« Als wär's ein Sprichwort. Na, wie kam sie auf Walde, Walde ist ein solcher Dummkopf, und wer über sein Auftreten nicht lacht, muss ersticken; das, findet Helene, ist keine Alternative.

Nun aber, Potsdamer Bahnhof. Vierzehn Uhr. Ob sie sich verloben soll, das scheint ihr in diesen Minuten eine Frage zu sein, die Karl bewusst erfunden hat, um ihr zu zeigen: Du bist auch bloß eine Versuchsperson. Auch für dich gibt es zu jeder Anziehung die schiebende Gegenkraft an der Barriere.

Eine Erkenntnis aus allem, was Helene im Schloss erlebt, drängt sich jetzt auf. Man kann die Aufgabe im Rosen-Experiment ja nicht schrittweise erledigen. Es gibt nicht eine Strecke, die man entlangstolpern kann, durch die man sich durcharbeitet, es gibt nur dieses Quadrat aus Holzstäben, und die ganze Aufgabe wird zu einer wirklichen Schranke, gegen die man vergeblich anrennt, ständig wieder, und wieder vergeblich. Zenia hat das alles geplant und vorausgesehen. Sie nennt es »die Einsicht, dass die Innenbarriere eine echte Barriere ist«.

Und hier liegt nun Helene, ausgewälzt auf einem Rechteck Bett, hin- und hergerissen. Sehr gerne ist sie mit Karl zusammen, aber sobald der Gedanke aufkommt, es solle fürs ganze Leben sein, dreht sich der Kopf von links nach rechts auf dem Kissen oder es legt sich die flache Hand wie von selbst auf ihren Mund.

Nur Emiljana war einmal über die Barriere getreten und kraft ihres Willens hinein in die unerlaubte, in die unmögliche Welt. Sie nahm die Blume in die Hand und sagte, sie sei gesegelt.

Aber Segeln ist ja keine Lösung.

Wurde auch nicht als solche anerkannt.

Segeln läuft unter Träumerei.

In Körperhaltungen zerfällt die Stadt, Helene sieht es genau. Da sind die paar jungen Männer, die in der Krise ihr letztes Geld zusammengekratzt haben und Gewinn machten, und die gehen seitdem umher, als seien sie mit einem Stock im Kreuz geboren. Es sind wenige, aber alles an ihnen ist niederträchtig. Der Rest ist Menschenflut, die durch Berlin gespült wird, mit der Börse gestürzt und seitdem kein Boden unter den Füßen, und eben immer bloß Schwimmen statt aufrechter Gang.

An diesem Tage kommt die Zeit als Regen über die Menschen. Der Regen hat Gewicht, verdunkelt die Schulterpartien, manchen Mantel auch bis hinab zu den Schößen. Der Mensch wird niedergedrückt, denkt Helene, es kann auch das schöne hohe Glasdach des Potsdamer Bahnhofs nicht darüber hinwegtäuschen. Die Händlerinnen, die keine Hand für einen Schirm frei haben, tragen fast allesamt diese gummierten Southwester-Hüte, die Helene so scheußlich findet. Sie hat gezögert herzukommen, nervös ist sie, und dann will Karl sicher einen Ausflug mit ihr machen, der nun ins Wasser fallen wird. Sie sieht zur Uhr, die über der mittleren Arkade angebracht ist. Überpünktlich ist sie auch.

Aber hat man fünf Minuten gewartet, ist es schon kein Vorteil mehr, vom Regen verschont zu sein. Sie steht in der Halle und friert. Überhaupt gibt es doch kaum einen viel dümmeren Treffpunkt als diese menschenüberfluteten Bahnsteige. Fährt ein Zug ab, und es fährt schon der dritte, seit Helene sich an die Backsteinmauer von Bahnsteig C drückt, dann schickt die Lokomotive ihr Pfeifen zurück in den Sackbahnhof, und das gellt in den Ohren, dass Helene davon schummrig wird.

Einmal tritt ein Mann auf sie zu, mit schiefem Rücken und hat sich Löcher in zwei Wollstrümpfe gestochen für die Finger. Er trägt die Schiebermütze bis über die Augen hinuntergezogen, und so genügt es nicht, dass Helene den Kopf schüttelt, sie muss auch »Nein« sagen, weil sie keine Zigaretten oder Almosen gibt.

»Ich bin dein Freund, und ich zahle auch für den Kaffee«, sagt der Mann.

Das gibt es nicht, das gibt es ja nicht. Helene stammelt in seinen nassen Wollkragen. Aber das gibt es. Richard ist zurück auf Erden. Richard ist lebendig. Er lacht über ihre feste Umarmung, lacht und zittert dazu.

»Seit wann?«

»Eine Woche. Vor neun Tagen angekommen.«

»Dein letzter Brief aus Russland kam vor drei Jahren.«

»Ich konnte nicht mehr schreiben.«

Sie schiebt ihn von sich, für den zweiten Eindruck. Richard ist kein Schauspieler, er hat sich nicht an sie herangeschlichen, um ihr einen Schrecken einzujagen, den er jetzt in einen Witz auflöst. »Mensch!«, sagt Helene und lacht, »Mensch!« Zwar ist er frisch rasiert, es geht sogar ein leichter Duft von ihm aus. Er hält aber mit der einen die andere Strumpfhand fest, bekommt sie beide nicht beruhigt. Sein Mantel ist bloß notdürftig gestopft und der Tabak hat ihm die Zähne angemalt.

Sie kann dies schon im allerersten Moment zweitrangig finden, so übergroß ist die Freude. Es tritt aber schon auf dem Bahnsteig ein Makel hinzu, der die nächsten zwei Stunden zu einer hocherfreulichen Qual machen wird: Richard kann sie nicht anschauen. Sein Augenlicht fällt zuerst auf den Bahnsteig, dann auf die Straße und wird schließlich auf die Tischplatte mit den Tassen fallen. Helene fragt ihn schon bald ohne Umschweife, ob er nicht mehr gut sehen könne, sie sagt, sie habe im Café, wo sie arbeite, oft mit Männern zu tun, die durch Granatsplitter erblindet sind.

Ja und nein, sagt Richard. Eine Nervenstörung, sagt er.

Das Wort tut seine Wirkung. Es steht also doch so schlimm um ihn, wie sie immer befürchtet hat. Aber was heißt immer. Wie lang lagen denn diese Träume zurück, in denen Richard geschlagen wurde und in seiner Baracke dahinsiechte!

»Lässt du es denn behandeln?«

Richard legt wieder eine Hand auf die andere. Er hat, sagt er, in der Wilhelmsruher Fabrik eine Abfindung erhalten, mit der er seinem Cousin in Dortmund ein wenig Miete beisteuern kann, denn bei seinem Cousin wird er vorerst unterkommen und hat schon den Koffer am Bahnhof abgegeben. »Der Zug fährt um halb fünf.«

»Eine Abfindung«, spottet Helene. Sie schüttelt den Kopf. Jedes Rinnsal bereitet sein Bett, die Zeit dreht sich in den Uhren, alles hat bereits seinen Lauf gefunden und geht mit einer Zwangsläufigkeit dahin. Richard fährt ins Ruhrgebiet. Wie den Titel eines Kinderbuches spricht sie es in sich hinein. Er bezahlt seinen Cousin. Für einen Arzt und für Medikamente reicht es nicht. Und jetzt muss endlich ersichtlich werden, warum er sich bei ihr gemeldet hat! Helene greift Richards Hände, sie zieht daran, um selbst an die Tischkante vorzurücken, und sie legt den Kopf auf der Platte ab, um von unten in seine Augen zu gelangen, um nun endlich einen Blick wechseln zu dürfen.

Er schenkt ihr sein schönstes Tabaklächeln.

»Mein Lieber, ich übersetze Nervenstörung mit: Du magst nicht davon reden, was dir passiert ist. Aber du sorgst dich um mich und willst gern erfahren, wie es mir geht.«

Richard nickt, heftiger als zuvor.

Er hat ja ihre Auffassungsgabe immer bewundert.

»Aber ist es nicht schade, wenn du dir kein Bild von mir einprägst?«

»Ach, Leni. Du bist ... denkst du, das geht nur mit den Augen?«

Sie schweigen eine Weile. Natürlich überlegt Helene, sie überlegt schon die ganze Zeit, ob sie von Richards Mutter anfangen soll. Fragen, ob er seine Mutter aufgesucht hat, diese schreckliche Person, der Helene immer wieder aus dem Weg gehen musste. Wie sie sich aufgeführt hat! Sie bringt es nicht übers Herz und erzählt stattdessen von den Lagerbäcks, vom Brief am Mittagstisch, vom Streit, und dass sie seitdem noch gar kein Wort wieder mit der Chefin geredet hat. Sie redet über die Kinder, die sie betreut und bekocht, und dann über das Café, in dem sie zwei Abendschichten macht, manchmal drei. Ja, und dann redet sie vom Kolloquium und von Zenia, mit der sie ein psychologisches Experiment durchführt, und sie dringt ins Schloss ein und merkt mit dem Öffnen der Schlosstüren, ach ja, nur der Mutter habe ich einmal davon erzählt, wie das Experiment abläuft, es ist, als mache ihr Richard erst bewusst, wie sehr sie unter der Geheimhaltung leidet, und nun gibt es kein Zurück mehr, die Rosen, die Rosen auf den beiden Böcken, die Ringe am Rande, die Stäbe, das Ziel. Und sie will Richard auch das Generelle erklären. Worum es eigentlich geht. Das Leben dort zu untersuchen, wo es immer auswegloser wird. Ich bin nur die Assistentin. Das hat sich alles meine Freundin Zenia ausgedacht, aber die ist kaum wiederzuerkennen in diesen Wochen. So in sich gekehrt, begeistert von den Ergebnissen des Versuchs, im nächsten Moment schon schwer niedergeschlagen davon, dass jeder Mensch so überaus anders reagiert.

Sich ungerührt geben, aber nicht herablassend sein, das ist schwer, Richard. Und es ist auch gegen Zenias Natur, eine Leiterin zu sein. Ach, so recht weiß ich es gar nicht, ob es gegen ihre Natur ist. Einmal habe ich mit ihr vor dem Spiegel geübt. Die immer gleiche Aktion in hundert Verfeinerungen. Sie will nicht abweichen von dem, was sie einmal als Geste oder als Gesicht eingeführt hat. Einen ganzen Nachmittag hat sie mit mir über bestimmte Muskelpartien erzählt, die im Gesicht angespannt werden können. Glaubst du das? Aber da hast du einen Eindruck von der Universität, Richard. Wie genau alles genommen wird. Es fasziniert mich sehr. Ich bin auch aufgefordert, nach den Durchläufen im Schlosssaal meine Rückmeldung zu geben zu ihrer Körperhaltung und ihrem Tonfall, denn sie glaubt daran, dass man Macht gebrauchen und missbrauchen kann, das sind jetzt ihre Worte, und dass dies also jederzeit zu unterscheiden ist. Bin ich herablassend, Leni? So fragt sie dann.

Richard nickt. Helene ist sich nicht sicher, ob er ihr gefolgt ist, oder ob er nur ihrer Stimme nachlauscht, den Lauten, die sie bildet. Sie nimmt einen Schluck Sodawasser.

Sie flüstert jetzt.

Aber weißt du, ich bin ja auch nicht dumm. Es gibt immer noch ein Gesetz, das kein Experiment außer Kraft setzen kann. Jede Frau stellt sich die Frage, wie sie auf andere Menschen w i r k t . Eine Frau fragt es sich auf Tanzbällen, in der Elektrischen und auch im Kaisersaal beim Rosen-Experiment. Wir Frauen fürchten unsere Wirkung sogar noch, wenn wir gerade arrogant sein w o l l e n . Ich frage es mich auch jetzt, Richard, wie ich auf dich wirke.

»Das brauchst du nicht zu tun«, sagt er, »du bist genau die, die ich nicht vergessen habe.«

»Schön. Das ist schön, Richard, gut zu wissen. Was ich eben meinte mit der Wirkung: Es ist einfach eine weibliche Angst, die jeden Widerspruch aushält. Das sehe ich auch an Zenia. Ich hätte sie sonst nicht so gern.«

Richard nickt, kaum merklich.

»Was denkst du über das Experiment? Würde es dir nicht auch zusetzen, die Menschen stundenlang zu verärgern?«

Er nickt wieder. Es ist alles zu anstrengend für ihn. Und sie findet auch keinen Richard in ihrer Erinnerung, der je irgendwen verärgerte.

*

Dein Freund, hat Richard geschrieben. Es geht ihr noch einmal durch den Kopf, als sie ihm vom Bahnsteig aus winkt, ihn abwinkt in der Hoffnung, dass er sie zu sehen beginnt, wenn sie ihre Arme nur ausgreifend genug über dem Kopf hin und her schwenkt. Aber was sieht er? Und was soll das sein, das er mitnimmt? Ihre Freude über das Wiedersehen, wenigstens das. Eigentlich will sie ihm Energie geben. Den Schwung der alten Liebe. Das Herzklopfen ihrer Jugend. Weil sie gesehen hat, dass das alles verschütt lag in seinem Inneren. Weil sie fürchtet, dass er von nun an die gesamte

Menschheit meiden wird und sich dafür in einem Kohleloch verkriecht.

Ganz abrupt hat sie ihren Monolog abgebrochen im Café. Es war ihr schummrig geworden. Und erst am Ende, als er aufbrechen musste, hatte sie ihn endlich bedrängt, dass er von seinen Erfahrungen sprach. Er konnte es nicht. Ich konnte nicht mehr schreiben, hatte er am Anfang gesagt. Wie fühlten sich die Jahre für Richard an? War er entführt worden? Nichts hatte sie herausgefunden. Sie hatte nur Dimas große Worte in den Ohren, wenn er über seine Heimat sprach. Aber Richard, ihr kleiner Richard, ihr erster Kuss, wurde er von Dämonen geleitet? Er hatte dagesessen wie ihr Vater damals auf der Ofenbank, als er aus dem Krieg gekommen war.

Der Zug ist nicht mehr zu sehen.

Sie denkt abwechselnd an sein abgewandtes Gesicht und an die alten Briefe, die er für seine Firma in der Fachsprache verfasst hatte. 45 Tonnen Öl, denkt sie. Eine Baracke, die nicht beheizbar war. Beim Kochen wurde das Öl immer dunkler, fast schwarz.

Sie würde eigentlich gerne mal weinen.

5

Zenia war darauf bedacht, für das Rosen-Experiment auch Testpersonen außerhalb des akademischen Milieus zu finden. Es war aber äußerst unergiebig, Kohlenschlepper, Ascheräumer und Marktverkäuferinnen von der Arbeit loseisen zu wollen, Sekretärinnen auf dem Weg zur Arbeit anzusprechen, alle hatten ihre Taktung, niemand konnte weg. Wollte Zenia einen Termin vereinbaren, so beriefen sie sich – in ihrer schroffen Berliner Art – darauf, die Hälfte des Tages zu tun und die andere Hälfte ihre eigenen Sorgen zu haben, von Schlaf könne kaum die Rede sein, wo also solle Platz sein für das, was das Fräulein sich da ausgedacht habe.

Sie fragte bei Zadek an, ob das Institut einen Obolus zahlen könne für Versuchspersonen, die kaum Geld hätten. Verdienstausfälle? Zadek schüttelte rigoros den Kopf, ohne Zenia für die Idee zu schelten. Ein Testergebnis sei nicht kaufbar, es gehe bei der Unterschrift gerade um die Einwilligung in eine Freiwilligkeit.

Da war Helene schon etwas mehr Erfolg vergönnt. Von Zenia darum gebeten, ihre alten skandinavischen Kontakte um den Schlossplatz herum aufzufrischen, speiste Helene einige externe Kandidaten in die Reihe ein. Es kamen Frau Westlind, Antonias Mutter, welche Helene einst als Arbeitsvermittlerin geholfen hatte. Auch wurde Herr Nordgren getestet, der Papierhersteller, bei ihm hatte Helene ihre erste Stelle angenommen. Zudem trieb sie die Nachbarin ihrer Mutter auf, Frau Senftenberg, eine bayerische Weltkriegswitwe, die immer sehr großspurig gegen die Berliner auftrat, wo sie doch selbst schon seit Jahren stempeln ging.

Ihnen allen gemein war, dass sie auf die ersten beiden Lösungen kamen, mal rasch, mal weniger schnell. Die Rose war für den zu erreichen, der sich flach auf den Boden legte, die Füße aber im Quadrat beließ, welches durch die Holzstäbe gekennzeichnet war. Die Rose war auch für diejenige zu erreichen, die einen Stuhl auf halbem Weg zum Holzbock aufstellte, sich über die Rückenlehne beugte und dabei ebenso mit wenigstens einer Fußspitze noch das Bodenquadrat berührte.

Die dritte Lösung aber, die Zenia Naujas im Anschluss verlangte, hielt sie lange in Bann.

Ob Emiljana, Herr Westlind oder die alte Senftenberg, die ein so hehres Selbstbild von sich hatte – sie alle fanden die dritte Lösung nicht, aus einem sehr einfachen Grund.

Es gab keine dritte Lösung.

Da niemandem außer den beiden Versuchsleiterinnen und ihrem Professor Leonard Zadek geläufig war, was im Rosen-Experiment genau untersucht wurde, konnte auch niemand wissen, dass mit der Suche nach der dritten Lösung der Versuch für Zenia Naujas überhaupt erst interessant wurde. Bis dahin hatte sie die Versuchspersonen beim Denken beobachtet, und natürlich hatte der zweite Bock und hatten die ausgelegten Ringe – beides völlig nutzlose Beigaben im Versuchsaufbau – dem einen oder der anderen Kopfzerbrechen bereitet. Von unnützen Dingen ließ sich der Mensch leicht reizen.

Indem die Versuchsleiterin behauptete, es gäbe eine dritte Lösung, indem die Versuchsperson Zeit, Zeit und noch mehr Zeit darauf verwendete, diese zu finden, nur um immer wieder auf Barrieren zu stoßen, die eine solche Lösung verhinderten, lief das Experiment auf jene Hochspannung hinaus, die es provozieren sollte.

Denn es genügte den Probanden eben nicht, irgendwann genug zu haben von Zenia Naujas und dieser künstlich geschaffenen Situation. Gegen die vergebene Müh standen ja immerzu die Kräfte des Arbeitseifers, das Anspruchsniveau an sich selbst, einfacher Trotz oder aber der tiefsitzende Stolz, mit dem sich eine Niederlage nicht eingestehen ließ. Seitwärts aus dem Felde zu gehen, sich seinen Mantel zu greifen und zu verschwinden, fiel nach zwei gefundenen Lösungen nicht leicht. Zur Rose aber ging es auch nicht. Und so schienen den Holzstäben, die unten auf dem Boden ausgelegt waren, weitere Holzstäbe zu entwachsen, die in die Höhe schossen, ein Stab nach dem anderen, bis sie einen imaginären Käfig um Geist und Seele geformt hatten. Man fühlte sich überall von Barrieren umgeben. Das Bild entsprach einer Inspiration, die Zenia in einem Gedicht von Brecht gefunden hatte – dort wurden Cortez und seine Eroberer langsam vom amerikanischen Urwald überwuchert und eingeschnürt.

Die Situation, die allgemein als gleichseitiges Dreieck aus Ort, Zeit und Handlung betrachtet wird, hier war ihre Gestalt – wie Zadek einmal doziert hatte – »zum Ort hin verschoben« worden, in die Richtung ihrer ursprünglichen Bedeutung als ›site‹ und ›Terrain‹. Wenn die Ausweglosigkeit schon groß war, schlich sich nun der Hauptdarsteller in den großen Saal, huschte durch die Tribünenreihen und zwängte sich zum Schluss in den Käfig, um neben der Versuchsperson Platz zu nehmen.

Gestatten, Ärger.

Auch Karl Halstenberg war Versuchsperson. Weil Helene seinem Liebesdrängen immer noch nicht nachgegeben hatte, hielt Zenia es für sinnvoller, den Versuch mit ihm alleine durchzuführen, und so bekam er einen Vormittagstermin zugeteilt.

Karl gehörte, was die ersten beiden Lösungen anging, zu den allerschnellsten Findern. Er wirkte wach, denkscharf. Auch als es um die dritte Lösung ging, fiel sein Energieniveau nicht ab, er durchmaß den Raum nach Möglichkeiten. Er wollte seine Schuhbänder aus den Schuhen nutzen, was nicht erlaubt war. Er wollte sich ausziehen und ein Kleiderlasso knoten, was nicht erlaubt war. Schließlich richtete er seinen Ärger in einem Monolog gegen die abwesende Helene. »Sie traut sich nicht, mir hier ins Gesicht zu sehen. Aber vielleicht mag sie nicht sehen, wie ich scheitere. Das wäre ihr anzurechnen. Was soll denn bloß diese Angst vor einer Begegnung mit mir. Sie sollte jetzt hereinkommen und mir etwas Gutes sagen.«

Es war nicht ungewöhnlich, dass die Versuchspersonen, wenn sie am Ende über den Gegenstand der Untersuchung aufgeklärt worden waren, wortlos den Raum verließen. Wer so lange festgehalten wurde und damit ›nichts als Ärger‹ hatte, fühlte sich nach dem Auflösen der Situation gebrochen. Wer hatte verlauten lassen, es gäbe mit Sicherheit keine dritte Lösung, fühlte sich missbraucht. Manche blieben ja vier oder sogar sechs Stunden im Schloss, ohne dass sie aufgeben wollten.

Der nachträgliche Ärger, derjenige über die Sinnlosigkeit der Gedanken, konnte dann sogar noch größer sein als derjenige über die Anstrengung, die man im Quadrat verspürt hatte. Selbst Zenias Kommilitonen brauchten eine ganze Weile, bis sie sich daran festhalten konnten, dem Fach einen Dienst getan zu haben.

So hielt es Zenia im Übrigen auch mit sich.

Nur die Gewissheit, im Dienste der Wissenschaft zu forschen, ließ sie die Versuchsreihe bis hierhin gut durchstehen. Natürlich, sie hatte sich den Versuchsaufbau so ausgedacht, dass er funktionierte. Und ihr Puls erhöhte sich, ihr Herz schlug laut, wenn sich jemand nicht mehr beherrschen konnte, wenn der Affekt erstmals zuschlug. Das gab es fast immer, dieses befriedigende Zucken eines starken Muskels. Es bereitete ihr einen kleinen Genuss, die Menschen auf der Suche nach den zwei wirklichen Lösungen zu quälen.

Mit der inexistenten dritten Lösung verhielt es sich oft anders. Die langen Phasen, in denen sich ihre Versuchspersonen hierüber das Hirn zermarterten, setzten Zenia selbst arg zu. Sie hatte oft mit Helene darüber gesprochen, wie sich dann Sprache in ihrem Mund sammelte, die heraus wollte. Erklärendes, Beschwichtigendes. Wie sie die Lippen geschlossen hielt und manchmal aufeinanderpresste, gegen die Wahrheit und für den Erkenntnisgewinn.

⁘

Nach wenigen Wochen hatten Helene und Zenia nicht weniger als achtundvierzig Verhaltensmuster kategorisiert. Sie kamen mit dem Abschreiben und Überarbeiten kaum hinterher. Denn so wie bereits der Versuchsaufbau und eine identische äußere Situation für zwei Versuchspersonen ganz verschiedenartige Bedeutung haben konnten, so kannte auch das affektive Geschehen innerhalb eines einzelnen menschlichen Organismus keine einheitliche Größe.

Es war fahrlässig, auf eine starke und tiefliegende affektive Spannung zu schließen, nur weil jemand plötzlich laut losschrie oder fluchte oder mit den Fäusten auf den Boden trommelte. Auf der anderen Seite gab es den Typus ›schlafender Vulkan‹, wie Helene diejenigen Menschen benannte, die tief innen grollten und widerständige Affekte spürten, diese aber an der Oberfläche zu beherrschen wussten.

Das Affektgeschehen selbst erwies sich als kumulativ, als ein Ineinander und Nacheinander verschiedenartiger seelischer Vorgänge. Eine Phase der innigen Beschäftigung mit der Rosenaufgabe konnte jederzeit in einen körperlichen Ausbruch münden. Oder von ihm überspielt werden. Selbstkommentare richteten sich plötzlich an die Versuchsleiterin, Aggressionen gegen die Uhr. Es gab auch den apathischen Charakter, der keinerlei äußere Regung auf die Frustrationen zeigte.

Die Reihenfolge, in der die Phänomene auftraten, war nicht vorhersehbar. Mit verschiedenfarbigen Stiften markierte die hilflose Zenia in den Protokollen, wo sich Überschneidungen zwischen den Versuchspersonen zeigten. Dynamik – Zadek hatte mit diesem einzigen Wort gewarnt, das also war Dynamik, wenn ein Versuch allen Standardisierungen zuwiderlief. Und daraus sollte sie Typen ableiten und eine Doktorarbeit schreiben? Es war ein utopisches Ziel.

Die Stenographie setzten die beiden Frauen dennoch fort. Wie anders, dachte Zenia, sollten sie einen Aufschluss erhalten über die jeweiligen Valenzen, die Kraftfelder und Kräfteverschiebungen, die den Ärger ausmachten.

Am 23. April sollte im Raum 700 des Berliner Stadtschlosses ein weiterer Kommilitone verärgert werden. Sie machten gemeinsam den Versuchsaufbau, pünktlich setzte sich Helene hinter ihren Assistentinnentisch, Zenia öffnete in ihren grünen Handschuhen die Flügeltür, vor welcher Herr Claus bereits wartete. Er kam im Maßanzug, dunkelgraue Fensterkaros auf mausgrauem Stoff, darunter weißer Tab-Kragen, eine silberne Kette führte in die Westentasche. Seine Gesichtsbräune war auffallend stark, er hatte schon im Kolloquium davon erzählt, dass er im März noch im Skiurlaub gewesen war.

Bereits bei der Unterschrift sagte Herr Claus, er habe sich nicht etwa für den Versuch so herausgeputzt, sondern für ein anschließendes Treffen. Er wolle die Sache hier gern schnell zu Ende bringen. Zenia zog die Augenbrauen hoch, sie wies ihn auf die Einladung hin, auf der deutlich geschrieben stand, dass man keine anderen Termine eingehen solle, da der Versuch auch länger dauern könnte.

»Könnte«, sagte Herr Claus und ließ seine Zähne leuchten.

Die ersten drei Minuten stand er im Quadrat, zog sich einige Male die Hose am Bund hoch, wie um zu zeigen, dass er im Urlaub abgenommen hatte. Zenia kannte ihn als großen schweren Menschen, die laute bassige Stimme passte zu ihm, aber sie hatte nie darauf geachtet, wie groß auch seine Füße waren.

Herr Claus sagte, wie er zur Rose kommen könne. Er wolle sich aber nicht lang auf dem Parkett ausstrecken. Also schob er seinen Körper in einem Liegestütz vor, was mehr Mühe machte, ihm aber den Anzug schonte. Als er den Liegestütz einarmig ausführte, um die Rose vom Bock zu rütteln, fiel seine silberne Taschenuhr aufs Parkett, und er fluchte. Seine Kopfhaut war jetzt gut durchblutet.

»Es gibt eine weitere Lösung.«

»Ich weiß«, sagte er, denn er hatte tatsächlich den zweiten Weg bereits mitbedacht. Wieder scheute er die akrobatische Aktion, doch Helene sprach ihm gut zu, und schließlich beugte er sich über den Stuhl und griff die Rose.

»Sie sind wirklich schnell. Man meint beinahe, Sie hätten schon von den Lösungen erfahren.«

Er sah sie lange an, abschätzig.

»Schätzen Sie mich für dumm ein?«

»Nein.«

»Und nun«, sagte sie, »die dritte Lösung, das ist es dann auch.«

Über ihren Zusatz musste Zenia erschrecken. Ein Fehler. Sonst gab sie nicht preis, dass nun die letzte Lösung gesucht wurde. Also war sie seinem Verlangen entgegengekommen, den Raum rasch wieder zu verlassen.

Sie erinnerte sich daran, ihm einmal einen Gefallen schuldig geblieben zu sein. Hatte er ihr nicht irgendwelche Pläne zeigen wollen, und war sie nicht gerade aus Zadeks Büro gekommen? Dann war es an jenem Tag gewesen, da Zadek ihr die unerledigten Handlungen nahm und sie auf den Ärgeraffekt ansetzte, der zu diesem Rosenversuch geführt hatte.

»Was bedeuten die Ringe, die hier am Rande liegen, und was der zweite Bock, der mir im Rücken steht?«

»Das können Sie alles ignorieren.«

»Also bloße Provokation.«

»Wenn Sie so wollen.«

»Wenn ich so will? Ich will zu meiner Verabredung.«

Herr Claus wandte sich jetzt an Helene: »Sie wissen auch die Lösung, ja? Auch wenn Sie gar nicht recht begreifen, was Ihre Freundin sich ausgedacht hat, stimmt's?«

Helene lächelte.

»Dümmlich!«, rief Herr Claus, und an Zenia gewandt:

»Mich werden Sie hier nicht lange festhalten.«

Zenia nickte: »Es hängt ja nicht von mir ab.«

Eine ihrer Standardantworten.

Danach ging er fast zehn Minuten im Quadrat auf und ab.

»Haben Sie denn nun wohl Ihre Proletarier eingeschleust?«

»Was meinen Sie, Herr Claus?«

»Sie waren sich doch zu schade, nur uns Institutsmitglieder zu testen, war es nicht so?«

»Wir haben das Feld erweitert, aber das muss Sie jetzt gar nicht interessieren.«

»Sie machen mir andauernd Vorschriften, merken Sie es? Darf ich mich nicht allein dafür entscheiden, was mich interessiert? Ich will nur von Ihnen hören, ob die Entscheidung richtig war, Menschen von der Straße als Testpersonen heranzuholen, in einem notwendigen Sinne richtig.«

»Ich denke schon. Sie ahnen wohl, dass noch nicht alles ausgewertet ist.«

Er trat nun absichtlich mit den Schuhspitzen auf die Holzstäbe, wobei einer davon ins Rollen kam und nach außen strebte. Herr Claus zuckte, eines seiner Knie stieß vor, aber dann bückte er sich nicht.

»Legen *Sie* es wieder hin«, sagte er, »ich muss mich konzentrieren.«

Zenia nickte Helene zu, und diese stand auf und positionierte den Holzstab. Die Korrektur hatte Auswirkungen. Vielleicht kam sie Herrn Claus besonders pedantisch vor, oder sie führte ihm vor Augen, dass die Wände seiner kleinen Wohnung eben doch von einer gewissen Festigkeit waren. Er prüfte auf seiner Taschenuhr die Zeit – es waren zu diesem Zeitpunkt erst fünfundzwanzig Minuten verstrichen – und nun drehte er sich der falschen Rose zu, die zum Greifen nah auf dem falschen Bock lag und keine Lösung des Problems bedeutete, er nahm diese Rose an sich, riss ihr einzelne Blütenblätter aus – wenig später zerdrosch er mit vier unkontrollierten Schlägen den übrigen Blütenkopf auf dem nahe stehenden Holzbock. »Ich kann ja auch mal meine proletarische Seite zeigen!«

Eine Weile war Stille, denn Herr Claus hatte sich im Affekt einen Rosendorn in den rechten Handballen gestochen, er saugte das Blut aus der Wunde. Schließlich forderte er, was ihm peinlich war, ein Papiertaschentuch, das ihm Helene überreichte.

Als die Wunde gestillt war:

»So, ich muss jetzt los. Es geht nicht anders. Ich treffe Dahms.«

»Wer soll das sein?«

»Dahms, der Rechtsanwalt. Sie kennen ihn nicht? Er setzt sich vornehmlich gegen die verlogenen Parlamentarier ein.«

»Inwiefern verlogen?«

Herr Claus stellte seine Augen scharf. Dann winkte er ab und verließ das Bodenquadrat.

»Wo muss ich unterschreiben?«

»Nirgendwo. Wir sind ja nicht fertig. Meinen Sie, bei anderen mache ich nach zwei Lösungen halt?«

»Es gibt keine dritte Lösung, sage ich.«

»Ich schlage vor, Fräulein Lassahn geht kurz hinunter zum Pförtner, der Herrn Dahms Bescheid gibt, dass Sie sich verspäten. So haben wir es schon mehrfach gemacht.«

»Sehr hartnäckig ... aber das gefällt mir nun wieder ... Ich halte fest, Sie schicken mich nicht hinunter zum Pförtner, weil Sie Angst haben, ich könnte Ihnen abhauen.«

»Ich möchte ungern auf morgen früh vertagen, Herr Claus.«

Er riss die Augen auf, die Stirn kräuselte sich, was ihn alt aussehen ließ.

»Es geht Ihnen also darum, *wie* ich zur dritten Lösung finde.«

Die Handschuhe waren eigentlich nur für den Aufbau des Experimentes nötig und um die Rose wieder auf den Bock zu legen. Zenia hatte aber in einem früheren Test bemerkt, dass sie mit ihnen ebenso gut schreiben konnte wie ohne, und so trug sie die Handschuhe auch während des Versuchs. Halb ernsthaft nur forderte Herr Claus, dass Zenia endlich »diese verdammten grünen Dinger« ausziehen solle, denn sonst bliebe er nicht.

Sie zuckte mit den Schultern, sagte »warum nicht«, sie tat ihm einen nebensächlichen Gefallen, legte die Handschuhe auf dem Tisch ab.

Herr Claus setzte sich wieder auf den Stuhl.

»Verdammte Rose!«, rief er als Nächstes, »verdammtes Mistvieh!«

Helene verdrehte die Augen, als Zenia zu ihr hinsah. Dann winkte sie und bat, Zenia kurz am Fenster sprechen zu können. Sie flüsterten miteinander.

»Beraten Sie, ob der Aufbau geändert werden muss?«

Zenia verkniff sich jede Süffisanz.

Er fuhr dennoch hoch: »Meinen Sie wirklich, ich falle auf Ihr Getuschel herein? Haben Sie einmal Clausewitz gelesen?«

»Ja.«

»Haben Sie? Dann wissen Sie ja, dass der Kampf ein Akt des menschlichen Verkehrs ist. Dass er ein soziales Zueinander beschreibt.« Unter diesen Worten trat Herr Claus an Zenias Tisch heran, er wischte mit einem Handstreich ihre Schreibutensilien zu Boden, das Heft, die einzelnen Blätter und den Bleistift, der bis unter die Tribüne rollte. Auch das Halskettchen, das Zenia zusammengeringelt auf dem Tisch abgelegt hatte, fiel zu Boden. Mit einer Hand hob er den Tisch an.

In seinem Rücken sagte ruhig Helene:

»Herr Claus, Sie müssen in Ihr Quadrat zurückkehren.«

»Das soll die kleine Jüdin mir sagen.«

»Wie bitte?«

»Was kapieren Sie denn daran nicht, Fräulein? Kapieren Sie überhaupt etwas oder sollten Sie vielleicht erst einmal unser Fach studieren? Die kleine Judensau hier soll mir sagen, was ich zu tun habe.«

»Herr Claus, die dritte Lösung, bitte kehren Sie zurück in den Raum«, sagte Zenia.

»Kommen Sie mal zu sich«, rief Helene.

Er beugte sich über Zenia.

»Bitte kehren Sie ...«

»Moment, Zenia, wir brechen den Versuch an dieser Stelle ab.« Helene war von ihrem Tisch aufgesprungen. »Herr Claus, Sie verlassen sofort den Saal und unterschreiben morgen, was wir Ihnen vorlegen.«

»Wie Sie mich anwidern, alle beide.«

Da hatte Helene den Zeigefinger auf die Versuchsperson gerichtet und mit hochrotem Kopf gebrüllt:

»Raus hier!«

6

Helene bestand darauf, dass sie das Kolloquium sausen ließen. Und dass man am Wochenende einen Ausflug machte. Sie war oft mit ihren Schulfreundinnen im Tegeler Fließ gewesen, und als Zenia nicht sofort einsah, warum ihr ein bisschen Natur guttun sollte, sagte Helene, sie brächte auch ihr altes Fernglas mit. Na dann.

Der Samstag war ein strahlender Frühsommertag. Sie stiegen in Französisch-Buchholz aus dem Bus, weil Helene meinte, dass die Wege weiter nördlich durch die Pumpen und Gräben der Rieselfelder unsicher geworden seien. Es klang ein wenig konspirativ, mindestens so, als spreche sie noch zu ihren Schulfreundinnen. Sie kannte ein Wegenetz gen Westen bis hinab in die Moorwiesen und erzählte, hier einmal vor einem flügelschlagenden Schwan geflohen zu sein, der die brütende Partnerin beschützte. Mit ihrem Fernglas suchte sie das Seeufer ab, fand keinen Bau. Nach einer Weile kam ein Graureiher geflogen, brachte etwas im Schnabel; er trug sein Futter ins Röhricht hinein, verschwand hinter einem Baumstumpf. Helene zeigte der neugierigen Freundin die Stelle, indem sie sich dicht hinter sie stellte und das Glas lenkte, und nun beobachtete Zenia und war ganz begeistert, als der Reiher wenig später wieder ins Uferlicht trat.

Sie aßen kalte Eierkuchen, knieten sich über eine Ameisenstraße. Es war immer Helene, die Bilder schaffte. Sie kletterte über totes Holz und in eine Erle hinein, und später, an der Badestelle, zog sie überraschend eine Kaffeekanne aus ihrem Rucksack. Sie erzählte auch, dass sie Karl einen Brief geschrieben habe, und sogar abgeschickt dieses Mal, eine endgültige Absage an seine Träume mit ihr.

Schwimmen wollten sie beide nicht, die Luft trog, der See war noch kalt. Aber sie lagen lange und machten aus Wolken Tiere. Obwohl sie nie geritten waren, wünschten sie sich auf die Pferde, die hinter den Wiesen von Lübars ausgeführt wurden.

Im Ort ging Helene auf einen Hof zu, der Bänke und Tische gestellt hatte und einen Ausschank besaß. »Der Kornspeicher ist noch da«, sagte sie vor der Bäuerin, und dass sie dort oben als kleines Kind einmal genächtigt hätte. Die Bäuerin nickte und tat sogar so, als erinnerte sie sich an ein Mädchen mit blonden Zöpfen. Die Bereitschaft einer wildfremden Frau, eine kaum noch existente Erinnerung zu teilen, stimmte Zenia froh, sie tranken Holunderbeersoda und lachten. Als sie zurück Richtung Buchholz gingen, vergoldete schon das Abendlicht die Wiesen.

Eine alte Frau, die sich am Rande der Wiesen ein winziges Feld abgespannt hatte, erntete Wurzelgemüse. In den Niederungen stachen einige Männer in der Dämmerung Torf. »Ich wollte nur, dass du es mal aus dem Kopf kriegst«, sagte Helene. Es war ihre Absicht, dass damit alles wieder aufgerufen war, was Herr Claus acht Tage zuvor veranstaltet hatte. »Wie geht es denn nun weiter?«, fragte Helene und machte sogleich einen Vorschlag. »Ich hab mir nämlich gesagt, wenn du die Sache nicht bei Zadek meldest, werde ich es tun.«

Ihre Freundin bückte sich und pflückte ein paar Butterblumen, als sei sie taub gegen die Fragen. Helene sah in der diesigen Ferne einen Bussard kreisen und öffnete die Schnalle am Futteral, um das Fernglas zu heben, wurde dabei aber abgelenkt von einer zweiten Bewegung im Augenwinkel. Am oberen Ende des Feldes ritten drei Männer, aufrechte Profile im Gegenlicht, beinahe schon dunkle Gestalten.

Sie beobachtete die Reiter durchs Glas. Zenia hockte vor ihr und flocht die Butterblumenstängel umeinander und dachte nicht daran zu beantworten, wie es nun weiterging.

Du bist dumm, sagte sich Helene, du musst sie schützen, aber du musst sie auch in Ruhe lassen. Es war ja nicht das erste Mal, dass Zenia ihre Bedenkzeit brauchte. Helene setzte sich dazu, legte die Wange aufs Knie, sah zu Zenia hin. Dann strich sie zwischen ihren Knien mit der Hand über den sandigen Boden, schrieb Buchstaben, wischte sie wieder aus, gerade so wie es Kinder am Meeresstrand machten.

Es wurde kühler, auch immer später, das Abendrot stand schon hinter Lübars, wo sie herkamen. Schließlich prüfte Zenia den fertigen Kranz, indem sie ihn zweimal sachte in den Händen drehte, setzte ihn Helene aufs Haupt und sagte:

»Gegen Kopfschmerzen, heißt es, hilft am besten die Tora. Aber du sollst nicht für mich leiden, liebe Leni.«

Das waren nun ihre ersten Worte zur Sache, Helene konnte gar nichts damit anfangen.

»Wir bauen Barrieren, aber vielleicht müssen wir akzeptieren, dass der Ärger gar keine Grenze kennt.«

»Das glaube ich auch, Zenia, aber ...«

»Warum sollte der Ärger vor uns beiden haltmachen?«

Helene stand auf, schulterte den Rucksack. Zenias Allgemeinplätze wollte sie nicht hören.

»Nun mach doch nicht dies doofe enttäuschte Gesicht, das betont so deine Kinnpartie.«

»Fluppe heißt dit.«

»Ja, Fluppe.«

»Ich hab mal eine einfache Frage, Zenia. Willst du dich je wieder im Kolloquium zu diesem Kerl setzen? Zadek ist doch auf unserer Seite. Du vergibst dir doch nichts, wenn du zu ihm gehst. Du legst ihm einfach das Protokoll vor und –«

Weiter konnte Helene nicht. Wieder dieser trockene Gaumen, es war, als steckte ihr das Papier des Protokolls in der Gurgel. Sie hatte darin nichts verschwiegen. Zenia hatte es von vorne bis hinten durchgelesen, genickt, es in den Unterlagen verschwinden lassen, ohne es vor ihren Augen gegengezeichnet zu haben.

Ihre Freundin war aufgestanden. Sie zupfte ihr Kleid an den Schultern in die Höhe, damit der Sand herabrieselte. Das sollte vom Schweigen ablenken.

»Ich versteh dich nicht.«

»Ja. Ich versteh mich auch nicht. Lass uns halt einfach gehen, Leni. Es war so ein schöner Tag, und er steht dir so gut, der Kranz. Du siehst himmlisch aus. Wenn du nicht dies' Gesicht … –«

»Ist es, weil du den Versuch unbedingt zu Ende führen willst?«

»Sei doch nicht …«, Zenia legte ihr beide Hände auf die Schultern: »Geh du voran. Ich geh ein Stück hinter dir, ja?«

Sie machten es eine Weile so. Aber es war Helene lächerlich. Auch sie hatte den Tag genossen. Musste sie sich deshalb gleich entschuldigen? Bestimmt nicht. Sie hatte sagen müssen, was zu sagen war. Es war im Café schon lange ihre Devise, dass man sich nicht alles gefallen lassen konnte von den Wutmännern. Sie blieb stehen, um die Kaffeekanne aus dem Rucksack zu nehmen, nein, sie nahm die Kaffeekanne aus dem Rucksack, um stehen zu bleiben. Damit Zenia zu ihr aufschloss. Die summte gerade ein Lied. »… weil die Scheidewände / weggenommen sind aus ihrem Sinn.«

»Na, aber singen kannst du noch.«

»… und die Stunden, da man sie verstände, / heben an und zie-hi-hen hin.«

»Was ist das? Das macht einem ja Angst.«

»Es ist aus seiner Vorlesung.«

»Scheidewände, schon klar.«

Helene goss sich den letzten Schluck Kaffee in die Tasse. Gerade kamen die Reiter, jetzt nördlich von ihnen, zurück.

⁘

Mit dem Ausflug hatte sie nichts bewegen können. Zenia ergab sich einer Art Sommerstarre, sie funktionierte zwar weiter, blieb dabei aber so passiv, wie es ihr nur möglich war. Auch im Schlosssaal, mitten im Experiment, unterließ sie es manchmal, den Versuchspersonen auf einfache Fragen zu antworten, was eine zusätzliche Gereiztheit verursachte; es fiel Helene auf, bald ein zweites und drittes Mal. Sie fragte sich sogar, ob sich dieses Verhalten Zenias zu einer Verfälschung der ganzen Reihe auswachsen konnte.

Gegenüber einem Philosophiedozenten verwandelte sich Helene in die Versuchsleiterin. Dass sich eine Versuchsperson über eine längere Zeitspanne an sie wandte, ohne dass Zenia es unterband, wäre vor dem Ereignis mit Herrn Claus undenkbar gewesen.

Dann kam es zu einem weiteren Zwischenfall, einem letzten Zeichen, das es brauchte, um Helene in Richtung Zadek zu stoßen. Ja, genauso fühlte sie es. Als sei der Versuch nun eigentlich auf sie und gegen sie gerichtet. Denn im Affekt lockerten sich ja anscheinend die Wände zwischen Außen und Innen, zwischen seelischer Oberfläche und den tiefen Regionen, und dann sind die VP alarmiert und entwickeln eine immense Unruhe. Sie sind gefangen zwischen den Holzstäben, und man kann dabei zusehen, wie die Angst wächst, die sie vor sich selbst haben. Sich beherrschen und beherrscht werden von etwas, ein schmaler Grat.

Wenn sich die Versuchspersonen so verrenkten, oder wenn sie in einer Aktion innehielten, sich wanden, hin und her drehten, hatte sie manchmal wieder an Buster Keaton gedacht, der in eine Straße lief, aus der plötzlich Verfolgerinnen kamen, und wie er dann etwas ungläubig zurückwich und die Richtung wechselte, wie er weglief, abbog, gejagt wurde. Ein Getriebener mit Antrieb. Sie hatte Zenia davon erzählt, aber die wollte nichts mehr von der Komödie wissen. Es war wohl auch unpassend.

Und nun gab es den Zwischenfall. Der ja auch wieder ein Fall war. Den man ja laut Zadek nicht weniger ernst nehmen durfte. Mittlerweile waren drei weitere Personen getestet worden, und es kam also Benno an die Reihe, der auch mit ihnen im Kolloquium saß. Er zeigte anfangs kaum Unruhe, steigerte sich aber in der zweiten Stunde über einige Zweifel hinein in eine Art Selbstzerfleischung, dass Helene geradezu Mitleid bekam. Die dritte Lösung nicht herauszufinden, war für ihn eine Demütigung, die man am besten mit seinem Ausschluss von allen Studienfächern bestrafen sollte. Er biss sich ständig in die Hand, dass man die Abdrücke sah. Er schüttelte die Hand aus, weil er sich wirklich wehgetan hatte.

Schlimm wurde es aber erst, als er die Auflösung erfuhr, dass es keine dritte Lösung geben konnte, da sprang Benno unvermittelt in die Tribüne, stemmte dort eines der Hörsaaltischchen hoch, dass es aus der Verschraubung brach. Das Krachen schien im ganzen Schloss widerzuhallen. Benno schrie »Waaaas?«, griff sich dabei an die Gurgel und machte ein überaus hässliches Gesicht. Und Zunge raus. »Solche wie dich müsste man …«, schrie er irre, »ich muss mich …«, und er warf das Tischbrett hinunter aufs Parkett … »ich kann ja nicht, und dann gegen eine Jüdin.«

Da war sie wieder, die Jüdin.

In erster Linie war es eine Aufführung. Männer führen sich auf, dachte Helene. Die eigene Gurgel also nur, um Zenia nicht an die Gurgel zu gehen. Dennoch reagierte sie sofort.

»Packen Sie bitte rasch Ihre Sachen, Benno, und gehen Sie.«

»Was haben Sie denn hier zu melden?«

»Wir sind nicht hier, um uns persönlich beleidigen zu lassen. Im Übrigen ist der Versuch ja nun abgeschlossen.«

Er konnte Helenes Robustheit nicht erwidern. Schon Herr Claus hatte es nicht gekonnt.

»Abgeschlossen nennen Sie das«, er sagte es, »wir haben noch nicht einmal angefangen«, aber die zweite Hälfte des Satzes musste sie schon beinahe erraten, ihm war, obschon er drohen wollte, auf halber Strecke die Stimme ausgegangen.

Zenia sah Benno mit glasigen Augen an, nicht weil sie weinen würde, eher so, als sei sie gerade in einem Zwischenreich aufgewacht und von dort hinausgetreten ins wirkliche Geschehen.

Helene wollte hinüber zu Zenia und sie in den Arm nehmen. Aber gleichzeitig waren ihre Augen bei Benno, wie festgeklebt, denn sie wollte allzu gern herausfinden, ob sie es mit Bennos echtem Nervenkostüm zu tun hatte. Oder ob er bloß eine Schauspielinstruktion von Herrn Claus bekommen hatte. Denn so sah es leider aus – und das wäre ja streng untersagt gewesen. Er stopfte Seidenschal und Butterbrotpapier in seine Studientasche und schnaubte dabei wie ein Stier und stapfte hinaus, da hätte sie fast losgeprustet.

Zenia starrte ihm hinterher. Da ging Helene doch noch hinüber und schloss die Freundin fest in die Arme, bis Zenia vor Überforderung zitterte …

»Dass der sich auch so …«

»Ist gut, meine Liebe. Ist alles vorbei.«
... und weinte.
»Leni was ... was machen wir hier?«

Zenia schrieb dem Vater einen Brief, dieser Tage sei sie überreizt und aufgeregt, weil sie Tag und Nacht arbeite. Etwas Baldrian habe sie sich schon besorgt. Das fügte sie hinzu, damit er etwas Stärkeres aus der Apotheke schickte. Als sie den Brief einwarf, wäre ihr beinahe das Herz aus dem Hals gesprungen, weil sie es sich doch immer verboten hatte, den Eltern auch nur die kleinste Sorge zu bereiten. Über Zadeks Annäherung, über Dimas politische Wagnisse hatte sie nie auch nur eine Zeile verloren und auch im Winter nicht das Gespräch gesucht, warum handelte sie jetzt?

Sie saß einmal selbst stundenlang alleine in dem Saal, starrte auf den aufgebauten Versuch, nur dass keine Rosen auf den Böcken lagen, denn sie nahmen immer frische. Es war sinnlos, sich nachträglich in eine bestimmte Versuchsperson einzufühlen. Dafür hatte sie zu viele gesehen. Dynamik stand gegen Einfühlung. Hatte Zadek das gesagt?

Herrschaft. Unbeherrscht. Unbeherrschbar.

Sie dachte daran, wie ein Wort das andere gab, wie eine Diskussion einen ganz bestimmten Verlauf nahm, bloß weil eine dritte Person sich gegen eine erste Person wandte, die von der zweiten Person gemocht oder abgelehnt wurde. Gesprächsdynamik. Es war beruhigend, daran zu denken, wie unüberschaubar die Welt schon immer gewesen war. Da ging plötzlich die Tür auf und der Hausmeister kam herein. Er hielt eine Tischplatte in die Höhe, wollte diejenige auswechseln, die Benno zerstört hatte.

Das Gefühl, ausgerechnet der Hausmeister würde durchblicken. Auch das Gefühl, es dringe schon wieder jemand unberechtigt in ihren Saal ein. Der Mann pfiff ein Lied. Er ging hinaus, Werkzeug zu holen, er kam wieder, er ging wieder hinaus.

Zenia starrte auf die Bühne. War ihr denn nicht klar gewesen, wie schwer es werden würde, den Versuch zuende zu bringen? Und dass sie dafür mit einer Macht ausgestattet war, die sie Stück für Stück verlieren musste wie Luft, die durch ein Loch entwich? Sie hatte die ganze Zeit davor Angst gehabt, aber es war keine unbegründete Angst, sondern eine, die genau darum wusste, dass es hier keine dauerhafte Herrschaft geben konnte.

Der Hausmeister nickte ihr zu. Und begann im nächsten Moment, Holzdübel einzuschlagen. Hatte sie ihm die Erlaubnis gegeben? Sie nahm ihre Tasche und ging.

Im Paket waren keine Tabletten. Nicht die kleinste Packung, nicht einmal die geringste Dosis. Die Eltern hatten lange darüber diskutiert, hieß es, der Vater sich schließlich durchgesetzt. Den Brief schrieb aber die Mutter, und als Zenia die großen S las, Sucht, Suizid, überflog sie das Papier nur noch. Natürlich musste der Apotheker vor dem Äußersten warnen. Natürlich war er dagegen, weil er Tablettensüchtige kannte. Aber dass er die Mutter seine Meinung aufschreiben ließ, die Mutter, die ihr viel lieber geholfen hätte, es sagte doch mehr über ihre Familie, als Zenia ertragen konnte. Zwei Ohrringe aus dem Nachlass einer alleinstehenden Nachbarin waren beigelegt. Ohrringe also statt Schlaftabletten. Ein Paar dünne Strumpfhosen und Zenias altes Pflanzenbestimmungsbuch. Darin hatte die Mutter vorne Seitenzahlen vermerkt. Zitronenmelisse, Weißdorn, Kamille. Es stand auch im Brief, dass sie sich selbst oft beruhigende Tees aufbrühte und Zitronenmelisse hinter dem Haus gepflanzt hätte.

Was war ihr jetzt damit geholfen? Ach, der ganze Brief war verkehrt gewesen. Zenia lag auf dem Bett, bei offenem Fenster. Die Stimmen flogen aus der Küche über den Hof. Dima und der alte Kasache, der erst vor wenigen Wochen eingezogen war, tranken ihren Feierabendwodka. Bald würde es ein Abschiedswodka sein, Dima wurde im Labor nun besser bezahlt und hatte eine Wohnung für sie gefunden. Vierzehn Tage noch, dann zogen sie in eine eigene Wohnung. Was gab es da zu lachen? Es ging hoch her in der Küche, Zenia hätte am liebsten mitgetrunken. Sie legte sich den mütterlichen Brief aufs Gesicht, atmete ihn an, blies ihn schließlich zu Boden. Zitronenmelisse gegen Judenhass.

Das Pflanzenbuch brachte sie darauf, mit Dima noch einmal zurückzukehren ins Tegeler Fließ. Er besaß ein altes Fahrrad, sie lieh sich das Rad von Helene. Auf den Blumenwiesen reichten die Gräser Zenia bis zum Bauchnabel. Sie pflückte alles, was sie sah. Während Dima schwimmen ging – das Wasser war nun im angebrochenen Juni warm genug geworden –, legte Zenia die Blüten nebeneinander aus, und sie holte das kleine dicke Buch aus der Tasche, sie zu bestimmen.

Hellila Knautien, tieflila Wiesen-Salbei, bischoffsviolette Futterwicke, weißer Wiesenkümmel, Margeriten, die unscheinbare Goldnessel. Ihre Freude war wissenschaftlicher Art, es war die Freude über das Buch und wie gut die Verfasserin systematisierte. Auch der Ginster strahlte. Hinter dem Feld blühten die Kastanien. Der Flieder hatte seine Farbe verloren, dafür stand am Eingang zur Badestelle der hohe Strauch aus dem russischen Lied. Er trug Hunderte weißer Köpfe, Калинка, Kalinka, keine blühte so stolz und prächtig wie sie.

Zenia kannte die Blüten auch aus den Vorgärten in Dwinsk. Sie legte sich auf Dimas Badehandtuch und schloss die Augen, träumte vom lettischen Sommer. Hohes Gras auch dort. Die kleinen Wasserstrudel auf der Dwina. Der Wind, wenn er das Wasser riffelte, den Fluss altern ließ.

»Sie sollten sich schämen, die Blumen abzupflücken. Haben Sie kein Herz für Insekten, Frau Naujas?«

Dima hatte seine Stimme verhärtet, aber sein Akzent war zu stark, sie hätte die Augen nicht öffnen müssen. Er stand über ihr und schüttelte sein nasses Haar aus. Sie fluchte wie ein Schulmädchen, er lachte von ganzem Herzen.

»Schwimm auch, ist schön«, sagte er.

»Ihr dürft euch hier auch benehmen wie anständige Leute«, kläffte ein Turner im weißen Unterhemd.

7

Die Festwoche ist in Planung, Iowa City wird hundert Jahre alt. Lehm- und Holzhütten aus der Gründerzeit sind in die Straßen gestellt, Kneipen zu Saloons umgestaltet. Zuerst verkleiden die Iowans ihre Schaufenster, ab Mitte Juni bereits tragen die Frauen Petticoats und Sonnenschirmchen, während die Männer ihre Backenbärte trimmen für den festlichen Wettbewerb.

Die Zeit steht nicht still, sie wird jetzt zurückgedreht.

Zadek zieht mit seiner Filmkamera los. An beinahe allen Juninachmittagen, wenn er seine Seminare beendet hat und die Kursstunden des Experiments absolviert sind, dokumentiert er, wie die Stadt sich unter den Vorbereitungen verändert. Emiljana sagt, dass er sich ›hinter seiner Kamera verstecke‹. Er erhebt keinen Einspruch gegen die Deutung.

Er denkt, dass sie damit auch seine Fähigkeit meint, sich in Dialogen völlig auf die Amerikaner einzulassen, ihr Wissen und ihre Erfahrungen aufzusaugen. Oft bündelt Zadek, was er hört, in einer Art Allegorie, einem Leitsatz. Diese kurzen Einwürfe können, das hat er im Mittleren Westen gelernt, leicht zu Irritationen auf der Gegenseite führen, wenn sie analytisch genau ins Schwarze treffen oder wenn Zadek etwas erkennt, das seinem Gesprächspartner verborgen bleibt.

Also versteckt er sich vor sich selbst. Tatsächlich hilft ihm die Kamera dabei, lieber einmal mehr den Mund zu halten – bloß zu filmen.

Beim Filmen durchmischen sich, das merkt er bald, Iowa und Berlin viel stärker als im sonstigen Alltag. Zadek denkt daran, wie oft und wie laut er vor zehn Jahren in Berlin angepöbelt worden ist, als er seine erste Handkamera kurbelte und doch einfach nur menschliche Handlungen festhalten wollte. Überhaupt, wie schnell fühlte der Deutsche sich von der Kamera begutachtet, vorgeführt, und selbst wenn man ihm bloß eine sachliche Frage gestellt hatte, verteidigte er sich damit, dass er sich nicht auf Anhieb öffnen könne.

Ungehalten reagiert in Iowa City niemand vor der Linse. Im Gegenteil, man spielt mit, posiert sogar. Seine Haushälterin, Mrs. Clifford, ist ein gutes Beispiel. Sie freut sich darauf, in der Festwoche auch einmal vor Immigranten wie Zadek im Mittelpunkt zu stehen, und schon weit vor dem Fest opfert sie all ihre Freizeit jener Reise in die Vergangenheit, bereitwillig schlüpft Mrs. Clifford in Verkleidungen und spricht in alten Zungen, sie hilft beim Festaufbau und singt im Chor alte schottische Lieder.

Es bedarf keiner Analyse, findet Zadek, es ankern einfach noch keine amerikanischen Traditionen in den Seelen, also müssen die Iowans – auf eine so stolze wie ungelenke Art – schottische und deutsche Traditionen einüben, denn was gäbe es sonst auf dem Fest zur Schau zu stellen.

Zadek spürt, dass er zu früh begonnen hat zu filmen, am Ende ist er satt, verliert das Interesse. Ausgerechnet zur großen Parade, die das Fest am vierten Juli beschließt, lässt Zadek die Kamera im Institut. Er steht mit Emiljana, mit Rons Eltern und mit den beiden Söhnen von Mrs. Clifford und ihren Familien am Rande der Clinton Street, wo ihn drei Stunden lang unablässig Kostüme und Kulissen passieren. An jedem Wagen sind Landesfahnen und Landesfähnchen angebracht. Mrs. Clifford winkt ihm aus der Parade zu, mehrfach, er winkt zurück, ohne ihre Euphorie teilen zu können. Wie immer, denkt er, die liebe Mrs. Clifford macht ihre Dinge und ich habe ein schlechtes Gewissen. Ein prägendes Gefühl, schon weil sie sich so vorbildlich um ihre erwachsenen Kinder kümmert, während Zadek seine Briefe nach New York an die Tochter Woche für Woche aufschiebt.

Als die Festwoche vorbei ist, hat die Stadt Iowa ihre liebe Mühe, die 1839er-Haut abzustreifen. Die alte Wahlkampfkutsche steht noch vor dem Capitol, die Bärte werden jetzt akkurater gepflegt, die Marktverkäuferinnen tragen weiter Blumenschmuck am Hut. Erst jetzt fällt auch Zadek zurück in der Zeit. Er hat seine kleine alte Kamera hervorgeholt, die er aus Berlin mitgebracht und seit Jahren nicht angerührt hat, im Arbeitszimmer liegt sie auf dem obersten Regalbord. Er nimmt die Kinamo mit hinaus ins späte Sonnenlicht auf der Veranda.

Auch Emiljana hat das Gerät einmal auf dem Regal bemerkt, und bestimmt hat sie sich daran erinnert, wie Zadek die Kamera zum 35. Geburtstag geschenkt bekam. Rauch hatte sie ihm im Büro überreicht, flankiert von Emiljana Chavo und Zenia Naujas und den anderen Mitarbeiterinnen.

Im Kassettenfach stößt er auf die Kurbel. Stimmt, irgendein unvorsichtiger Student hat sie einst an der Seite des Gehäuses abgebrochen und sie ihm später einfach in die Hand gedrückt. Zadek hat kein Gesicht vor Augen, aber er weiß noch, er hat den jungen Mann nicht einmal dafür gerügt, vielmehr sich selbst die Schuld gegeben, er hätte den Antrieb vor dem Verleih ölen müssen.

So sehr er die Kamera vernachlässigt hat, sie wäre zu retten, sie ist kein Museumsstück. Das Uhrwerk lässt sich spannen, der Selbstauslöser würde noch funktionieren. Zadek nimmt die Linse heraus und hält sie in die Abendsonne.

Streifen, Kratzer.

Zerriebener Staub, zerriebene Zeit.

Zadek lässt sich in seinen geliebten Schaukelstuhl fallen und reist von Berlin-Treptow nach Dresden-Neustadt. Eine Reise, die er mit drei seiner Studentinnen angetreten hatte. Aber nur Zenia Naujas hatte ihn zu Goldberg in die Werkstatt begleitet. Der Meister persönlich hatte sie beide in seiner Dresdener Werkstatt empfangen und die kleine Kamera inspiziert, die Linse gewechselt und ihnen auf eine sehr herzliche Art die Handhabung, eher noch die Handhaltung erklärt – welche kleinen Muskeln Zadek und Zenia in den Fingern und um das Handgelenk herum schulen müssten, damit ihnen ein ruhiger Schwenk gelang.

Goldberg, der glücklicherweise nach Frankreich emigrieren konnte und nun in Palästina lebt. Goldberg, der diese kleine schöne Kamera entwickelt und gebaut hat.

Zadek sitzt, schaukelt, spreizt die Finger, kugelt das Daumengelenk, die Kamera im Schoß.

Sie war am Filmen nicht sehr interessiert gewesen.

Er geht ins Haus, sucht alles Weitere zusammen, was er zur Kamera aufbewahrt hat. Die Tasche, ein kleiner Samtbeutel mit einer Ersatzlinse, ein Kärtchen, das erklärt, welche Blende zu nutzen ist. Zadek faltet ein Leporello auseinander, das in der Kameratasche steckt. Die erste Handkamera auf dem europäischen Markt, und mit welchem Slogan war sie beworben worden?

Filme dich selbst.

Der Satz läuft wie ein Regenschauer, der am Herzen ansetzt, hinauf bis zum Schlüsselbein, und prasselt ihm dann doch zwischen die Rippen. Wie unendlich fern und wie nah erscheint Zadek die friedliche Berliner Eitelkeit der Zwanziger Jahre, die eine solche Werbung gerechtfertigt hat.

Das Telefon schellt durchs Haus.

Dass er diesen Slogan mitgebracht hat, und dass er ihn heute auseinanderfaltet und liest! Sie filmen eine Gruppe von Jungen, aber sie filmen sich natürlich auch selbst. Als Versuchsleitung. Ohne sich ins Bild zu setzen. Das Unbedingte, das Fordernde dieses Slogans, ja, den Impuls der Selbstigkeit, der Subjektivität – das alles haben sie angenommen. Zadek schickt ja keine Versuchsleiter ins Labor, die bloß zuschauen, was den Versuchspersonen geschieht. Es sind Versuchsleiter, die kontrolliert handeln und damit Atmosphären und atmosphärische Phänomene in der Gruppe erzeugen.

Sie beteiligen sich am Versuchsverlauf.

Aber die Urheberschaft, es gibt ja keinen Zweifel daran, dass ihm die Urheberschaft nicht allein gebührt. Sie sind gemeinsam bei Goldberg gewesen. Und die aktive Rolle, die er heute der Versuchsleitung zukommen lässt, ist untrennbar verbunden mit dem Ärgerversuch, den Zenia Naujas vor zehn Jahren im Berliner Schloss durchgeführt hat. Wie seriös sie mit ihrer Macht umging. Es hat ihm damals sehr imponiert. Wie stoisch sie in ihrer Rolle blieb, wie penibel sie sich nach dem Regelwerk verhielt, jenen Verhaltensregeln, die sie gemeinsam verfasst hatten. Zadek hatte mit ihr auf die gleiche kooperative *back and forth*-Weise gearbeitet wie heute mit Ron Kaufman. Und nie hat Zenia ihr eigenes, immer schon durch bloße Anwesenheit provokantes Verhalten variiert, stets war sie sich der Gefahr bewusst gewesen, dass sie damit eine Typisierung des Geschehens unmöglich gemacht hätte.

Er könnte einen Essay schreiben. Noch einen.

Er sieht sie wieder vor sich, mit einem Bund frischer Rosen, auf der Schlosstreppe. Aber wie konnte er Zenia Naujas die Credits geben, die sie verdiente. Wie schrieb man das auf, ohne dass es so klang, als wolle er seine deutsche Vergangenheit glorifizieren. Er sieht plötzlich ein Blatt Papier vor sich, seinen bereits bearbeiteten Text – darauf ist das Lob zu Zenia Naujas angestrichen, eine Formulierung unterkringelt, am Rand eine fragende Schrift, die womöglich vom Herausgeber einer Zeitschrift stammt: Leonard Zadek, can you afford, können Sie es sich leisten, die Berliner Affektversuche als Pionierarbeit dessen zu betrachten, wofür Sie hier in Iowa sehr viel Geld beantragen?

Mrs. Clifford hat frei.

Es fällt ihm erst wieder ein, als das Telefon zum zweiten Mal schellt. Weil niemand abnimmt.

Sie ist zu ihrem Sohn nach Dubuque gefahren.

Beim dritten Mal ist er rechtzeitig dran.

Und erschrickt wieder, dieses Mal in der Halsschlagader. Emiljana kann es am anderen Ende nicht bemerken. Für einen Augenblick denkt er, sie melde sich aus Berlin. Oder von ganz woanders. Palästina. Aserbaidschan. Moskau. Emiljana bittet ihn, in zehn Minuten an die Haustür zu kommen, sie hätten zwar kein Geschenk, nein, auch kein Kunststück vorzuführen, nur eine Überraschung.

Als er aufgelegt hat, sticht es ihn in der Brust. Wieder einmal hat sie im Plural gesprochen.

8

Zadek setzt sich auf die obere der beiden Stufen vor der Haustür. Im Vorgarten sind die Rhododendren verblüht, dafür leuchtet im Zwielicht überall der Purpursonnenhut. Er hört das leise Rascheln der Rosskastanie, die er wegen ihrer langen spitzen Blätter für eine Hanfpflanze gehalten hat, als sie hier erstmals vor dem Haus standen. Er kannte Kastanien aus Preußen und Berlin als mächtige Alleebäume, diese ist eher ein üppiger Strauch.

Er muss die Augen wieder geschlossen haben, denn es klingelt, nicht an der Tür, es klingelt hell von der Auffahrt her. Emiljana und Ron fahren auf einem Tandem vor. »Bislang nur geliehen, aber Woods unten an der Burligton Street würde es uns verkaufen«, ruft Ron.

Emiljana, die vorne aufgesessen ist, trägt ein Hawaiihemd und einen Strohhut mit breiter Krempe.

»Das ist noch nicht die Überraschung, Leo.«

»Ach nein? Diese ist schon sehr gelungen, ihr Turteltauben.«

Sie schieben das Tandem vor die Steinstufen und gehen durchs Haus auf die Veranda.

»Nun bin ich aber gespannt«, stichelt Zadek, »da verpasse ich einmal eine Sitzung und schon kommt ihr am Abend nicht mehr ohne mich zurecht?«

Emiljana erzählt aus dem Forschungszentrum. Nach einigen Wochen unter der *demokratischen* Führung von Conradi hatte die Jungsgruppe einen neuen Versuchsleiter zugeteilt bekommen, der Dogdson hieß und sie *autokratisch* anleitete. Zu dieser Phase des Experiments gehörte auch eine Provokation. Die Autorität Dogdson hatte den Raum verlassen, Emiljana führte die »Hausmeister-Szene« auf, wie sie es nannten.

Sie hatte dafür ohne anzuklopfen den Dachboden betreten, im Blaumann, mit Zollstock und Schraubenzieher bewaffnet, eine Leiter auf der Schulter. Sie gab vor, eine Glühbirne auswechseln zu müssen, schob dafür die Taschen und Materialien der Kinder beiseite, machte Lärm, unterbrach die Arbeitsabläufe der Jungs. Später betrachtete sie die Masken, an denen die Kinder gerade arbeiteten, sie sagte: *I think, my son's more talented than you are ... You should try harder* und verließ nach fünf Minuten wieder den Raum.

Das ist die Hausmeister-Szene. Ron sagt, die Reaktionen seien ganz so eingetreten wie vorhergesehen. »Als Emiljana draußen war, machten sich ausnahmslos alle Jungs über sie lustig. Sie äfften ihre Sätze nach, von denen sie sich gedemütigt fühlten. *You should try harder. No,* you should try harder. Und Dave, der ja ihr kleiner König ist, zerriss einen Bogen Schleifpapier, den Emiljana bewusst hatte liegen lassen, und schmiss die Schnipsel über den anderen Kindern in die Luft. Woraufhin sie dann alle auf den Schnipseln rumtrampelten.«

Zadek nickt. Er kennt seine These. Die Spannungen in Dogdsons Gruppe sind so hoch, dass sie, sobald der mächtige Lehrer den Raum verlässt, sich entladen müssen in einer Ersatzhandlung. Denn die Kinder mögen zwar ihre Aufgaben erfüllen, aber der Raum zur freien Bewegung ist ihnen von Dogdson systematisch eingeengt worden.

»Das ist aber noch nicht alles gewesen«, sagt Ron, »weil, dann ...« – Ron überlegt, er weiß, dass Zadek kaum etwas mehr verabscheut als ungenaue Zusammenfassungen – »knallte es, ein Kind hat einen der Ballons zerstochen, auf die sie früher ihre Pappmachémasken gezogen haben.«

»Hätte Dogdson denn nicht hier schon wieder anwesend sein müssen?«, fragt Zadek.

»Ja. Er war es nicht, Leo, sie waren ganz unter sich. Und im Anschluss an den Knall rangelten die Jungs, Dave wollte jemanden bestrafen, selbst für mich wurde es kurz unübersichtlich, bis dann wieder eine klare Konstellation entstand und drei Jungs gemeinsam sich Daves Maske nahmen und diese mutwillig zerstörten. Das war also eine Art Angriff auf den kleinen Tyrannen. Ein Tyrannensturz. Bis Dave ... nun, sein Blick fällt auf uns Beobachter hinter dem Fischernetz, und er stößt einen gellend lauten Schrei aus, schlägt das Netz zurück ... Wir sind alle zur Seite getreten, und Dave ist schreiend aus der Tür hinaus, die Treppe runter, ins Freie.«

Ron erzählt, dass er dem Jungen unmittelbar gefolgt sei, ihn aber erst zwischen den beiden Platanen auf dem Campus zum Stehen brachte. Er habe sich zu Dave hinabgebeugt und gesagt: *Ich verstehe, dass du wütend bist, Dave.* Der Junge habe ihn angeschrien. *I won't go back, I won't go back, I don't belong to that group ...*«

»Das Letzte hast du dir ausgedacht, Ron.«

»Also hör mal, ich lüg dich doch nicht an!!«

»Was hast du gemacht?«

»Ihn beruhigt. *I do understand, Dave, you're angry, I saw it,* sie haben deine Maske ..., *I get it, but please, try to calm down ...* Er wollte partout nicht wieder hinein.«

Zadek geht auf der Veranda auf und ab. Er wirft dabei einen langen Schatten, die Beine zeichnen sich auf den Bodenbrettern ab, sein Torso wandert über die Hauswand. Ron ergänzt, er habe die Eltern des Jungen mit Dogdson gemeinsam empfangen und ihnen die Situation geschildert. Man habe Dave bei der Verabschiedung gut zugesprochen und ihn getröstet.

»Mehr konntet ihr nicht machen«, lobt Zadek.

Emiljana hat derweil die Kameratasche entdeckt, die noch im Schaukelstuhl liegt, sie hat danach gegriffen, nun spielt sie am Verschluss herum, und schließlich findet sie auch die abgebrochene Kurbel. Sie wechseln einen kurzen Blick. Zadek ärgert sich darüber, seine Erinnerungen an Berlin nicht wieder verstaut zu haben.

Er wendet sich ab und sieht von der Balustrade in den Garten hinaus. Gerade versinkt die Sonne zwischen den Kieferstämmen.

Jetzt wollen sie sicher von ihm wissen, ob sie zu weit gegangen sind mit ihrer Provokation. Zadek trägt die Verantwortung für das Experiment, das ist klar. In ihm gibt es überhaupt keine Unklarheiten. Die Kinder haben sich in den bisherigen Kursstunden, obschon es ihnen stark an Freiheit mangelte, nicht gegen ihren autokratischen Leiter verbündet. Stattdessen treffen die Spannungen nun Emiljana, die den Blitzableiter gegeben hat, den Prügelknaben, die Hausmeisterin. Den Sündenbock, das Wort hat er gesucht. Aber ein Sündenbock genügte den Kindern noch nicht, sie gehen auch noch gegeneinander vor, weil Dave in den Stunden zuvor immer den verlängerten Arm von Dogdson gegeben hat. Denjenigen, der die Befehle weiterreichte an die stilleren Jungs.

»Wir haben doch alles gefilmt, nicht wahr?«

Ron zieht die Augenbrauen hoch und nickt. Er geht davon aus.

»Dann beruhigt euch erst einmal, ihr beiden. Ich seh mir die Filmbänder gleich morgen in der Früh an.«

Emiljana lächelt. Sie ist ruhig. Sie sind beide nicht aufgeregter als er.

Angemessen wäre es jetzt, wenn Zadek ein Glas Rotwein anböte, sie könnten es auf der Veranda trinken, und Ron rauchte dazu seine obligatorische Abendzigarette. Sie würden vom

Experiment schweigen und überhaupt von der Forschung, Zadek könnte ihnen die kleine Kamera zeigen, Ron könnte vom Football erzählen, er ist ja ein unbändiger Anhänger der Hawkeyes und geht sogar zu deren Trainingsstunden, und so höben sich die Profanitäten gegenseitig auf, woraufhin in Rons Geist eine weitere unverfängliche Neckerei anhöbe, über den Pool, der noch immer fehlte in Zadeks Garten, oder die Vertragsverlängerung, die noch immer ausstand, und Zadek dann zurück und so weiter, bis Emiljana irgendwann, weil sie genug hätte von den zwei Scherzkeksen oder einfach nur aus Langeweile sich ihrem Verlobten auf den Schoß setzte, nach seiner Hand griff, woraufhin auch Ron seinen Arm höbe und ihr mit den Fingerkuppen den Rücken hinaufführe und sie sähen einander tief in die Augen, stießen mit den Rotweinkelchen an …

»Es ist gut, dass ihr mir berichtet habt. Jetzt muss ich an meinem Essay weiterarbeiten.«

Zadek führt die beiden durch das dunkle Haus, hinüber zu ihrem Tandem, er verabschiedet sie theatralisch, indem er mit seinem weißen Taschentuch wedelt. Nur weil Ron solche Gesten mag. Dabei überkommt ihn bereits das schlimme Gefühl, es könnte den beiden allein um den verpflichtenden Bericht gegangen sein, nicht um die Aggression der Kinder, nicht um die daraus abzuleitende, neue Aufgabenstellung, die einer Lösung bedarf. Seit sie ein Paar sind, fürchtet er, dass Ron und Emiljana der wissenschaftliche Ehrgeiz abhandenkommt, und also fühlten sie sich gar nicht von ihm verprellt, sondern führen dahin … sie fahren winkend dahin, in den Abend, denkt er, um ihr Glas Wein ohne mich zu trinken.

VIERTER TEIL

Endlich ist auch der Versuchsleiter zugleich der Helfer, an den man sich wenden kann, und der Feind, von dem alle Schwierigkeiten herkommen.

Tamara Dembo (1931)

1

Zenia hatte sich einsperren lassen. Sie saß im Schloss, im Saal, im Dunkel. Tribüne, Reihe fünf, mittendrin.

Wurde sie hier erwischt, gab es nur eine Maßnahme, die Exmatrikulation.

Vor ihr war der Versuch aufgebaut, sie hatte eine Stumpenkerze entzündet und diese ins Zentrum des kleinen Bühnenquadrats gestellt. Überall in Berlin gab es doch jetzt Séancen, sie machte ihre eigene Séance. Hauchzart nur zeichneten sich Konturen ab. Hingezaubert ein Tapetenmuster, Helenes Tisch stand wie im Nebel, das Stuckband in unermesslicher Höhe. Langsam formte das Kerzenlicht eine Bühne.

Man musste nur lange genug warten, und es trat jemand durch die Tür oder hinter dem Vorhang hervor, um das Quadrat aufzusuchen, mit der toten Frau zu sprechen oder mit dem verunglückten Kinde. Hamlets Vater. Vielleicht kehrte der laute Hausmeister zurück. Oder der deutsche Kaiser kniete nieder, sich aufrichtig zu entschuldigen für all die Fehler, die er begangen hatte.

Wenn sie die Augen verengte, sie fast schloss, wenn sie den Kopf leicht bewegte, verdoppelte sich die Flamme der Verkündung, verdreifachte sich. Ein Effekt, den sicher schon jemand im Institut beschrieben hatte. Zenia dachte an die knallenden Lagerfeuer, die Feuer auf den Dwinsker Feldern, wenn der Winter zu Ende ging und die feuchten Gärten aufgeräumt wurden. Totes Holz, der Obstbaumbeschnitt, Stauden. Übermütige Jungs, die übers Feuer sprangen, nah an der Flamme, nicht zu nah.

Die orangene Glut des Lagerfeuers, die uns gleichsam anzog und abstieß. Zadek hatte viele dieser Bilder in Tafelkreide gemeißelt. Das Mädchen, das sein Spielzeug aus dem Meer holen ging, aber vor jeder Welle zurückschreckte. Der Junge, der ans andere Ufer des Baches wollte, aber Angst davor hatte, über den Baumstamm zu balancieren. Waren es nicht auch drei Flammen gewesen, die das Königskind anzogen. Der Brunnen, in den wir hinabsteigen, obwohl wir nicht einmal hören, wie der Stein in der Tiefe aufschlägt.

Wie oft traten zwei Bewegungen in Konkurrenz. Ein Teil von uns wollte nach vorne, ein anderer Teil wollte zurückbleiben. Ihr eigenes Experiment bestätigte es nur: Wuchsen Kräfte an, die gegeneinander gerichtet waren, wurde der Wettstreit der Kräfte aufs Äußerste getrieben, dann brachen sich die Affekte Bahn.

Sie nahm ihr Mitternachtsmahl ein. Rhabarberkompott und Wasser. Der Löffel klirrte so hell, dass die Stille danach noch lange gläsern war. Sie dachte an die anderen Säle und Räume, die sich auf dieser Etage links und rechts anschlossen und in denen es tagsüber britzelte vor Energie. Ausgerechnet das Schloss stand für die neue Zeit. Für die Sinnesexperimente, dem Kino abgeschaut, dem Grammophon abgelauscht. Die Schnelligkeit, das Situative, für Lichtblitze und Melodien, die ganze moderne Welt kam morgens in dieses Schloss und ging abends wieder hinaus.

Hier hatte sie ihre Freunde. Man half sich gegenseitig. Wie neugierig sie einmal gewesen war auf Bennos Ratschläge zu den Affekten, weil er selbst Ringe werfen ließ und dabei über die Wettbewerbsfähigkeit und die Ansprüche des Menschen an sich selbst forschte. Vergaß man dies jetzt? Oder Emiljana, die aus der Textilfabrik erzählte, über die Auswirkungen der Akkordarbeit auf die Frauenseelen. Sie dachte an die Würfelstunde mit Emiljana, an den verunglückten Abend, als Zadek ihr die Leitung übertragen hatte, an den Streit mit dem Professor darüber, ob sie auch das Gemurmel der Versuchspersonen stenographieren sollten.

All die belebenden Stunden, jetzt gebündelt in einer Vermisstenanzeige.

Ihr Kolloquium war ein Kreis. Ein Kreis lebte davon, dass alle den gleichen Abstand zum Mittelpunkt hatten, und dass der Mittelpunkt abwechselnd von ihnen besetzt wurde. Zadek hatte sie mehrfach nach Treptow in seine Wohnung eingeladen, Vera hatte dort am Kamin über ihre Arbeit erzählt, es war schön, daran zu denken, weinselig, laut, auch Zadek war immer wieder aus der Mitte heraus an den Rand getreten und hatte dies thematisiert, weil er alles thematisierte, was die Gemeinschaft betraf und beeinflusste. Oft hatte er ihren Kosmos bereichert, indem sie Ausflüge zu Wissenschaftlern machten, die eine andere Perspektive vertraten, eine atomare oder biologische. Die Kenntnisse, sagte er, müssten sich verästeln, die Erkenntnisse herabtröpfeln am Baum der Weisheit, von den erfahrenen Psychologen bis hinab zu den Erstsemestlern, die sich »aber bitte herausgefordert fühlen, hier von Anfang an mitzutun und gerade auch ihre Naivität einfließen zu lassen«. Er sprach dann von vertikal und von horizontal angeordneten Psychologiebrigaden und wägte ihre Eigenschaften ab.

Andererseits ließ sich ja nicht bestreiten, dass er Zenia herausgehoben, sie berufen und ausgezeichnet hatte. Als sie wieder in seine Vorlesung gekommen und ihm danach in sein Büro gefolgt war, hatte der Professor ihr exklusiv die Untersuchung des Ärgers angetragen.

Nur Sie sind dafür geeignet, Frau Naujas.

Besonders geeignet.

Natürlich war es ein Kompliment gewesen, das einen Schatten warf. Sie hatte eben eine Härte, die den anderen abging. Unter allen Kommilitonen besaß sie nicht bloß die schöpferische Kraft, sich einen funktionierenden Versuch auszudenken – sondern auch die Festigkeit, ihn durchzustehen!

Daran war Zadek interessiert. Es war Zenia von Anfang an bewusst gewesen.

Und genau darin steckte ja nun der Witz der Geschichte. Der Kaiser lebte in Holland und hatte sich einen prächtigen Rosengarten anlegen lassen, und sie saß hier in seinem Hohenzollernsaal und ließ sich selbst mit Rosen beliefern. Sie war jetzt die Herrscherin. Die milde Königin, die Informationen gab. Die strenge hochnäsige Königin, die Informationen vorenthielt. Sie war in diesem Experiment die Instanz, die über Raum und Zeit der anderen verfügte.

Die Nacht war still, und die Stille galt ihr. Den Mauern eingeschrieben war die Sehnsucht, eine Herrscherin zu schützen. Wie massiv die Außenwände des Schlosses waren. Keinerlei Verkehrslärm drang herein. Nur manchmal fiel ein Lichtschein matt auf die Fenster, versickerte im dicken Glas.

Aber worum ging es in einer Séance. Dass man erleuchtet wurde und sah, wohin der eigene Weg führte. Wo die Widerstände lagen und wo man sie sich bloß eingebildet hatte. Sie starrte immer noch ins Kerzenlicht. Was Zenia wirklich geschmerzt hatte, war der Moment, als Herr Claus auf den Holzstab trat und ihn zum Rollen brachte, als er klar die Botschaft aussendete, dass er ihr Quadrat zerstören würde. Dieser Moment des Machtverlusts. Das Geräusch des knirschend rollenden Stabes hatte sich ihr eingeprägt.

Vielleicht war es besser, erst einmal festzuhalten, was sie nicht schmerzte. Die Beschimpfung selbst war Zenia nicht nahegegangen. Sie hatte Angst vor einem körperlichen Angriff gehabt, aber die Dummheit eines Menschen, der sie eine Judensau schimpfte, die konnte sie schon schultern.

Antisemitismus war ja kein Affekt, war im Gegenteil scharf davon zu trennen. Sie war keine, die schon schwitzte, wenn sie an das Wort dachte. Dafür war sie jetzt lange genug in Berlin. Wann hatte Zadek im Hörsaal erstmals erzählt, er sei in der Inflationszeit offen angefeindet worden? Im Büro war ihm einmal von anonymer Hand ein Brief seines Vaters beschmiert worden, der auf Hebräisch geschrieben war. Dann wieder hatte er gesagt, das Klima hätte sich glücklicherweise durch den Aufschwung gebessert. Aber er irrte. Zadek dachte zu viel und zu vieles, als dass er nicht auch irren musste. Die wirtschaftliche Krise voraussehen, das konnte nicht einmal Zadek. Aber es war schon lange vorher losgegangen, es hatte überhaupt nie aufgehört. Ein paar Studenten hatten die Tür des Studentinnenheims im Schloss verunstaltet. Und dann gab es die Cafés, vor denen abends sortiert wurde, es gab die Akademischen Bierhallen und den von rechts unterwanderten Studentenausschuss oder die Scherben in der Leipziger Straße. Es gab die neuen Langemarcks auf dem Hegelplatz, immer ein ›Juden raus!‹ auf den Lippen, und im November hatte ein Nationalistischer einer Mitstudentin, die nicht einmal Jüdin war, mit Fußtritten eine Rippe gebrochen, als sie schon am Boden lag.

Zenia war bereit zu addieren, das war ja ihr Beruf, so hatte sie auch die unerledigten Handlungen erforscht, draußen auf der Straße, auf den Märkten, im Café. Sie sah alles und sie überhörte nichts, erst recht keine Beschimpfung.

Aber vielleicht hätte man sich irgendwann einmal gemeint fühlen müssen. Sie fühlte sich nicht gemeint. Nicht einmal mit den Fußtritten. Nie hatte der jüdische Glaube sie überwältigt, nie ihr ein Licht eingepflanzt, das es zu verteidigen galt. Das Religiöse war keine Herzenssache. Schon in der Familie galt, dass sie eigentlich nur Probleme damit hatten. Wirklich, das war des Vaters Wort. Entweder Probleme mit den Deutschen oder Probleme mit den Russen, je nachdem wer gerade die Uniform trug und in der Apotheke herumwüten durfte. Sie war elf oder zwölf Jahre alt gewesen, als diese Worte hinaufgestiegen waren in ihr Zimmer, man hat nur Ärger damit, Jude zu sein, sie hatte es gehört mitsamt dem Gemurmel, das darunter lag, denn die Mutter hatte sofort zu beten begonnen, als der Vater leugnete und lästerte.

Das steckte alles mit in Zadeks Kompliment. Er hatte eine Königin auswählen müssen, die nicht den Kopf einzog. Und da hatte er eine genommen, die erst nach Lettland fahren musste, um das erste Mal im Erwachsenenalter wieder Chanukka zu feiern. Zadek hatte ihr angesehen, wie sehr sie das Jüdische aus ihrem Leben verdrängt hatte. So war es gemeint, wenn er sagte, sie sei für die Erforschung des Ärgers am besten geeignet. Sie war einfach weit weniger empfindlich gegen Schimpf und Schande als ihre Kommilitoninnen. Weniger womöglich als Zadek selbst.

Die Wände des Saales traten auf Zenia zu, der Raum wurde jetzt zur Rotunde, sie wusste, sie näherte sich dem Schmerz. Sie wollte keine moderne Frau sein, wenn der Preis dafür solche Verhärtung war. Der Schmerz lag geborgen in ihrer Sehnsucht, eine Gemeinde zu finden. Eine andere Gemeinde. Es war falsch, nur an die Freund zu denken. Immerzu waren sie in diesem Schloss umgeben von ihren Feinden, den musealen Nachfolgeinstitutionen des Kaisers, die das Institut beäugten.

Sie waren doch die Einzigen, die das Gegenwärtige erforschten, und es hatte sie erst zusammengeschweißt.

Das Institut hatte sie für Rauchs Wunderwerk gehalten, so wie sie das Kolloquium für ein Wunderwerk Zadeks hielt, für die ideale Gemeinschaft; eine Einheit, in der sie einander alles gönnten, alles mitmachten, aber nicht zum Wohle ihrer Professoren, sondern zum Wohle des großen wissenschaftlichen Gottes. An so vielen Abenden hatte sie sich gehoben gefühlt, und die Wissenschaft bekam eine metaphysische Kraft, etwas Unermessliches.

Sie hatte darin etwas Paradiesisches erkannt.

Wer wollte aus einem Paradies vertrieben werden.

Und wer war so dumm gewesen, zu glauben, das Kolloquium würde eine Königin dulden.

Hätte sie denn eine Königin geduldet in ihrem Paradies?

Sie holte den Brief an ihren Vater hervor, den sie daheim begonnen hatte. Es ging darin nicht mehr um die Schlafmittel. Sie hatte es aufgegeben zu bitten. Sie würde niemals mehr um etwas bitten. Sie wollte ihrem Vater einfach etwas Schönes schreiben, und weil er im Dezember ihre Freundin sogleich ins Herz geschlossen hatte, schrieb sie über Helene. Verlieh ihrer Bewunderung für Helene Ausdruck. Für die Schärfe, mit der sie die Versuchspersonen kurzerhand vor die Tür gesetzt hatte, wie sie es auch schon mit ihren Cafégästen getan. »Sie besitzt ein imposantes Weltverständnis«, las Zenia.

Es war ja die Wahrheit. Aber hier, mitten in der Nacht, fand sie den Brief auch scheinheilig. Warum wollte sie Helene vor sich erhöhen?

Die Kerze war fast abgebrannt. Sie ging die Stufen hinab, trat ins Quadrat. Wer war denn hier die Versuchsleiterin, die etwas durchdacht und es souverän präsentiert hatte und die aus tausend guten Gründen ihre eigenen Regeln befolgte?

Zenia hatte doch überhaupt keinen Fehler begangen, und nun tat sie ja beinahe so, als hätte sie sich selbst eine Pappkrone aufgesetzt und müsse die Intrigen der Nationalen ertragen.

Du bist die Dummheit im Quadrat, dachte Zenia.

Sie blies die Kerze aus.

Sie würde ihnen allen schon zeigen, wozu sie fähig war. An der türabgewandten Seite des Saales legte sich Zenia auf zwei Wolldecken, unter die Tribüne. Sie stellte sich den Wecker auf sieben Uhr. Sie schlief lange nicht ein.

Mit dem Bild war Helene sehr zufrieden: Sie waren zwei dieser Rennfahrerinnen, die ihre Fahrräder im Kreis fuhren. Im Sportpalast. Zenia und sie waren ein Team, also mussten sie sich abwechseln, denn entweder man machte Meter oder man ließ sich massieren. Es war wirklich sehr logisch.

In diesen Stunden brauchte Zenia eine Pause, also war sie selbst an der Reihe, sie bestimmte das Tempo. Sie klopfte bei Zadek. Es reichte ja auch, wenn eine von ihnen klopfte. Sie trug ihr schwarzes Kleid mit gelben Blumenranken, das Haar zurückgebunden. Lippenstift, ihr Handtäschchen.

»Ich bringe zwei weitere Protokolle.«

Noch vor dem ersten erklärenden Wort blätterte Zadek ans Ende der Schrift und stellte fragend fest:

»Frau Naujas hat gar nicht gezeichnet?«

Schneller konnte man nicht zum Punkt kommen. Obwohl das gar nicht ihr Punkt war. Zadek agierte wie einer, der bereits wusste, dass er sich gegen ein Unheil wappnen musste.

»Es steht die Wahrheit drin, Herr Professor.«

»Die Wahrheit, Fräulein Lassahn, setzt sich aus allerhand Wahrheiten zusammen, wie Sie ja wissen.«

Sie sah ihm genau an, dass er eine Unruhe zu überspielen suchte. Sie war eine so gute Beobachterin geworden.

»Fräulein Lassahn, ganz gerade heraus: Kommen Sie mit den Protokollen zu mir, bevor Sie sie Ihrer Partnerin vorlegen?«

»Nein.«

»Dann haben Sie die Schriften geklaut, da ja Frau Naujas als Hauptverantwortliche die Beiträge sammelt.«

»Mit Verlaub, was hier steht, ist wichtiger als Zenias Unterschrift. Und ich bin … ich bitte Sie einfach nur, diese Protokolle zu lesen. Sie betreffen ja unseren nahen Kreis.«

»Ich werde dazu Rücksprache mit Frau Naujas halten müssen, weil ihre Unterschrift fehlt.«

Helene war errötet. Wenn sie ehrlich war, dieses Zuständigkeitsgerede war das Letzte, woran sie vorher gedacht hatte. Für Helene gab es gar nichts zu verhandeln, und sie hatte Zadek auch noch nie beamtenhaft erlebt. Der Professor legte seine hohe Stirn in Falten, auch die Falten erschienen ihr ganz künstlich, im Sinne von: weit weg von den anderen Menschen. Wartete er darauf, dass sie schon aufstand und sich verabschiedete? Helene wollte nicht aufstehen. Sie klappte ihre Handtasche auf, aber was sollte sie herausholen … ein Fruchtbonbon, sie bot Leonard Zadek ein Fruchtbonbon an.

Er lehnte es ab.

»Sie haben noch nicht alles gesagt, was Sie sich vorgenommen haben, nicht wahr?«

Jetzt, endlich. Die Wärme in seiner Stimme.

»Nun, ich denke …«

Jetzt. Wurde er gut zu ihr. Gleich würde er in ihre Unzufriedenheit hineinzielen. Und sie loben. Für ihre Arbeit, die vielen Protokolle, er hatte ja schon einige gelesen, gute, sehr genaue Beobachtung von zwei Seiten, er wisse ihr Auge zu schätzen. Das war es, worauf sie sich vorbereitet hatte. Gleich lobte er sie und sie würde alles im Kopf behalten, so gut sie konnte, sie musste die Komplimente hinnehmen wie ein Geschenkpaket, das sie erst später öffnen konnte, sie würde sich nicht davon bezirzen lassen …

»Ich lasse mich nicht so schnell aus der Bahn werfen.«

Das verstand Zadek nicht.

»Wovon denn auch, Fräulein Lassahn.«

»Nein, ich meine, wenn Sie mir so zureden, denke ich gleich, Sie wollen mich überreden, weiterzumachen. Weil es mir zu viel wird. Ich höre jetzt deswegen aber nicht auf.«

Sie sah sich wieder im Sportpalast, die Arme emporgerissen, sie hatte eine Wertung gewonnen, einen Preis eingefahren.

»Müsste ich Ihnen denn gut zureden?«

Der Jubel entfernte sich, verrauschte.

Zadek stand auf, sie zur Tür zu geleiten.

»Wie wollen wir jetzt vorgehen, Fräulein Lassahn? Holen Sie die Unterschrift von Frau Naujas ein oder soll ich es tun?«

Er hatte die Protokolle in der Hand.

So wie Lotte den Brief.

Er war Zenias Chef, Zenia war ihre Chefin, sie war die Sekretärin. Zadek der Arbeitgeber, sie ganz unten die Schreibkraft. Alles stand fest wie eine Pyramide in Ägypten. Auch dass sie keine Mark für ihre Dienste bekam.

»Also, die Wahrheit«, sagte Helene, »weil Sie eben sagten, Herr Professor, verschiedene Wahrheiten sind im Raum, die große Wahrheit ist eine Resultante davon. Das ist schon so, wenn man sich das Verhalten unserer Versuchspersonen anschaut.«

Sie standen schon im Türsturz.

»Nicht wahr? Ich wünschte mir oft, dabei zu sein«, sagte Zadek.

»Aber es geht hier nicht nur darum, wie sich die Menschen verhalten, sondern auch darum, wie sie sich benehmen.«

Sie dachte daran, wie sie Zenia umarmt hatte, nachdem Benno gegangen war. Ein Seelenfeuer. Zadek öffnete die Tür. Sich vor ihr zu verbeugen, sie mit einem dämlichen Bückling zu verabschieden, hielt er beide Hände auf dem Rücken verschränkt. Helene musste schon auf der Treppe daran denken. Hat er überhaupt keine Ahnung oder tut er nur so? Wie er die Protokolle von Herrn Claus und Benno mit seinem Körper verdeckt hatte! Als wollte er ihre Arbeit aus der Welt nehmen, als wollte er Helene den Anblick ihrer eigenen Arbeit ersparen.

2

So weit war das Rosen-Experiment fortgeschritten, dass die Kommilitonen alle getestet worden waren und sich im Kolloquium niemand mehr an die Geheimhaltung des Versuchsverlaufs gebunden fühlte. Es gab Redebedürfnis, und die Männer sahen endlich die Gelegenheit gekommen, ihre Auftritte zu beschönigen. Sie führten ihre Kindheit ins Feld: unschöne Situationen, in denen sie sich vor den Eltern echauffiert und geschämt hatten; nie wieder danach seien sie derart provoziert worden, bevor Zenia Naujas ihnen im Schlosssaal den Kampf angesagt hätte.

Zenia schluckte das Pathos hinunter. Sie erklärte ruhig, fundiert auch, dass sie doch hier mit Zadek keine Psychoanalytik oder irgendeine andere historische Wissenschaft betrieben. Wenn Benno als Kind etwas Ähnliches erlebt hätte, so seien damals eben ganz ähnliche Konfliktkräfte wirksam gewesen, und daher galten hier wie dort womöglich die gleichen Gesetzmäßigkeiten der wissenschaftlichen Psychologie.

»Aber deshalb bin ich ja jetzt nicht deine Mutter«, sagte Zenia.

Darüber lachte bereits niemand mehr.

»Im Übrigen«, setzte Zenia fort, »hätte eine rein gleichgültige Versuchsleitung das Rosen-Experiment nur weiter in die Länge gezogen. Und auch die Aussagen zur Dynamik verwässert. Gleichgültig durfte ich nicht sein. Ich habe einen Raum schaffen müssen für die Affekte, ohne diese direkt hervorzurufen.«

Hier flogen die Protestnoten.

»Eben dies ist geschehen!« »Hervorgerufen, natürlich!« »Dann war es falsch!« »Du bist darauf zugesteuert.«

Die Männer wollten sich öffnen, aber es war doch Zenia, die die meiste Zeit redete. Weil sie so überzeugt war von der Vorbereitung des Experiments, weil sie wusste, dass sie die äußeren Faktoren, vom Lichteinfall in den Saal über die Position der Gegenstände bis hin zu ihrem eigenen Sprachverhalten hundertfach überprüft hatte, weil sie nichts vergessen, missachtet oder auch nur variiert hatte.

Der Streit hob über die Modalverben an. Einen Raum schaffen müssen. Warum sie *müssen* sagte, wo sie *wollen* meinte, nur der Zwang verlange nach dem Muss. Das war Wortklauberei. Also bitte. Zenia ließ sich berichtigen, es war ihr egal. Es kam so aber ein hässlicher Stein ins Rollen, rührte an weitere Steine. Sie sei zu weit gegangen, hieß es. Sie habe das Vertrauen ihrer Freunde missbraucht. Sie habe ihn »an der Ehre verletzt«, sagte Benno. »Ach Gottchen«, lachte Helene. ›Ach Gottchen‹ war die Rampe, unter welcher die Steine sich zur Lawine fügten. Helene wurde unterbrochen, angegriffen, Helene war die Blitzableiterin, Helene ließ sich nicht die Stimme verbieten.

Zenia suchte zu beschwichtigen. Man musste doch aber trennen, sagte sie. »Oh ja, trennen! Aber nicht unbedingt in deinem Sinne, Zenia!« Herr Claus und Benno, auch Lisabet und ein Herr Johannes Markbrunner, der erst vor einem Jahr aus Marburg zu ihnen gestoßen war – sie alle konnten keine Linie mehr ziehen zwischen sich als Kommilitonen, Freunden, Privatpersonen auf der einen Seite, und als wissenschaftliche Versuchspersonen auf der anderen.

Es durfte nicht wahr sein. Es gab doch Funktionen des Lebens, Lebensbereiche. Und zwischen ihnen Barrieren, die man nicht einfach wegwischte. Da war aber etwas, das Zenia noch viel mehr aufregte: Dieser Kampf entsprach ihr gar nicht. Sie, Zenia Naujas, die im Grunde alles Trennende und Verkünstelte ablehnte und die das Kolloquium als eine Höhle nahm, in welcher man einander wärmte (und seien die Kausalschlüsse auch noch so kühl), sie, die immer dafür gesprochen hatte, dass man sich so gab, wie man war, dass man alle Fragen offen auf den Tisch legte und miteinander klärte – ausgerechnet sie musste nun für die Doppelrolle kämpfen. Zenia hörte sich reden, sie klang, als plädiere sie für gesellschaftliche Masken. Aber darum ging es ja nicht. Es war ein Albtraum. Vor ihr saßen Männer, die auf dumm und dämlich machten. So tief konnte doch zwischen ihnen allen keine Beleidigung gehen, dass ihr wissenschaftliches Hirn aussetzte!

Zadek war gar nicht erst erschienen. Schon beim letzten Mal hatte er kurzfristig abgesagt. Zenia hatte die Protokolle unterschrieben, sie hatte damit belegt, wie Herr Claus und Benno im Schlosssaal agiert hatten – und Zadek nahm nicht Stellung dazu. Dabei war es unmöglich zu denken, dass er die Protokolle nicht gelesen hatte, natürlich hatte er sie gelesen, aber er nahm nicht Stellung, und was viel schlimmer war, er erschien nicht zum Kolloquium.

Wie sehr hätte sie ihn benötigt! Denn am Ende lief der Abend doch aus dem Ruder. Die Männer waren dazu übergegangen, Zenia zu übergehen, sie zu ignorieren, Herr Claus schnitt ihr einmal das Wort ab. Bei Benno kamen Macht, Überheblichkeit und Judentum in einem einzigen Satz vor. Sie hielt noch weitere Minuten aus, sah sich um. Am Ende hatten nur Emiljana und Vera zu ihr gehalten, Karl verteilte immerhin kleine Spitzen in alle Richtungen. Alle anderen, so verstand es Zenia, hatten ihr die Freundschaft aufgekündigt.

Sie ging grußlos. Helene lief ihr hinterher, legte ihr einen Arm über die Schulter und begleitete sie bis zur U-Bahn.

Sie kam nach Hause, hätte Dima gebraucht, aber es waren gerade die beiden russischen Freunde von ihm gekommen, ihn abzuholen. Es reichte gerade noch zum Abschied auf der Treppe. In der Küche grölten derweil zwei neue Mieter herum, banden die Hauswirtin in das Gelage ein, wurden zudringlich und gerieten schließlich mit ihr in Streit, bis sie am Ende aus der Küche flogen. Einer warf die Tür seines Zimmers. Als bedurfte es einer weiteren Theatervorstellung für Zenia, ihr zu zeigen, wie scheußlich das Leben war.

Sowieso würden sie dieses Haus bald verlassen. Sie starrte auf die wenigen Umzugskisten, die sie bereits gepackt hatte. Sie hörte den Baum im Hof schwanken, aber das war nicht sie. Es gab einen Zweig, den der Wind an die Mauer warf. Immer wieder. So labil, so formbar, so geführt, umspielt, bewegt. Das bin nicht ich, dachte Zenia. Ich bin kein Flussbett nur, vom Regen gefüllt, entleert von der Sonne. In meinen Adern steht kein Quecksilber, das nur von der Außenluft gehoben und in die Tiefe gedrückt wird.

So sah sie hinaus in die Nacht. Welcher Blitz konnte zur selben Sekunde in tausend Bäume einfahren? Es lagen doch immer nur einzelne Zweige auf dem Weg nach dem Gewitter. Und man hörte sogar, jenseits des Tales blieben die Gärten trocken. Nein, sie war nicht dieser Baum, der sich schütteln ließ, in welchem der Wind spielte, als dirigiere er ein Orchester. Sie sah die Tische, Sessel und Stühle. Wer neben wem gesessen hatte. Sie hörte, wer sie mit welchem Zungenschlag beleidigte. Der Tischrand, die Dreiecke, das Spiel über Bande, den Frontverlauf sah sie, und dann ließ sie sich am Schreibtisch nieder und begann zu zeichnen, halb im Café, halb im Hof zeichnete sie ein drittes: die Karte einer Insel, auf der die Wütenden lebten. Dort gab es Höhenlinien und Bergreliefs, ein sattes Tal, schraffiert. Einen Berg benannte sie als Sauhaufen, die zwei etwas höheren daneben als Gottverdammte Huren. Der Fluss hieß Fut, vom Hohen Drecksfink ging es ins Hodental hinab, ein Sumpfgebiet war einfach die Scham, man musste hindurchwaten und erreichte so den Hexenwald mit dem Judenbrunnen.

⁂

Neben dem Schreibtisch stand der offene Koffer. Für die wichtigsten Dinge, die sie nach dem Umzug sogleich benötigen würde. Deshalb füllte sich der Koffer nicht, denn auf die wichtigsten Dinge war Zenia auch in der alten Wohnung bis zuletzt angewiesen. Manchmal legte sie morgens einen Schal hinein, den sie sich nachmittags wieder trug. Die Wohnung würde ein Neuanfang sein, sagte Dima, als sie ihm vom Kolloquium erzählte. Aber Neuanfang und Wechsel! Mit diesen Worten begann ja schon der Luxus. Wenn sie von der Grenadierstraße in den Westen hinausziehen würde, sie hätte wohl von einem Wechsel sprechen dürfen; es lag aber nur ein Spaziergang von fünfzehn Minuten zwischen diesem Mietshaus und der neuen Bleibe in Wilmersdorf.

Zenia war den direkten Weg schon zweimal gegangen. Der Verkehr nahm im Süden etwas ab, wie auch der Rhythmus der Leuchtreklamen. Die Ludwigkirche gab den Straßen einen Bezugspunkt. Die Cafés wurden kleiner, die Russen wohnten dort noch etwas zahlreicher. War das ein neues Leben?

Dima hatte ihr die Wohnung beschrieben, einen Grundriss gezeichnet. Er versprach ihr ein eigenes Zimmer, mit Fenster und Kanapee. Sie würde darin Platz für ihre Papiere haben und endlich viele Stapel bilden, im Regal, vor dem Regal, auf dem Schreibtisch und daneben.

Ein Liebesbeweis deines Mannes, hatte Helene gesagt.

Die Inselzeichnungen geschahen ihr weiterhin, sie entstanden ohne Vorsatz neben der schreibenden Arbeit. Auch für Zadek entstand eine eigene Karte. Dabei mischten sich unter die Wutbezeichnungen schon Worte, die sie seinem Fachvokabular und ihrem Rosen-Experiment entlehnte. So wurde gleich mehrfach der Holzbock beschworen, auf welchem die Rose platziert lag, als Sturer Bock (Berg), Gemeines Bockskraut (Wüstenpflanze), auch als Bocke (Fluss). Auf der Karte, die sie Zadek zueignete, zeichnete sie das afrikanische Land Topo (von Topologie), es tauchte die Außenbarriere auf, ein Kreidefelsen, dazu die Städte Aussitz und Dorn, ein irrealer Flusslauf namens Brief, der durch die Dörfer Toben und Schimpfen floss. Im Landesinneren thronte der »Berg der Bedürfnisse«.

Erst einige Abende später bemerkte Zenia, dass die Form ihrer Inselkarten den kleinen ovalen Diagrammen ähnelte, mit denen Zadek ihre Theoriefindung seit Jahren begleitete. Denn auch der Lebensraum, das Feld aus Kräften, die räumliche Hypothese, in welche sie in der Psychologie die Person stellten, um ihre Handlungen nachvollziehbar zu machen, war nichts weiter als eine Insel. Ufer hießen Barrieren. Hunderte, vielleicht Tausende solcher Inseln hatte Zadek auf die Kreidetafeln des Instituts gezeichnet und wieder ausgewischt.

Die Konsequenzen waren unabsehbar, und sie fürchtete das Unabsehbare, aber sie musste ihn noch einmal in seinem Büro aufsuchen.

Zadek sprang aus einer Lektüre auf, als sie in der Tür stand. Er nahm die Lesebrille ab und legte sofort die Gedanken aus, die er sich für Zenia gemacht hatte. Was er alles wollte und verlangte! Dass sie nicht auf Fräulein Lassahn hörte. Dass sie ihr Arbeitsverhältnis zu Fräulein Lassahn klärte. Dass sie dem Antisemitismus in der Doktorarbeit keinerlei Raum gab. Ein kultivierter Geist, eine Wissenschaftlerin von ihrer Größe müsse großzügig erscheinen und diese Beleidigungen übersehen.

Sie hatte ihm zugestimmt. Nickend.

Seine Entschlossenheit. Sie wünschte sich, dass es Hingabe für ihre Arbeit war. Und war es ja auch. Er wiederholte sein Anliegen. »Frau Naujas, Sie haben doch die Affekte gerade als Thema angenommen, weil diese universell sind. Auf den Judenhass dürfen Sie sich nicht einlassen.«

Etwas war anders als bei ihrem Treffen nach der Institutsfeier. Dieses Mal schien Zadek wenigstens zu ahnen, wie sie sich fühlte.

Sie erzählte ihm von ihrem anstehenden Umzug. Sie würde einem Gymnasium gegenüber wohnen, mit spielenden Kindern vor ihrem Fenster. Zadek machte eine seiner billigen Pointen. »Nehmen Sie es als Ansporn, irgendwann wird dort in der Schule auch Ihre Arbeit über den Ärger gelehrt.«

Ach, sie vermisste auch diese schlechten Witze. Sprüche waren es eher. Genau über seinem Kopf hob sich der Neckerwürfel aus der Wand, ein merkwürdiger Heiligenschein. Zenia hatte jetzt eine Einsicht mit ihm. Auch für ihren Professor gab es eine Überforderung, und er brauchte die Sprüche, um seinen Geist wieder einzurenken, die Kontrolle über sich selbst zurückzugewinnen, um wieder neu ansetzen zu können.

»Ich werde nicht mehr ins Kolloquium gehen«, sagte sie. »Ich habe ein wissenschaftliches Anliegen, und ich muss meine Arbeit jetzt schützen.«

Nicht sich selbst schützen. Ihre Arbeit.

Zadek floss, zäh wie Honig, in seinen Sessel. Um sich gleich wieder an beiden Lehnen emporzustemmen.

»Ich muss Ihre Haltung tolerieren, Frau Naujas. Sie wissen aber, unser Kolloquium ...«, und sie erinnerte sich später nicht an alles, was er sagte, bei Weitem nicht an alles, doch sie wusste genau, dass dies die letzten Worte waren, diejenigen, die er ihr mit auf den Weg gegeben hatte, »Sie wissen, die Atome haben andere Eigenschaften als die Moleküle, die sie gemeinsam bilden, und es kann das Ganze auch einmal unfest sein, obwohl seine einzelnen Teile auf ihrer Festigkeit bestehen.«

Na dann. Auf Wiedersehen.

Sie stand wieder vor seiner Bürotür, ein Bündel aus Stolz und Trauer. Eine Wissenschaftlerin von Ihrer Größe, hatte er gesagt. Aber sie aufhalten, darauf kam er nicht, das konnte er nicht.

Es war egal geworden, was er sagte. Es war, als hätte sie sich einen Stempel abgeholt für das Gefühl, von ihm im Stich gelassen worden zu sein.

Dabei klang es so, als leite er nun wieder das Kolloquium.

Etwas bricht auf, dachte Zenia, ein Blütenkelch, die Maiknospen, etwas geht vorbei. Zeit der ovidischen Verwandlungen. Der feste Professor wurde zähflüssig. Die Königin aus dem Schlosssaal verbannte sich selbst ins Wilmersdorfer Exil.

3

Die Uhr im Arbeitszimmer zeigt 7.14 a. m.

Zadek hat schon dreimal begonnen, einen Brief an Zenia Naujas zu schreiben. Zuerst hat er von Emiljana geschrieben. Dann von Emiljana und Ron auf ihrem Tandem. Beide Briefe hat er zusammengeknüllt und in den Papierkorb geworfen.

Der dritte Entwurf endlich sollte von den Gruppenexperimenten handeln, die sie durchführen. Er hat geschrieben, dass er sich oft an das Berliner Kolloquium erinnert. Denn so ist es. Er profitiert in Iowa sehr von den unzähligen dynamischen Stunden, die sie im Schwedischen Café verbrachten. Er hat die Menschen damals so viel studiert, und manchmal ist ihm deshalb, als könne er voraussehen, welche Aktion die Jungen in seinem aktuellen Experiment als Nächstes ausführen werden.

Mrs. Clifford hat ihm das erste Frühstück gebracht, seine Hafergrütze mit Banane, Cashewnüssen, Leinsamen. Eine Tasse Kaffee dazu. Das Frühstück hat ihn abgelenkt. Er hat wieder an Ron denken müssen, wie Ron an die Scheibe klopfte, im Winter und Frühjahr pünktlich jeden Morgen um sechs Uhr, als sie zusammenkamen, um das Experiment vorzubereiten. Sie wollten Mrs. Clifford nicht wecken. Ron klopfte, ohne das Gesicht dem Fenster zu nähern, und er, Zadek, ging zur Haustür und ließ ihn ein.

Auch eine schöne Zeit.

Unter seinen Frühstücksritualen und diesen Gedanken ist ihm auch der dritte Brief entglitten. Zu den Gruppenexperimenten hat er angesetzt, ein Satz über das Schwedische Café, aber Rons Pochen an die Scheibe war lauter. Rons amerikanische Pünktlichkeit, die ungemeine Hilfsbereitschaft, als Zadek neu angekommen war in Iowa. Ron war wie ein Pate gewesen, dessen Rat er immer in Anspruch nehmen konnte, und auch die anderen im Institut verschlossen sich nicht vor ihm. Zadek hat bis heute noch oft das Gefühl, er könne ihre Hilfe nicht zurückzahlen. Oder nur durch seine Dankbarkeit. Er wird ja nun seinen Vertrag in Iowa verlängern. Aber das ist kein Gegenwert, wo doch allen längst klar ist, dass er bei ihnen bleiben will.

Geschrieben hat er seiner ehemaligen Doktorandin schließlich über die Vertragsverlängerung. Und über Amerika. Er hat einfach seinen aktuellen Essay vor ihr fortgeführt. Er ist dabei, in die Schichten der amerikanischen Persönlichkeit einzudringen. Ob sie sich vorstellen könne, wie schwierig dies sei. Denn vieles läge eben an der Peripherie. Man kann sagen, Frau Naujas, das Leben findet hier stärker als in Deutschland *mit* den Menschen statt und auch *vor* den Menschen. Der vergleichende Wettkampf, Ranglisten und Ratgeber, der Werbesektor – dies alles hat einen sehr hohen Stellenwert. Dazu gibt es einen beträchtlichen Bereich an Meldungen, die in den Zeitungen öffentlich gemacht werden, welche wir Europäer als privat erachten würden, die Tischdekorationen auf Hochzeiten oder die schulischen Auszeichnungen der Kinder.

»Ein großer Teil der amerikanischen Persönlichkeit«, schreibt Zadek an Zenia Naujas, »befindet sich im erschließbaren Bereich.« Vielleicht wäre messbar sogar das bessere Wort. »Sie, Frau Naujas, sind ja aber sicher stärker noch interessiert an den inneren Schichten, am Wesenskern. Nun, seine Gefühle trägt der Amerikaner tiefer in sich versenkt als der Deutsche. Ich habe mir deshalb auch wieder die Reden angehört, weil daran erkennbar wird, was Roosevelt und Hitler erwecken wollen. Und ich meine, der Führer hätte hier kaum einen Marktwert, wo er doch auf seine fanatische Art fast ausschließlich an jene Gefühle appelliert, die bei den Deutschen gleich unter der Haut liegen, die der Amerikaner aber in sich versenkt hält.«

Er legt zufrieden den Stift beiseite.

Er liest den letzten Absatz und springt auf.

»Was schreibe ich denn hier?«

Und er zerknüllt auch den dritten Brief an Zenia Naujas.

Hat Zadek gerade gebrüllt? Es ist ihm peinlich vor Mrs. Clifford. Nicht zu fassen, hat er Zenia Naujas wirklich etwas über Roosevelt und Hitler erzählen wollen? Zitternd gießt sich Zadek eine zweite Tasse Kaffee ein und will damit hinausgehen auf die Veranda. Wo ist er bloß immer mit seinen Gedanken. Auf dem Sekretär liegt die kleine Berliner Kamera, er hat sie noch immer nicht hinaufgelegt aufs Regal, daneben liegen die Briefumschläge für die Einladungen. Bald ist er selbst Amerikaner. Zadek wird noch im August den Tag seiner Citizenship feiern.

Ein Glück, dass er an diesem Morgen keine Vorlesung hat. Er wird andere Briefe schreiben. Es sollte aber auch einmal einer fertig werden, den man auch abschicken kann, denkt er. Und sitzt noch im Schaukelstuhl mit seiner leeren Tasse Kaffee im Schoß, als es an der Haustür klingelt. Kurz darauf kommt Mrs. Clifford auf die Veranda.

»Eine Mrs. Mansfield möchte sich bei Ihnen bedanken.«

»Aha. Wofür denn wohl?«

»Sie wartet an der Tür.«

Zadek geht durchs Haus. Eine ihm unbekannte Frau hält ihm einen Blumenstrauß entgegen.

»Ich möchte mich bedanken …«

Sie trägt Sommerrock und Bluse, Ledersandalen mit hohen Absätzen, und sie sucht nach Worten.

»für die gemeinsame … für den Versuch, also für die Zeit, die mein Kind in Ihrem Club verbracht hat.«

Zadek fragt, von welchem Kind die Rede ist, und bittet die Frau gleichzeitig schon ins Haus.

»Mein Sohn. Dave Mansfield.«

»Dave, oh ja, er ist ja noch dabei, er hat ja letztens –«, Zadek unterbricht sich und bietet freundlich Kaffee aus der Thermoskanne an, den die Frau aber ausschlägt.

»Wie ging es Dave in dieser Woche?«, fragt Zadek.

»Das ist es eben. Darum die Blumen, Herr Professor. Er wird nicht wiederkehren in Ihre Versuchsgruppe.«

»Es ist nicht *meine* Gruppe, Mrs. Mansfield. Es ist ganz und gar Daves Gruppe.«

»Nun, dieses Gefühl teilt der Junge nicht.«

»Ich verstehe nicht recht. Sind Sie allein zu mir gekommen oder sitzt der Junge draußen im Auto?«

Sie errötet umgehend.

»Ich denke«, setzt Zadek fort, »meine Kollegen haben nach dem Zwischenfall bereits mit Dave gesprochen, auch in Ihrer Anwesenheit. Ich will Ihnen unseren wissenschaftlichen Standpunkt noch einmal veranschaulichen, wenn ich Sie damit nicht aufhalte.«

»Wir haben unsere Entscheidung getroffen, es tut mir leid.«

»Mrs. Mansfield, nur kurz, wir haben ein Agreement. Als wir im April unser Konzept präsentiert haben, habe ich, da ich ein Mensch voller Bedenken bin, alle beteiligten Eltern darauf hingewiesen, dass die psychologische Wissenschaft ihre Erkenntnisse immer aus Momenten gewinnt, die Stärken und Schwächen der Menschen offenbaren. Dies gilt für Solo- wie für Gruppenexperimente, ganz besonders aber in einem

Versuch, der sich der Atmosphäre in einem begrenzten Raum widmet.«

»Dave leidet darunter, dass sich die anderen gegen ihn verbünden.«

»Nun, das ist ein einziges Mal geschehen, Mrs. Mansfield, und viel wichtiger: Es hat seine Gründe. Psychologische Gründe. Ihr Sohn befindet sich da in einem fünfköpfigen Organismus, in welchem sich oft genug die Gewichte verschieben. Verstehen Sie mich? Es entstehen immer neue Konstellationen zwischen den Kindern. Reibereien, kleine Raufereien. Das gehört dazu. Daraus entsteht Leben, Kreativität. Aber weder gibt es eine einzelne Verschwörung noch gibt es so etwas wie falsches oder richtiges Verhalten –«

»Sie selbst sind ja gar nicht vor Ort gewesen.«

»Eine bedauerliche Ausnahme.«

»Wir haben einige Gespräche mit Dave geführt. Meinem Mann und mir scheint es, Ihre Kollegen haben eine seelische Verletzung unseres Kindes in Kauf genommen.«

»Das wäre unverzeihlich, und auch gegen unseren Kodex.«

»Aber Sie haben eben selbst eingestanden, man hat sich gegen Dave verbündet.«

»Ich schlage vor, ich kann Ihnen nur vorschlagen, Mrs. Mansfield, Sie lesen noch einmal die Vereinbarung, die wir zu Beginn des Experiments geschlossen haben. Bitte tun Sie das. Uns musste es darum gehen, die Spannungen der Gruppe zutage zu fördern, die zweifelsohne aufgrund der autokratischen Führung auf den jungen Seelen lagen und beherrschend geworden waren. Die Gruppe war apathisch, Frau Mansfield, alle fünf Jungs haben weit unter dem Leistungsniveau aus der demokratischen Phase des Experiments gearbeitet, und dafür, wie gesagt, gibt es psychologische Beweggründe, eine Befangenheit der Seele, möchte ich sagen, ein innerer Groll, der sich nicht gegen den mächtigen Leiter richten konnte, sondern auf die Gesamtatmosphäre abstrahlte, und diese Spannungen sind es, die sich im letzten Clubtreffen nun Bahn gebrochen haben, verstehen Sie? Nichts daran ist –«

»Ich verstehe, was Sie sagen, ich habe mir viele Gedanken gemacht, mein Mann auch, wir haben mehrere Abende über Ihr Vorgehen auf dem Dachboden gesprochen. Es ist nur so, dass wir die demokratische Phase, als die Kinder mitentschieden darüber, was sie im Club tun, nun, das war uns nahe, und was Sie nun mit den Kindern anstellen, scheint uns … hmm … deutsch.«

»Deutsch? Das Gegenteil von nahestehend ist fremd, nicht wahr? Es erscheint Ihnen fremd –«

»Na, Herr Zadek, das sind alles nur Worte.«

»Aber Sie haben doch gerade –«

»Der Punkt ist, wir wollen es nicht mehr unterstützen. Dave möchte auch nicht mehr gehen.«

Mrs. Mansfield streckt die Hand aus, sie ist vollkommen bei sich, und Zadek denkt an Dave, an dessen machtzentriertes Wesen, er ist ja selbst ein kleiner Herrscher unter den Jungs gewesen, es fällt Zadek schwer, die Persönlichkeit des Jungen nicht zur Sprache zu bringen. Um es nicht zu tun, wendet er sich schließlich ab, ganz kurz – er legt den Blumenstrauß, den er immer noch in der rechten Hand hält, auf den Esstisch. Dieser Augenblick genügt, Zadek hat das geübt, er wird jetzt nichts Unbedachtes mehr sagen.

Er gibt ihr die Hand, geleitet sie zurück zur Haustür.

»Bitte überlegen Sie es sich, Mrs. Mansfield.«

Das Auto steht auf der anderen Straßenseite, der Kopf des Jungen ist durch das hintere Autofenster zu sehen. Dave sieht zu ihnen herüber, ausdruckslos.

»Ich bringe ihn zur Schule«, sagt Mrs. Mansfield noch.

Dann geht sie die Treppenstufen hinab, geht hinüber, festen Schrittes. Es fällt Zadek auf, wie stark ihre schulterlangen Haare federn. Bevor sie das Auto startet, sieht auch sie zu Zadek hin, sie nickt ihm durch die Scheibe zu, ganz leicht, zum Abschied. Als wolle sie das Gespräch gutheißen oder ihm zu erkennen geben, ja, Sie haben es versucht, Herr Zadek, und das habe ich auch von Ihnen erwartet, daher die Blumen, weil ich wusste, Sie würden kämpfen, aber es ist nicht genug, mich umzustimmen.

Es ist eine deprimierende Anerkennung, dieses Nicken. Vielleicht hat sie auch ihrer Entscheidung zugenickt, ein Es-ist-nun-einmal-so-Nicken, ein Finden-Sie-sich-damit-ab-Nicken.

Das Nicken bleibt zurück.

Was danach geschieht, geschieht nicht unmittelbar, sondern in Wellen, Annäherungen, und es dauert den gesamten Vormittag an. Weil die Besucherin ihn darauf hingewiesen hat, verflucht sich Zadek dafür, beim letzten Clubtreffen gefehlt zu haben. Damit beginnt es. Natürlich ist er sich darüber im Klaren, dass seine Anwesenheit keinerlei Einfluss auf Daves Raumflucht gehabt hätte. Er wäre nur ein Beobachter mehr unter den zahlreichen Beobachterinnen gewesen, also gleiten die Selbstvorwürfe schließlich an ihm ab, laufen über, treffen die juristischen Administratoren, diejenigen, die die Verträge mit den Erziehungsberechtigten aufgesetzt haben, bevor das Experiment losging. Es ist nicht richtig, dass Dave einfach so fernbleiben kann. Es darf nicht sein, dass seine Mutter ein Bündnis gegen Dave behauptet und sich in fünf Minuten verabschiedet und das war's ... das soll es nun gewesen sein. In dieser Phase geht die leise Verzweiflung in eine regelrechte Panik über, Zadek atmet schwer, bekommt kalte Füße. Denn mit der personellen Konstellation, dem Schrumpfen einer Fünfergruppe zu einem Quartett, verschieben sich andere Parameter – Zadek ist sich plötzlich nicht mehr sicher, ob sie den Versuch ohne Dave Mansfield überhaupt fortsetzen können. Damit gehen weitere Selbstvorwürfe einher, stärker als zuvor: Er hat also gerade versagt. Er hat nicht wirklich um den Jungen gekämpft, er hat sich von dem verdammten Blumenstrauß verwirren lassen. Und er läuft durchs Haus, auf der Suche nach einer Vase, die er gar nicht finden will. Wie kann es sein, dass er nicht einmal weiß, wo Mrs. Clifford die Vasen aufbewahrt!

Auf dem Weg in die Küche kommt er am Telefontischchen vorbei. Er müsste Ron über den Besuch von Frau Mansfield in Kenntnis setzen. Er will sich den Moment noch einmal schildern lassen, als Dave aus dem Saale stürmte. Warum um Himmels willen ist Dogdson nicht früher auf den Dachboden zurückgekehrt, was hat er sich dabei gedacht, die Kinder nach Emiljanas Auftritt länger als drei Minuten allein zu lassen oder fünf Minuten, höchstens, Zadek versteht diese Unprofessionalität nicht. Er muss auch Dogdson sprechen. Wen zuerst, Ron oder Dogdson. Er bekommt den Hörer nicht angehoben. Das Herz stampft in ihm, er hört seine Herzschläge wie Schritte, dumpfe Schritte wie auf Waldboden. Er sieht die drei Kiefernstämme im Garten, seine Lyra, er sieht die beiden Platanen im Campus, er sieht einen Film ablaufen, hört eine Kommentarstimme sagen: *Dies ist der Moment, in dem Dave Mansfield seine selbstbestimmte Freiheit wiedergewinnt,* das ist seine eigene Stimme, die da spricht, man sieht Emiljana unscharf im Hintergrund, erstaunt steht sie hinter dem Fenster, eine Strumpfhose in der Hand, eben noch die Hausmeisterin, jetzt die zweite Zeugin, die mitansieht, wie ein Kind schreiend die Feuertreppe hinabstürzt, *I won't go back, I won't go back, I don't belong to that group* ... die Arme ausgebreitet, so wie es Ron erzählt hat ... Zadek auf dem Regiestuhl, Zadek mit Basecap hinter der Kamera und vor der Linse die Verzweiflung, er schwenkt, und dann dreht sich Dave im Kreis, als würde er eigentlich tanzen, und das Kind reißt mit dem Arm alles um, die Kamera und den Stuhl, es ist, als würde jemand ein Spiel beenden, Schachfiguren mit dem Arm umschmeißen, auf dass kein Unterschied mehr bestehe zwischen denen, die zuletzt spielten, und denen, die außerhalb des Brettes auf ihren nächsten Einsatz warten, und dann die Platanen, die Kiefern im Garten und im Grunewald, der Schlossplatz, das Kind, das durch Licht und Schatten läuft, der Stellvertreter, der Sündenbock, die schwarze Läuferin, jemand hat auf Daves Körper den Kopf seiner lettischen Doktorandin geschraubt, einen schweren Kopf, natürlich, darum geht es, wie schwer es ihr fiel, hinauszulaufen, sie muss ihren Kopf mit beiden Händen festhalten auf Höhe der Ohren, sie stürmt aus dem Café, aus dem Kolloquium, sie stürmt aus seinem Büro, die schwarze Läuferin und ihre Diagonale, der Raum ihrer freien Bewegung verengt sich und spitzt sich zu, weil ihr das Wort abgeschnitten und im Munde verdreht wird, weil aus wissenschaftlichen Freunden, die einander mit ihren Arbeiten unterstützten, Nazis geworden sind, laute und dummdreiste Nazis, auch Zadek hält es nicht aus, deshalb fehlt er ja, deshalb will er diese Gruppe, diesen Kreis, diesen Brummkreisel, den er einst aufgezogen hat, nur noch auslaufen lassen, aber nie mehr berühren, wie schwach er gewesen ist und wie stark Zenia Naujas, wie glücklich sie ihn dadurch machte, dass sie handelte, immer hat sie selbst gehandelt, auch wenn sie sich zurücknahm, ihnen auswich, ihm auswich, dass sie den Ärger suchte und damit seinen Anspruch eigensinnig formulierte, in einem Sinne also, wie er selbst es niemals gekonnt hätte, und wie jung sie war, damals, eben noch, sie läuft die Diagonale zur Schlossbrücke und hinüber zum Zeughaus, er sieht sie laufen, gerade weil er selbst nur steht und beobachtet, weil er nicht dabei gewesen ist, Zenia Naujas rennt und flieht aus der Gruppe, denn jetzt hat die Gruppe sie auserkoren zu fliehen und ihr Feind zu sein.

I won't go back, I don't belong to that group.

Stundenlang schießen ihm die Bilder durch den Kopf, Brücken, Waldwege, Endgültigkeiten, ihr gemeinsamer Tanz, ein Schachspiel und der rotierende Kreisel, das Tandem und der Pool, die Rosen und der Bock, auf dem sie lagen, immer wieder Zenias Gesicht, es gibt keine dritte Lösung, das Grinsen seiner männlichen Studenten auf der Schlosstreppe, Herr Claus mit Parteiabzeichen, zur Gefahr gewordene Menschen, die in der Lage sind, alles zu verraten, woran sie eben noch geglaubt haben, Menschen, die blind werden gegen den Widerspruch von Macht und Wissenschaft, die alle Barrieren übersteigen und hinter den Affekten, hinter dem Ärger und der Frustration und der Sättigung in den Graben hinabkriechen, um ihre Väter zu rächen, nichts einfacher als das, es mit den Franzosen aufzunehmen ein weiteres Mal und diejenigen aus dem Weg zu räumen, die nur gekommen sind, Barrieren aufzustellen, die Juden ... – das alles hat Zadek noch nicht gesehen, nicht hintereinandergeschnitten, nicht in der letzten Woche, als Ron und Emiljana ihm den türmenden Jungen schilderten, das sieht Zadek erst jetzt, nachdem die Mutter ihm Blumen gebracht hat, es ist, als hätte sie damit die Flucht des Jungen gedoppelt. Als hätte sie ihm ein Bild ausgemalt. Er sieht jetzt das Ausmaß, die Folgen, er sieht die letzte Freiheit und den Undank. Wie undankbar ging Zenia Naujas, wie überaus bedient. Wie wenig sie von der eigenen jüdischen Emanzipation verstand, und auch von der Kehrseite, der Ausgrenzung, die Rauch immer betrieb, sogar auf Zadeks eigener Geburtstagsfeier, obschon Rauch ja noch zu den Guten gehörte und ihm ins Gesicht sah, er sieht Zenias Augen in seiner Wohnung in Treptow, junge, dunkle, mutige, unverletzbare

Augen, und er stampft mit dem Schuh auf, mehrfach stampft er auf, um endlich sein Herz zu stoppen.

Du hast ihr geraten, die Menschen zu provozieren.

Du willst Zenia immer noch die Schuld geben. Und willst ihr gleichzeitig einen Aufsatz und einen Brief schreiben. Als ginge es darum, ihr zu huldigen. Es geht nicht darum, er weiß es. Er hat seine schützende Hand zurückgezogen über denen, die geschützt werden mussten. Also hat sie recht daran getan, die Sündengeiß, die einmal eine junge Frau gewesen war, über den Schlossplatz nach Charlottenburg und durch die Platanen bis ans andere Ende der Welt nach Moskau davonzurennen. Sie ist davongerannt vor ihm. Und hat dabei die beste Arbeit geschrieben, die er je begutachtet hat. Undankbar? Es ist, als hätte Zenia Naujas im Laufen ihre Arbeit geschrieben. Wer kann so etwas.

Zenia Naujas wird nicht mehr zurückkehren in die Gruppe. Also wird auch Dave nicht mehr zurückkehren in die Gruppe. Regungslos hat der Junge durch die Autoscheibe geblickt. Ahnungslos. Als gäbe es hier nichts mehr zu verhandeln. Als hätten sie sich nie zuvor gesehen.

4

Sie war erstaunt, wie in diese schmale Straße einmal ein so mächtiges Gymnasium hatte gebaut werden können; die Fassade, breit wie fünf oder sechs Mietshäuser, nahm ihr ganzes Gesichtsfeld ein. Saß Zenia am Schreibtisch und waren ihr Fenster und auch dasjenige eines Klassenraumes geöffnet, so hörte sie von drüben die laute Stimme eines Lehrers. Es war nicht jedes Wort zu verstehen, aber sie legte den Stift beiseite, und einmal geschah es, dass sie sich von dem Fach, das gelehrt wurde, hinüberträumte in Gebiete, in denen sich zwei Fächer überlagerten oder drei, sie dachte daran, wie es wäre, wenn alles Wissen sich reibungslos ergänzte, wenn die Lehrer, gerade in diesen Schnittmengen ihrer Kreise, immer mit Fug und Recht argumentierten, auf dass die Künste und Wissenschaften zu einem Ganzen verschmolzen.

Ein faszinierend harmonisches Werk entstand vor ihren Augen, und dann schellte die Klingel und die Schüler fluteten die Straße. Vierzehnjährige mit Seitenscheiteln, mit Krawatten unter dem Pullunder, auf dem Rücken edle, schmalriemige Ledertornister. Das war noch viel schöner. Wie sie es genoss, wenn vor der Schule Leben herrschte, wenn da geschrien und geschubst und gerangelt wurde. Jeder hatte einen Körper, und alle hatten recht.

Sie kannte schon mindestens zwanzig Jungen beim Namen, denn beim Namen wurde gerufen, wen man im nächsten Moment angriff. Sie hatte da auch ihre Favoriten. Einmal zählte sie die Kopfbedeckungen aus. Demnach war etwa jeder zehnte Schüler jüdisch. Wie sahen ihre Familien aus, was würden sie essen, wie gestalteten sie ihren Nachmittag. Sie ging ihnen in Gedanken nach, und wenn kein einziges Kind mehr zu sehen war, hingen ihre Stimmen noch lange in der Luft und spornten Zenia an, die Stimme ihrer eigenen Doktorarbeit zu finden, welche nun entstehen musste.

Die Versuchsreihe war mittlerweile abgeschlossen, und als die kalte Nässe den Herbst zum Winter machte, war es Zenia gelungen, aus den zahlreichen Protokollen und Notizen eine grobe Gliederung zu erstellen. Es gab jetzt Instruktionen, an die sie sich halten konnte, Befehle, die sie nacheinander ausführen würde. Und die Befehle lösten sich von ihr, flossen aufs Papier und waren nicht mehr ihre eigenen, es waren schon die objektiv richtigen. Wenn sie in der Gliederung blieb und die Schritte befolgte, würde ihre Arbeit wachsen. Im kommenden Herbst, spätestens im übernächsten Frühjahr würde sie bei Professor Zadek promovieren.

»Irgendwann wird dort in der Schule auch Ihre Arbeit über den Ärger gelehrt.« Zadeks dumme Pointe fiel ihr ein, und sie fand tatsächlich ein Ziel darin und ihren Ehrgeiz.

Abends ließ sie die Fallanalysen ruhen und widmete sich allein dem Einführungskapitel. Sie reichte es nach einigen Überarbeitungen noch im Winter bei Zadek ein, weil er darum gebeten hatte. Den Grund für dieses Anliegen lieferte er in einem kurzen Schreiben nach. Er wolle die Redaktion der psychologischen Fachzeitschrift auf den Abdruck der gesamten Arbeit vorbereiten, daher sei es ratsam, hier bereits einen Einblick zu gewähren.

Das war aber noch nicht Aufregung genug. Anscheinend hatte Zadek auch eine Abschrift des Einführungskapitels an Institutsleiter Rauch gegeben, denn Rauch meldete sich ebenso bei Zenia und riet ihr, mit einem Psychologieprofessor an einer niederländischen Universität Kontakt aufzunehmen. Man sei in Groningen an ihrer Forschung hochinteressiert, und er, Rauch, könne ein gutes Wort für sie einlegen, wenn sie dort für ein Jahr die Affekthandlungen lehren wolle.

Zenia war euphorisch gestimmt. Sie teilte ihre Freude mit Helene. In diesem Winter hatte Zenia das Gefühl, dass sich das wunderbare Dreieck wieder bildete, in welchem sie zu Beginn ihrer Freundschaft verbunden gewesen waren, Dima und Helene und sie. Helene war schon tagsüber oft bei ihr, kam nach ihren Lagerbäck'schen Familiendiensten und diktierte vom Kanapee aus Protokolle, auf dass Zenia ihnen den letzten Schliff gab, damit sie der Arbeit als Anhang dienen konnten. Helene hatte ein gutes Gedächtnis. Auch bei der inhaltlichen Auswertung, bei der Theoretisierung des Ärgers und seiner immensen Dynamik, tat sie mit, sorgte immer dafür, dass Zenia einen Aspekt aus einem zweiten Blickwinkel betrachtete.

Also flachsten sie darüber, gemeinsam nach Holland zu gehen. Sie suchten Groningen im Atlas. Man würde an jedem Sommerwochenende ans Meer fahren.

Aber so wie sich Helene schwer damit tat, ihren Anteil an der Doktorarbeit zu sehen, tat sie sich schwer mit dem Träumen. Bald überdehnte sie die Sache und lachte über sich selbst – über den Moment, da sie dem holländischen Professor einen Strauß Tulpen in die Hand drücken und ihm gestehen würde, keinen Abschluss zu besitzen, ja nicht eine einzige psychologische Prüfung abgelegt zu haben.

Das war nun so und hatte sich zu einem Schmerzpunkt entwickelt. Zenia musste an ein Treffen mit Zadek zurückdenken, das sie bedrückte, denn damals war es auch um die Ausnahmegenehmigung für Helene gegangen. Sie war nie das Gefühl losgeworden, Zadek habe sie damals im Büro erpresst mit der Drohung, Helenes Eintrittsgenehmigung für das Schloss nicht zu verlängern, wenn sie nicht gemeinsam das Thema wechselten. Vielleicht war es nur eine Andeutung gewesen, aber dann hatte er sie in seiner gewohnt unsensiblen Art getan und es war in ihren Ohren eine Drohung daraus geworden.

Sie hatte nie mit Helene darüber gesprochen. Sie fand auch jetzt nicht den richtigen Zeitpunkt dafür.

Neben der Euphorie auch immer Momente des Zweifelns. Weil sie ja nicht mehr einschätzen konnte, was Zadek meinte. Wie er etwas meinte. Durfte er einfach ein Kapitel ihrer unveröffentlichten Arbeit weitergeben, ohne es ihr vorher zu sagen? Und wie war das zu verstehen, dass nun ihr Ruhm schon vor einer Veröffentlichung wuchs … Wollte Rauch sie aus Berlin wegloben? Auf Zadeks Geheiß etwa? Und ausgerechnet nach Holland, wohin schon der Kaiser geflohen war. Sie dachte an ihre Nacht im Schloss. An die Rosen und die Dornen. Kam es gar nicht mehr infrage, dass die Wunden verheilten und sie ihr Inseldasein beendete? Dass sie ihr Glück an diesem Lehrstuhl fand? Dass sie blieb?

Helene nahm sich alle Zeit, die sie erübrigen konnte, sie war jetzt an zwei, manchmal drei Nachmittagen in der Woche bei Zenia. Aber je länger so ein Nachmittag wurde, desto ungeduldiger wurde sie, bis sie ihre Füße zu kneten begann, sich auf dem Kanapee ausstreckte. Oder sie ließ sich auf die Dielen fallen, machte Handstand an der Wand, schlug ein Rad in Zenias Rücken. Sie wartete darauf, dass Dima mit dem Einkauf für das Abendessen eintraf, denn sie bereiteten das Essen dann gemeinsam zu, während Zenia weiterarbeitete.

Helene sah der Freundin beim Schreiben und Denken und Gehen und Sprechen zu. Es war ihr so schwierig geworden, sich einzubringen. Warum denn nur. Dieses Gefühl hatte nichts mehr mit ihrer anfänglichen Ehrfurcht vor Zenia zu tun, im Gegenteil, eher wurde es ausgelöst durch ihre Annäherung. Helene hatte dazugelernt. Sie dachte jetzt oft genug nach, bevor sie sprach. Sie war Zenia ähnlicher geworden. Die Ehrlichkeit, die offene ungeschützte Art, die noch die Kellnerin ausmachte und die sie mit so vielen Menschen auf den Straßen geteilt hatte, dieses Berlinerische, welches auch Zenia so ins Herz geschlossen hatte, als sie die Märkte und Kneipen erstmals besuchte, es lag nicht mehr obenauf, spürte Helene, es lag schon bedeckt von den Argumentationsketten der Psychologie.

Dabei liebte sie Zenia dafür, dass sie immer weitermachte. Aber das ließ sich nicht aussprechen, Zenia hätte sich nur missverstanden gefühlt. *Weitermachen, warum betonst du das, ich will den Männern nichts beweisen.* Sie konnte sich die Reaktion genau vorstellen. Dafür dass. Helene hatte sich das Konsekutive angewöhnt, nur um es dann an den ganz falschen Stellen anzuwenden.

Sie hielt besser den Mund.

Sie hatte sich der Freundin schon auf dem Spaziergang im Tegeler Fließ kaum mitteilen können. Und nun schmolz vor dem Fenster schon der nächste Schnee. Zenia hatte sie aus der Ursprünglichkeit herausgehoben, sie in ihre rationale Welt gestellt. Nun verhielt sich Helene eben gegen ihre Berliner Instinkte. Sah Zenia denn nicht, dass die braune Partei ihr Experiment sprengte? Hörte sie nicht, wie ihr Helene beistand und Herrn Claus als Scheusal benannte und Benno als einen Widerling und sogar Karl als einen Mitläufer?

Sie meinte dies alles ernst. Sie wollte mit Zenia fühlen, mit Zenia im Recht sein. Aber was war, wenn Zenia keinen Kompass und kein moralisches Gewissen neben sich brauchte? Ja, immer wieder der Gedanke: Womöglich sehnte sich die Freundin sogar zurück nach ihrer Unempfindlichkeit, nach der Kellnerin, die einen flapsigen Spruch auf den Lippen hatte, die den Finger zum Piepmatz erhob.

Das Piepmatz-Zeitalter, es schien ihr schon Jahre zurückzuliegen, wirklich, unerreichbar fern. Beinahe wie die Schulzeit, die hier vor Zenias Fenster noch einmal für sie aufgeführt wurde. Helene sehnte sich auch nach dieser Person, die sie nicht mehr war. Tanzen gehen, Sekt schnüffeln, Karl treffen, wenn sie nach dem Essen von Zenia fortging am Abend. Was sprach denn bloß dagegen?

Dass sie sich emanzipiert hatte.

Na aber.

Alles an ihr war Zurückhaltung.

Sie fühlte sich wie eine Pflanze, der kein Wasser blieb. Die Wut und das Elend, die mir Benno und Herr Claus vorgeführt, haben mich ausgetrocknet, dachte sie, binnen weniger Wochen.

Einem Zufall war es geschuldet, dass Helene in dieser Arbeitsphase einige Blätter in die Hände fielen, die Zenia gezeichnet hatte. Es waren die Inseln, die in Zenias erster Wut auf die Nazis entstanden waren. Helene besah sich die Zeichnungen, bereitwillig legte Zenia ihr einen ganzen Stapel in den Schoß: Inseln und Länder und Kontinente.

Diese Karten zauberten den Lachmund zurück in Helenes Gesicht, und weil Zenia nicht an die Zeichnungen anschließen wollte, kam es dazu, dass Helene sich in die Ecke setzte und die Kartographie selbst weiterführte.

Die zuvor eierförmigen, rundlichen Inseln veränderten unter Helenes Hand ihre Form. Sie zerklüftete die Küsten mit allerhand Buchten und Flussläufen. Dort konnte man sich vor Schimpf und Schande zurückziehen. Sie zeichnete einen lang gezogenen Strandstreifen und beschrieb ihn als Dwinsand, eine Erinnerung an ihre Reise nach Dwinsk. Sie malte Herzchen. Sie benannte auch einen Grünschnabelwald als Anspielung auf etwas, das ihrer Freundin mit dem Professor im Grunewald geschehen war.

Kleine Komödien, die sie mit ihrer Freundin teilte. Ja, es war schön, wenn Zenia sich hinabbeugte und eine Pause von ihrer Arbeit machte. Es war Helene, als gingen sie dann gemeinsam spazieren auf ihrer Insel. Zenia zog mit dem Finger eine Flussspur nach, einmal lachte sie lauthals auf, weil Helene ein Wortspiel mit Herrn Claus und Herkules gemacht hatte.

Auf den Inseln waren sie zusammen. Es war besser als nichts. Es war wenig.

Ihr Vorsatz, für die Doktorarbeit zu leben, dafür ein Konzentrat zu sein, welches keinerlei Ärger einließ, war durch die Anfeindungen der Kommilitonen, durch die Abwesenheit von Zadek und auch durch die unruhige Anwesenheit von Helene auf harte Proben gestellt worden, aber sie hatte die Widerstände alle ausgehalten und war schließlich bereit für die Theorie, für die Auswertung des Rosen-Experiments, für den letzten großen Schritt zur wissenschaftlichen Erkenntnis.

Da trat Dima auf den Plan. Zenia hatte ihm von Rauchs Angebot erzählt, sie an die Universität von Groningen zu vermitteln. Er hatte bloß genickt – wie einer, der sich nicht äußern konnte, weil er etwas zurückhielt. Danach hatte Zenia eine Ahnung. Sie gingen ja kaum mehr zusammen aus. Wenn er zu Hause blieb, war sein Raum die Küche. In seiner Kochstunde sprach er mehr mit Helene, als es mit Zenia am ganzen Tag zu bereden gab. Nie hatte er einer Enttäuschung darüber

Ausdruck gegeben, im Gegenteil, er gab sich alle Mühe zu verstehen, dass sie zwischen den Stimmen der Schüler ihre Ideen fand, aus der abendlichen Ruhe ihre Formulierungen schöpfte. Dima spornte sie oft sogar an, gleich nach dem Essen wieder an den Schreibtisch zu gehen. Wenn Helene auf ihrem Fahrrad abfuhr, las er in den Zeitungen. Wirkte er abwesend dabei? Nein. Meist wissbegierig, manchmal müde, selten melancholisch. Zenia war nur froh, dass er nicht viel schimpfte, er hatte früher so viel auf die Genossen geschimpft.

An einem Freitagabend, es war Ende November, saßen sie zu zweit beisammen bei Brot und Butter, Salz und Schnittlauch. Helene hatte sich verabschiedet. Dima erinnerte seine Frau an den Tag, als es im Rosenversuch erstmals zu einem Übergriff auf sie gekommen war, an die Zeit, als sie in den Wellen des bösen A-Wortes nach Luft rang. »Weißt du noch«, sagte er, »und ich habe gesagt, auch an meiner Technischen Universität schwindet der Rückhalt. Das war's, das war alles, was mir dazu eingefallen ist.«

Sie nickte. Sie hatte gerade an diesem Nachmittag ein Unterkapitel abgeschlossen. Es war kein schönes Gefühl, die Unruhe, die sie einmal in der eigenen Arbeit gebündelt und gebändigt hatte, nun an anderer Stelle der Wohnung wieder aufzulesen. Warum war Dima so pathetisch? Und warum suchte sie sogleich nach der schlimmstmöglichen Bedeutung des Satzes, sie dachte, er spürte in der Universität, aber auch hier zu Hause keinen Rückhalt mehr.

»Bist du auch angefeindet worden, Dima?«

»Ich habe ein Wissenschaftsverbrechen begangen«, sagte Dima, als sie das Streichholz entzündete. »Oder sagen wir ruhig«, korrigierte er sich, »ein Wirtschaftsverbrechen«, und er hob dazu die Bierflasche.

Verbrechen. Das Wort zog sofort den Abend heran, auf dem er sich so offen danebenbenommen hatte, diese lettische

Feierlichkeit. Und dann stand auf dem Tisch auch noch dieselbe Stumpenkerze, die sie einmal nachts mitgenommen hatte ins Stadtschloss.

»Du darfst mir bestimmt davon erzählen«, sagte sie.

»Natürlich nicht ... Ich hätte es heute beinahe vor Helene gesagt. Aber wer weiß, was sie aus solchen Kenntnissen macht. Auf mich wirkt sie ein wenig eifersüchtig.«

»Wovon redest du, Dima?«

Sie schwiegen eine Weile, dann setzte Dima neu an, das heißt, nun drang er sofort zur Sache vor.

»Ich habe Pläne vervielfältigt.«

Zenia legte den Suppenlöffel ab.

»Wie bitte? Von eurem Mikroskop etwa?«

Zenia rief, sie schrie beinahe. Sie erschrak über ihre Stimme.

»Ich habe es für die neuen Ingenieure in Russland getan.«

»Aber Dima, das ist doch, du bist doch –«

»Ich habe ... mit irgendwem muss man Frieden schließen.«

Da! Wieder die lettische Freiheitsfeier. Die Stalinisten seien überall, hatte er gesagt. Es war also keine Floskel gewesen, eher eine Weissagung.

»Es ist eine Art Burgfrieden«, sagte Dima und klopfte auf die Tischplatte. Sie wusste nicht, was gemeint war, aber es kamen Bilder, eine Eingebung. Er hatte sie hintergangen. Nicht mit einer Frau, sondern mit dem jungen Russen, der ihn hier schon manchmal am Abend abgeholt hatte und sich immer so scheute, sie kennenzulernen. Der Russe, der nach dem Umzug gefragt hatte, ob alles in Ordnung sei. Es war, als ob unter der Tischplatte gleich die Erdplatten lagen, die Wilmersdorfsche schob sich kreischend über die Charlottenburger Platte.

»Sie haben dir diese Wohnung besorgt.«

Er sagte nichts.

»Stalin zahlt unsere Miete. Das ist doch nicht möglich, du hast dich kaufen lassen von …!«

»Ich habe es ihnen mit den Plänen zurückgezahlt.«

»Nicht möglich, dass du … dass ich das nicht gemerkt habe!«

»Zeni, hör mir zu, wir müssen die internationale Revolution abschreiben. Aber es bleibt die Heimat meiner Eltern, und ich meine, Russland …«

»Abschreiben, Dima, ich muss diese Arbeit schreiben!«

»Du schreibst auch diese Arbeit. Beruhige dich doch. Es ändert sich ja gar nichts daran.«

»Dass ich das nicht …!«

»Schrei bitte nicht so, ich versuche nur, uns auf einen Weg zu lenken. Sie lassen dich alle im Stich, meine Liebe, und du weißt es. Oder spürst es. Ich lasse dich nicht im Stich. Es gibt den langen Weg, den die anderen alle gehen. Nach Paris, dann nach Amerika. Aber willst du dieser Aktienkrise nachreisen, bis sie uns persönlich trifft? Ich sage dir, sie kommen schließlich alle über den Pazifik zurück. Wir werden gleich nach Osten gehen, es ist der kürzere Weg. Nach Lettland, nach Moskau womöglich.«

»Haben sie dir etwas versprochen?«

»Natürlich haben sie das.«

»Und wir sind uns einig, dass man darauf nichts, aber rein gar nichts geben darf!??«

Als sie im Bett lagen, wollte Zenia alles wissen. Mit wem er in Kontakt stand. Wer genau die Wohnung aufgetrieben hatte, wer sie bezahlte. Sie wollte wissen, wie sicher sie waren. Nahm er Schecks an oder Bargeld. Waren die Pläne wieder am Platz, dort, wo sie die Deutschen nicht vermissten? Gab es Zeugen für die Vervielfältigung? Dima konnte alle Fragen beantworten, ohne Zenia auch nur im Geringsten zu beruhigen. Jede

Antwort war nur rücklaufendes Wasser, das von der nächsten Welle überspült wurde. Wie weit seid ihr mit dem Elektronenmikroskop? Sind die Kopien schon außer Reichweite, in Moskau etwa? Wissen die Deutschen von deinem Umzug in diese Wohnung? Wer transportierte das Papier? Worin versteckt? Was ist, wenn jemand klingelt? Wie verhalte ich mich?

Zenia wollte alles wissen.

Was bedeutet unwissend, Dima?

Eine Frage kehrte immer wieder, es war der Refrain, auf den alles hinauslief.

Wie sicher sind wir?

Sie sah die Pfeile vor sich, die Zadek einmal auf Landkarten gezeichnet hatte, Migrationspfeile. Dima hatte ihren persönlichen Pfeil in die Hand genommen und seine Spitze gedreht, auf dass er zurückzeigte in den Osten. Das war keine natürliche Bewegung. Sie wollte nach Paris, wenn sie überhaupt weg wollte. Oder Holland. Aber Dima drehte auch die Sprache um. »Ich habe bislang nur geschwiegen, weil ich dir so vertraue.« Was war das für ein Männersatz, was für ein Unfug! Und warum dann heute? Weil Stalin darum gebeten hat? Damit Sie Ihre Frau nicht verlieren, Herr Naujas?

Dima ging in die Toilettenkammer und kam zurück mit einer Wodkaflasche, die in einer Tüte mit Eis steckte. »Das könnte dir so passen«, sagte Zenia, und lief auf die Straße. In Hausschuhen, mit Mantel. Sie schellte. Es war zu kalt. »Das könnte dir so passen, dass du davon etwas abbekommst.« Sie nahm ihm den Eisbeutel aus der Hand, verschwand damit in der Küche. Noch einmal flammte ein Streichholz auf und die Stumpenkerze leuchtete.

Schicksalsgemeinschaft. Das war doch das Wort, an welches sie schon nach der lettischen Feier gedacht hatte. Das

Quadratgefühl. Die-dort-hinein-gehörige-Wut. Sie fühlte sich eingeschlossen. Wenn man nach Osten nicht wollte und nach Westen nicht sollte und ... ich bin außer mir, dachte sie, ich bin kindisch ... in dem Sinne jedenfalls, dass Dimas Antworten vollkommen unbedeutend waren für ihre Stimmung.

Der kürzere Weg nach Osten, hatte Dima gesagt. Nach Moskau. Es gab dieses Traktat vom Knaben, der am Scheideweg sitzt und vom Rabbi befragt wird, welcher Weg nach der Stadt führe. Der Knabe zeigt: Dieser Weg ist kurz, aber länger. Der andere Weg ist lang, aber kürzer. Also nimmt der Rabbi den kurzen Weg. Und als er schon bald die Stadt vor sich sieht, da ist sie von Obstgärten und Gemüsefeldern umgürtet, und er muss kehrtmachen.

Als hätte sie mit der Entscheidung, das Kolloquium zu verlassen, allen um sie herum gesagt, sie verlasse Berlin.

Sie sah sich fallen. Im Grunewald fallen und den Abhang hinab, vor Zadek davon, einen Schuh in der Hand.

Sie sah sich laufen. Aus dem Kino laufen und die Allee hinab, neben Dima laufen wie Buster Keaton. Nach Moskau also.

Am Morgen krempelte sie die nasse Tüte um, in welcher die Wodkaflasche gesteckt hatte. Sie stopfte Utopia und alle weiteren Inseln hinein, jede einzelne ihrer Landkarten. Eine Karte studierte sie noch. Es war darauf ein Schloss gemalt, als Sitz der ›Königin‹. Im Anbau lebte der Assistent des Zauberers R., das war ja Zadek, wie er sich einmal auf seiner eigenen Geburtstagsfeier gezeigt hatte. Wie hatte er ihr imponiert mit seinem Zauberstaub! Die Zeichenschrift war ihr schon fremd geworden. Sie rieb das Papier, ließ eine Ecke flappen, doch es änderte nichts an der Konsistenz, die Zeichnung blieb unerinnert, jenseitig, etwas daran flößte ihr Furcht ein. Zenia knotete die Tüte fest zu. Es ging kein Weg zurück in die Freundschaft, das Kolloquium war ihre Insula perdita. Sie würde das endgültig an Helene übergeben.

Ab jetzt wurde nur noch an die Arbeit gedacht.

5

Zadek steigt in die Gummischuhe, schließt leise die Haustür hinter sich. Er inspiziert vor seinem Wohnhaus die Tonne, aus der vor einigen Stunden noch schwerer Rauch auf die Straße gezogen ist. Eine Grillzange liegt auf dem Rasen und er hebt sie auf, stochert in der Asche, deckt Glutkörner auf. Dann geht er mit der Zange hinters Haus, wo der kleine koschere Grill steht.

Zwischen den Bäumen hängen Lampions, darüber glimmt das blasse, unbeschreibbare Blau der Morgendämmerung herauf. Es ist halb sechs Uhr in der Früh.

Und er ist Amerikaner. Das Haus ist jetzt das Haus eines Amerikaners.

Er hat Alkohol im Blut, Kopfschmerzen, dem Anlass angemessen. Er hat insgesamt zweimal zehn Minuten geschlafen. Er hat eine Grillzange in der Hand.

Er muss an die Wanderarbeiter denken. Weil sie nicht trinken. Weil sie einmal im Jahr und immer im August aus ganz Amerika kommen und im Norden des Bundesstaates Iowa zu einem Fest zusammentreffen. Menschen, die die Heimatlosigkeit gewählt haben, Menschen, die durch das Land geschoben werden vom Bedürfnis der Industrien, spenden einander Solidarität, lassen einander wissen, dass sie gebraucht werden, und sie pflegen ihre Ethik, die ihnen Respekt vor ihren Mitmenschen abfordert, Abstinenz, vor allem aber die Einstellung, jede Arbeit anzunehmen, die sonst niemand verrichten will, und sei sie noch so hart.

Er hat zeitgleich mit ihnen gefeiert. Ein Zufall, ein gutes Omen, fand er. Zadek hat die Wanderarbeiter gestern halb spontan in seine Rede eingebaut. Sich als Exilanten mit ihnen verglichen, ohne jede Ironie, und es ging durch, hat niemanden groß gestört.

Zurück auf der Veranda geht er mit den Augen die Futterhäuschen ab. Es ist schade, die Goldzeisigmännchen, die nach der Mauser so herrlich leuchten, sind nicht da, die Luft ist noch zu schlecht nach der Feier. Er sieht die Schnur zwischen den Kiefern. Harold Garner und seine Gattin haben den Federballwettbewerb gewonnen, 72 Federballberührungen am Stück, immer über die Lampionschnur. Er lächelt darüber, dass man beinahe gezwungen ist, sich Rekorde zu merken.

Seine Frau sagt, er gehöre hierher, auch Harold Garner und Ron haben es wieder gesagt. Zadek, der Nahbare, der mit dem unermüdlichen Arbeitseifer, »du bist ja beinahe schon *zu* amerikanisch«, wie oft hat er den Satz schon gehört. Für Zadek ist das unnötiges Sprechen, beinahe Nonsens, denn was soll ein Wissenschaftler anderes ausstrahlen als Eifer und Offenheit. Warum betonen, dass er einer ist, mit dem jeder immer *über alles* reden kann. Es ist ja richtig, dass er nicht auf gesellschaftlichen Abstand achtet, ein europäisches Vier-Gänge-Menü für ausgewählte Snobs wäre ganz undenkbar gewesen. Die Grillzange, sie entsprach doch – von seiner Seite, von ihrer Seite, von allen Seiten betrachtet – den Erwartungen.

Warum also machten sie es ihm so schwer. Ja, er ist jetzt Amerikaner. Aber welch eine Ankunft ist das gewesen.

Man müsste schlafen können. Zadek sitzt in seinem Schaukelstuhl und sucht nach den Bildern des Vortages.

Erst gab es Kuchen für die Kinder, dann Barbecue. Dazwischen hatte seine Gesellschaft einen Spaziergang gemacht, von Zadek angeführt. Sie gingen die Fairchild Road ein ganzes Stück nach Westen, bogen auf der Dubuque nach Norden ab und wechselten die Uferseite des Iowa River. Keine Wolke am Himmel. Seine geschiedene Frau war vorgefahren, um im City Park, den das festliche Pulk nach einer halben Stunde erreicht hatte, ein Glas Wein zu servieren. Währenddessen wurde bei ihnen im Garten die Abendtafel gestellt, Mrs. Clifford und ihre Kinder waren deshalb daheimgeblieben.

Auf dem Spaziergang war er mit dem Tierpsychologen Schlichter ins Gespräch gekommen. Ein guter Freund Rons, dessen Familie in drei Generationen von der Ostküste immerhin bis Michigan vorgedrungen war. Sie stellten einander vor, indem sie ihre Namen betont amerikanisch aussprachen, Schlickter und Sssadik. Der Mann war etwas jünger als er, leicht untersetzt, trug einen auffallend breiten Schnurrbart. Er kannte Ron noch vom Studium in Ann Arbor. Sie seien beide dem Sport aus dem Wege gegangen und hätten sich im Schachclub kennengelernt.

Sie waren dann recht schnell bei ihren Studien angelangt. Benedict Schlichter hatte die letzten Jahre damit verbracht, Ameisen zu beobachten. Er erzählte Zadek von Panama, beschrieb sehr plastisch die Topographie; der halbe Regenwald sei dort geflutet worden, damit die Schiffe passieren könnten. Auf der Insel, die sich aus dem Stausee erhob, habe Schlichter insgesamt zweiunddreißig Monate im Biwak verbracht, um das Verhalten von Treiberameisen zu studieren.

Zadek sah Schlichter eine Enttäuschung an, denn wo andere schwer beeindruckt *Oh my God* geseufzt hätten, zeigte sich Zadek, ohne eigentlich die Bilder des anderen vor Augen zu haben, interessiert, und er fragte Schlichter auch sogleich nach Erkenntnissen. Der Mann verlangsamte den Schritt etwas und erzählte ihm von den wechselnden Modi der Ameisen, von Ruhe und Wohnortswechsel, inwieweit der Lauf des Mondes damit zu tun hatte, und schließlich auch von ihren berühmten Angriffen. »Treiberameisen nehmen keine Rücksicht auf Verluste, sie laufen ohne Spähertrupp los, in voller Breite, mit der ganzen Armee von Hunderttausenden Tieren.«

Hmm, ja.

»Der Krieg mit ihnen, Leonard, ist unausweichlich.«

Sie standen am Rande des City Parks und sahen sich in die Augen. Zadek war kurz davor, Schlichter danach zu befragen, ob er nicht auch deutsche Vorfahren habe.

Der unausweichliche Krieg war natürlich eine Provokation.

Zadek weiß selbst, dass es noch einmal Krieg geben wird.

Schlichter machte noch irgendeine Anspielung darauf, dass sich die Psyche oder die Psychologie schon immer von Ameisen helfen ließ. Zadek verstand ihn nicht. Er war froh, dass sie nun über sein Experiment reden mussten, über die Clubs und ihre verschiedenen Lernatmosphären, wobei er rasch erkannte, dass Schlichter keine Fragen an seine kinderpsychologische Forschung hatte. Wie so viele andere betrachtete er nur die politische Ebene des Experiments.

»Nun, Leonard, Sie sagen, dass Demokratie erlernt werden muss. Also müssen auch Sie Ihre Gruppe gegen äußere und innere Feinde absichern, nicht wahr?«

»Worauf wollen Sie hinaus?«

»Ich habe schon einige Male mit Ron über Ihr Experiment gesprochen. Ich wollte dann immer von ihm wissen, was bedeutet in Ihrem Zusammenhang demokratisch? Die Ameise lehrt mich eher, dass es immer Konflikte geben wird. Ich frage Sie, gibt es das denn, ein Gleichmaß an persönlicher Freiheit für alle, also einen Punkt, an dem der demokratische Prozess aufgeht?«

»Beendet wird er kaum, Annäherung gibt es sicher.«

»Ah, ich höre den Mathematiker. Annäherung, Sie wählen ein kluges Wort. Da kenne ich mich auch ein wenig aus, wenn ich das sagen darf. Nennt man Annäherung plus Zeit nicht heute bereits ... hmm, Optimierung? Ihre Demokratie ist demnach zur Optimierung ihrer selbst gezwungen. Und die Anzahl an Korrekturen und Rückkopplungen, die einer Gruppe zugutekommen sollen, wie hoch ist die Anzahl? Tendiert dieser Prozess nicht ins Unendliche?«

»Womöglich. Machen Sie sich Sorgen um die Kinder, mit denen wir arbeiten?«

»Sie verstehen mich falsch. Ich mache mir Sorgen um uns alle. Eine Demokratie, die sich unendlich absichert, zerstückelt sie nicht die Freiheit des Individuums?«

»Das sehe ich nicht, Benedict.« Zadek dachte nach. »Ich befürchte fast, Sie wollen daraus ableiten, dass eine demokratische Führung zum Autokratischen tendiert, wenn sie die Prozesse oft genug wiederholt. Das wäre vielleicht etwas ...?«

»Pessimistisch gedacht, fürwahr. Sie haben recht, das gehört nicht auf eine Citizenship-Feier. Nun, ich habe eben sehr viel Zeit in der freien Wildnis verbracht. Da denkt man oft über diese Dinge nach. Über Freiheit. Und über die Bedingungen, unter denen man zurückkehren wollte in die Zivilisation.«

Zadek stutzte, nickte.

»Sie gehen nach meiner Feier wieder zu den Ameisen zurück?«

»Nicht sofort. Aber bald.«

Zadek spürte, Schlichter war einer, vor dem man sich in Acht nehmen musste. Es kam ihm vor, als gehöre der Ameisenforscher zu denen, die das Seelische nur belächelten. Der Krieg war das eine. Aber was konnte es für die Menschen bedeuten, wenn Freiheit optimiert werden würde?

Die Frage war ja doch berechtigt.

Die ganze Gruppe war mittlerweile an drei Tischchen mitten im Park vorgerückt, wo der Weißwein kredenzt wurde. Linda überreichte ihnen reihum die gefüllten Gläser. Es waren auch jede Menge Eiswürfel darin.

Zadek sprach einen Toast für alle Gäste, nahm sogar Bezug auf das Gespräch mit Schlichter, indem er sagte, wie sehr er es an den Amerikanern schätze, dass sie wissenschaftliche Streitgespräche niemals persönlich nahmen.

Wie froh er sei, jetzt dazuzugehören.

Sie stießen lachend mit den Gläsern an.

6

Ein wahres Wort, das eine Testperson einmal benutzt hatte: Beherrschungsversuch. Das Leben war ein einziger Beherrschungsversuch. Zeitweilig durchschauten viele die Rose auf dem Bock, wenigstens ahnten sie, dass es um ihren Ärger ging und wozu man sich hinreißen ließ. Also ging es Helene wie den Versuchspersonen, die sie in Versuchung geführt hatten: Eine Aufgabe war ihr gestellt, zu der keine Lösung existierte.

Es geht nicht mehr, hätte sie sagen und das Quadrat verlassen sollen. Kundtun, dass sie diese Tür ein letztes Mal hinter sich schloss.

Helene stand auf der Emser Straße in Wilmersdorf und musste bloß bis hinüber zu ihrem Fahrrad, das vor dem Schulgebäude stand. Sie konnte kaum noch einen Fuß vor den anderen setzen. Alles tat sie bloß noch aus Hilflosigkeit und unterließ alles aus Hilflosigkeit. An der Gedächtniskirche entlang und durch den Tiergarten hinauf zum Stern und die Chaussee so schnell die Abendsonne im Rücken durchs Tor wie möglich auf den Linden bis nach Hause. Sie raste, weil sie dann denken durfte, es ist nur die Anstrengung, mir fehlt nur die Puste. Aber dann atmete sie so tief, sie achtete wieder darauf, wie tief sie atmete, und es tat gleich umso stärker weh.

Sie kannte schon jede Feder unter der Matratze und kehrte noch immer wieder zurück auf Zenias Bett. Starrte durch das Fenster in die Wolken, versank in den Zeichnungen, zeichnete die Inseln oder Tabellen, sprang auf. Für eine, die ihren Herzschlag kontrollieren wollte, konnten die Abläufe gar nicht eintönig genug sein.

Abends schnippelte sie mit Dima Bohnen oder Zwiebeln. Und sie redete sich ein, dass Dima der Grund war, warum sie Zenia nicht lästig werden konnte. Sie mochte ihn viel zu gern. Oder sie dachte an ihre unanständigen Brüder, die nun schon seit drei Jahren mit den Braunhemden umherzogen. Helene blickte in den Toilettenspiegel und sah, wie hilflos die Sehnsucht machte und sagte sich: Schätz dich höher ein, lass Zenia schreiben, sei anständig, du wirst anständig sein, das einzig anständige Mitglied deiner Familie.

Was hatte Anständigkeit schon mit ihren Gefühlen zu schaffen. Und sich an den Brüdern zu messen, wann hatte sie das je getan. Sie war ein lächerliches Häuflein Kummer. Sie stand am Fenster und es war, als ob die Schulkinder ihr direkt ins Ohr kreischten. Einem Cafégast war sie, als er vor ihr auf die Knie ging, auf die Hand getreten, als gelte es, eine Zigarette auszutreten.

Andere waren ungnädig aus Wut. Sie war ungnädig aus Liebe. Unerfüllter Liebe. Also doch, Wut.

Und die Sonne sank und sie schlürften eine weitere Suppe und Dima fragte Zenia nach den Fortschritten und Zenia erzählte Dima von den Fortschritten. Helene nahm die erschöpfte Zenia in den Arm, flüsterte ihr zu, dass sie es bald geschafft habe. Zenia strich ihr über den Rücken und antwortete »Was würde ich nur ohne dich anfangen hier …« – und dann stand sie draußen auf der Emser Straße, wäre am liebsten auf allen vieren hinübergekrabbelt zum Fahrrad, so weich waren die Knie. Auf der Schulter stand in großen weißen Lettern: Juden raus. Sie lag zu Hause in der Kammer, wo auch dieser Abschied von Zenia so schwer wog, ihr den ganzen Abend im Kopf herumlag wie eine Kegelkugel.

Was würde ich nur ohne dich anfangen. Nichts. Alles.

Der Satz machte eine halbe Drehung, man musste nur still liegen und etwas darauf warten. Warum eigentlich immer anfangen, fragte die Wut. Als lernte man seit Jahren nur hinzu, um dann wieder von vorne zu beginnen ...

So war eben Helenes Leben, sie schob Dienst. Setzte sich für drei Kinder ein und für Frau Lagerbäck und für das kleine Café. Und hatte es nicht auch mit ihnen so angefangen? Mit einer Kellnerin, die erledigt. Na siehste. Dabei hätten sie es belassen sollen, wenn alles nach dem Anfangen am Ende so wehtat. Dann hätte sie jetzt nur die schöne Erinnerung daran, wie sie Zenia erstmals nachgesehen hatte aus dem Café, und die kleine schöne dunkle Frau war an der Schlossfreiheit stehen geblieben, hatte sich dort hingesetzt, weil sie Helenes Blick aus dem Café spürte.

Die Arbeit war eigentlich fertig. Es ging schon um die Lorbeerkränze. Zenia dachte wohl, sie müsse Helene loben. Sie machte Helenes Anteil an der Doktorarbeit größer, als er war. Helene würde im Dank an erster Stelle erwähnt, aber das reiche im Grunde nicht aus. Zenia sagte, dass es schwer für sie werden würde, am Ende nur den eigenen Namen auf dem Titelblatt zu lesen.

Helene zuckte nur mit den Schultern, nichts konnte ihr so egal sein wie ein Titelblatt. Danke für alles. Nichts schmerzhafter als Dankbarkeit. Und es machte sie jetzt wütend, dass Zenia sie so falsch einschätzte. Dass sie an Zadek ständig kritisierte, er könne die Welt nicht mit anderen Augen sehen als mit den eigenen, dabei konnte Zenia es selbst nicht! Woran mangelte es denn Zenia, woher diese Innenbarriere? Sie spielte doch so viel herum mit ihrem Intellekt und auch mit den Seelenkräften der Menschen, warum konnte sie sich denn überhaupt nicht in Helene hineinversetzen?

⁂

Als die Arbeit schon abgegeben war, in den Wochen vor Zenias Verteidigung, lauerte ihr Karl wieder auf. Anders konnte sie es nicht nennen. Kam nachmittags allein ins Café, wenn sie kellnerte, winkte sie herbei. Lud sie ins Kino ein. Ohne Absichten. Na sicher doch. Er berichtete vom Kolloquium, dass sogar der Institutsleiter Rauch erschienen sei und eine Ansprache gegen das völkische Gebaren gehalten habe, aber die Angesprochenen hätten bloß genickt und gegrinst. Karl sagte, er habe Benno und Herrn Claus nun auch den Rücken gekehrt.

Sie tranken einen Schnaps drauf, der ging auf Frau Lagerbäck. Zadek könne die beiden nicht aus dem Kolloquium rausschmeißen, sagte Karl, er habe ja selbst keine ordentliche Professur.

»Er redet sich heraus«, war Helenes Antwort. »Und er ist feige.« Es war ihre Überzeugung, seit sie ihn aufgesucht und er ihr die Protokolle aus der Hand genommen hatte.

Sie konnte also noch ihre Überzeugung vertreten.

»Im Übrigen muss das Kino warten. Ich hab zu viel zu tun.«

»Ach so?«

»Na, die schwedischen Kinder sind doch gerade sehr anstrengend. Viel Eifersüchtelei. Die Kleinste kommt nun in die Schule.«

Das stimmte. Und war doch eine Lüge.

Warum verabreden. Helene fühlte sich gar nicht gemeint. Sie lag aber wach damit, ob sie nun in der Pflicht sei, sich bei Karl zu melden, ihm das Kino zu gewähren. Er hatte schließlich auch genug eingesteckt. Aber Karl zu geben, was Zenia ihr vorenthielt?

Das wäre eine seltsame Art von Solidarität gewesen.

Bei Kerzenlicht zeichnete sie eine Insel aus zwei Händen, die sich verschränkten, hielten. Zu zittrig für ein Meisterwerk. Du kannst stolz auf dich sein, hatte Zenia gesagt. Alles klang falsch, dies klang wie eine Demütigung. Wegen der akkuraten Tabellen? Weil du es durchgezogen hast. Bis zum Ende hast du durchgehalten, was du einmal eingegangen bist. Du hast es mir versprochen, weißt du noch? Wenn Assistentin, dann Assistentin bis zum Schluss.

Sie fiel wieder aufs Bett, drehte sich auf die Seite, langte mit der Hand zum Tisch, wo die Flaschenvase stand, rührte mit ihrem Finger an einem hängenden Blütenblatt, schob es hin zum Licht und zurück, bis es sich endlich aus der Verankerung seines Kelches löste und hinabfiel.

Es kamen keine frischen Rosen mehr nach.

Antonia Westlind lebte nicht mehr in Berlin. Am liebsten hätte sie eine ihrer alten Schulfreundinnen aufgesucht, aber für Reinickendorf fehlte ihr nun schon die Kraft. Daher war auch die Mutter zu weit weg. Sie musste mit jemandem reden. Sie wollte Sieglinde fragen, aber dann saß an einem Nachmittag Emiljana mit zwei Freundinnen im Café. Alle drei trugen die Haare noch kürzer als Zenia. Sie hatten ein Papier in die Tischmitte gelegt und machten darauf Notizen, bereiteten wohl eine Veranstaltung im Tagesheim der Studentinnen vor. Helene kellnerte und dachte, warum nicht Emiljana, bald ist alles vorbei.

Sie wartete den Moment ab, wo sie sich am Tresen gegenüberstanden. Die Worte waren unwichtig, sie wusste, sie hatte vor allem ihre Augen vorzuzeigen; Emiljana sah darin gleich, wie dringend es ihr mit einem Gespräch war.

Am selben Abend trafen sie sich vor dem Café, gingen vom Kupfergraben hinüber an die Friedrichstraße. Emiljana ging auffällig langsam, sie spazierte. Aber welchen Grund gab es auch, sich zu hetzen. Trotzdem dachte Helene, es liegt wohl an unseren verschiedenen Gangarten, dass wir immer etwas Abstand gehalten haben, notgedrungen also. Viel wundersamer war aber, dass sich Zenia und Emiljana kaum noch getroffen hatten, die so gute Freundinnen gewesen waren.

Sie sprachen zuerst über die letzten zwei Kolloquien, welche sie gemeinsam erlebt hatten, die Abende, als die Männer ihre Affekte erklären wollten, und waren doch einfach Antisemiten. Helene erzählte vom Geschrei der Männer im Rosen-Experiment, denn was im Schlosssaal geschehen war, hatte sich Emiljana nur durch das Gejammer der Männer im Kolloquium erschließen können. Jetzt verabscheute sie beides, aber richtig. Pfui Deibel.

Helene lachte. Sie freute sich darüber, dass sie ihre Härte mit jemandem teilen konnte. Und weil der Einstieg in den Abend ihr so gelungen erschien, fragte sie Emiljana ganz direkt, ob sie einmal einen großen Streit mit Zenia gehabt habe.

Nein, keinen Streit. Sie teile im Grunde die Positionen, die Zenia über die Jahre vorgebracht habe. Aber sie habe zusehends das Gefühl gehabt, Zenia sei nicht an ihrer Unterstützung interessiert.

Das war nun also das gleiche Urteil, wie Karl es im Grunewald einmal gefällt hatte. »Zenia hat auch gegen mich gestichelt«, fügte Emiljana hinzu, »einmal, weil ich für die Frauensache kämpfte, ein anderes Mal, weil ich als Hilfskraft für Zadek arbeitete.«

Emiljana hatte diese Spitzen kaum als ungerecht aufgefasst, eher schon als lächerlich. »Es mag ja sein, dass Zenia der Ansicht ist, man dürfe sich im Studium keine Ablenkung leisten. Aber sie weiß doch auch genau, wie ehrgeizig ich bin.«

Ja, das stimmte.

Helene persönlich hätte nie daran gezweifelt.

»Ich werde für ein Jahr nach Holland gehen«, sagte Emiljana, »ich hab eine Stelle angenommen.«

Es ist Zenias Stelle, wusste Helene gleich. Nein, sie war wirklich nicht verwundert – natürlich würden sie Karriere machen, ob nun Vera, Emiljana, Zenia oder Lisabet, allesamt.

»Holland?«, fragte Helene, ihr Mund war ganz trocken.

Emiljana redete munter weiter. Dass sie eigentlich nicht weg wolle, sondern kämpfen. Aber Zadek hätte schon recht, es sei ja eigentlich nicht mehr lange auszuhalten hier. Emiljana erzählte von neuen Übergriffen im Hauptgebäude der Universität. Es gäbe dort schon Schlägertruppen wie draußen auf der Straße. Ein Hakenkreuz an der Tür zum Tagesheim. Emiljana redete, als müsse sie sich Mut zusprechen für ihre Reise nach Holland.

»Na, aber, es ist ja nur für ein Jahr.«

Und dann nahm sie endlich einen Schluck Wein, schaute Helene über den Rand des Glases etwas länger an und machte dazu ein aufforderndes Geräusch. Mhh. Als hätte sie sich am Wein verbrannt. Da war es also so weit. Emiljana war wieder eingefallen, dass Helene sie um ein Treffen ersucht hatte. Und Helene lachte, weil sie es jetzt schon viel leichter fand als gedacht, sie hatte, ohne es recht zu wissen, die Minuten genutzt, ihren Mut zusammenzunehmen.

Emiljana war gerührt davon, dass Helene sich ausgerechnet ihr anvertraute. Sie tranken Wein zum Liebesgeständnis, und wenn Emiljana ihr auch keinen goldenen Rat gab, so hatte sie sich immerhin schon mit Frauen geküsst und war im Tagesheim von lesbischen Pärchen umgeben, deren Geschichten sie jetzt erzählen konnte. Helene wollte sie alle hören.

»Ich kann es mir vorstellen, weißt du, aber ich merke es gleichzeitig, dass ich leider doch für die Männer bin.«

Helene nickte. Es war ja zu verstehen.

»Und warum hast du keinen Freund?«

»Du bist lustig, Helene. Weil ich mich nicht zur Ruhe setzen will.«

»Da sagst du was, wirklich, da sagst du was.«

An dieser Station hatte Helene auch schon gestanden, oft genug. Die letzte Station vor dem Abstellgleis. Sie erzählte von einem Schweden, der ihr das Ausgehen verbieten wollte, das war schon einige Jahre her. Von ihrem Schallplattenmann, der sie auch gleich als sein Eigentum betrachtet hatte. Von Karl schwieg sie lieber. Sie sprachen viel über ihr Liebesideal. Zwei Augen und ein Vertrauen, von dem man erfüllt sein müsste, mehr sollte sich ja gar nicht ändern an ihrem Leben.

Am Ende wühlte Emiljana nach Kaugummi in ihrer Handtasche, fand dabei ein Flugblatt und reichte es Helene: die Einladung für einen politischen Vortrag im Hauptgebäude, der sich an Studentinnen wendete. Helene wollte gerade weder bekehrt noch eingeladen werden, und sie sah sich auch nicht als Studentin. Aber dann fand sie es doch schön, dass auch Emiljana ihr noch einmal das Gefühl geben wollte, dazuzugehören.

So war es ihr im Kolloquium damals auch ergangen. Am Anfang wollte man im Boden versinken, und die Angst davor, ihre Liebe zu Zenia zu offenbaren, hatte sie auch heute wieder ganz klein gemacht. Es war so unnötig. Am Ende fiel jede Distanz, so ging es doch immer zwischen Frauen. Mit keiner einzigen Geste und keinem Satz hatte sich Emiljana über sie gestellt.

Als Helene auf ihrer Kammer lag, vier Gläser Wein im Körper, drehten sich Ringe um Sterne und der Mond machte ihre Hände milchweiß und blau. Da wurde ihr bewusst, welch kleines Glück sie mit Emiljana geteilt hatte. Ein beschämendes Schrittchen hatte sie getan auf einem langen Weg. Ein paar Worte gemacht. Und die Sehnsucht hatte sich in der Kammer ausgeruht, die Sehnsucht war hellwach und taufrisch, Helene dachte daran, Zenia zu umarmen und dann die blasse Mondhand über den Rücken hinaufgleiten zu lassen in ihren Nacken, gespreizte Finger in die Haare hinein, und den Kopf an sich zu ziehen, die Lippen.

Weil Zadek es versucht hatte und abgeblitzt war, oder warum tat sie es nicht, hatte es nie getan?

Die Tribüne in Raum 700 war beinahe voll besetzt. Der Raum der Angriffe, die das Rosen-Experiment hervorgerufen hatte, war auch der Raum der Verteidigung. Helene hatte die Hände im Schoß gefaltet, schweißnass, bis alle applaudierten. Herr Claus und ein paar andere verweigerten den Beifall demonstrativ. Aber erschienen waren sie alle.

Zenia erhielt die Bestnote für ihre Arbeit. Mit einer Auszeichnung von Rauch und Zadek. Es stand sogar im Gutachten, dass das Werk aus Jahren von psychologischen Arbeiten herausragte. Zenia dankte drei Menschen. Dem Doktorvater, dem Ehemann und ihr.

Helene fragte sich, wie das Gutachten gelautet hätte, wenn sie die Übergriffe der Männer benannt hätten, ihre ekelhaften Allüren, das antisemitische Gebrüll. Kein Wort davon in der Arbeit.

Zenias Zugeständnis an den ach so hilfreichen Zadek.

Helene konnte nichts genießen. Je länger die Veranstaltung andauerte, fand sie, desto mehr falsche Höflichkeit füllte den Saal, die eigentlich Lüge war. Aber sie blieb ganz ruhig sitzen.

Bis ans Ende gehen – das war nun der allergrößte Trugschluss. Allein das Ende aller Hoffnungen gab es, und es war unverschämt rasant gekommen. Eine Woche nach der Verteidigung waren Zenias Koffer gepackt. Dima habe eine Stelle in Moskau gefunden, sie würde sich am dortigen Psychologischen Institut bewerben. Sie habe schon Kontakt aufgenommen, es sähe gut für sie aus. Helene war in langfristige Pläne nicht eingeweiht worden, das wurde ihr deutlich. Eine weitere Woche später ließen Dima und Zenia sie schon nicht mehr in ihre Wohnung hinein, wenn sie klingelte, sie musste erst Kieselsteine an die Scheibe werfen, damit die Gardine zurückgestrichen, damit sie erkannt wurde.

Zenia und Dima benahmen sich wie ein altes Ehepaar, das auf niemanden mehr angewiesen war. Dieses Mal begleitete Helene Zenia zur lettischen Botschaft. Zenia hatte die Hände links und rechts in die Manteltaschen gestopft. Zenia sprach über Zadek, der sie so enttäuscht hätte. Helene verstand die Welt nicht mehr. Hatte er sie nicht gerade ausgezeichnet und in den Olymp gehoben? Ausgerechnet jetzt und ganz zufällig kamen sie an einem der Nachtclubs vorbei, in den die Frauen gingen, dessen Adresse sich Helene bei einer kellnernden Kollegin hatte geben lassen. Aber es war ja heller Nachmittag.

⁂

Dima bestand darauf, nicht in Charlottenburg abzufahren und nicht am Zoo. Sie nahmen zu dritt ein Taxi in den Osten, der Fahrer war Russe. Der Wind riss das Laub von den Bäumen, das Laub tanzte auf der Straße, immer dunkler wurde die Stadt, und die Nachtlokale um den Schlesischen Bahnhof ließen nur noch Herzen leuchten. In den Hauseingängen stand die Liebe zum Verkauf. Als sie ausstiegen, pfiff der staubige Wind in die Blätter, die auf den Fußwegen sich wellten und kratzten und ihr letztes Leben verloren.

Der Fahrer sollte auf Helene warten, sie zum Schlossplatz fahren, Dima kam für alles auf. Sie nahm es gedankenlos hin, wie ein letztes Geschenk. Noch am Vormittag war Helene zum Backen abgestellt worden fürs Café, und weil sie bis dahin keine Idee entwickelt hatte, bestand ihr eigenes Abschiedsgeschenk für Zenia und Dima nun aus vier Zimtschnecken in Papier, mit einem roten Band umwickelt.

Zenia trug ihren schönen Mantel mit dem Fischgrätenmuster. Eine rote Mütze. Zenia hatte ihr Geschenk schon eine Woche zuvor überreicht. Sie hatte die Arbeit vervielfältigen und für Helene ein Exemplar binden lassen. Und Helene hatte die letzten Nächte noch einmal mit der Lektüre verbracht, obwohl sie doch alle Zusammenhänge kannte und bald jedes Wort; die Abfolge, die ganze Anordnung – sie empfand noch immer eine tiefe Bewunderung dafür. Einfach weil es so weit entfernt war von dem, was sie selbst zu leisten vermochte.

Auch die letzte Nacht hatte sie mit der Arbeit verbracht, es war wie ein sehr langer Spaziergang, als ginge sie lesend noch einmal nacheinander all die Wege ab, die sich im Kopf der Versuchspersonen zu Bahnen ausgeformt hatten. Die Geschichten ihrer Opfer. Alle wollten zur Rose durchbrechen und blieben im Quadrat. Sie waren eingesperrt gewesen zwischen Unmöglichkeit und Ambition.

Und Zenia hatte festgestellt, es gab keine allgemeinen Verlaufsgesetze für den Ärger, wohl aber Spielarten, die sie in Typen zusammenfassen konnte. Mancher saß still und war bis ins Mark erschüttert vor Wut. Eine andere lief die ganze Zeit im Quadrat auf und ab und hatte doch ihren Ärger im Griff.

Eine nahm die Situation als Witz, der andere war davon gepackt, als hinge sein Leben von der Lösung ab.

Sie ging mit bis ans Gleis, das menschenleer war. Dima sah sich trotzdem nach Menschen um und war unruhiger als sie. Ich lasse alles nur über mich ergehen, dachte Helene, ich kann nicht anders. Emiljana ging nach Holland, Zadek machte Vorträge in Amerika, Karl sprach von Paris. Ich lasse alles über mich ergehen und bin hier geboren und deshalb bleibe ich hier. Dann kam schon der Zug vom Alexanderplatz her mit zwei Augen, in die sie nicht blicken konnte.

Sie fuhren mit zwei Koffern; ein Schreibtisch, ein Sekretär, der große Spiegel waren abgeholt und verfrachtet worden, und Helene befürchtete, die Möbel irgendwo am Bahnsteig sehen zu müssen, dass die Möbel im selben Zug mitfuhren und alles ausgelöscht wurde in dieser Minute. Aber da war nichts, bis zuletzt niemand außer ihr.

Eine Viertelstunde nach Mitternacht setzte sich der Zug vom Schlesischen Bahnhof aus in Bewegung. Sie dachte an Karls Geschichte mit dem Handschuh. Zenia hatte keinen Handschuh verloren. Sie müsste das Fenster öffnen und einen Handschuh hinauswerfen, dann wäre die Geschichte umgeschrieben.

Sie winkten sich nur. Helene ging die Treppen hinunter zum Taxi und sagte sich die Stationen auf. Wenn man sich die Stationen aufsagte, waren die Menschen nicht aus der Welt, sie waren dann in eine Kette gebunden, eine Reihe aus Kilometerzahlen, Abfahrtszeiten, Kapiteln, eine Reihe der Beziehungen, wie sie Zadek gepredigt hatte. Einen ganzen Tag lang würden die beiden unterwegs sein bis Riga und Dwinsk, dort bei Zenias Eltern einkehren und schließlich zwei Tage später nach Moskau weiterreisen.

In der Nacht hörte sie Stimmen aus dem Café heraufdringen bis in ihre Kammer. Keine Erzählstimmen, nur Gelächter und Gejohle. Anders als in Wilmersdorf vor Zenias Tür, wenn die Schulkinder durchgehend durcheinanderschrien, kam die Lautstärke hier in Schüben, in Klumpen, wie Aufruhr manchmal. Es war sicher nur ein Spieleabend. Sie lag ganz still, stellte sich einen Becher vor, der angehoben wurde, und wenn sie unten den überraschenden Anblick der Würfel feierten, war es, als würde ihr Körper ein Stück angehoben von den Stimmen. Die Nische mit den zusammengeschobenen Tischen. Die beinahe ausgetrunkenen Gläser, die Neigen des Abends. Sie dachte an die Gemeinschaft, die noch abends tagte, lachte, sich ärgerte und uneinig war. An das Geschirr, das sie nie bis aufs Letzte abräumen konnte, weil immer jemand bestellte und noch einmal bestellte, sie dachte an die Frau, die sich durch nichts und niemanden aus dem Abend vertreiben ließ, und noch blieb, als alle gegangen waren, als die Stimmen verebbten, an die Frau, die sie an den Tisch winkte, um ihre Fragen zu stellen.

7

In seiner linken Schläfe puckert der Alkohol. Er ist wirklich nur zweimal kurz auf dem Sofa im Arbeitszimmer eingenickt, ansonsten hat er, was nach der Feier von der Nacht übrig blieb, draußen auf der Veranda verbracht, unter einer dünnen Wolldecke.

Es ist auch jetzt noch warm genug. Oder schon wieder warm. Zadek müsste duschen. Er steht noch einmal auf, geht nach drinnen, kehrt mit seiner aktuellen Arbeitskladde und einem Bleistift zurück. Für eine Idee würde sich Zadek an den Schreibtisch begeben. Er hat keine Idee.

Die Gruppe, er denkt an die Gruppe. Klarer als seine Mitarbeiterinnen hat er gesehen, was das Experiment ihnen abverlangen würde. Sie wollten Kinder verschiedenen Lernatmosphären aussetzen. Und um das Verhalten der Kinder zu analysieren, mussten sie aus ihren fixierten Rollen herauswachsen und zugleich Psychologen, Soziologinnen und Pädagogen sein. Er hat sie alle vorher gewarnt: Könnt ihr das leisten? Seid ihr stark genug, euch zu erweitern, zu neuen Ufern aufzubrechen, die Grenzen zu überwinden, auf die ihr stoßen werdet?

Er hat sie damit pushen wollen.

Er hat sie damit verunsichert.

Mehr als alles andere hat das gestrige Fest ihm gezeigt, wie sehr er die Mitarbeiterinnen und Mitarbeiter in den letzten Wochen verunsichert hat.

Die Frage ist ja, warum immerzu alles zusammenfließt, was er voneinander trennen will. Die Experimente aus verschiedenen Tagen. Dave Mansfield und Zenia Naujas. Die Aufsätze und Ansätze zu Aufsätzen. Und nun schließlich der Vertrag.

Wie oft hat Ron ihm das Angebot unterbreitet! Zwischendurch, auf dem Weg zur Mensa, auf der Brücke, als sie von Chicago kamen, beim Cricket – warum hat Zadek nicht einfach zugesagt, drei weitere Jahre hier in Iowa zu arbeiten, mit einem satten Etat, in einem angesehenen Forschungszentrum, unter begabten Kolleginnen, drei weitere Jahre hier in Iowa zu leben, mit Mrs. Clifford in diesem geräumigen Haus, in dieser Kleinstadt, von Maisfeldern umringt, von Traktoren umstaubt, zwischen all den Bauern und Handwerkern, den Händlern und Handlungsreisenden, die der Wirtschaftskrise so imposant getrotzt haben, die allesamt längst einen Platz in seinem Herzen haben ...

Zadek hat niemals an der Gruppe gezweifelt, nur an seiner eigenen Rolle. Er weiß manchmal nicht mehr, wer er ist. Vielleicht schon ein Politologe. Vielleicht trifft er Aussagen, weil er nicht einsam sein will. Darf man denn Kinder derart provozieren, dass sie wütend das Experiment verlassen und nicht mehr einzufangen sind?

Seine Selbstzweifel haben dazu geführt, dass er die Mitarbeiterinnen völlig aus dem Blick verloren hat. Mit jedem Tag, den er wieder mit ihnen über den Ablauf des Experiments diskutierte, schob er seine Unterschrift auf, und mit jedem Tag, den er seine Unterschrift aufschob, hatte er die Verlängerung seines Vertrages weniger wahrscheinlich gemacht. Das war ja die Logik für alle Mitarbeiter, die ihn beobachteten. Wer nicht unterschrieb, musste einen Grund dafür haben. Sie steckten mitten im Experiment, und doch waren ja für dessen Weiterführung Anträge zu stellen, man brauchte Filmkameras, Werkstoffe, die Überstunden häuften sich, er wusste das alles … – aber er unterschrieb nicht. Immer hatte er das Thema Vertrag übergangen, weggewischt, er hatte sie mit seinem Schweigen brüskiert, und alle waren freundlich geblieben, niemand war ihm ausgewichen, ganz furchtbar.

Und also Gerüchte. Für Gerüchte war Zadek nun eindeutig zu naiv. Daran zu denken, dass die anderen ihr Denken von seinem Denken abhängig machen könnten. Dass sie ihn brauchen könnten. Er hatte keine Ahnung davon. Er muss erst seine Citizenship feiern und seine Rede halten, damit die Gerüchte ihm zu Ohren kommen. Hier, in seinem Garten! Seine Haushälterin sei dabei gesehen worden, wie sie einen Umzugskarton auf die Veranda stellte. Na, darüber kann man noch lachen. Bestimmt habe Zadek ein besseres Angebot in der Tasche, aus Yale oder Jerusalem, er würde ihnen kurzfristig absagen und seine Zelte in Iowa City im Herbst 1939 ein für alle Mal abbrechen. Ein enger Mitarbeiter streute, das Angebot sei zu schlecht, Zadek dränge auf Nachverhandlungen. Und Ron sagte, er sei wochenlang gefangen gewesen in der Rolle desjenigen, der sich vorauseilend ›den Schuh anzog‹ dafür, dass Zadek nicht verlängerte.

Hätte er nur geahnt, was er mit seinem Zögern anrichtet! Was sie sich alles ausdachten, nur um ihn in Schutz zu nehmen. Wie viel Lebenszeit sie mit ihren Gerüchten vergeudeten! Sogar aus einer schmerzhaften Anekdote, die sich in seiner Ankunftszeit hier in Iowa zugetragen hatte, machten sie eine Geschichte. Zadek habe es als Jude nie verwunden, dass in seiner allerersten Nacht, die er im neuen Haus verbrachte, ein gerösteter Maiskolben die Scheibe durchschlagen hat. Ein Anschlag auf den Juden, Zadek sei zu Tode erschrocken gewesen. Nur hatte ihm schon am darauffolgenden Tag zum Empfang das versammelte Institut applaudiert, und diese beiden so unterschiedlichen Willkommensgrüße seien »einfach zu rasch aufeinander gefolgt«, der Kontrast habe den Fensterbruch nur immer lauter, den Maiskolben nur immer größer gemacht, sodass sich die Szene besonders stark in Zadeks Gedächtnis eingefressen habe.

Es war Ron selbst, der gestern davon erzählte. Da hatten sich die Wogen bereits geglättet. Zadek hatte seine Rede gehalten, und sie standen beisammen und grillten Auberginenscheiben, Paprika, ja, auch Maiskolben. Ron kennt Zadek lange. Er weiß, wie er ihn provozieren kann. Er weiß sehr genau, dass Zadek nicht vom Maiskolben und der zerbrochenen Fensterscheibe verfolgt wird.

Sondern vom Applaus.

Es ist ja der Applaus, dem Zadek entfliehen wollte.

Das war die ganze Pointe.

Er schaukelt hin und her, das Arbeitsheft im Schoß, die Augen geschlossen. Ja, er hadert mit den Experimenten. Ja, er sucht nach seiner Rolle im Gefüge. Aber die Vertragsverlängerung hat er sich bloß aufgespart, um sie auf seiner Citizenship-Feier zu verkünden. Zwei Fliegen, eine Klappe. Zwei Entscheidungen, eine Rede. Es war Zadek genug, *einmal* Applaus zu bekommen. Es erschien ihm notwendig, eine Feier in der anderen zu verstecken.

Das ist alles.

Er schaukelt jetzt.

Warum hätte er seinen Freunden absagen sollen …

So eine Feier ist es gewesen, eine, auf welcher der Gastgeber das Glas erhebt und sich zuallererst bei allen Gästen entschuldigt. Zadek hat sich aus dem Institut eine der Theatermasken aus Pappmaché mitgebracht, die die Kinder gebaut haben. So geschützt ist er vor seine Gäste getreten und hat die Feier eröffnet und dabei seine Vertragsverlängerung bekannt gegeben.

»He did it!«

»Finally!«

Eine Erleichterung hatte sich unter den Gästen breitgemacht, die für Zadek noch viel schrecklicher war als jeder Applaus. Und er hat sich zum ersten Mal *außerhalb* der Gruppe gefühlt, einer Druckwelle *gegenüber* stehend.

»Leo, Leo, das war aber auch deine letzte Chance!«

Und dann hatte er, in einer Mischung aus Spontaneität und Getriebensein, auch aufgrund der Zwischenrufe, eine seiner lustigen Selbstanalysen angefügt. Nichts über seine Rolle in den Experimenten. Eine kurze Rede über das Haus, den Garten, die Vögel und Eichhörnchen, über seine Ex-Frau und seine achtzehnjährige Tochter. Über den Platz zwischen ihnen, den er einnehmen dürfe. Über die Wanderarbeiter, die auch gerade zusammenkamen, um zu feiern. Über die eigene verschrobene Bescheidenheit hat er gesprochen und diese mit seiner bescheidenen Verschrobenheit erklärt.

Und Ron kam auf ihn zu und sagte, weißt du, Leonard, wir Amerikaner können reden, »doch zu dieser Rede wäre kaum jemand fähig gewesen, der auf dem Rasen vor dir stand«. Ron hat ihn in den Arm genommen, fest, und viel zu lange. Pure Erleichterung.

Zadek wird sich noch lange vorwerfen, mit ihrer Hoffnung gespielt zu haben. Sie wollten ihn ja wirklich hier haben! Und wer ist er denn! Er schaukelt hoch, er schaukelt auf und ab, bis die Kopfschmerzen zu fliegen beginnen, aus dem Kopf hinaus und wieder hinein. Wer bin ich, die Gruppe so hinzuhalten! Weltfremd bin ich, gruppenfremd.

Ja, der Applaus war groß gewesen nach seiner kleinen Rede. Und der Appetit danach, der Durst. Wie schön, dass Sie bei uns in Iowa bleiben! So strahlend manche Gesichter, dass Zadek die Geschenke, die man ihm überreichte, gar nicht wahrnahm. Sie taten ihm alle so leid. Und dann war ihm das Fest plötzlich auch vor Linda so peinlich, vor Linda und seiner Tochter, die aus New York City angereist waren. Entgegen seiner Gewohnheit fing Zadek an, Wein zu trinken. Den gleichen Weißwein, der schon im Park gereicht worden war.

Es dauerte nach dem Barbecue nicht lange, bis sich die ersten Gäste verabschiedeten. Herr Schlichter ging in sein Hotel. Es gingen die Älteren, die Gäste, die in Zadeks Alter waren. Linda saß mit einer alten Freundin aus Dubuque zusammen. Und schließlich wurde das Grammophon aus dem Haus geholt und an den Kiefernbäumen aufgestellt, wo die bunten Lampions leuchteten, das Institut übernahm nun die Verantwortung. Zu Beginn spielten sie eine Klezmer-Aufnahme, danach fast ausschließlich die Big Bands. Zadek ließ sich unter die Swingtänzer bitten. Zadek wurde sogar initiativ, schließlich kannte er den Charleston aus Berlin. Die Jüngeren waren belustigt, als er ihnen einige Tanzschritte zeigte, die vor zehn Jahren in Mode gewesen waren.

Glenn Luckenbach war kurz nach Hause gefahren und mit einer ganzen Reihe von Schallplatten im Koffer zurückgekehrt, und Linda machte eine Geste, dass sie zu müde sei, mitzutanzen, ohne ein Wort verabschiedete sie sich ins Gästezimmer, während das Institut gemeinsam ›Sing Sing Sing‹ sang. Benny Goodman wurde noch mehrfach gespielt. Zadek schwitzte und ließ sein Weinglas nicht los und wenn er von etwas besonders begeistert war, lief er nach dem Tanz zu Luckenbach und ließ sich das Cover der jeweiligen Platte zeigen. Er hörte viel zu selten Musik, sie tat ihm so gut. Man sollte zu Swing denken, dachte er.

Emiljana drehte sich schnell und ausgelassen zu ›Happy days are here again‹, sie kannte sich vor allem mit den Frauenstimmen aus und drängte immer wieder darauf, sie zu hören,

Ramona Davies' ›I get a kick out of you‹, Mildred Baileys' ›When day is done‹. Ein absolutes Highlight des Abends bestand darin, dass Alistair Roy, ein Doktorand Zadeks, eine bizarr ulkige Version von ›Laughing at Life‹ synchron zum Interpreten mitsingen, eher mitsprechen konnte. Es war, als würde der Sänger höchstpersönlich vor ihnen stehen, die Gestik, die Mimik war den Kinostars abgeschaut, alle schütteten sich aus vor Lachen über Alistairs Showeinlage.

Zadek hatte längst das Jackett ausgezogen, die Fliege abgenommen. Er war ausdauernd, er wollte für Ron ausdauernd glücklich sein, für alle Mitarbeiterinnen und Mitarbeiter, für die ganze Forschungsgruppe, und nur wenige Musikstücke schon ließen ihn alles hinforttanzen, was er in den letzten Stunden, Tagen, Monaten gedacht hatte, und es steigerte sogar den Genuss, dass sie Platten doppelt und dreifach hörten.

Einmal griff er Ron von hinten mit beiden Armen um die Hüfte und hob den langen Kerl für einen Moment hoch. »So jung kommen wir nicht mehr zusammen«, rief Zadek ihm auf Deutsch zu. Er musste den Spruch erklären, verhedderte sich dabei, schließlich rief er: »Let's dance!« Ron war zweiundfünfzig, Zadek wurde im nächsten Jahr achtundvierzig. Wo war eigentlich seine Tochter? Auch ins Bett gegangen. Ein Mann aus der Universität, der einige Häuser entfernt wohnte, war mit einer weiteren Flasche kalifornischem Wein und einem Akkordeon aufgetaucht. Er begleitete ein Lied von der Platte, ließ sein Instrument dann unter den Kiefern stehen und tanzte mit.

August 1939 in Iowa, a warm breeze, Dekolletés und wirbelnde Haartollen, Arme, Finger, die in den Himmel zeigten, und immer noch ein Liebeslied, die Liebe des Lebens, an die schon nicht mehr zu glauben war, der man nachgelaufen war, die an der Straßenecke angehalten hat, die den Augenblick ausfüllte. Und nachher, noch später in der Nacht, brauchte es gar keinen Text mehr, keine Beschwörung, Ron und Emiljana drehten sich zu ›Body and Soul‹ über den Rasen, und wer noch geblieben war, wiegte sich und summte im Hintergrund einen Chor, die Studenten schnipsten den Takt mit den Fingern.

Es war nicht mehr Zadeks Feier, und nichts konnte sich für ihn besser anfühlen. Die Wunde heilte, die Gruppe wuchs schon wieder zusammen. Wenn er die Jüngeren auf seine Seite brachte, wenn er mit ihnen tanzte ... er hatte nie allein sein wollen. Er war jetzt Amerikaner. Das hier war zu schön, um übertroffen zu werden. Das hier war zu schön, um damit aufzuhören, dachte Glenn Luckenbach, denn er fingerte schon wieder in den Platten herum. Hoo!, rief er, hielt eine Plattenhülle in die Höhe, es wurde gleich ruhig, er hielt eine Rede. Aber nicht auf Ron und Emiljana, die sich gerade exponiert hatten, sondern auf Emiljana und Zadek, auf ihre Vergangenheit in Berlin. »Alle hier kennen schließlich die Geschichten aus dem Schwedischen Café«, sagte er, und das stimmte, oft nahm Zadek Bezug darauf, er sprach dann von der Keimzelle, den Anfängen einer vielköpfigen Gemeinschaft, davon, dass er in Berlin zum ersten Mal die Vorzüge der Hydra kennengelernt hatte, manchmal hat er das Bild vom Gedankengang als einen Korridor betrachtet, den man hinabschreitet, von dem viele Türen abgehen, Türen, die aufgerissen werden von Menschen, die einen einzelnen klugen Satz zum Gedankengang beisteuern, immer weiter geht man »und weil Sie, Herr Professor Zadek, heute Abend beschlossen haben, bei uns in Iowa zu bleiben, möchte ich Ihnen als *Sommerlier du Swing* einen Gefallen tun und eine Scheibe aus der Berliner Heimat auflegen.«

Ja, auch Luckenbach sprach deutsch.

Unnötig, wollte Zadek aus der Tiefe sagen, beseelt war er

in einen der weißen Gartenstühle gefallen, unnötig, denn ich liebe euch alle ... doch er war vollkommen willenlos geworden gegen die junge Garde und die Beine schmerzten ihn, auch die Hand konnte er kaum anheben, das Handgelenk drehte sich notdürftig und sagte ›Nur zu, nur zu‹. Zadek sah hinauf in die Lampions, in die Kiefernnadeln, die Studentinnen und Doktoranden tanzten, er erkannte die Melodie des Liedes nicht, eine Männerstimme setzte ein:

In einer kleinen Konditorei
da saßen wir zwei
bei Kuchen und Tee.
Du sprachst kein Wort
kein einziges Wort
und wusstest sofort,
dass ich dich versteh.

Als das Lied verklungen war, nahm Luckenbach mit einem ›voilà‹ die Nadel ab und dann gleich reihum die Bestellungen auf, er würde Getränke holen. Zadek mochte keinen Wein mehr, nur ein Glas Wasser, thanks. Er versuchte sich auf eine Birne in der Lampionkette zu konzentrieren, ein grünes Licht, doch es faserte aus, und jetzt hörte er, in der betäubenden Stille nach der Musik, wie von den Feldern, die die ganze Stadt umgaben und das ganze Land füllten, das Brummen der Mähdrescher anhob, er hörte zum ersten Mal seit Stunden wieder die Mähdrescher, stellte sich die grünen Scheinwerfer vor, kräftige Lichter, er musste die Augen schließen davor, er kippte nach vorne vor Erschöpfung, hörte laut pochendes Blut und die Lieder, die nachklangen, die Bläser, die Becken, der Swing übertönte die Maschinen und rauschte in den Ohren.

»Du denkst an den Grunewald.«

»Woran denke ich?«

»An die Feier im Grunewald.«

Sie duzten sich seit einem halben Jahr. Im Grunde erst, seit sie mit Ron liiert war. Wie konnte das sein, so lange wie sie sich kannten. Zadek öffnete die Augen, aber da war nur sein pochendes Blut und eine Stille, die andauerte, bis alle Getränke verteilt waren.

Er nahm einen großen Schluck Wasser.

»Sie hat mir davon erzählt, kurz bevor sie nach Russland aufbrach.«

»Nein, ich habe noch nicht einmal an unser Café gedacht.«

Emiljana sah ihn jetzt an, er spürte es.

»Wir können einmal darüber reden, Leonard.«

Zadek war auf eine angenehme Weise betrunken, auf eine unangenehme Weise überrascht, es fühlte sich wie so oft an im Leben. Aus der Plötzlichkeit des Überfalls, aus dem Glück, einer Gruppe anzugehören, die man eigentlich leitete, und auch aus der Unabänderlichkeit dessen, was einmal geschehen ist, formte sich nach vielen Sekunden Stille seine Antwort.

»Denkst du, das können wir?«

Nachbemerkung

Die Psychologische Fakultät der Berliner Universität residierte seit 1920 im Stadtschloss. Direkt gegenüber vom Hauptportal lag am *Schlossplatz 3* das sogenannte Schwedische Café, in welchem Professor Kurt Tsadek Lewin ein legendäres Kolloquium versammelte. Aus diesem Kreis, der sich selbstironisch »Quasselstrippe« nannte, gingen Pionierarbeiten der Handlungs- und Affektpsychologie hervor. Untersucht wurden beispielsweise das Anspruchsniveau – die Dynamik unserer Ansprüche an uns selbst – oder auch Prozesse der psychischen Sättigung, die das Burn-out-Syndrom bereits vorwegnahmen.

Nicht wenige der Doktorandinnen und Doktoranden waren aus Osteuropa nach Berlin gekommen, unter ihnen Bluma Zeigarnik aus Litauen, aus Aserbaidschan Tamara Dembo. Bluma Zeigarnik promovierte bei Lewin zum Behalten erledigter und unerledigter Handlungen. Die Anekdote besagt, dass sie dafür zunächst einen Kellner bei der Arbeit und Rechnungsstellung beobachtet hatte. Zeigarnik zeigte auf, dass der Mensch sich an unerledigte bzw. unterbrochene Tätigkeiten doppelt so gut erinnert wie an sein abgeschlossenes Tun. Diese Erkenntnis – bis heute als Zeigarnik-Effekt bekannt – wird weiterhin produktiv genutzt. In Schrift, Bild und Ton bleiben uns »Cliffhanger« und offene Enden besonders stark im Gedächtnis und fordern zu weiterem Konsum heraus.

Bluma Zeigarnik verließ Berlin bereits 1931 mit ihrem russischen Ehemann und forschte fortan in Moskau.

Eine ihrer Kommilitoninnen, Tamara Dembo, widmete sich dem »Ärger als dynamisches Problem«. Sie entwickelte für ihre Affektstudie unter anderen Experimenten auch einen »Blumenversuch«, der in diesem Roman eine zentrale Rolle einnimmt. Vor allem ihre Art der Versuchsleitung beeinflusste die weitere Entwicklung der experimentellen Psychologie stark. Nachdem Dembo 1930 einen Lehrauftrag in Northampton/USA erhalten hatte, kehrte sie nicht mehr nach Europa zurück. Ihr primäres Tätigkeitsfeld in Amerika war später die Rehabilitationspsychologie.

Allerdings lehrte sie im Exil zuvor auch eine Weile an der Seite von Kurt Lewin, der 1933 in die USA emigrierte und ab 1935 für viele Jahre an der *Iowa Child Welfare Research Station* in Iowa City tätig war. Dembo und Lewin wurden hier zu Pionieren der Sozialpsychologie. Lewin führte viel diskutierte Experimente zu gruppendynamischen Prozessen durch, die Lehr- und Lebenserfahrungen mit seinem Kolloquium in Berlin flossen dabei wesentlich ein. Sogar die »Quasselstrippe« wurde in Iowa neu gegründet, die amerikanischen Studierenden versammelten sich mit Lewin im »Hot Air Club«.

Jan Böttcher

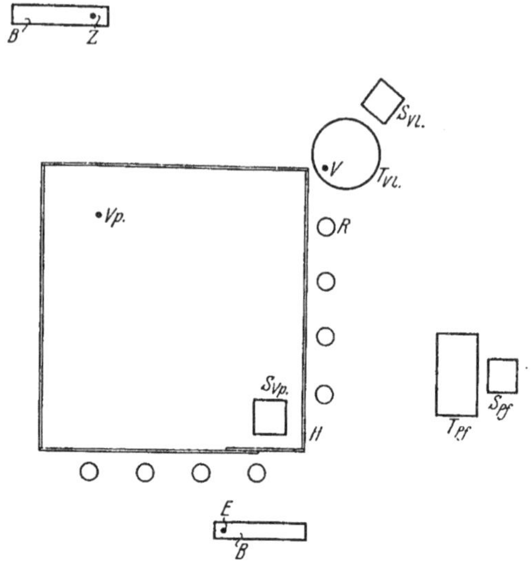

Abb. 2. Versuchsanordnung II („Blumenversuch“).

Vp = Versuchsperson.
H = Auf dem Boden liegende Holzstäbe des Lattenquadrates, in dem die Versuchsperson steht.
B = Bock; auf ihm
Z = das Ziel (eine Blume).
E = Ersatzblume auf einem zweiten näherstehenden Bock (*B*).

V = Vase mit Blumen auf dem
T_{Vl} = Tisch des Versuchsleiters.
S_{Vl} = Stuhl des Versuchsleiters.
T_{Pf} = Tisch des Protokollführers.
S_{Pf} = Stuhl des Protokollführers.
S_{Vp} = Stuhl zur Verfügung der Versuchsperson.
R = Holzring, der außerhalb des Quadrates auf dem Boden liegt.

aus Tamara Dembo: Der Ärger als dynamisches Problem. Untersuchungen zur Handlungs- und Affektpsychologie. Inaugural-Dissertation, 1931. in: Psychologische Forschung 15, S. 1–144, hier S. 13.

Primärquellen (Auswahl)

Kurt Lewin: Die Erziehung der Versuchsperson zur richtigen Selbstbeobachtung (1914), in: C. F. Graumann: Kurt-Lewin-Werkausgabe, Band 1, Wissenschaftstheorie I, 1981.

Kurt Lewin: Vorbemerkungen über die psychischen Kräfte und Energien und über die Struktur der Seele, in: Psychologische Forschung 7, 1926.

Kurt Lewin, Ronald Lippitt, Ralph K. White: Patterns of aggressive behaviour in experimentally created »Social Climates«, in: Journal of Social Psychology 10/1939.

Bluma Zeigarnik: Das Behalten erledigter und unerledigter Handlungen. Untersuchungen zur Handlungs- und Affektpsychologie. Inaugural-Dissertation 1927, in: Psychologische Forschung 9.

Dank

Die Arbeit an diesem Buch wurde in den letzten Jahren gefördert durch das Heinrich-Heine-Stipendium, ein Recherchestipendium des Berliner Senats, und das Spreewald-Literatur-Stipendium. Ich danke außerdem allen Menschen, die mir mit ihrer wissenschaftlichen Forschung und mit Rechercheauskünften weitergeholfen haben oder die mir mit kritischer Lektüre zur Seite standen, insbesondere Nora Binder, Henning Fritsch, Meike Herrmann, Helmut E. Lück, Margarete Pratschke, Sabrina Rübisch, Friederike Schilbach, René van der Veer.